rororo

Susanne Bohne, selbst ein Ruhrpott-Kind, studierte Germanistik und arbeitete als Designerin, bevor sie – inspiriert von ihrer Tochter – anfing, Kinderbücher zu schreiben und zu illustrieren. Sie findet, dass Humor eine gute Überlebensstrategie ist und dass die kleinen Dinge des Lebens oft größer sind, als sie scheinen. Davon erzählt auch ihr Roman «Das schräge Haus».

SUSANNE BOHNE

DAS SCHRÄGE HAUS

ROMAN

ROWOHLT TASCHENBUCH VERLAG

Originalausgabe
Veröffentlicht im Rowohlt Taschenbuch Verlag,
Hamburg, Januar 2020

Illustrationen von Susanne Bohne
Covergestaltung any.way, Barbara Hanke/Cordula Schmidt
Coverabbildung The World's Greatest Vintage
Collection – Design Cuts; Cordula Schmidt (Typo)
Satz aus der Kepler bei Dörlemann Satz, Lemförde
Druck und Bindung CPI books GmbH, Leck, Germany
ISBN 978-3-499-00051-5

Für Marlene

1

An dem Tag, der mein Leben schräg machte, trug ich ein rotes Kleid und versuchte mir vorzustellen, wie eine Dörrpflaume aussieht. Es war Sonntag, der 22. Juni 1986. Wenn man acht Jahre alt ist, wird man nicht oft dazu aufgefordert, sich eine Dörrpflaume vorzustellen. Genau genommen wird man sowieso nicht oft dazu aufgefordert, erst recht nicht an einem Sonntag. Aber an diesem Sonntag war alles anders.

«Wenn die Menschen nur noch mit sich selbst beschäftigt sind, dann vertrocknen sie. Innerlich. Wie eine Dörrpflaume. Stell dir das mal vor, Ella!», sagte Mina urplötzlich mit einer Stachelbeere im Mund, die sie von rechts nach links schob.

Es war gar nicht so leicht, sich das vorzustellen, und vorbereitet war ich auf diese Aufgabe auch nicht. Im Grunde, das wusste ich irgendwann, konnte man sich ja nie so richtig vorbereiten. Irgendetwas gab es immer, das sich dazwischenmogelte und das Vorbereitete zum Auslüften an den nächsten Baum hängte.

«Mhmh», antwortete ich. Mina sagte oft Sätze mit Bedeutung, hinter die ich erst kommen musste, und sie legte dabei dieses beschwingte Gesicht auf, als wäre sie ein Quizmaster, der einem absichtlich geholfen hatte, den Hauptpreis zu gewinnen.

Mina und ich hatten einen ganzen Korb voll Stachelbeeren gepflückt und sortierten sie in der Kochmulde des Häuschens aus. Der Stachelbeerbusch war mindestens so alt wie

Mina, für meine Begriffe ziemlich alt, gut und gerne sechzig, und die zwei ähnelten sich sogar, mit den knorrigen Ästen und Armen, und rund waren auch beide, was, wie Mina mir erklärte, an den Wurzeln lag. Das verstand ich zwar damals auch wieder nicht, aber wenn Mina es sagte, würde es schon stimmen.

Beim Stachelbeerenaussortieren fühlte ich mich immer ein bisschen wie Aschenputtel. Die guten links, die schlechten rechts, ich dazwischen, mit rotem Kleid und Kopftuch. Draußen klopften die Ringeltauben an die Fensterscheiben, und später, wenn die fast unlösbare Aufgabe erledigt wäre, zöge die gute Fee Mina überraschend ihren Zauberstab hervor, zauberte mir das Kleid, die Schuhe und die Kutsche – und dann, stellte ich mir vor, zauberte sie den Prinzen. Märchen Ende. Märchen enden ja immer damit, dass sich zwei gefunden hatten. Dann war es, bums, aus und vorbei mit der Geschichte und sie lebten glücklich. Punkt. Irgendwie war das doch merkwürdig. Die konnten doch nicht einfach bloß lebenslang auf dem Thrönchen hocken und sich freuen. Das war doch völliger Käse. Aschenputtel und ihr Prinz auf großer Reise. Oder die beiden im Streit mit fliegenden Tellern. Oder Prinz und Prinzessin beim Einkaufen, im Freibad, beim Zahnarzt, abends auf dem Sofa mit Chips und Plänen für eine Zukunft. Eine Fortsetzung gab es in keinem Märchen, in gar keinem.

Trotz meiner Einwände, was die Logik betraf, gefiel es mir, mich wie Aschenputtel beim Stachelbeerenaussortieren zu fühlen, auch wenn man mit acht nicht mehr so recht an Märchen glaubt. Nur noch ein bisschen. Aber ein bisschen von etwas reicht manchmal ja auch schon aus. Also versuchte ich mir ein bisschen eine Dörrpflaume vorzustellen und dann jemanden, der von innen her vertrocknete, und nach einer

Weile fielen mir zuerst der Bergmann und dann meine Mutter ein, und dann ahnte ich, was Mina meinte.

Man kann es ganz schön lustig finden, wenn man ahnt, dass seine Mutter sich aller Voraussicht nach in eine Dörrpflaume verwandeln wird. Eines Tages, wenn ich aus der Schule nach Hause käme, würde sie am Herd stehen, meinen Bruder an der Pflaumenhand halten und wahrscheinlich wäre sie zu einem ulkigen, runzligen Ding geworden, das dieselben Sachen machte wie meine Mutter, nur eben als riesige Dörrpflaume. Sie würde meinen Bruder auf sich reiten lassen; wie ein Hüpftier würde sie durch die Wohnung und an mir vorbei galoppieren, und rufen: «Essen steht auf dem Tisch!», und dann würde sie nicht mehr so viel sagen, weil man das als Dörrpflaume verlernt, das war mir bereits aufgefallen. Vielleicht aber könnte sie sich eines Tages wieder zurückverwandeln, wenn sie nur lange genug vertrocknet gewesen war oder sie jemand in ein Schüsselchen mit warmem Wasser gelegt hatte. Vielleicht waren ja nicht alle Märchen am Ende zu Ende.

Ich machte mir fast in die Hosen vor Lachen wegen der galoppierenden Dörrpflaume und ließ ein paar Stachelbeeren fallen, die für immer verloren waren. Denn was einmal unter die Eckbank des Häuschens rollte, das verschwand dort. Hatte ich im Gefühl. Das war mir nämlich schon mit einem roten Püppchen vom Mensch-ärgere-dich-nicht-Spiel so gegangen, und mit mindestens dreizehn Murmeln ebenfalls, und es wäre mir auch fast mit Boy George so gegangen, den ich im Sommer vor drei Jahren auf einem Stein unter dem Holunderbusch gefunden hatte, als ich erst fünf Jahre alt gewesen war.

An einem frühen Vormittag lag er einfach da, und ich

dachte erst, er wäre tot, war er aber nicht, er zuckte nämlich mit dem linken Hinterbein, was eindeutig verriet, dass er noch lebte. So viel wusste ich immerhin und dass er sich bloß mit Sonnenenergie auflud auch, weil ich das mit den wechselwarmen Tieren bei der *Sendung mit der Maus* sehr aufmerksam verfolgt hatte. Mir gefielen Krokodile und Schildkröten und Dinosaurier. Sie verursachten mir so ein nach Abenteuer schmeckendes Gefühl im Magen, was ich aber keinem erzählte, selbst Mina nicht. Im Kindergarten schleppten alle ihre Kuscheltiere durch die Gegend, wünschten sich Pferde und Hamster und sagten ständig «süüüüß». Zumindest die Mädchen. Ich nicht. Ich wünschte mir ein Krokodil in der Badewanne, das lautlos im Wasser treiben würde und das ich stundenlang beim Nichtstun beobachten könnte. Eine Schildkröte wäre auch toll gewesen. Oder ein Komodowaran, auf dem hätte ich sogar reiten können, wie auf einem Drachen mit giftiger Spucke. Dann wäre ich mit ihm die ganze Schrebergartensiedlung rauf- und wieder runtermarschiert, das hätte was hergemacht. Pferd konnte ja schließlich jeder. Und Mäuse oder Meerschweinchen liefen die ganze Zeit nur nervös in ihren Käfigen herum, drehten Runden in ihren Laufrädern, in denen sie sich fast überschlugen, und das machte mich kribbelig. Da schlich sich immer diese Unruhe in meine Füße, und für Unruhe war ich einfach nicht gemacht.

Dass ich Boy George fand, war also ein Segen, ein Wink des Schicksals, wenn man so will, und ich beobachtete ihn lange auf dem Stein unter dem Holunderbusch dabei, wie er sich auflud. Seine schuppige Haut funkelte smaragdgrün, er war eine schillernde Persönlichkeit unter den Reptilien. Deswegen nannte ich die Eidechse Boy George. Meine Mutter hörte Boy George oft im Radio, wenn sie Mittagessen machte

oder putzte. Einmal zeigte sie ihn mir in einer Zeitschrift, und Boy George hatte große Ähnlichkeit mit Boy George. Ich beschloss, Boy George mit in das Schrebergartenhäuschen zu nehmen und ihn groß und stark zu füttern, bis er mindestens zu einem halben Krokodil heranwuchs. Immerhin, fand ich, stand mir endlich auch ein Haustier zu, und das Häuschen konnte ein bisschen Reptilienglitzerfarbe vertragen. Was man eben mit fünf so findet.

Es war gar nicht schwierig, Boy George von dem Stein zu pflücken, und er fühlte sich ganz warm und weich an. Er passte perfekt zwischen meine geschlossenen Hände, nur die Schwanzspitze schwang sich wie ein winziger, grüner Ring um meinen Daumen. Ich war ziemlich stolz, dass ich das schaffte, ohne dass sich dabei jemand weh tat. Weder Boy George. Noch ich. Auf dem Weg vom Holunderbusch zum Häuschen redete ich beruhigend auf ihn ein und sagte so was wie: «Alles gut!», «Nicht aufregen!», «Gleich hamwas geschafft!», und er blieb ganz still in meinen Händen sitzen. Ein bisschen mulmig war mir allerdings schon, denn man konnte schließlich nie wissen, ob etwas Ruhiges nicht doch völlig unvermittelt ausflippt. Insbesondere bei Reptilien musste man da vorsichtig sein, aber es ging alles gut.

Ich setzte mein Häuschentier vorsichtig ab, und Boy George flitzte wie wild auf dem Linoleumboden herum. Vielleicht hatte, anstelle der Sonne, ich ihn mit meiner Handwärme aufgeladen. Es machte mich so glücklich, jemanden, der bloß ganz steif dagelegen hatte, nur mit der Kraft meiner Hände zum Leben zu erwecken, dass ich das mit dem Heilen und Erwecken später noch öfter ausprobierte. Es klappte aber nie wieder so wie bei Boy George. Er wetzte mit Düsenantrieb überall umher, dann kehrte er um, setzte sich vor mich, zuckelte mit dem Köpfchen hin und her, und ich war

sicher, er würde gleich mit mir sprechen. So sah es zumindest aus. Aber statt auch nur einen Pieps von sich zu geben, lief er schnurstracks unter die Eckbank. Weg war Boy George.

Ich rief und rief nach ihm und versuchte, ihn wie ein Kätzchen zu locken. Aber dann fiel mir ein, dass ich an Boy George gar keine Ohren gesehen hatte, weswegen er mich ja wahrscheinlich auch nicht hören konnte, und deswegen besorgte ich mir Minas Taschenlampe und gab ihm Leuchtzeichen. Mina sagte, obwohl sie selbst nicht so ganz daran glaubte, ich solle mal abwarten, er würde schon wieder rauskommen. Tat er aber nicht, und ich gab es nach ein paar Tagen sehr beleidigt auf, nach ihm zu suchen.

Im Gegensatz zu allen anderen Dingen fand ich ihn ein halbes Jahr später auf der Eckbank wieder. Er hatte es sich offenbar vor längerer Zeit zwischen zwei rot karierten Sofakissen gemütlich gemacht und steckte wie eine verschrumpelte Scheibe Salami in einem rot karierten Brötchen.

Mina und ich begruben den mumifizierten Boy George unter dem Apfelbaum in einem Eierkarton, direkt neben der Spitzmaus, dem Schmetterling, der Blaumeise und dem Familiengrab der Marienkäfer. Wir sangen bei unseren Beisetzungen sonst immer *Hänschen klein ging allein, in die weite Welt hinein*. Für Boy George hatte Mina aber extra *Do you really want to hurt me* aus dem Radio aufgenommen, das ein bisschen so klang, als wäre der singende Boy George auch sehr traurig über den Eierkarton, weil die uralte Kassette ziemlich leierte. Mina hatte uns zwei ihrer schwarzen Schals von zu Hause mitgebracht, die wir trugen, während wir sehr andächtig unter dem Apfelbaum standen. Meistens weinte ich ein bisschen bei unseren Trauerfeiern. Besonders aber nahm mich die Beerdigung von Boy George mit, auch weil

als Salami von seinem Glitzern nicht mehr so viel übrig gewesen war und er nun niemals halb so groß wie ein Krokodil werden würde.

Boy George war die einzige Ausnahme der verlorenen Dinge, da er doch wieder auftauchte, nachdem er unter die Eckbank des Gartenhäuschens geraten war. Mina und ich unternahmen regelmäßig ausgiebige Expeditionen unter die Eckbank, wir krabbelten auf dem Boden herum, und ich quetschte mich in die hintersten Winkel, dorthin, wo Mina nicht mehr hinkam, und sie rief mir von weiter vorne zu: «Aber nicht, dass du auch noch verlorengehst, Ella! Ich halte dich mal besser am Knöchel fest.»

«Ja, Mina!», antwortete ich etwas beruhigt, aber möglicherweise war es so, dass größere Dinge als Boy George sowieso nicht einfach von der Eckbank verschluckt werden konnten.

«Und du halt dich am Tischbein fest, ja?»

«Is gut.»

Und so hielt sich Mina mit der einen Hand am Tischbein, mit der anderen Hand an meinem Knöchel fest, und ich leuchtete mit der Taschenlampe überall hin. Wir fanden trotzdem nichts wieder. Auch nicht Minas Hörgerät, und ich glaube, sie hatte es extra unter die Eckbank geworfen, weil sie ja wusste, dass es dann weg wäre. Nach unseren Abenteuern auf dem Häuschenboden malten wir uns aus, wohin all das Weggerollte verschwunden war, und wir kamen immer zu dem Schluss, dass es eine große, sonnenbeschienene Phantasiewiese geben musste, mit roten Spielpüppchen und Murmeln und Hörgeräten und einer Stachelbeerhalde, die größer als die Kiesgrube am Ende der Schrebergartenanlage sein musste. Schön war das. Ich liebte unsere Eckbankexpeditionen, mit Minas warmer Hand an meinem Knöchel, und wie wir beide im Schein der Taschenlampe aussahen.

Ich kicherte immer noch über die ulkige Verwandlung, die meiner Mutter bevorstand. Mina lächelte still ins Dämmrige und in mein Kichern hinein. Das tat Mina oft, öfter als andere Menschen, und auch viel besser, und ich glaubte, dass eigentlich nur Engel so still lächeln konnten. Wenn man Engel lächeln sieht, dann geht es einem gut. Das weiß schließlich jeder. Ich versuchte es mir nach und nach auch anzugewöhnen, übte sogar manchmal heimlich vor dem Spiegel im Flur, weil ich fand, dass es nicht schlecht sein konnte, hin und wieder ein stilles Engellächeln aus der Tasche zu zaubern. Wenn ich groß war, wollte ich es genauso gut können wie Mina, und ich wollte dieselben Falten an den Augen haben wie sie, weil es nur mit den Falten richtig gut aussah. Gerade so, als würden sie das Lächeln einrahmen. Für hübsche Bilder und andere wichtige Dinge musste man schließlich einen passenden Rahmen finden, wie für Opa Hans. Opa Hans steckte in einem runden Rähmchen in Minas Wohnungsflur, weil der Rahmen das Foto noch wichtiger und vor allem noch hübscher machte. Richtig perfekt beherrschte ich das Lächeln noch nicht, denn mir fehlten ja die Falten, aber Minas stilles Lächeln, das war für mich wie Weihnachten. Es kribbelte im Bauch. Und deswegen wollte ich es unbedingt auch können.

Muffig roch es im kleinen Häuschen, und weil Mina immer am Strom sparte, war es so schummerig, dass ich die Stachelbeeren, die wir sortierten, fast nicht sehen konnte. Nur fühlen. Und Minas Lächeln, das hätte man selbst als blinde Dörrpflaume gefühlt. Davon war ich überzeugt.

Der knorrige Apfelbaum, unter dem Boy George im Eierkarton lag und der links seitlich hinter dem Häuschen vor hundert oder mehr Jahren gepflanzt worden war, streckte seine langen Äste bis an das Fensterbrett. Im Herbst konnte man die Äpfel von der winzigen Kochmulde aus pflücken, wenn man sich ein bisschen streckte und auf die Zehenspitzen stellte. Im Frühling rieselten weiße Blütenblätter durchs Fenster, die Mina immer ein bisschen ärgerten. Ich freute mich über den Blütenblätterschnee im April, Mina seufzte dann nur und schubste ihn stöhnend in ihr verbeultes Kehrblech. Manchmal ließ sie aber eine Handvoll über meinen Kopf rieseln, und wir spielten vierter Advent und legten dem roten Kater, der ab und zu im Häuschen vorbeischaute, Minas Perlenkette über den Pelz, als wäre er unser Weihnachtsbaum. Nur Kugeln hatten wir keine. Der Kater ertrug unsere Feierlichkeiten mit einem stummen Katzenblick. Später setzten wir uns zu ihm, zündeten eine Kerze an, Mina hielt meine Hand, wie man es an Adventssonntagen im April macht, und ich spürte ihren Herzschlag auf meiner Handfläche puckern, der mich so friedlich machte, dass die Jahreszeit völlig egal wurde. Mina schaffte das immer mit ihrem Herzpuckern, egal was passierte.

Licht ließ der Apfelbaum nicht viel in das mit weißen Kacheln verklinkerte Häuschen. Manchmal, bei schlechtem Wetter, hätte man meinen können, es wäre draußen schon fast Nacht. Auch weil der Bergmann immer so laut zu uns hereinschnarchte.

Woher der Bergmann kam, das wusste niemand mehr so genau. Er hatte vermutlich irgendwann zu meiner Tante Klara gehört und dann hatte sie ihn wohl eines Tages im Schrebergarten vergessen wie ein Brillenetui. Man kann schnell etwas vergessen und liegenlassen, wenn man es nicht gerade dringend benötigt.

Morgens, an den Wochenenden, begrüßte uns der Bergmann bereits mit «Guten Morgen, die Damen!», wenn wir das Gartentörchen noch nicht ganz hinter uns geschlossen hatten. Manchmal sagte er auch «Wohlan!». Am besten fand ich aber «Glück auf, kleines Schätzeken!», weil der Bergmann so sehr lispelte, dass man dreimal seine Zunge dabei sehen konnte, wie bei einer Ringelnatter, und was mit Glück konnte außerdem nicht schlecht sein.

Weil Dinge, die vergessen worden waren, dringend ihre Ruhe benötigen, lag der Bergmann nun seit Jahren meistens im Liegestuhl vor Minas Schrebergartenhäuschen auf dem feinziselierten Rasen und schnarchte. Ich beobachtete ab und zu, wie gut der Bergmann beim Schlafen die Luft anhalten und danach husten konnte, dass es einen ein bisschen ekelte. Seine Füße steckten immer in ausgeleierten, beigen Halbsandalen, die nur und ausschließlich an ältere Herrschaften verkauft werden durften, hatte mein Vater mir im Vertrauen gesagt und sich selbst vorgenommen, niemals solche Sandalen zu tragen. Selbst mit einhundertfünf nicht. Ich fand die Schuhe eigentlich gar nicht so schlecht, wenn man nicht seine Füße hätte sehen können. Die Zehen des Bergmanns schauten schüchtern durch das Kunstleder in den Garten hinein, und an ihrer Stelle hätte ich mich auch lieber verkrochen. Gelbe Hornhaut wickelte die Zehen von unten ein, oben sprossen schwarze Borsten hervor, die Nägel waren dick wie Bierdeckel und obendrein so verbogen, fast verbeult, dass man sich als Zehen dafür schämen musste, Zehen zu sein. Zumindest ich hätte mich sehr dafür geschämt, aber das war kein Wunder, denn das mit dem Schämen konnte ich ganz gut. Mina überlegte hin und wieder, den Bergmann zum Kauf neuer Schuhe zu bewegen, damit zumindest seine Zehen ein ordentliches Zuhause bekamen und sich ihre Schüchternheit nicht mehr ansehen lassen mussten, aber dann ließ sie ihn einfach in Ruhe damit.

Wenn der Bergmann nicht schlief, kümmerte er sich um den Garten und ziselierte den Rasen und fegte die Eingangsplatten und reparierte den Rosenbogen. Was man eben so macht, wenn man vergessen worden ist. Ich wusste nicht genau, ob er eine eigene Wohnung hatte oder ob er immer im Schrebergarten lebte, aber er störte ja nicht weiter. Genau das dachte sich wohl auch Mina: Er stört nicht weiter, lass den Manfred ruhig dort liegen oder ziselieren, wird schon alles seine Richtigkeit haben, dass er hier seine Endstation gefunden hat.

Nur mit seinem nackten Oberkörper, mit dem konnte sie nicht viel anfangen. Er legte beim Sonnenbraten immer sein T-Shirt wie ein Handtuch auf den Liegestuhl, und die Schweißperlen rollten über seinen dicken Bauch.

Der Bergmann war der braunste Mensch, den ich bis dahin je gesehen hatte, und es beeindruckte mich, wie seine Haut sich immer mehr in Leder verwandelte und fast so aussah wie Boy George nach seinem Ableben. Manfred vertrocknete von außen nach innen, verstand ich plötzlich an diesem Sonntag, weil ich ja über Dörrpflaumen nachgedacht hatte. Es hätte ihn ja auch mal jemand gießen können, vielleicht hätte das noch geholfen, aber daran dachte ich damals nicht. Und sonst auch niemand.

Manfred schien ganz glücklich zu sein, wie er so dalag und schnarchte und vertrocknete und ziselierte und manchmal Engelbert in den Kassettenspieler legte und zu *Please, release me* in seinen schwarzen Schnauzbart summte.

Please, release me, let me go. For I don't love you anymore. Er schwofte bisweilen sogar ein bisschen, immer nur mit sich selbst, als hielte er eine wunderschöne Frau im Arm, und quetschte ein paar Tanzschritte aus seinen Sandalen. Er dachte dabei an Tante Klara und dass sie sich beim Tanztee kennengelernt hatten, weil es beim Tanzen gut funktionieren kann, das Kennenlernen. Tante Klara wusste das, deswegen ging sie sehr häufig zum Tanzen und vergaß einen Mann im Schrebergarten, einen anderen im Baumarkt, und noch ein anderer vergaß wiederum für Tante Klara sein Bankkonto in der Schweiz, was Tante Klara sehr reich und auch sehr gut im Tanzen und Kennenlernen machte. Mina sagte immer, das wäre ganz und gar nicht die feine englische Art. Aber Tante Klara dachte das sehr wohl, und so beließ sie es dabei. Manfred war ja trotzdem heilfroh gewesen über diese Tanzteenachmittage mit Engelbert und Sahne im Kaffee und das helle Tageslicht. Ich erwartete, dass Manfred allerspätestens im nächsten Sommer wie Boy George in der Ritze des Liegestuhls klemmen würde, weil man ihm förmlich beim Verschrumpeln zuschauen konnte. Das würde bestimmt schneller gehen, als wir alle dachten.

Vielleicht lag Manfred deswegen so oft in der Sonne, weil er früher Bergmann gewesen war. Von denen gab es hier viele, sogar ganze Siedlungen voller Bergmänner. Wie Zwergendörfer erstreckten sie sich um die Wohnblocks nahe an den Zechen. Und von überall hörte man ihren Husten in der Nacht und am Tag die Bergmannsfrauen, wie sie mit den Bergmannskindern in den Zwergenhausvorgärten spielten. Die Bergmänner sahen den Tag eher selten. Die waren ja immer unter dem Tag und schufteten und schwitzten, da wo es dunkel und muffig ist. So ähnlich wie in der Schrebergartenhütte. Das hatte mir der Bergmann Manfred einmal erklärt und sich gedankenverloren über den schwarzen Schnauzbart gestrichen, der sein Lispeln auch nicht verbergen konnte, während wir Minas Apfelkuchen aßen und er deswegen ausnahmsweise mal wach war. Denn beim Essen schlafen, das konnte niemand. Selbst Manfred nicht. Dabei war er sich selbst nicht sicher gewesen, ob er mit mir oder nur mit dem Liegestuhl sprach. Manchmal war sich Manfred überhaupt sehr unsicher, ob er noch da war oder ob man ihn in irgendeinem Stollen vergessen hatte. So wie ihn Tante Klara auf seine alten Tage vergessen hatte. Er wollte sich ja auch gar nicht beschweren, er hatte sich ans Vergessen gewöhnt. Manfred hatte viele Dinge vergessen und viele Dinge hatten Manfred vergessen, und als ihn Tante Klara dann in sein Schrebergartenendlager brachte, war ihm klar, dass das Vergessen eben zu ihm gehörte wie seine Staublunge. Oder Engelbert.

Das einzig Schlimme daran, dachte sich der Bergmann – denn er dachte ja fast ausschließlich und sprach nur das Nötigste, auch wegen seiner Lispelei –, war die Einsamkeit. Einsamkeit fühlte sich an wie Kranksein. Heiserkeit und Übelkeit endeten ja auch auf -keit. Genauso wie Trotteligkeit oder Peinlichkeit. Oder auch Müdigkeit und Ratlosigkeit. Mit -keit-Worten kannte er sich gut aus, das fiel ihm immer wieder auf, aber am besten mit der Einsamkeit, die sich anfühlte wie eine Krankheit. Doch da Manfred genug von Tanzteenachmittagen hatte und sein Gemüt angenehm unkompliziert war, saß er seine Einsamkeitskrankheit einfach aus. Irgendwann würde sie schon kuriert sein. Und bis dahin färbte er sich die grauen Haare, die ihm seine Einsamkeit bescherte, schwarz. Er fand, das passte einfach viel besser zu seiner Sonnenbräune.

In seinem Liegestuhl hatte Manfred einen guten Aussichtsposten gefunden, und er beobachtete sehr genau, was um ihn herum geschah. Die anderen bekamen das gar nicht mit, was Manfred nur recht war. Am liebsten beobachtete er mich und meine Freundin Yvonne, die oft zu Mina und mir in den Garten kam, wenn das Wetter und ihre Eltern es zuließen. Manfred hatte seine Freude am Beobachten. Und am Schlafen. Immer abwechselnd. Immer abwechselnd. Tag und Nacht. Nacht und Tag. So ließ es sich aushalten, dachte sich Manfred. Nur am Abend, wenn es um ihn herum still wurde, hätte er das Leben, das er beobachtete, gern in eine Grubenlampe gestopft, um die dunkle Einsamkeit ein bisschen aufzuhellen.

«Komm doch mal bei mich auf den Schoß, Schätzeken!», sagte Manfred manchmal, wenn er ausnahmsweise wach war, und ich dachte, dass auch der Bergmann eben mal ein bisschen Wärme brauchte. Wie eine Eidechse.

Manfred roch nach Aftershave, er leistete sich stets nur das günstigste, das Herr Buhl in seinem winzigen Drogerieladen immer für Manfred auf Vorrat führte. Seit ich mich erinnern konnte, gab es Herrn Buhls Laden zwischen dem Metzger und dem Obstladen in der Einkaufsstraße unseres Stadtteils, in dem man abends die Bürgersteige hochklappte und samstags alle mit dem Flurputz beschäftigt waren. Meine Mutter kaufte oft bei Herrn Buhl, der eine weiße Arztkittelattrappe und eine polierte Glatze trug, die ihn viel älter machte, als er war. Immer, wenn ich Herrn Buhl anschaute, der hinter seiner altmodischen Kasse wie ein zu dünn geratenes Fragezeichen hervorlugte, überkam mich der Drang, unbedingt etwas auf seine Glatze malen zu wollen. Eine große, grinsende Sonne. Oder einen Regenbogen, der sich von einem Ohr zum anderen spannte. Ein Tigerfellmuster. Oder einen Strand mit Meer dahinter. Einmal träumte ich sogar davon, dass auf Herrn Buhls blankem Kopf ein Buchfink in seinem Nest brütete und er den lieben langen Tag mit dem Nest auf dem Kopf herumlief, es abends wie einen Zylinder absetzte und behutsam auf den Nachttisch legte.

Herr Buhl huschte bei unseren Einkaufsbesuchen geisterhaft durch die drei Gänge seines Ladens und reichte meiner Mutter die Zahnpasta für meinen Vater und ihre Niveacreme. Mich beachtete er gar nicht, er wäre durch mich hindurchgehuscht, wenn er gekonnt hätte, er hatte es nicht so mit Kindern. Aus zusammengekniffenen Augen blitzte die stumme Warnung in meine Richtung, dass ich bloß nichts anfassen und durcheinanderbringen sollte. Dabei interessierten mich weder Wattestäbchen noch Damenbinden, die mich in ihrer Verpackung ein bisschen an Boote für Mäuse erinnerten. Ich ging da schon nicht dran, was Herr Buhl ja allerdings nicht mit Sicherheit wissen konnte. Und weil ich wusste, dass ich Herrn Buhl etwas nervös machte, stand ich mucksmäuschenstill wie ein Eiszapfen zwischen der Kernseife und den Hornhauthobeln, und Herr Buhl freute sich trotzdem, wenn ich wieder weg war. Meiner Mutter allerdings schaute er etwas sehnsüchtig nach und vergrub seine Hände tief in den Taschen seines weißen Kittels, den er selbst geschneidert hatte. Ging meine Mutter abends ins Bett, bestrich sie ihr Gesicht doppellagig mit weißer Creme, die wohl auch nicht die Dörrpflaumenverwandlung aufhalten konnte, und dachte dabei manchmal an eine lupenreine Glatze.

Das Aftershave von Herrn Buhl, das der Bergmann so gerne benutzte, brannte mir in der Nase, wenn ich auf seinem Schoß saß. Und dann wiegte er mich zu *Please, release me* auf den Knien, als würden wir einen Sonntagsschwof tanzen, was ich sehr mochte. Was ich wiederum nicht mochte, war Manfreds Aftershave. Der penetrante Herr-Buhl-Geruch blieb nach unseren Knietänzen an mir haften, während Manfred längst wieder in seinen Liegestuhlschlaf gefallen war, was mich jedes Mal schwarzärgerte. So schwarz wie Manfreds Haus.

Mina hatte mir nämlich erklärt, dass Manfreds Haus schwarz war. Und das überraschte hinterher niemanden mehr. Selbst mich nicht. Immerhin war er Bergmann gewesen, und sogar Mina hätte Stein auf Bein geschworen, dass es an der ganzen Kohle lag, die sein Haus nach und nach schwarz gefärbt hatte. Aber so war es nicht. Man konnte Mina ihren Irrtum allerdings nicht vorwerfen, denn meine Mina sah einfach nur.

Mina sah nicht besser als andere, nicht weiter oder schärfer. Hellsehen, das konnte sie auch nicht, jedenfalls nicht richtig, obwohl man es leicht damit hätte verwechseln können. Aber Mina konnte in die Menschen hineinsehen. Und wenn ich sie fragte, was sie da sah, dann erzählte sie mir von den Häusern.

«Wenn es ganz still ist in einem drin, so still, dass man noch nicht mal mehr den eigenen Herzrhythmus hört, und wenn man die Augen fest zumacht, so fest, dass sich die Wimpern biegen und sich das Gesicht um die Augen kräuselt, wenn es anfängt zu glitzern und man den Kreisen und Punkten ein bisschen Raum gibt – dann sieht man es», erklärte Mina. Aber man durfte dabei keine Angst haben, weil die Angst alles durcheinanderbringt. Angst ist nie gut, fand Mina, denn wer sich fürchtet, der verliert das Sehenswerte aus dem Blick. Wie bei einer Buchstabennudelsuppe, da kann man auch keine Worte erkennen. Außer, man hat viel Glück. So ähnlich ist das mit der Angst, meinte Mina, und sie hatte sich die Angst einfach abgewöhnt, eines Tages. Das war auch bitter nötig gewesen, sonst wäre sie, bei all dem, was sie in ihrem Leben gesehen hatte, verrückt geworden, obwohl sie das nie laut sagte. Sie fand, es war unnötig, über etwas zu sprechen, das sich sowieso jeder dachte.

Und auf den richtigen Zeitpunkt kam es an, damit man es sehen konnte. Den zu erwischen, das war gar nicht so einfach. Und doch wiederum sehr leicht. «Aber verstehen, wie es funktioniert, das kann man erst, wenn man es gesehen hat», erklärte Mina.

Mein Haus war blau. Im Grundanstrich blau und ein bisschen rosa, weiß und grün. Aber nicht so sehr viel grün. Es war nicht sehr groß, eher klein, aber das liegt ja immer im Auge des Betrachters, wie etwas ist. Mina zumindest fand es klein und außerdem sehr windschief. Irgendetwas muss immer schief sein, damit man das Gerade erkennen kann, sagte mir Mina nicht nur einmal. Vielleicht war mein Haus deswegen an allen Ecken ein wenig schräg, besonders der Dachgiebel. Wenn man meinen Dachgiebel zu lange ansah, wurde einem regelrecht schwindelig. Manche Leute vertragen Schrägheit nicht, sie bekommen davon Kopfschmerzen und tun alles, um das Schräge wieder gerade zu biegen. Ich tat das wohl nicht, weil ich mich daran gewöhnt hatte, und dann wäre es schon gut so, meinte Mina. Dabei fand ich das Schräge fürchterlich.

Die Fenster meines Hauses waren große Rechtecke mit Fensterläden, die an Mimosenblüten erinnerten und die sich bei Bedarf schnell schließen ließen. Sehr schnell. Manchmal taten sie es ganz von allein. Kuriose Fensterläden waren das, fand Mina. Es gab außerdem zwei Eingänge: eine schmiedeeiserne Tür mit großem Riegel und ein kleines, hölzernes Törchen, das niemals verschlossen war und neben einem Briefkasten ziemlich versteckt an der Ostseite lag. Morgens schien die Sonne darauf, aber man fand es trotzdem nicht so leicht. Mein Haus hatte sogar einen schiefen Balkon, ja, es war fast eine Aussichtsplattform. Schaute man von dort in die eine Richtung, sah man den Leuchtturm von Wangerooge. Und wenn man sich umdrehte und die Hand als Vordach über die Augen legte, um besser in die Ferne blicken zu können, dann erkannte man den Hafen von Sydney. So einen Balkon hatten nicht viele, ich war schon ein wenig stolz. Manchmal wuchsen Blumen auf meinem Balkon, aber nicht so schnell wie das Unkraut zwischen den Bodenplatten. Wenn sich Mina lange mit einem Haus beschäftigt hatte, dann konnte sie winzige Details erkennen. In der Tür meines Wohnzimmers, zum Beispiel, lag an der linken unteren Ecke ein Astloch verborgen, durch das man schauen und ganz unbemerkt das rote Sofa beobachten konnte, auf dem hin und wieder jemand zu Besuch war.

Mir gefiel mein Haus, abgesehen von dem Schrägen. So jedenfalls, wie Mina es mir immer beschrieb. Ich fragte oft danach, weil ich die Geschichte über mein Haus spannend fand und immer das Gefühl hatte, dass irgendwie mehr dahintersteckte. Und ich fragte auch deswegen häufig danach, weil ich es selbst nicht sehen konnte. Vermutlich kann man sein eigenes inneres Haus nicht sehen. Aber Mina, die konnte es. Irgendwann hatte sie wohl herausgefunden, wie das mit dem Glitzern und dem Kräuseln und dem Herzschlag funktionierte, und seitdem sah sie die Häuser in all ihren Farben und Formen und Größen. Sie war selbst ganz überrascht davon, wie viele Sorten es gab.

Worüber sie sich aber nie wunderte – und es war doch ein Wunder, das Mina unaufgeregt mit sich herumtrug, als wäre es so normal wie ihre Buchstabennudelsuppe – das Überraschende war, dass sie die Häuser der Menschen überhaupt erkennen konnte.

Mina erzählte mir oft die Geschichten der Häuser, die sie sah. Abends schlief ich mit ihnen ein, manchmal träumte ich von ganzen Dörfern und Siedlungen. Ich konnte mich meist haargenau an alle Details erinnern, und ich war fest davon überzeugt, dass Mina sich diese Geschichten nicht ausdachte. Sie band ihre Gabe einfach nicht jedem auf die Nase und schmierte sie oft genug nur sich allein aufs Butterbrot. Weil man das mit Gaben so macht, wenn man die Sache mit der Demut einmal verstanden hat.

Meine Mina sah das Innere der Menschen, weil sie genau hinschaute. Und deswegen wusste sie, dass das Haus des Bergmanns schwarz war. Warum allerdings, das wusste sie nicht. So wie alle anderen, hatte sich auch Mina nie weiter mit Manfred beschäftigt. Und schon gar nicht wusste sie, welche Dinge an diesem Dörrpflaumensonntag im Juni 1986 noch passieren würden.

2

Mich jedenfalls regte an diesem Sonntag etwas ganz anderes auf. Als Mina und ich nämlich mit den aussortierten, guten Stachelbeeren aus dem Häuschen traten und uns eine Weile Manfreds Schweißperlen ansahen, die ein Wettrennen auf seinem Bauch veranstalteten, da erinnerte ich mich plötzlich wieder, dass ich sehr sauer gewesen war. Auf Mina. Und auf ihre Frisur. Denn sie sah nun aus wie alle in der Schrebergartensiedlung. Wie Ilse von nebenan. Und wie Grete von schräg gegenüber. Alle trugen dieses eigenartige Gewusel aus kurzen, grauen Löckchen auf dem Kopf. Wie eine struppige Mütze, die die älter werdenden Damen im Sonderangebot vom Wühltisch gezogen hatten. Alle. Ich wollte nicht, dass Mina so aussah. Ich wollte, dass Mina wieder wie Mina aussah mit ihren langen Haaren, die an den Spitzen noch ein bisschen dunkelbraun waren. Sollte sie auch noch eine Kittelschürze und fleischfarbene Strumpfhosen anziehen, wollte ich kein einziges Wort mehr mit ihr reden. Denn wer so aussah, der landete bald auf dem Friedhof.

Selbst mein Vater hatte sich das gedacht, als er mich morgens bei Mina ablieferte. Gesagt hatte er allerdings etwas anderes. Etwas, das die Frauen eben nach einem Friseurbesuch hören wollen. Etwas anderes durfte man nicht sagen, wenn man ein anständiger Mann war, der noch ein paar Manieren in den Knochen hatte. Weil sich mein Vater für anständig hielt und außerdem mit meiner Mutter verheiratet war, die ihm von früh bis spät sehr eindrücklich dabei behilflich war, seine Manieren nicht zu verlieren, hatte er sich zurückgehalten. Ich verstand das nicht. Vielleicht würde er es mir am Abend erklären, aber ich glaubte nicht daran. Im Gegensatz zu seiner Mutter Mina war mein Vater ein äußerst schlechter Erklärer, und da er das wusste, überließ er es den anderen. Aber keine Hand war größer und wärmer als die meines Vaters. Selbst Minas nicht. Und das hieß schon was. Auch ohne Erklärungen.

Ich war so sauer, dass ich es auf der Zunge schmecken konnte. Und neben Mina und ihrer bescheuerten Frisur zu stehen machte mich noch wütender, also stapfte ich ein paar Meter weiter, setzte mich auf den feinziselierten Rasen und schaute in den Himmel. Zumindest tat ich so. Aus dem Augenwinkel beobachtete ich eine Amsel, die sich an die Erdbeeren heranpirschte, und ich beobachtete die etwas überraschte Mina mit ihren grauenhaften Löckchen, die auf den Waschbetonplatten vor dem Häuschen versuchte, den großen Campingtisch auseinanderzufriemeln, und mich ihrerseits beobachtete.

«Mensch, Manfred, nu hilf mir doch mal!», rief Mina dem Bergmann zu. Sein schwarzer Schnäuzer zuckte einmal, und dann reckte er sich, wurde lang wie ein Gummiband, schnalzte in seine ursprüngliche Manfredform zurück und quälte sich aus dem Liegestuhl.

«Alter Mann ist doch kein D-Zug. Komm ja schon!»

«Wird aber auch langsam mal Zeit.»

Was die immer alle mit ihrer Zeit hatten. Erwachsene hatten nie Zeit, ihnen liefe die Zeit davon, sagte Mina, die Zeit verginge so schnell, da käme man ja nicht mehr mit. Ich hielt das für merkwürdige Ausreden. Denn wenn man acht Jahre alt ist, lässt sich die Zeit noch sehr viel Zeit. Mit allem.

Während Mina und Manfred den Campingtisch zusammenpuzzelten und abwechselnd fluchten, tauchte auf dem Weg hinter der Hecke ein Büschel blonder Haare auf. Die Haare gehörten Guido, der war erst sechs und eine Nervensäge sondergleichen. Immer schlich er den Schrebergartenweg entlang, der durch die gesamte Anlage führte, und suchte jemanden, den er belästigen konnte. Dabei sah man hinter den akkurat auf einen Meter gestutzten Hecken nur das obere Drittel seines flusigen Kopfes.

Guido verunstaltete die kunstvoll in Form geschnittenen Buchsbäume, er sammelte Nacktschnecken und warf sie in die Salatbeete. Wenn man nicht aufpasste, rupfte er alle Blumen ab, die er finden konnte, und im Frühling klaute er die Eier aus den Meisennestern und schoss sie mit seiner Steinschleuder an die Lauben. Guido hinterließ eine Schneise der Verwüstung. Dazu war er auch noch ein unglaublich großer Klugscheißer und petzte seinem Opa Herbert, dem Ersten Vorsitzenden des «Kleingartenvereins am Richterbusch», alles, was er in den Gärten als nicht rechtmäßig ansah: zu hoch gewachsener Rasen, zu niedrig gewachsener Rasen, zu laute Musik, zu leise Musik. Einmal erwischte er sogar Werner von gegenüber, wie er an den Himbeerstrauch strullte, weil Werner gelesen hatte, dass das den Pflanzen beim Wachsen helfe. Da hätten Grete und Werner bald ihre Laube zuschließen müssen, um für immer den Richterbusch zu verlassen, aber in letzter Minute konnte Werners Hausarzt sie noch vor der Vertreibung retten. Seitdem bekam Werner immer Kürbiskerne zum Geburtstag geschenkt, um das mit der Blase in den Griff zu bekommen, und seitdem strullte keiner mehr unkontrolliert in den Garten. Jedenfalls nicht bei Tag.

Und weil Guido der Enkelsohn von Herbert und somit

Prinz der Schrebergärten war, tätschelten ihm die meisten nur seine blöde Birne und ließen ihn gewähren. Bloß Ilse, die den Garten nebenan bewirtschaftete, bot ihm Paroli. Und das mit sechsundsiebzig Jahren. Ilse dachte nämlich, dass man so einem verzogenen Blag Einhalt gebieten musste, sonst würde das alles noch wie 1933 enden, wenn man da nicht direkt den Riegel vorschob. Sie fühlte sich dazu verpflichtet, Diktatoren erst gar nicht groß werden zu lassen. Ein etwas hoffnungsloses Unterfangen war das als Einzelkämpferin, aber das war ihr egal. Sie erwischte Guido häufig, sie lag ihm regelrecht auf der Lauer, und es bereitete ihr fast so viel Freude, Guido richtig abzusauen, wie ihren Rhabarber zu ernten. Dann jagte Ilse mit der Faust drohend hinter Guido her, und man glaubt ja gar nicht, wie flink jemand mit sechsundsiebzig noch sein kann. Ilse sprach genauso schnell, wie sie rennen konnte, und hängte die Wörter immer in einem einzigen endlosen Satz aneinander, von Punkt und Komma hatte sie offensichtlich noch nie etwas gehört, ihre Sätze wuchsen wie monströse Bandwürmer aus ihr hinaus. Manche Menschen, so wie Ilse, die verstand man aber sowieso schon an ihrem Blick, da hätte es das «DeinFöttchenhatgleichKirmesdatkannichdirabbasagenwennichdicherwischedukleinerHosenscheißer!» nicht gebraucht, das sie Guido in den Lauf warf. Merkwürdigerweise war Ilse die Einzige, die nicht von Guido angeschwärzt wurde, obwohl ihre Bauernwiese meterhoch wucherte und sehr wahrscheinlich unerlaubtes Viechzeug im Dickicht hauste. Vielleicht sogar was Exotisches. Anakondas. Oder steinalte Schildkröten. Das hätte mich gefreut.

Im Richterbusch war so gut wie alles verboten, alles normiert und alles streng von Herbert und Guido überwacht. Im Gegensatz zu Ilse verzog der Rest der Kleingärtner allerdings keine Miene, sie schauten einfach weg, wenn Prinz Guido mit seinem Holzschwert die Krokusse malträtierte oder den Schwebefliegen die Flügel ausriss. Ich hasste Guido.

Die Flusen hinter der Hecke hüpften. Ich tat so, als sei ich ein frisch gepflanzter Rosenbusch, blieb auf dem Rasen sitzen und hielt den Atem an.

«Ey» – hüpf – «du» – hüpf – «Spasti!», krähte Guido und entschied sich dann, die Hecke an einer günstigen Stelle auseinanderzuzerren. Bärenkräfte hatte der, vielleicht wurde man zwangsläufig so stark, wenn man Enkelsohn eines hohen Amts- und Würdenträgers war. Die Hecke zitterte, als wäre direkt unter ihr, auf einem Quadratmeter, ein sehr starkes Erdbeben ausgebrochen. Guido bohrte seinen Kopf durch die Zweige, und plötzlich ragte sein Gesicht aus den Blättern und glotzte mich an. Ich blieb ein Rosenbusch und starrte wieder in den Himmel.

«Spasti, ich rede mit dir!» «Spasti» war Guidos neues Lieblingswort, das er bei den Jugendlichen aufgeschnappt hatte, die manchmal hinter dem Vereinsheim heimlich rauchten. Guido tigerte oft bei ihnen herum, weil er Jugendliche per se sehr aufregend fand. Ich stellte mir vor, dass er ständig so zornig war, weil er sich aus seiner Kindheit wegwünschte. Vielleicht ging ihm sein Kindsein auf die Nerven.

«Spaaaastiii», brüllte Guido, und die Hecke erbebte bis zum übernächsten Garten. Ich zuckte kurz zusammen, sah rüber zu Mina und Manfred, die immer noch nicht fertig mit dem Campingtisch waren, und murmelte dann: «Geh weg!»

Murmeln, leise sprechen, damit das Gesagte auch ja nicht ankommt, weil man sich vor dem Ankommen etwas fürchtet. Wenn man murmelt, gibt es kein Echo, da sind die Worte so fein, dass sie einfach davonfliegen und keiner mehr genau wissen kann, woher sie kamen. Oder ob sie überhaupt jemals ausgesprochen worden sind. Ich murmelte oft.

Guidos Zorn wuchs. «Ich steck dich gleich ins Gefängnis, Spasti!», zischte er, bevor jemand ruckartig an ihm zog.

«Hömmawasfälltdirdenneigentlichein?» Ilse zerrte an Guidos Hinterteil, und der furzte vor Schreck mit großen Kuhaugen so laut, dass man es mindestens bis zum Vereinsheim hören konnte.

«DasisjawohldieHöhekannstdudichnichbenehmen?»

Noch ein Ruck, Guido jammerte: «Au, au, au!», und fing an zu flennen. Er steckte fest. Sein Flusenkopf schwitzte hellrot und beleuchtete die Hecke von innen. Ilse rupfte, Guido heulte, Mina und Manfred ließen den fast fertig aufgestellten Campingtisch fallen, der auf die Waschbetonplatten schepperte – und beide wetzten durch das Gartentörchen zu Guidos Hinterteil. Ich war ein Rosenbusch. Alle drei rissen wie verrückt an Guido herum, aber der rührte sich keinen Zentimeter.

«Hilfe, Hilfe!», rief er, und dass wir alle ins Gefängnis kämen, und der Angstrotz lief ihm übers Gesicht, mitten hinein in den Zorn auf seinen Wangen.

Ich war begeistert.

Der Bergmann, das sah man ihm an, hatte nach fünf Minuten genug vom Geheule und Geziehe, Guidos Kreischen klingelte in unseren Ohren, und Manfred beschloss, die Heckenschere zu holen.

«IsdasalleseinElendhierdasgibtesdochgarnichunddasam-Sonntag!»

Manfred hockte auf dem Gehweg und schnitt Guido feinsäuberlich aus seinem grünen Gefängnis aus, als wäre er eine kostbare Briefmarke. Stück für Stück fitzelte er die Hecke in

Konfettistücke und wunderte sich selbst über seine Geduld. Guido jaulte, ohne Luft zu holen, aber Manfred hörte ihn plötzlich gar nicht mehr, denn er dachte wieder über seine -keit-Worte nach. Und plötzlich, als Guido nach Opa Herbert schrie und Mina ihm sagte, er solle nun endlich mal still sein, fiel Manfred das beste und letzte Wort seiner Sammlung ein: Sinnlosigkeit.

Nach zehn Minuten war Guido befreit, der vor lauter Angst und Zorn in die Hose geschissen hatte. In unserer Hecke klaffte ein Loch, durch das man den Schrebergartenweg sehen konnte, Guido stand da, verheult und wie ein Limburger Käse stinkend, und seine Wut auf die Welt und auf sich selbst addierten sich in diesem Moment zu einer Supernova, die Guido vermutlich für den Rest seines Lebens mit sich herumschleppen würde.

Mina schüttelte den Kopf, Ilse schüttelte sich die Blätter von der Kittelschürze, und Manfred war schon längst wieder in seinen Liegestuhl gefallen. Guido starrte mich an, sein Blick eine Mischung aus Scham und Wut, die zu keinem Kind passte, die Kinder eigentlich noch nicht mal dann hervorbringen können, wenn sie sich wirklich anstrengen oder krank sind oder ihnen etwas Schlimmes passiert ist. Oder alles zusammen.

«Na warte, auf dem Sommerfest gleich krieg ich dich!», jaulte Guido und watschelte mit seiner Stinkehose auf und davon. Und als ob sein Abgang das Stichwort gewesen wäre, krochen mit einem Schlag alle Kleingärtner aus ihren Lauben, wuchteten Tonnen von Marmorkuchen, Eiersalat und eingelegten Schnibbelbohnen auf ihren Rücken und machten sich als langer, etwas trauriger Tross auf den Weg zum Vereinsheim. Alle schön in einer Reihe. Sie schleppten das, was sie mit arthritischen Fingern selbst fabriziert hatten, zum größten aller Großereignisse, das es im Richterbusch nur geben konnte: dem Sommerfest.

Während die Vorbereitungen für das große Fest schon in vollem Gange waren, saß ich immer noch auf dem Rasen. Mein Schreck über Guidos Auftritt war zusammen mit meiner Wut auf Minas Frisur längst ein gutes Stück weit in den Himmel geflogen, aber ich dachte immer noch darüber nach. Einmal nur so wütend werden können wie Guido, so vulkanartig ausbrechen und alles rauslassen, was in einem schmorte – das wäre was. Bei mir klappten immer bloß die Mimosenfensterläden meines schiefen Hauses zu, und ich setzte mich beleidigt in eine Ecke, schmollte vor mich hin und spielte mit meiner Wut Topfschlagen. Allein. Wofür hatte man überhaupt Wut, wenn man sie nicht teilte? Ich wusste nicht, wie das gehen sollte, und dass ich sie nicht einfach rausscheuchen konnte, machte mich schon wieder etwas wütend.

Der Campingtisch lag zusammengekracht auf den Waschbetonplatten, der Bergmann hielt die Augen geschlossen und dachte darüber nach, dass nach der Sinnlosigkeit wohl nicht mehr viel kommen würde. Er trommelte sich dabei mit seinen schwieligen Händen auf den dicken Bauch, als gäbe er seinem Inneren Morsezeichen.

Mina ließ sich nicht so einfach abschütteln, auch nicht von meiner Wut. Weil wahrscheinlich noch nicht mal ihre Ohrläppchen vertrocknen konnten, sprach sie immer sofort alles aus, was sie beschäftigte. Sie setzte sich mit ihrer struppigen Oma-Mütze neben mich ins Gras, dabei knackte ihr Knie, und ich bekam sofort ein schlechtes Gewissen. Falls es so etwas wie eine Olympiade des schlechten Gewissens gäbe, wäre ich diejenige, die mit allen Goldmedaillen nach Hause ginge. Dass man darauf stolz sein musste, glaubte ich allerdings nicht.

«Na, Ella. Das war ja wieder was mit dem Guido!», grinste Mina und legte mir ihre Herzhand auf die Schulter, die durch mein rotes Kleid puckerte.

«Mhmh.»

«Was ist denn los, mein Stöpsken?»

«Nix, Mina.»

Und das stimmte. Nur der Lufthauch von Minas Wärme und ihr Herzschlag auf meiner Schulter verwandelten alles Blöde dieser Welt in ein großes blaues Nichts. So saßen wir da, unter der Vormittagssonne, schweigend unter dem friedlichen Nichts. Vielleicht das beste Nichts, das man sich vorstellen konnte. Nebenan ließ Ilse ihren Schichtsalat fallen und ihr «Verdammichnocheins!» dröhnte durch den Sonntag. Der Dackel von Grete und Werner stand am Gartentor gegenüber und kläffte. Im Apfelbaum hinter der Laube tirilierte eine Amsel, und der rote Kater legte sich in den Schatten unter den Holunderbusch. Durch das Loch in unserer Hecke sah man Hosenbeine und Kittelschürzen vorüberwandern, die später, am Abend, zu Bontempi-Georgel ihre letzten Kräfte für einen Tanz zu *Caramba, Caracho, ein Whisky* mobilisieren würden, bis sie irgendwann in die Betten fielen und sich noch lange vom Sommerfest im Richterbusch erzählten. Alles war wie immer.

Weil man im Nichts manchmal die Zeit vergisst, und alles um einen herum auch, weil das Nichts gar nicht so etwas Schlechtes ist, wie viele immer meinen, hatten Mina und ich Yvonne nicht gehört, die sich an uns herangeschlichen hatte. Sie hüpfte auf unsere Rücken, schlang ihre langen Arme um unsere Hälse und steckte ihren Kopf zwischen Minas und meinen. Unser Nichts verpuffte mit einem Seifenblasenknall, und Yvonne brüllte uns erst «Hallo!» in die Ohren und dann: «Mina! Was hast du denn da auf dem Kopf? Das sieht ja blöd aus. Wie ein Schaf!»

Yvonne steckte ihre kleinen Finger in Minas Löckchen, machte «Mäh», und ich bewunderte meine Freundin dafür, dass sie sich nie ein Pflaster über die Stellen hatte kleben lassen, die für das laute Aussprechen von Gedanken zuständig sind. Yvonne murmelte nie. Sie schmetterte in froher Erwartung auf das Echo alles heraus, was eben rausmusste. Einmal, im Winter, als wir auf der hohen Rutsche unseres Lieblingsspielplatzes saßen, da fragte ich sie, wie das funktionierte.

«Du musst nur ganz tief einatmen. Und dann einfach die Worte ausatmen. Ist total einfach.» Dann pustete sie eine riesige Wolke gefrorenen Atem aus und sagte: «Probier mal!»

Ich probierte, bei mir kam nicht mal halb so viel Luft. Das meiste blieb irgendwo in mir stecken. Eigentlich war das auch gar nicht so schlimm, denn meistens pustete Yvonne das, was in mir steckenblieb, für mich in die Welt. So wie mit Minas Frisur.

«Endlich einer, der mich versteht!», sagte Mina und drückte Yvonne. «Ich wollte nämlich schon immer ein Schaf sein. Und jetzt kommt mal und helft mir mit dem Tisch. Der Manni ist ja wieder mit seinen Träumereien beschäftigt.»

Wundersam war das, wie leicht so was gehen konnte. Das mit dem tiefen Einatmen und Aussprechen, wenn man keine Angst vor dem Echo hatte, das meist sowieso viel leiser war als erwartet. Vielleicht liebte ich Mina und Yvonne so sehr, weil sie über alle beleidigten Leberwürste erhaben waren und weil sie selbst nie welche sein würden. Sie atmeten einfach ein. Und wieder aus. Und dann gingen sie ihren Weg weiter, ohne sich als Rosenbusch verkleiden zu müssen. Dafür liebte ich sie wirklich sehr.

Manfred aber träumte nicht, das tat er schon lange nicht mehr. Schlafen und Träumen waren zwei grundverschiedene Angelegenheiten. Das machte man nicht gleichzeitig, zumindest Manfred nicht. Er trommelte immer noch auf seinem Bauch herum, der keinen Zentimeter nachgab, wie ein riesiger, luftgetrockneter Schinken. Sogar seine Zehen wippten in dem Trommeltakt, denn das Wort, das ihm bis jetzt in seiner Sammlung gefehlt hatte, machte ihn ganz zappelig. Es grub sich immer tiefer, war in Manfred unter Tage gefahren und hub sich einen langen, unbeleuchteten Schacht aus.

Manfred versuchte Schwung zu holen, uns mit dem Tisch zu helfen und uns mit dem Spruch zu überraschen, den er in der Fernsehzeitung gelesen und über den er sehr lange nachgedacht hatte: «Ladies first, ich bin Förster!», aber dann legte sich sein Schwung lieber wieder auf die Lauer. In ihm, so fühlte es sich für Manfred an, spannte sich eine gewaltige Sprungfeder, immer eine Raste mehr spannte sie sich, klack, klack machte es manchmal in seinem Kopf, und er wollte nicht ausprobieren, was passierte, wenn sie losging. Das konnte er an diesem Tag gar nicht gebrauchen. Wie so vieles andere auch nicht.

Der Campingtisch ließ sich nun ohne Probleme zusammensetzen, was ohne Zweifel an Yvonne lag. Yvonne half so gut wie gegen alles: gegen bockige Campingtische, gegen Läuse und Halsschmerzen, gegen Schlechtwetterfronten, gegen Engelbert und eine Fünf im Sport, weil ich zu ungelenk war, um diesen doofen Aufschwung zu schaffen, und gegen das Schämen direkt danach half sie auch. Yvonne schämte sich nie für irgendwas, sie hätte sogar als die Zehen des Bergmanns auf die Welt kommen können – sie wäre wie ein preisgekrönter Pudel herumspaziert und hätte niemals Schuhe getragen. Extra. Ich sprang nie in Pfützen, Yvonne legte sich hinein. Yvonnes Haare waren rot, meine matschblond. Yvonne stand immer auf der Top-3-Klassensprecheranwärterliste, ich nie. Yvonne malte Zombies und Hexen und andere aufregende Dinge, ich malte seit dem Kindergarten Blumenwiesen. Mit Sonnen – die lachten. Yvonne würde später Abenteuerurlaube buchen und andere sehr waghalsige Dinge unternehmen, zum Beispiel mit Anfang zwanzig ganz mutterseelenallein von Israel mit dem Fahrrad nach Hause fahren, einfach so. Und ich, ich erlebte immer nur das Nötigste. Das alles wussten wir damals noch nicht, das hätte man aber ahnen können, und Mina sagte, Yvonnes Haus strahlte. Von innen heraus. Es würde eine Menge passieren müssen, bis da auch nur ein Hauch von Vertrocknung stattfände.

In der Mitte, da wo Yvonne und ich uns seit dem Kindergarten trafen, in dieser festverwobenen Schnittmenge konnten wir uns ausruhen. So wie Yvonne war. Und so wie ich war. Wir brauchten keine Erklärung dafür, obwohl wir so weit voneinander entfernt zu sein schienen wie der Hafen von Sydney und der Leuchtturm von Wangerooge. Wir sahen uns trotzdem und hielten zusammen.

Für unsere Hilfe schenkte uns Mina ein großes Glas Zitronensprudel ein. Yvonne zischte es in einem Zug leer und strich sich mit dem Handrücken über den Mund.

«Ich muss dir was zeigen. Mach mal die Augen zu!», sagte ich, nahm Yvonnes Hand und zog sie von der geblümten Auflage des Klappstuhls quer durch den Garten, über den ziselierten Rasen, zu Guidos Loch. «Aufmachen!»

«Was ist das denn?»

«Da hat sich Guido gerade reingebohrt, mit seiner blöden Birne, und dann hat er festgesteckt. Manfred musste ihn rausschneiden, und dabei hat sich Guido in die Hose gemacht. Groß. Der hatte vielleicht Schiss!»

«Ist nicht wahr, du veräppelst mich doch!»

«Wohl wahr! Frag Mina!»

Mina saß am Campingtisch und hatte sich ihre große, dunkle Sonnenbrille aufgesetzt. Jetzt sah sie aus wie eine feine Schafdame auf Kreuzfahrt, sie winkte und nickte, als Yvonne sie fragend ansah.

Und dann musste ich ihr haarklein berichten, was passiert war.

«Und du hast gar nichts gemacht? Gar nichts?»

«Nö. Ich hab bloß hier gesessen. Genau hier.»

«Mensch Ella!» Yvonne schlug sich vor die Stirn. «Und er hat sich so richtig in die Hose gemacht? So richtig?»

«Volle Lotte.»

Und dann lachten und kicherten wir beide, weil man das mit acht so macht, auch weil einem manchmal sonst nichts einfällt. Wir fassten uns an den Händen und liefen zu den Erdbeersträuchern, um uns zu vergewissern, dass meine Erdbeere immer noch die größte war, und das war sie.

«Wann erntest du sie denn endlich mal?», fragte Yvonne mit etwas vorgeschobener Unterlippe. «Wenn die so weiterwächst, wird sie noch die ganze Siedlung überwuchern. Mindestens das Häuschen. Und Manfred. Und überhaupt alle.»

«Du bist ja nur neidisch!», kicherte ich wieder. Achtjährige Mädchen kichern so unglaublich viel, dass man dafür ein kleines Kraftwerk bauen und die Menschheit mit Kicherenergie versorgen könnte. Vielleicht.

Wir pflückten eine Handvoll Erdbeeren und setzten uns unter den Apfelbaum zu Boy George. Die Sonne brannte durch die Blätter, zu Yvonnes Sommersprossen gesellten sich hundertmillionen Blätterschatten. Sie sah aus wie ein Apfelbaumzebra. Kichern.

Manfred briet auf dem Liegestuhl, und Mina briet Frikadellen im Häuschen. Späte Sonntagvormittage bestanden aus einem Brutzeln, das unsere Welt in eine kleine Käseglocke verwandelte. Kriege waren ganz sicher nicht an Sonntagvormittagen im Juni ausgebrochen, da lagen nicht nur die Bratensoßendüfte in der Luft; alles umwehte so ein Hauch von Paradies, von immerwährendem Frieden und Liebe und blauem Himmel. Da dachte niemand daran, dass es mal wieder kalt werden oder dass die Luft nicht mehr nach Frikadellen und Schweinebraten riechen könnte. Späte Sonntagvormittage im Richterbusch, unter dieser Käseglocke meiner kleinen Welt, hießen, dass alles in Ordnung war, dass alles in Ordnung blieb und dass alle Sorgen mit Frikadellengeruch ausgemerzt werden konnten.

Yvonne legte ihren Kopf auf meinen Schoß, sie schaute in den Apfelbaum, ich schaute auf Yvonnes Sommersprossen, dann sang sie: «Froh zu sein bedarf es wenig», und ich fand, dass sie das Schönste war, das ich kannte. Vielleicht war ich sogar ein bisschen verliebt in Yvonne, heimlich, wie man mit acht verliebt sein kann, in die schönsten Dinge, die man in einer Käseglockenwelt findet. Vielleicht war ich auch nur in das Gefühl verliebt, das mir Yvonnes warmer Kopf auf den Schoß zauberte, das Besitz von mir ergriff und das ich erst kannte, seit ich Yvonne getroffen hatte.

«Meine Mutter verwandelt sich übrigens in eine Dörrpflaume.»

«Was?»

Fünfminütiges Kichern. Der Bergmann blinzelte alle drei

Sekunden zu uns herüber, und ich konnte nicht feststellen, ob wir ihn nervten oder ob er sich mit uns freute. Yvonne, die Manfreds Blinzeln ebenfalls bemerkt hatte und ihn nicht stören wollte, meinte: «Komm, wir drehen mal 'ne Runde, bis das Essen fertig ist!»

Wir fragten Mina, und die war einverstanden: «Aber beim letzten Glockenschlag um zwölf seid ihr beiden Hübschen wieder hier!»

Wie bei Aschenputtel, dachte ich.

«Wie bei Aschenputtel», sagte Yvonne.

Im übernächsten Garten lebten Herr Fritz und Thorsten. Herr Fritz war ein tatteriges Männchen mit krumpeligem, grauem Bart. Seine Hände wackelten in einer Tour, an manchen Tagen so stark, dass es aussah, als wollte er aus fünf Metern Entfernung den Pflaumenbaum schütteln, und danach die ganze Stadt. Seine streichholzdünnen Beine trugen ihn unsicher durch seinen Garten, der nur aus Rasen, dem Pflaumenbaum und zwei Ställen bestand. In einem wohnte Thorsten. Ein Zwerghahn. Der krähte nie und hatte genauso dünne Beine wie Herr Fritz. Dass man darauf überhaupt laufen konnte, faszinierte mich immer wieder.

In dem anderen Stall saßen ungefähr fünfundzwanzig Wellensittiche, und es war kein richtiger Stall, eher ein riesiges Freiluftgehege auf Rollen, damit die Vögel auch mal was anderes von der Welt sehen konnten. Herr Fritz' Sohn, der auch Torsten hieß, nur ohne h, hatte es angefertigt, und darauf war Herr Fritz sehr stolz. Er ließ uns oft die Wellensittiche füttern, die einen Heidenlärm machten und irgendwie ganz staubig waren. Als wären sie aus einer Puderdose geschlüpft. Woher das kam, das wusste ich nicht, ich vergaß immer zu fragen, weil Herr Fritz uns jedes Mal, wenn wir zum Füttern kamen, die Geschichte über den Bau des Vogelkäfigs auf Rollen und von Russland erzählen musste.

Herr Fritz hatte das mit dem Zweiten Weltkrieg ja noch am eigenen Leib miterlebt, und das war wohl so schlimm gewesen, dass der Krieg für ihn 1945 gar nicht aufhörte, sondern in seinem Kopf erst richtig anfing, weil er dann Zeit zum Nachdenken hatte – und auch, weil in seinem Bein ein Granatsplitter eingewachsen war. Wo man den allerdings hätte finden sollen, war mir völlig unerklärlich, man konnte durch seine Beine hindurchschauen, wenn die Sonne sie von hinten beschien. Da brauchte man kein Röntgengerät, was ja auch wiederum sehr praktisch sein konnte. Herr Fritz aber schwor auf den Splitter in seinem Bein und auch darauf, dass eines Tages die Russen aus Russland wiederkommen würden und wir dann alle verloren wären. Er hätte manchmal schon ein paar um seine Laube schleichen sehen, Späher, wir sollten gut auf uns aufpassen. Und dann wackelten seine Hände noch mehr, und seine Augen flitzten von links nach rechts und hoch und runter, als ob er nach dem Feind Ausschau hielte.

Mina meinte, wir sollten da nicht so genau hinhören, der Krieg hätte Herrn Fritz ganz dösig im Kopf gemacht, wie so viele, und dann dachte sie daran, was wohl aus dem ganzen Federvieh werden würde, wenn Herr Fritz eines Tages ausgewackelt hätte.

Herrn Fritz sahen wir an diesem Sonntagvormittag nicht, nur Thorsten, mit h, der im Sand scharrte und den Wellensittichen zuhörte, die eine rege Unterhaltung über Gott und die Welt, und wahrscheinlich auch über Russland führten.

Wir liefen weiter, den Schrebergartenweg entlang, der kurz nach Herrn Fritz' Grundstück eine große Kurve nach links nahm. Ganz nah am Vereinsheim, wo alles klapperte und schnatterte und mit Bluthochdruck die letzten Vorbereitungen für das Sommerfest liefen, erstreckte sich die Parzelle von Wilhelm und Barbara. Die beiden bewohnten ein großes Haus mit parkähnlichem Garten in einem der nobleren Stadtteile, da wo, wie ich gehört hatte, jede Nacht die Sterne funkelten und tagsüber immer die Sonne schien. Ich war nie dort gewesen, weshalb ich nicht mit Gewissheit sagen konnte, ob das vielleicht nur ein Märchen war. Es hörte sich aber schön an.

Direkt hinter Wilhelms und Barbaras Gartentörchen thronte eine Steinskulptur, ein Löwe mit herrschaftlichem Königsblick, neben den japanischen Ziergehölzen. Barbara trug meist ein taubenblaues Kostüm, seit neuestem einen Gehstock mit Knauf in Schwanenform und morgens ein Haarnetz. Wilhelms dichtes graues Haar erinnerte mich etwas an eine Nagelbürste, die ich in Herrn Buhls Laden gesehen und selbstverständlich nicht berührt hatte. Dazu war Wilhelm immer mit Anzug bekleidet, in Beige, manchmal Braun.

Sie kamen nur sonntags und bei schönem Wetter in den Richterbusch, was an einer langgehegten Tradition lag, die Barbara geerbt hatte, und auf ihrer Laube wehte eine blassrosa Fahne mit Familienwappen: Murmeltier vor Kreuzlilie. Morgens deckten sie den Tisch in der Sonne unter der herrlichen Magnolie und entkorkten um Punkt halb zehn ein Fläschchen Champagner für den Kreislauf. Meist lasen sie dann Zeitung, diskutierten über den Kulturteil und wandelten anschließend durch den Garten. Sie sprachen auch nicht wie alle anderen Gartenpächter, sie setzten ihre Worte vornehm in den Sonntag:

«Ach, schau mal, Wilhelm, wie prächtig doch die Knospen wieder gedeihen!»

«Ganz herrlich, Barbara!»

Oder: «Ach, der Zitronenbaum gefällt mir heuer aber keineswegs!»

«Ja, es war ja auch ein ganz außerordentlich kühler Frühling, Wilhelm! Ganz außerordentlich.»

Und dann wandelten sie zurück, gossen sich den stärksten Kaffee der Welt ein, weil der Richterbusch sie immer sagenhaft ermüdete, und schrieben nieder, was man gegen die Frühlingskälte zu unternehmen habe. Das Ziselieren und Beschneiden überließen sie wochentags nämlich Piotr, ihrem Gärtner, der ihnen von Ilse empfohlen worden war und aus Polen kam. Nicht aus Russland. Das wäre ja schon aus Rücksicht auf Herrn Fritz gar nicht gegangen.

Yvonne und mich beeindruckte es sehr, wie aufgeräumt es Wilhelm und Barbara hatten, ihre Blumen und Sträucher sahen aus wie von Meisterhand mit langen Pinselstrichen auf eine große Leinwand gemalt. Ja, wenn man etwas Phantasie besaß, dann hätte man fast meinen können, dass der ganze Garten von Wilhelm und Barbara auf einem riesigen, goldgerahmten Kunstwerk neben lauter stümperhaft bekritzelten DIN-A4-Blättern hing. Ich fand das großartig, ich hätte mich stundenlang auf den Weg setzen und dieses Meisterwerk betrachten können.

Das Allerbeste aber war die Hollywoodschaukel. Wenn wir höflich fragten, beiden zur Begrüßung nicht nur die Hände schüttelten, sondern auch einen kleinen Knicks machten, den Barbara uns beigebracht hatte, denn sie verstand was vom Benehmen, durften wir auf das weiche Polster klettern und zehn Minuten hollywoodschaukeln.

«Ach, Wilhelm, liste doch bitte noch Schmierfett auf. Die Schaukel bedarf einer dringenden Ölung.»

«Ganz zweifellos, Barbara.»

Wenn wir sittsam und ordentlich zu Ende geschaukelt hatten – eigentlich bewegten wir uns nur zwei Zentimeter vor und zurück, vor lauter Ehrfurcht, und kicherten tonlos –, überreichte uns Barbara manchmal einen Heidesandkringel, den wir uns teilen mussten. Dabei tat Barbara so, als hätte sie uns ein mit Juwelen besetztes Diadem geschenkt. Manche Menschen können das, denen liegt das einfach so im Blut, auch wenn es gar nicht blau ist, sondern nur ganz stinknormal rot. Aber sie tun eben so, mit einer höflichen Herablassung, und man glaubt es ihnen sofort, weil sie dieses noble Auftreten und Steinlöwen im Eingang stehen haben.

Ganz andächtig nahmen wir den Heidesandkringel in Empfang, Wilhelm und Barbara lächelten großmütig, und selbst Yvonne, die das ganze Tamtam um einen popligen Heidesandkringel genauso bescheuert fand wie ich, sagte ausnahmsweise nichts.

Barbara fing uns an diesem Sonntag schon am Gartentor ab, der Wilhelm sei unpässlich, habe es mit der Galle, sagte sie, und er müsse in Ruhe noch ein erquickliches Weilchen innehalten. An dem Satz verstand ich «Ruhe» und «Weilchen», was ja im Grunde schon reichte, um erraten zu können, dass uns der Schnabel mit Schaukeln sauber blieb. Dabei wäre herrlichstes Schaukelwetter gewesen, und ich gab mir Mühe, nicht wieder beleidigt zu sein. Und gerade als wir dachten, wir würden es noch zu Frau Heyerlein schaffen, die immer einen Riesenvorrat an Schokolade an uns verteilte, obwohl sie arm wie eine Kirchenmaus war, hörten wir die Glocken läuten. 12 Uhr.

«Jetzt aber dalli!», sprudelte es aus Yvonne heraus, und wir rannten den ganzen Weg zu unserem Garten zurück. Mindestens so schnell wie Ilse.

3

Mit dem letzten Glockenschlag schossen wir durch das Törchen, Mina stemmte die Hände in die Hüften und tat streng. «Da habt ihr aber gerade noch mal Glück gehabt!»

Kichern.

«Diese Kinder heutzutage!»

Wenn Mina eins nicht sein konnte, dann streng. Selbst wenn sie schimpfte, sah sie aus, als würde sie bloß so tun, als ob sie schimpfte.

«Wo is'n Manfred?», fragte Yvonne und ließ sich auf die Blümchenauflage fallen.

«Der sucht was», antwortete Mina, zeigte mit dem Finger hinter die Laube und holte die Frikadellen.

Wir starrten uns ungläubig an. Manfred suchte nie etwas, was sollte er denn schon finden wollen, er hatte doch hier alles, was sein Herz begehrte. Nahmen wir jedenfalls an.

Die Frikadellen dampften langsam vor sich hin, ich sah den kleinen Wolken nach, die nach Zwiebeln dufteten.

«Manfred! Essen wird kalt!» Yvonne stach sich ein Häufchen Hackfleisch auf die Gabel und fing einfach an. Wenn das Barbara gesehen hätte, die wäre vor Schreck direkt umgefallen. Meine Hände lagen auf meinem Schoß und zuppelten an dem roten Kleid herum. An einigen Stellen hatte es kleine rote Kügelchen vom Waschen bekommen, die man auf gar keinen Fall abrupfen durfte. Ich zuppelte immer in diesen für mich einigermaßen misslichen Lagen, wenn es um Entscheidungen ging. Selbst dann, wenn es sich nur darum drehte, ob ich mit dem Essen anfangen sollte. Oder nicht. Mina sagte, ich hätte bereits mit zwei Jahren mit dem Zuppeln angefangen, sehr süß wäre das damals gewesen, und alle hätten gedacht, das würde sich schon geben. Mina aber dachte das nicht. Sie sah mich ja in meinem schrägen Haus herumlaufen und an allen Schubladen und Schränken zuppeln und sie aufreißen, damit mir irgendwann die richtige Entscheidung vor die Füße fiele, die ich dann einfach aufheben und wie einen glatten, schönen Stein in die Tasche stecken könnte. Wenn einem aber nie eine Entscheidung vor die Füße plumpst, damit man sie wie ein Geschenk von allen Seiten betrachten kann; wenn man deswegen nie weiß, weder mit zwei noch mit acht Jahren, was zu tun ist; wenn man keine Ahnung hat, für welchen Weg man sich entscheiden soll, weil es immer mindestens tausend Gabelungen und Hinweisschilder zu beachten gibt, dann braucht es schon ein außerordentlich großes Waschkügelchen, das einem durch die Fingerspitzen die richtige Antwort einflüstert.

Lächerlich war das Zuppeln und sah bestimmt auch lächerlich aus. Ich stellte mir vor, ich könnte die Fäden gerade zupfen, und wenn sie endlich geordnet wären, würde sich das mit dem Sichtrauen und Entscheiden ganz von allein ergeben. Blöde Angewohnheit.

Yvonne schmatzte, der Hunger klopfte gegen meine Stirn, bloß war ich ja noch nicht fertig mit dem Fadenbegradigen. Hinter dem Haus polterte es und in den Garten links neben uns kam Leben.

Günther, der bis vor kurzem das kleine Stück Rasen bewirtschaftet hatte, hatte kürzlich den Löffel abgegeben, was man, wie Mina bemerkte, in diesem Fall wörtlich nehmen durfte, ohne schlechtes Gewissen. Günther bewirtschaftete nämlich nicht nur seinen Garten, sondern auch die kleine Gastronomie im Vereinsheim.

Bei Günther stand immer noch über dem Eingang, seine Bockwürste mit Kartoffelsalat aus dem Eimer waren so legendär, dass sogar ab und zu die Kleingärtner aus der nächsten Anlage, die sich direkt an den Richterbusch anschloss, bei Günther gingen. «Heute gehen wir bei Günther!», etablierte sich als geflügeltes Wort weit über die Grenzen unserer Käseglocke hinaus. Günther fiel eines Morgens, weil ihn wohl so etwas Ähnliches wie ein Blitz ins Herz getroffen hatte, mit dem Löffel in der Hand neben die Gulaschkanone und wurde zwei Stunden später von Ilse mit «Watmachstdudenndafürn-Kokolores?» gefunden. Aber da war der Löffel schon längst abgegeben und Günther weggeflogen. Bei Himmel.

Zwei Wochen später waren neue Besitzer in Günthers Häuschen nebenan gezogen. Die türkische Großfamilie, die Berge von Bohnen und große Weinblätter anpflanzte, hatte es immer lustig. Sie feierten mit großer Lebensfreude und knieten ab und zu auf bunten, kleinen Teppichen. Niedlich war das. Manchmal raunzten die Männer die Frauen an, und die Frauen schimpften mit den Kindern. Was sie sagten, das verstand ich nicht, das klang für mich immer nach Erkältung, aber wenn sie sonntags Lamm grillten, drückte ich mich oft zufällig am Begrenzungszäunchen herum, bis mir einer ein Stück herrlich gewürztes Fleisch über den Maschendraht reichte. Meine Mutter würzte selten, und der türkische Pfeffer brannte sich in meine Zunge, so dass ich ihn noch mittwochs schmecken konnte, wenn ich genau hinfühlte. Die Türken hatten unglaublich viele Kinder. Ich wusste nie so genau, wie viele, keiner kam mal zu uns rüber. Man blieb wohl lieber unter sich, auf der einen wie auf der anderen Seite der Grenze. Die Türkei musste das grünste Land mit den meisten Bohnen der Welt und mit den besten Gewürzen des Universums sein. Wahrscheinlich wurde man dadurch so richtig lebendig und lustig und laut. Yvonne und ich nahmen uns vor, in die Türkei auszuwandern. Da würde ich bestimmt das Wörter-Ausatmen lernen, schon allein weil Pfeffer so im Hals kitzelte.

Ich zuppelte immer noch, und nebenan baute Mohammed, ein großer, dunkelhaariger Familienvater mit Vollbart, einen riesigen Grill auf. Bestimmt zehn Frauen mit Kopftüchern, wunderschönen, orientalisch geschminkten Augen und langen Mänteln hockten wie schwarze Tauben zwischen den Bohnenpflanzen und gurrten sich lustige Worte zu.

«Ella, nun fang doch endlich mal an!», sagte Mina und legte mir ihre Hand auf das Zuppeln.

Und dann schoss hinter dem Häuschen der goldene Spaten in die Mittagssonne. Den goldenen Spaten hatte Manfred vom Ersten Vorsitzenden, Herbert, für sein äußerst akkurates Ziselieren verliehen bekommen. Er war die höchste Auszeichnung unter der Sonne des Richterbuschs, die einzige Auszeichnung, die Manfred je erhalten hatte, und Manfred trug ihn wie eine strahlende Lanze zum Gefecht. Man konnte sich schlecht vorstellen, wie groß und kantig Manfred war, weil so ein Liegestuhl die Perspektive stark verzerrte. Wie bei Jim Knopf und dem Scheinriesen Tur Tur, nur andersherum. Jedenfalls war Manfred ziemlich groß und kantig, wenn es darauf ankam. Warum es allerdings an diesem Nachmittag drauf ankam, das wusste nur Manfred.

Manfred war es ganz komisch zumute geworden, als er die Türken nebenan hatte kommen sehen, während Yvonne und ich unsere Runde drehten. Sie fielen in sein Bauchgetrommel, in sein bestes -keit-Wort, sie fielen in Manfreds Grubenschacht ein. Wer nicht in Manfred hineinsehen konnte, der hätte wohl gemeint, dass er ein Problem mit ihrer Sprache oder ihren Kopftüchern hatte, wie es manche Menschen haben, auch wenn ich nie so richtig verstand, warum. Aber das war es nicht. Denn eigentlich ging es Manfred nur um Mohammed, der zufälligerweise genauso aussah wie der Steiger aus Anatolien, dieser fiese Möpp, wie Manni fand, mit dem er kein Kumpel gewesen war, weil der ihn vor die Stollentür gesetzt hatte. «Zu alt», hatte der Steiger zu Manfred gesagt und ihm damit das Letzte genommen, an dem er noch festhielt. Insbesondere Mohammed also, der ja gar nichts dafür konnte, dass er aussah wie ein Erzfeind, fiel in Manfreds vergessene Welt ein. Er fiel nicht nur, er stieß an diesem Sonntag auch etwas an.

In Manfreds Haus, das hatte Mina ja auf ihrer einmaligen und kurzen Stippvisite nicht sehen können, war eine physikalisch höchst komplexe Murmelbahn installiert. Eine klitzekleine Murmel, die an einem seidenen Faden direkt hinter der Eingangstür hing, wartete seit Jahren auf ihren Einsatz. Sollte jemand in Manfreds Stollen fallen und dabei die Murmel anstoßen, würde das eine Kettenreaktion auslösen, die nicht mehr zu stoppen wäre: Die klitzekleine Murmel plumpst herunter, um eine etwas größere anzustupsen, die wiederum durch mehrere Gänge mit Loopings und Trichtern rollt und am Ende ein Wippbrett aktiviert, auf der eine noch größere Murmel tief hinein in Manfreds schwarzes Haus geschleudert wird. So setzt sich das eine Weile fort, mit immer größeren und schnelleren Murmeln, durch Spiralen und an Gartenzwergen vorbei. Wie bei einer Minigolfbahn für Kopfmurmeln, die mit Überschallgeschwindigkeit reisen, bevor sie endlich einlochen. Am Ende der komplizierten Maschine, mehrere Meter, vielleicht auch Kilometer unter der Erde, glänzt die metallische Sprungfeder, die Manfred manchmal erahnte und die etwas ans Licht katapultieren würde, das Manfred wenig später mit seltsamem Frieden erfüllen sollte.

An diesem Sonntag stieß Mohammed, der wochentags im Stahlwerk die heißglühenden Schlackepfannen ausbetonierte, so dass dabei öfter mal seine Schuhe Feuer fingen, und der vermutlich deswegen so gern am Sonntag Lamm grillte, weil er das heiße Leben schätzte und es so lange schmieden wollte, wie es noch formbar war; Mohammed also stieß versehentlich und nur weil die Sinnlosigkeit Manfred wieder an den Steiger erinnert hatte, an Manfreds klitzekleine Murmel. Und dem wurde es ganz komisch zumute, weil es in ihm ja nun unaufhörlich rollte.

Und so passierte etwas äußerst Merkwürdiges. In Zeitlupe schoss Manfred aus dem Schatten des Häuschens. Mina versicherte mir hinterher, dass er wirklich gerannt und dass die Zeit nicht langsamer vergangen sei, sie hätte es ja selbst nie für möglich gehalten, dass Manfred überhaupt rennen konnte.

Ich aber sah Manfred durch einen geleeartigen Zeitpudding an mir vorbeihüpfen, seine Sandalen platschten dumpf auf die Gehwegplatten. Der goldene Spaten, der bloß mit billiger Farbe aus dem Baumarkt angestrichen worden war, durchschnitt lanzenartig die Schrebergartenluft. Ritter Manfred, dachte ich.

Alle Geräusche knuddelten sich zu einem dunklen Autobahnrauschen zusammen, in dem ich nicht hören konnte, wie Yvonne ihre Gabel fallen ließ, und ein Eckchen Frikadelle über den Tisch hopste, als sei es auf dem Mond gelandet. Die Amsel flüchtete mit lähmender Geschwindigkeit Richtung Ilse, ich erkannte jeden Flügelschlag.

Manfred glitt an Guidos Loch vorbei, sein Gesicht leuchtete puterrot, aus seinem Mundwinkel blitzte die Ringelnatterzunge, seine Kopfmurmel rollte gerade in ein Maisfeldlabyrinth, das Manfred vor langer Zeit angelegt hatte. Maisfeldlabyrinthe waren die kompliziertesten ihrer Art, fand er. Und als Manfred Mohammeds Gartentörchen fast erreicht hatte, was in Wirklichkeit nur Sekunden gedauert hatte und mir wie die Zeit zwischen Ostern und Weihnachten vorkam, verfing sich seine Murmel an einem Maiskorn und hätte das Rollen beinahe, vorerst, beendet.

Doch als Mina nach den Stuhllehnen griff, um sich abzustoßen und das Schlimmste noch irgendwie zu verhindern, denn sie ahnte mittlerweile, was Manfred vorhatte; als das Frikadelleneckchen vor meinem Limonadenglas zum Liegen kam und sich die Amsel in Ilses Kleingartendickicht stürzen ließ und dabei ein paar Gräserpollen in die Luft wirbelte, was wie leichter Schneefall aussah; als Yvonne sich die Hand über den Mund warf und ihre Fingerspitzen die sommersprossige Nase berührten, da verhedderte sich Manfreds rechte Halbsandale kurz in einer Brennnessel, die sich unerlaubt an Mohammeds Gartentörchen ein Zuhause gesucht hatte. Allein der kurze, brennende Impuls, der durch Manfreds Hornhautzeh in sein Inneres geschickt wurde, reichte völlig aus, um die Murmel am Maiskorn vorbei und um die nächste Ecke des Labyrinths zu schubsen.

Das Aufreißen des Törchens erschreckte die schwarz gekleideten Frauen zwischen den Bohnenranken, sie stoben auf und flatterten wild durcheinander. Mohammed stand am Grill und wendete ein Lammkotelett. Manfreds Murmel plumpste aus dem Labyrinth in einen Trichter, Mina hatte sich bereits einige Meter durch den Zeitpudding gekämpft und verlor auf der Hälfte des Weges ihren linken Gartenschuh. Aus ihrem Mund fielen mindestens tausend «Manfred»s, ich erkannte es deutlich, hören konnte ich allerdings immer noch nichts, außer dem tiefbassigen Wummern, das sich über den Richterbusch gelegt hatte.

Der goldene Spaten kroch in den Himmel. Manfred holte tief Luft und weit aus. Die letzten Meter zu Mohammed schrie er sich seinen Weg frei, der Ritter vor seiner letzten Schlacht.

Yvonne rührte sich nicht, nur ein kleiner Sommerwind pustete ihr eine rote Haarsträhne ins Gesicht und vor ein grünes Auge.

Mohammed, der gerade daran gedacht hatte, wie gut er doch grillen konnte und dass das Leben eben jedem das schenkte, was er verdiente, und manchmal sogar, was er sich wünschte, ließ mitten in Manfreds Ritterschrei die Grillzange auf seine Lammkoteletts fallen.

Der goldene Spaten reflektierte das Sonnenlicht in Mohammeds Pflaumenbaum, Manfred setzte zum Sprung an.

Wenn man alle Kräfte seiner Sinnlosigkeitswut bündelt, so dass die Spitze der goldenen Lanze unter ihnen vibriert, fühlt man sich mutig. Und frei. So ging es jedenfalls Manfred, der ausgeholt hatte, um zu eliminieren, was, wie er annahm, für sein ganzes Elend verantwortlich war. Er spürte die Kraft, die all die vergessenen Jahre in ihm geschlummert hatte. Nur das Denken, das war ja immer schon ein bisschen schwierig gewesen für Manfred, und jetzt konnte er es gar nicht mehr, das übernahm seine Murmel, die sich mittlerweile gut gelaunt durch einen roten Looping drehte.

Dass sich aber Mohammed vor dem ersten Hieb des goldenen Spatens mit einer beherzten Hechtrolle in das Möhrenbeet rettete, damit hatten weder Manfred noch die Murmel gerechnet. Und so donnerte Ritter Manfreds Lanze direkt auf Mohammeds Grill und auf ein fast fertig gebratenes Lammkotelett. Statt auf Mohammeds Kopf.

Das Lammkotelett flog durch die Luft, die Funken der Grillkohle schossen rot in den Himmel, was mich ein bisschen an ein Feuerwerk erinnerte, und bevor sich Manfred auch nur wundern konnte, landete, knapp oberhalb seines schwarz gefärbten Schnäuzers, ein «Spinnst du?!» zusammen mit Mohammeds Faust.

Manfred taumelte zurück, der Spaten war ihm vor Schreck über den Funkenflug und über Mohammeds Schnelligkeit aus der Hand gerutscht.

Die schwarz gekleideten Frauen gurrten aufgeregte, laute Worte, die ich nicht verstand.

Mina schrie: «Aufhören, verdammich noch eins!»

Yvonne und ich saßen am Tisch, und keine von uns wagte es, sich auch nur einen Zentimeter zu bewegen. Für mich war das nicht allzu schwierig, denn ich war es ja gewohnt, ein Rosenbusch zu sein. Yvonnes Beine aber juckten, und sie wollte aufstehen und hinlaufen, denn wenn ein kleines Mädchen dazwischenging, würden sich schon alle beruhigen. Das war doch immer so, und außerdem, wenn sonst schon niemand etwas tat, dann musste es eben an Yvonne sein, die Dinge geradezurücken. Sie traute sich trotzdem nicht.

Ritter Manfred, dem ein rotes Rinnsal aus der Nase tröpfelte, schnaufte einen fiesen Grunzlaut in Mohammeds Richtung, der nun wie ein Ringer mit gebeugten Knien und ausladenden Armen Manfred fixierte. Die Kontrahenten bewegten sich keinen Zentimeter, Mohammed dachte kurz an das Lammkotelett, und er dachte darüber nach, was er dem Opa von nebenan denn getan hatte, dass er so ausflippte. So unvermittelt. Wie ein Reptil. Vielleicht war ihm die Hitze nicht bekommen, nicht jeder konnte das so gut aushalten wie Mohammed. Auch die innere Hitze nicht.

Manfred dachte nichts. Sein kullernder Zorn raste in ihm herum, da blieb keine Zeit. Für nichts mehr.

Niemand hatte Manfred und Mohammed ein Signal gegeben, niemand hatte die Startfahne geschwenkt oder den Startschuss gegeben. Vermutlich hatte einfach einer der beiden mit der Wimper gezuckt oder die Nase kurz gekräuselt, was manchmal ja schon ausreichen kann. Manfred brüllte, und beide liefen gleichzeitig los, platschten in einer gewaltigen Umarmung aufeinander, schoben sich wie im Tanz vor und zurück und landeten dann, weil Mohammed Manfred aus den Sandalenangeln hob, beide auf dem Boden. Sie schlugen und traten und wedelten mit Armen und Beinen in der Luft, sie rollten übereinander und untereinander und waren bald wie eine Kugel aus Knete zusammengeklebt, die sich ächzend und stöhnend mal über das Möhrenbeet, mal gefährlich nah an den Grill drückte.

In diesem Moment landete ein Marienkäfer, der kurz zuvor auf den Erdbeerpflanzen ein Mittagsschläfchen gehalten hatte, auf meiner linken Hand. Das Merkwürdige war, dass er genauso schnell krabbelte, wie Marienkäfer es gewöhnlich tun, für ihn schien sich die Zeit nicht ins Unendliche zu dehnen. Vielleicht blieben Marienkäfer von solchen Phänomenen verschont. Sieben Punkte zählte ich und streckte meine Hand, so gut es in Zeitlupe eben ging, in die Luft. Der Marienkäfer kitzelte meinen Zeigefinger, als er ihn wie einen Fahnenmast erklomm. Dann hob er in die unförmige Zeit ab, die nebelschwadenartig durch den Richterbusch zog, er raste durch sie hindurch und flog über Yvonnes Kopf Richtung Gartenhäuschen.

Und genau als der Marienkäfer auf dem Fensterbrett des Häuschens unter dem Apfelbaum landete, drehte irgendetwas oder irgendwer den Zeitschalter wieder auf die Normalposition. Alle Geräusche stürzten aus ihrem Gemurmel zurück in meine Welt, Mina rief hysterisch: «Manfred, Manfred!», während sie, mittlerweile barfuß, zwischen den schwarz gekleideten Frauen stand.

Bevor wir alle auch nur einen klaren Gedanken fassen konnten, befreite sich Mohammed ein paar Sekunden später aus der raufenden Knetkugel. Durch eine beherzte Kopfnuss ausgeschaltet, blieb Manfred direkt neben dem Möhrenbeet benommen liegen. Mina, die schon ganz heiser vom vielen Schreien geworden war, hechtete zwischen Mohammed und Manfreds beige Sandalen, hob dabei die Hand und krächzte: «Jetzt is Schluss!», aber Mohammed hatte gar nicht vor, weiterzumachen. Er hatte ja auch gar nicht angefangen und wollte doch nur in Ruhe seinen Sonntagsgrill befeuern. Er schüttelte einfach den Kopf und drehte sich um, er wollte nicht wissen, welcher Teufel in den alten, schrumpligen Mann gefahren war. Dann hob er das Lammkotelett auf und dachte, dass der Zorn alles verdirbt. So wie Essig den Honig. Mohammed war kein sehr gläubiger Mann, aber die Koransure passte sehr gut, dachte er, denn er hatte Manfreds essigsauren Zorn fast schmecken können. Und als Mina Manfred unterhakte und sich sehr beschämt für alles entschuldigte, als sie ihn wie eine zu groß geratene Karotte aus dem Beet zog und danach den goldenen Spaten einsammelte, wunderte sich Mohammed über diesen merkwürdigen Sonntag. So wie wir alle. Wir konnten ja nicht ahnen, wie merkwürdig er noch werden sollte.

Mina bugsierte Manfred zurück in den Garten, was in etwa so aussah, als hätten beide eine mittelschwere Naturkatastrophe nur knapp überlebt. Sie zog den Liegestuhl in den Schatten unter den Apfelbaum und setzte Manni schnaubend hinein. Den goldenen Spaten lehnte sie an den Stamm des Apfelbaums, der Goldanstrich war am Stiel aufgeplatzt.

«Ist das aufregend!», flüsterte Yvonne sehr begeistert. «Warum hat er das gemacht?» Aber ich, weil ich es ja auch nicht wusste, schaute nur auf Manfreds blutende Nase, die rote Punkte auf seine Brust tropfte. Mina eilte mit einem feuchten, gestreiften Waschlappen aus der Laube und legte ihn auf Manfreds Stirn. Mit einem Küchenpapier betupfte sie seine Nase und seine Brust. Und als man nichts Rotes mehr auf Manfred erkennen konnte, als Yvonne noch immer sehr begeistert war und sich mein Herzschlag ein wenig beruhigte, löste sich das aufregende Ereignis für uns langsam in der Schrebergartenluft auf. Das ist das Gute daran, wenn man acht Jahre alt ist.

Für Manfred allerdings, dem es in seinem Leben noch nie so schwindelig gewesen war und der nicht so genau begriff, was mit ihm vorging, hatte sich gar nichts aufgelöst. In Manfred zurrte sich alles nur noch fester zu einem großen Knoten zusammen, seine Kopfmurmel freute sich, als sie an einer großen Leuchtreklame vorbeisauste, auf der das Wort «Sinnlosigkeit» in Gelb und Orange aufblinkte.

Die Luft roch nach Lammkoteletts. Mina konnte es bis unter den Apfelbaum riechen, sie beugte sich über Manfred, der die Augen geschlossen hielt.

«Mensch, Manni, was hast du dir nur dabei gedacht?», fragte sie und runzelte die Stirn, ihre Löckchen standen wirr auf ihrem Kopf herum. Die hatten sich auch mächtig vor Manfred erschreckt.

Manfred schwieg. Das war nicht unüblich, denn er redete ja nur das Nötigste. Sein ritterlicher Kampfschrei hallte in ihm nach, als säße er in einer Tropfsteinhöhle. Allein. Und alle Worte waren ihm entfallen.

Im Frühling hatte Mina versucht, mir richtig Scrabble beizubringen. Richtig deswegen, weil ich meist nur Quatschwörter legte, was Mina jedes Mal ein kleines bisschen auf die Palme brachte, denn Scrabble war ihr Lieblingsspiel, und seltsamerweise ging nie auch nur einer der vielen Buchstaben unter der Eckbank verloren.

«Was soll denn ein HAMZ sein?», fragte sie mich dann ein wenig empört. Oder sie sagte: «FUNT habe ich ja noch nie gehört!», und dass es die Worte, die mir einfielen, doch gar nicht gäbe. Zumindest, sagte Mina, lägen sie nicht im allgemeinen Sprachschatz, aus dem man seine Worte herausfischte wie ein Angler. Die einen waren besser im Angeln, die anderen schlechter, das sei immer so, bei allem, was man tat, sagte sie. Aber man müsste seine Angel schon in den Sprachschatz halten, den jeder kannte.

Den Begriff «Sprachschatz» mochte ich sehr. Ich stellte mir viele funkelnde Worte in einer geheimnisvollen, riesig großen Truhe vor, die irgendwo vergraben lag. Und in dieser Sprachschatztruhe, da war ich fast sicher, steckten auch meine Quatschwörter, man musste einfach lange genug darin fischen, um sie an Land zu ziehen. Sie waren vielleicht nur gut verborgen oder sehr klein, lagen ganz unten oder falsch herum und waren nicht für jedermann auf den ersten Blick sichtbar. Man brauchte möglicherweise eine Angel mit speziellem Köder für meine Worte. HAMZ machte mein Vater, wenn er auf dem Sofa einen Mittagsschlaf hielt, tief ausatmete und davon träumte, endlich meine Mutter davon überzeugen zu können, die Sommerferien in Spanien zu verbringen. Weil er, ganz ähnlich wie Mohammed, das Warme sehr liebte. Und FUNT war das Geräusch, das eine Stubenfliege machte, wenn sie gegen die Wohnzimmerscheibe unserer Dreizimmerwohnung flog. Ich hatte das sehr eingehend beobachtet und fragte mich, wie man Fliegen wohl beibringen konnte, sich nicht mehr am Fenster den Kopf zu stoßen. Aber da mich Fliegen nicht so brennend interessierten wie Reptilien, hatte ich meine Frage bald wieder vergessen.

Mina ließ HAMZ und FUNT trotz meiner Erklärungen nicht gelten, Scrabble müsse man schon so spielen, dass beide Spieler faire Chancen hatten. Das sei sowieso sehr wichtig im Leben, sagte sie, und deswegen wollte sie mir zeigen, wie man es richtig spielt.

Im Frühling also, als wir in den ersten Sonnenstrahlen vor dem Häuschen saßen und sich vor uns das große Spielbrett wie eine Landkarte ausbreitete, auf dem Mina das Wort TORTE gelegt hatte, beugte sie sich quer über den Tisch, um auf mein Buchstabenablagebänkchen schauen zu können. Ich hatte bereits SNOF und DAK zusammengeschoben, was einerseits das Naseputzgeräusch von Manfred war und andererseits ein für mich sehr deutliches Entenquaken.

Mina rollte mit den Augen und wusste seitdem, dass es in meinem Sprachschatz wohl immer ein wenig anders aussehen würde.

Am 22. Juni 1986 um 13:14 Uhr machte Manfreds geschwollene Nase eindeutig FIEBZ beim Ausatmen, und ich fragte mich, ob Mina das wohl bei der nächsten Scrabble-Partie als Wort gelten lassen würde. Im Moment beugte sie sich über Manfred, wie damals über mein Buchstabenablagebänkchen, und begutachtete stirnrunzelnd seine blutige Nase und überhaupt jede Pore in seiner tiefbraunen Lederhaut.

Wie sie so dastand und den Bergmann auf seinem Liegestuhl eingehend betrachtete, kamen mir plötzlich beide steinalt vor. Noch älter als sonst. Wie eine angegraute Statue, die irgendwo auf einem Marktplatz abgestellt und für immer in ihrer eigentümlichen Pose in die Zeit gemeißelt worden war. Aber dann drehte sich Mina zu uns um und ließ es gut sein mit dem Hinüberbeugen und Begutachten. Manchmal ist es für Diagnosen zu spät.

Wir waren heilfroh, dass alles glimpflich ausgegangen war. So heilfroh, wie wenn man nachmittags an Heiligabend feststellt, dass die Lichterkette noch funktioniert, die man natürlich nicht schon ein paar Tage vorher getestet hat – was meinem Vater regelmäßig passierte. Oder wenn die schwarze Socke doch nicht abgefärbt hat, die unbemerkt in die Waschmaschine mit den weißen Blusen gelangt war – was meiner Mutter nie passierte. Im Grunde war nichts geschehen, das man unbedingt in die Zeitung hätte schreiben müssen, nichts als Manfreds blutige Nase, seine Beule an der Stirn und eine Menge Aufregung.

Mina setzte sich zwischen mich und Yvonne, zog uns links und rechts in ihre Arme, und Yvonne fragte mindestens fünfzehnmal, warum Manfred das getan hatte.

«Das weiß wohl nur Manfred allein», antwortete Mina, und ihre Stimme vibrierte an meinem Ohr. Dabei ahnte Mina, dass auch Manfred es nicht ganz so genau wusste.

«Geht es dir gut, Mina?», fragte ich und merkte, dass mein Kopf und ich sehr müde waren.

«Ja, mein Stöpsken», sagte sie. «Mit mir ist alles in Ordnung. Wisst ihr was? Ich schmier euch jetzt mal ein Bütterken. Ihr habt doch sicher Hunger.»

«Und was ist mit Manfred?», fragte ich, aber mein Bauch knurrte in meine Frage hinein, er wollte gern eins von Minas Bütterchen. Weil nur Mina diese Butterbrote schmieren konnte und weil man auf einen Schreck oft etwas zu essen braucht.

«Manfred muss sich ausruhen. Wir lassen ihn besser ein Momentchen in Frieden und verkrümeln uns», sagte Mina und legte ihren Doktorenblick auf.

Als wir Mina ins Häuschen folgten, meinte ich zu erkennen, dass über Manfreds Sonnenbräune ein diffuser Grauschleier hing. Ein leichtes Graublau. Wie das, das die Zigaretten meiner Mutter in die Küche kräuselten und das mein Vater jedes Mal mit einem sehr lauten Räuspern untermalte. Aber dann dachte ich, es wäre ganz einfach der Apfelbaumschatten, der sich über Manfred gelegt hatte. Der Schatten, der aus Yvonne ein gestreiftes Apfelbaumzebra machte. Und der Boy George und den Rest der verstorbenen Gartentiere in ein beschützendes Zelt hüllte. Manfreds großer Bauch hob und senkte sich, seine Arme ruhten auf den Lehnen des Liegestuhls, seine Nase machte FIEBZ, nur sein linker dicker Zeh zuckte kurz, als wir an ihm vorbeiliefen.

Auch wenn ich nicht verstand, wieso Manfred mit seinem goldenen Spaten durch meinen Zeitpudding gerast war und, ganz offensichtlich, Schlimmes mit Mohammed vorgehabt hatte, tat mir Manni schrecklich leid. Wie er so dalag mit seiner Nase und dem Waschlappen und dem Grauschleier. Wenn er sich nur ein Momentchen ausruhte, wie Mina gesagt hatte, würde er bestimmt später *Please, release me* auflegen und mich auf den Knien wiegen. Danach würde er mit auf das Sommerfest kommen und sein einziges Herrengedeck des Jahres trinken, ein Pils, ein Korn, sich den Schaum vom schwarzen Schnäuzer wischen, Mohammed die Hand zur Entschuldigung reichen, und alles wäre wieder wie immer im Richterbusch.

Auf der Anrichte der Kochmulde im Häuschen lagen gestapelte Frikadellen. Vier hohe Türme, die Mina für das Sommerfest gebaut hatte und die wahrscheinlich schon am Vereinsheim vermisst wurden. Im Schrebergarten hatte schließlich alles seine Ordnung, auch Frikadellentürme. Mina kümmerte das gerade wenig. Sie schmierte uns Bütterchen, und ich saß auf der Eckbank, zwischen zwei rot karierten Kissen, und fühlte mich ein bisschen wie die mumifizierte Eidechse Boy George, falls man sich überhaupt so fühlen kann. Wahrscheinlich war es einfach nur die Müdigkeit nach so viel Aufregung, die mich plötzlich überrollte. Yvonne plapperte durchgehend. Schließlich war ihr noch nie so etwas passiert, und wenn Yvonne etwas wirklich Aufregendes erlebte, erzählte sie einem wieder und immer wieder davon. Bis daraus so etwas wie eine Geschichte geworden war. Ich hörte all ihre Geschichten gern. Und bei dieser war ich sogar selbst dabei gewesen. Ihr Plappern klang heute wie eine Gutenachtgeschichte, Minas Brotmesser schmierte in Yvonnes Erzähltempo die Butter auf unsere Stullen. Hin und her. Schön sah das aus. So gleichförmig. Wie ein kleiner Tanz.

Als das Messer mit einer Pirouette an der letzten Brotrindenkante abschloss, waren die Bütterchen fertig. Wir setzten uns damit an den Tisch in der dunklen Laube. Kurz fragte ich mich, ob wir wohl Verstecken spielten, denn nur jemand, der nicht gesehen werden wollte oder die Sonne nicht gut vertrug oder sehr traurig war, hockte sich an einem Junitag in die Dunkelheit. Mina fragte sich das ebenfalls, sie schämte sich für Manfreds Benehmen. Besser kurz die Tür hinter sich zuziehen und die Decke über den Kopf werfen. Und dann wartet man, worauf, weiß man auch nicht so genau, vielleicht dass das Verstecken hilft. Gegen Unliebsames.

Meine Augenlider wurden so schwer, als ich in das Bütterchen biss, so schwer, als hingen die großen Klunker meiner Mutter daran, die ihre Ohrläppchen mindestens drei Zentimeter länger machten, wenn sie sie trug. Manchmal legte sie die smaragdfarbenen Steine an, bevor wir zu Herrn Buhls Drogerieladen aufbrachen. Und sowohl Herr Buhl als auch ich waren stets sehr beeindruckt von dem enormen Gewicht, das an den Ohren meiner Mutter zog. Einmal war ich kurz davor gewesen, die Ohrringe in die Toilette zu werfen. Ich sah es nämlich kommen, dass die Ohrläppchen meiner Mutter wegen der Klunker eines Tages aufgeben und wie weich gewordener Käse auf den Gehweg tropfen würden. Herr Buhl sah das ebenfalls kommen, sagte es aber genauso wenig wie ich. Wenn man nämlich jemanden liebt, sagt man eine Menge nicht. Oder zu viel. Je nachdem.

Wir mümmelten die Bütterchen in unserem Versteck, Manfred schnarchte und FIEBZte ins Häuschen, Mohammed ließ sich endlich sein Lammkotelett schmecken und dachte dabei vermutlich an das nächste Lokal-Derby.

Fußball war, neben der Arbeit, das Lieblingsthema unserer Stadt. Im Grunde hielten Stahl, Kohle und Fußball diesen Ort am Leben, ohne all das wäre er eingegangen wie Minas Feldsalat, den sie letztes Jahr auf den Kompost geworfen hatte. Selbst die Schnecken malochten hier hart.

Ich legte meine Wange in die Hand und stützte meinen schweren Kopf darauf ab, was ja nun wirklich nicht die feine englische Art war, von der Barbara gern sprach. England musste ein sehr feines Land sein, das war mir schon bei der

Hochzeit von Lady Diana aufgefallen, die ich mit meiner Mutter sehr fasziniert im Fernsehen verfolgt hatte, obwohl ich damals erst drei Jahre alt gewesen war. Vielleicht war es auch die Erinnerung an den Arm meiner Mutter, in den ich mich schmiegen durfte, und wie wir beim Anblick der übermäßig langen Schleppe des Brautkleides «ahh» und «ohh» seufzten, weswegen mir sowohl England als auch dieser Tag als sehr fein im Gedächtnis steckengeblieben waren.

«Stöpsken. Möchtest du dich ein bisschen hinlegen?», fragte Mina in meine feinen englischen Gedanken und strich mir eine Haarsträhne aus dem Gesicht.

Yvonne aß das zweite Bütterchen und freute sich auf morgen, wenn sie unseren Mitschülern in der großen Pause neben dem Gummitwistfeld ihre neueste aufregende Geschichte erzählen würde.

«Ja», antwortete ich und schaute in Minas Augen. Wenn man ganz tief in sie hineinsah, waren Minas Augen wie eine Wackelkarte. Schaute sie nach oben, wurden sie blau. Schaute sie nach unten, verwandelte sich das Blau in ein Grün, das mich immer an eine endlos weite Wiese erinnerte, auf der man dem Sommer entgegenlaufen konnte. Selbst im Winter. Mina war einer der wenigen Menschen, die es aushielten, wenn man ihnen so lange und so tief in die Augen sah, dass es irgendwann unangenehm werden konnte. Oder wunderschön. In manche Augen ist es nicht möglich hineinzuschauen, das war mir aufgefallen. Obwohl man sich genau auf die Mitte konzentriert, scheint es eine Art Umleitung zu geben, und man landet mit seinem Blick irgendwo. Nirgendwo. Mina und ich aber waren gut im Aushalten.

«Ich stelle dir die Liege hinters Haus. Momentchen», sagte Mina. «Und du, Yvonne?»

«Wir könnten Mensch-ärgere-dich-nicht spielen, Mina, ich bin total fit.»

«Das habe ich mir gedacht. So machen wir das. Bau doch schon mal alles auf und warte auf mich», sagte Mina, stand auf, und Yvonne und ich blieben wortlos im Momentchen sitzen.

Hinter der Laube kramte Mina die Gartenliege hervor, deren Liegefläche mit ungefähr vierzig kleinen, rostigen Sprungfedern am Rahmen befestigt war. Legte man sich darauf, sackte man fast bis auf den Rasen und schwebte in zwei Zentimetern Höhe über dem Boden. Wahrscheinlich fühlt sich das Altwerden so an, wenn alles ausleiert und mit Rost bedeckt ist. Gemütlicher als diese uralte Liege konnte trotzdem nichts sein, obwohl ich mir immer eine Hängematte für den Apfelbaum gewünscht hatte. Heimlich. Heimliche Wünsche waren das Blödeste, das ich kannte. Denn wie sollten sie in Erfüllung gehen, wenn man sie nicht aussprach und niemand von ihnen wusste?

«Ella?», rief Mina von hinter der Laube.

«Ich komme, Mina!», rief ich zurück. Ich quetschte mich an Yvonne vorbei, die mich auf ihren Schoß zog und mich festhielt, und wir kicherten dabei unser Mädchenkichern, das ich für den Rest meines Lebens im Ohr behalten würde. Es gibt nicht nur Sprachschätze. Es gibt auch Geräuschschätze. Das Mädchenkichern lag ganz oben in meiner Schatztruhe, die an einem sonnigen Platz in meinem schrägen Haus stand. Direkt neben der gläsernen Flügeltür. Mit Blick auf den Hafen von Sydney.

«Warum nennst du Mina eigentlich nicht einfach Oma? So wie alle das machen mit ihren Omas», fragte Yvonne, als ich schon in der Laubentür stand.

«Wie oft willst du mich das noch fragen?», sagte ich.

Yvonne kannte meine Antwort schon. Sie grinste.

Manfred schlief tief und selig unter seinem graublauen Schleier, ich tapste auf Zehenspitzen an ihm vorbei, zog meine Sandalen aus und setzte mich vorsichtig auf die Liege. Daneben hatte Mina ihren kleinen Holzhocker gestellt, den sie zum Fensterputzen benutzte. Sie setzte sich darauf, legte die Hand auf meine Schulter und schloss die Augen. Ich schaute in den Himmel und beobachtete kleine Wolken, die über den Richterbusch reisten. Schön musste das sein. Von dort oben alles betrachten zu können. Da zu sein. Und trotzdem weit weg. An manchen Tagen, wenn meine Mutter langsam zu vergessen schien, wie man sprach, wie das mit dem Lieben oder zumindest dem Gernhaben ging, wünschte ich mir, eine Wolke zu sein, die über den Garten flog, wo alles seine Ordnung hatte.

Minas Herz puckerte durch ihre Handfläche in meine Schulter, als hätte sie es für mich angeknipst. So wie man Nachttischlampen anknipst, um böse Träume zu vertreiben. Und immer, wenn sie ihr Herzklopfen ein- und meine Angst damit ausschaltete, überzog mich eine Gänsehaut. Von ganz allein. Einfach so. Mir war es manchmal ein bisschen unangenehm, wenn Mina sie bemerkte, und später fand ich, das alles war eine etwas kitschige Angelegenheit. Ab und zu aber konnte Kitsch wohl nicht schaden. Insbesondere dann nicht, wenn die Wirklichkeit viel zu wirklich für ein gewöhnliches Leben war.

Mina griff hinter sich, sie sah meine Gänsehaut und wusste, wo ich fror. Immer.

«Komm, ich deck dich zu», sagte sie. Das sagte sie zu mir, seitdem ich auf der Welt war. In den richtigen Augenblicken. Es war das Schönste, das je jemand zu mir gesagt hatte, und es bedeutete mir mehr, als ein «Ich liebe dich» jemals hätte in die Waagschale werfen können.

«Komm, ich deck dich zu», sagte Mina, und ich konnte mir nicht vorstellen, irgendwann einen Menschen mehr zu lieben als meine Mina.

«Mina? Warum hat Manfred das gemacht?», fragte ich, nachdem sie mich zugedeckt und die Wolldecke bis über meine Schultern gezogen hatte.

«Ich kann ja mal nachschauen. Was meinste?», sagte sie.

Ich nickte so fest, dass die Liege anfing zu wippen. Mein Bauch kribbelte ein bisschen vor Aufregung, ein bisschen kribbelte er, weil ich beleidigt war, dass sie mich nicht auf ihre Besuchsreise mitnehmen konnte, ein bisschen kribbelte er vor Angst. Minas Gesicht kräuselte sich um ihre Augen. Und dann begann sie mir zu erzählen, was sie sah.

Wenn Mina die Häuser der Menschen besuchte, hatte sie mir erzählt, näherte sie sich ihnen immer über einen Trampelpfad, der durch hohes Dünengras führte. Im Hintergrund hörte sie Wellenrauschen, mal lauter, mal leiser, eigentlich war es ja nur das Rauschen ihres Blutes. Eben genau dieses Rauschen, das jeder Mensch hören kann, wenn er sich eine Muschel ans Ohr drückt. Der Pfad mündete in einer Lichtung, und immer entdeckte sie auf dieser Lichtung das jeweilige Haus.

Den Platz, auf dem Manfreds Haus stand – es war ein bracher Acker –, durchzogen viele feine Risse. Mina erklärte, dass die Glasur ihrer alten Teekanne ein sehr ähnliches Muster bekommen hatte. Über die Jahrzehnte. Und obwohl sich Manfreds Lichtung völlig ihrer Dörre ergeben hatte, war das Erdgeschoss merkwürdigerweise ein gutes Stückchen in den staubtrockenen, harten Boden eingesunken. Die Tür seines schwarzen Hauses ließ sich deswegen nicht mehr öffnen. Im Obergeschoss brannte ein Westfälischer Frosch im Fenster. Es war eine kleine Grubenlampe aus Eisen, und die Bergleute mussten höllisch aufpassen, dass die offen brennenden Frösche keine Schlagwetterexplosionen auslösten. In Manfreds Haus aber würde das wohl nicht passieren.

Ein brennender Frosch, dachte ich und war überzeugt, dass das sehr hässlich aussehen musste.

Durch das Wellenrauschen hörte Mina ein unterirdisches Kullern, aber Manfreds Murmel, die durch ihren Parcours raste, war für Mina unerreichbar. Nichts und niemand konnte sie aufhalten. Manfreds schwarzes Haus rückte keine Geheimnisse heraus, es klebte noch nicht einmal ein Zettel mit der Aufschrift «Bin im Garten!» an der Tür, die im Boden feststeckte.

«Sinnlos», flüsterte Mina und lag damit sehr richtig.

Sie entkräuselte langsam ihr Gesicht, hörte noch kurz dem Kullern und dem Rauschen zu und öffnete die Augen.

Ich war fast eingeschlafen, denn das konnte ich bei Minas Geschichten über die Häuser am besten. Egal, wie spannend sie auch waren. Später, das nahm ich mir noch vor, würde ich Mina fragen, was brennende Frösche und Kullergeräusche zu bedeuten hatten, ich würde ihr all meine Fragezeichen zeigen und sie würde eine Antwort bereithalten. So wie immer.

Yvonne stürzte sich auf mich. «Schlafmütze! Aufwachen!», kicherte sie in mein Gesicht. «Gleich geht's los! Sommerfest!»

Ich grinste zurück und vergaß fast, was Mina mir vorm Einschlafen erzählt hatte. Denn wenn ich mich auf etwas freute, gerieten die Dinge, um die ich mich nicht so gern kümmerte, die ich nicht recht verstand oder die mir Angst machten, schnell in Vergessenheit.

Das Sommerfest war für Yvonne und mich eine Mischung aus Weihnachten und Erwachsenengeburtstag, an dem wir teilnehmen durften, obwohl das ja noch gar nichts für Achtjährige war. Wir durften so lange aufbleiben, wie wir wollten, wir durften zusehen, wie die Erwachsenen immer betrunkener wurden und sich, wenn es schon dunkel war, wie Kinder benahmen. Sie tanzten und lachten, manche hüpften sogar, wenn es ihre alten Knochen noch mitmachten, und andere stritten sich lauthals. Einige kicherten. Wie wir. Yvonne und ich liebten das Sommerfest vielleicht genau deswegen. Weil wir ein bisschen ahnten, dass wir nicht immer erwachsen sein mussten, später, wenn unser Mädchenkichern nur noch in einer Schatztruhe liegen würde.

Aus der Laube balancierten vier hohe Frikadellentürme vor Mina auf einem geblümten Tablett unter Frischhaltefolie, Manfred schnäuzte sich vorsichtig die dicke, rote Nase. Es machte erst FIEBZ, dann SNOF.

«Manni, zieh dich mal an und komm mit», sagte Mina. «Das wird dir guttun. Was meinste?»

Manfred saß auf seinem Liegestuhl, hatte die Rückenlehne in eine aufrechte Position gehebelt und schaute durch den Apfelbaumschatten auf uns drei. Nacheinander. Er fasste sich an die Beule auf seiner Stirn, sog kurz die Luft ein und fühlte sich, als hätte er ein Herrengedeck zu viel gehabt. Wie früher. Nach der Schicht. Wenn sich die Kumpel viele Biere und viele Schnäpse in der Kaue der Zeche genehmigt hatten, dabei noch ihre Arschleder trugen, die ihre Hintern vor der Kälte und der Nässe im Stollen schützten und die sie alle mit ziemlichem Stolz anlegten. Arschleder. Barbara und Wilhelm, die von diesem Begriff das erste Mal auf einem der Sommerfeste gehört hatten, konnten deswegen eine ganze Nacht lang nicht schlafen. Arschleder. Wie das klang! Und auch wenn ich niemals zu den selbsternannten Adligen, zu den feinen Pinkeln unserer Stadt zählen würde – manche Dinge, die in der Welt, in die ich geboren worden war, beim direkten Namen genannt wurden, weil man hier nicht um den heißen Brei herumredete, manche Dinge fand ich unschön. Arschleder war eins davon. Laut und dreckig ging es hier oft zu. Unter Tage, in Mannis Zuhause, sowieso. Klare, kurze Ansagen, die im Grubenschacht überlebenswichtig waren, hatten sich bis an die Oberfläche gegraben und gehörten zu uns wie die Flamme des Hochofens, die in vielen Nächten unseren Stadtteil in ein helles Orange hüllte, und mein Vater versicherte mir immer, wenn ich mich sorgte, dass bloß die Engelchen backen würden.

Manni schaute immer noch. «Neee», sagte er und das Reden strengte ihn sehr an. «Neee, ich ruh mich aus. Aber ... Danke. Ihr Schätzekens. Danke für alles. Glück auf.»

In Manfreds linkem Auge bildete sich ein kleiner See. Es war der letzte Rest Flüssigkeit, der in ihm übrig geblieben war und der nicht mehr für zwei Augen reichte. Bevor der See versickerte, legte Mina ihre Handfläche auf Manfreds Schulter und sagte: «Is schon gut, Manni. Dann ruh dich mal aus», und für einen winzigen Augenblick, der nicht länger als eine halbe Sekunde dauerte, wurde Manfred völlig ruhig, seine Murmel hielt kurz an, und der Schwindel verstummte.

«Und mach mir keine Sperenzkes, wenn wir nicht da sind.»

Manfred nickte durch das Murmelkullern, nach neuen Albernheiten stand ihm nicht der Sinn. Er lehnte den Kopf an seinen Liegestuhl, schob die Armlehnen zurück und fiel kurz darauf in seinen tiefen, traumlosen Manni-Schlaf.

«Na dann», sagte Mina zu uns. «Bereit für Trallafitti?»

Und das waren wir.

4

Getzmachdochmalfertich! IchkriegdiePimpanellen!» Ilse stand in der Auffahrt zum Vereinsheim und wies Werner an, der sich fest vorgenommen hatte, auf dem Sommerfest seiner Bierlaune nicht nachzugeben, um auf keinen Fall wieder an den Himbeerstrauch zu strullen, die Girlande fünf Zentimeter höher zu hängen.

Hinter Ilse und Werner tummelten sich die Schrebergärtner des Richterbuschs, wie zum Leben erweckte Gartenzwerge, auf der Wiese, unter Pavillons, auf Tritthockern, neben Waffeleisen, hinter Gasgrills, über Musikanlagen. Alle waren mit irgendetwas beschäftigt, allen rannte die Zeit bis zum Startschuss des Sommerfests davon. Nur Elfi, die mittwochs manchmal auf dem Wochenmarkt ihre liebevoll hochgepäppelten Gurken und Salatköpfe verkaufte, um ihre schmale Rente ein wenig zu verbreitern, saß direkt neben dem Eingang des Vereinsheims unter einem großen, an den Rändern etwas ausgefledderten Sonnenschirm und drehte die Wertmarkenrolle durch die Finger. Eine Fanta fünfzig Pfennig, eine Wertmarke. Ein Bratwürstchen eine Mark, zwei Wertmarken. Ein Bratwürstchen mit Kartoffelsalat zwei Mark, vier Wertmarken. Elfi war nie gut in Kopfrechnen gewesen, sie hatte den verantwortungsvollen Wertmarkenverkauf von Wilhelm, dessen Unpässlichkeit wohl etwas länger dauerte, aufs Auge gedrückt bekommen, was sie ein wenig nervös machte. Sie rutschte schon jetzt, obwohl doch noch gar nichts passiert war, auf ihrem dicken Hintern hin und her. Der Hintern von Elfi war riesig, was mich ziemlich beeindruckte. Man hätte ein Glas Limonade auf ihm abstellen können, so weit schaute er unter Elfis Faltenröcken rückwärts in die Gegend. Jetzt federte er sanft ihr nervöses Rutschen ab und schwappte behutsam über den Plastikstuhlrand. Elfi mochte ihr Hinterteil und wie es beim Gehen schaukelte und beim Sitzen weich hielt.

Um kurz vor 16 Uhr liefen wir an Elfi vorbei und kamen am Vereinsheim an. Gerade noch rechtzeitig, um die Frikadellentürme auf das Buffet zu verladen. Das Buffet war einer der Höhepunkte des Sommerfestes. Es lag meterlang auf mehreren aneinandergestellten Tapeziertischen ausgebreitet, wie ein kleines Schlaraffenland, und die Besucher lustwandelten daran entlang und konnten sich nicht entscheiden. Jedes Jahr dasselbe. Am Ende waren es aber doch wieder der Marmorkuchen, die Frikadellen und die Würstchen mit Kartoffelsalat, die zuerst leergefuttert waren, damit kannte man sich aus, da wusste man, was man kriegte. Hinter dem Buffet standen immer drei bis vier Mann, die fleißig Portionen auf Pappteller schaufelten, Fliegen wegwedelten und gute Empfehlungen aussprachen.

Heute war Mina eine von ihnen, zusammen mit Ilse und Herrn Fritz. Dass ausgerechnet Herr Fritz für diese Aufgabe ausgewählt worden war, hatte alle sehr gewundert, denn seine Hände wackelten doch immer, und niemand konnte sich vorstellen, dass das ohne größere Unfälle über die Bühne gehen würde. Aber Herbert, der Erste Vorsitzende des Richterbuschs, hatte darauf bestanden. Herr Fritz würde am Abend stolz auf sich sein, sagte er und hatte dabei sehr süffisant gegrinst. Wir sahen schon alle die Cabanossi-Würstchen über den Tapeziertisch hopsen, wenn Herr Fritz sie mit seinen Wackelhänden ausgab, aber sei's drum, dachten sich alle, wenn es Herrn Fritz stolz machte, würde das schon seine Richtigkeit haben. Und Herr Fritz dachte sich bloß, dass das eine gute Gelegenheit sei, um die Besucher vor den Russen zu warnen.

«Kerisjaschöndassihrauchnochmakommt!», sagte Ilse, die hektisch hinter der Tapeziertischtafel herumlief und einen Platz für die Frikadellentürme suchte. Sie reichte Mina eine Schürze, auf der *Bei Günther* stand.

«Ihr bleibt mir in der Nähe!», sagte Mina. Yvonne und ich rollten gleichzeitig mit den Augen, wir gingen schon nicht verloren. Im Richterbusch kam nie etwas abhanden. Jedenfalls nichts, das nicht unter Minas Eckbank geriet.

Mitten auf die Wiese hatten Herbert und ein paar übereifrige Helfer einen großen Pfahl in die Erde gerammt, er kam mir wie hundert Meter hoch vor, wahrscheinlich waren es zwei. Oben auf dem Pfahl saß ein Gummihühnchen, das man mit Tennisbällen abschießen sollte, um einen Preis zu gewinnen. Zwei Freibier. Oder ein Päckchen Esspapier für die Kinder. Eine außergewöhnlich blöde Idee, denn die Tennisbälle, die weder Pfahl noch Gummihuhn trafen, würden entweder in Barbaras und Wilhelms Garten oder in den Windbeuteln auf dem Buffet landen. Keine Ahnung, was sich Herbert dabei gedacht hatte, vielleicht hatte auch das hinter seinem süffisanten Grinsen gesteckt – der Plan, möglichst viel Unheil zu stiften. Wie sein Enkel Guido. Ich hoffte, Guido würde nicht auftauchen, wir hatten schon Ausschau nach ihm gehalten, aber vielleicht war ihm seine vollgeschissene Hose noch zu peinlich.

Immer, wenn alle Vorbereitungen abgeschlossen waren, zog so etwas wie das Auge des Wirbelsturms über den Richterbusch hinweg, das so lange absolute Stille mit sich brachte, bis die ersten Gäste eintrudelten. Das waren meist die Gärtner aus den Nachbaranlagen, die sehr neugierig herumscharwenzelten und alles in Augenschein nahmen, um später ein bisschen lästern zu können, was fast nie böse gemeint war. Schrebergartentratsch gehörte einfach zu ihren Hobbys. Und sobald Werner die ersten Besucher erspähte, warf er die Musikanlage an und beendete damit die Ruhe zwischen den Stürmen. Er konnte sich meist nicht für einen Einstiegssong entscheiden. Bis am Abend die Livemusik vom Alleinunterhalter auf der Orgel startete, der dem Richterbuschvorsitz immer ein Heidengeld abknöpfte, schwitzte Werner vor dem Kassettendeck und reparierte Bandsalat und fragte sich immer wieder, wie die das im Radio so gut hinbekamen mit den Liedern. Für diesen Sonntag hatte er sich zum zeremoniellen Einläuten des Richterbuschfests *Michaela* von Bata Illic ausgeguckt, weil er die Textzeile «Jeder Tag ist so schön, weil wir zwei uns verstehn» mochte und außerdem sehr passend fand. Jeder Tag war hier so schön.

Wenn die Musik erst mal dudelte, fingen plötzlich alle an, ein bisschen im Takt zu wippen. Selbst die Kleingärtner, die das ganze Jahr ein Gesicht auflegten, als wäre Totensonntag, konnten sich der eintägigen Heiterkeit nicht entziehen. Sommerfeste im Richterbusch machten alle gleich. Gleich zu sein war ein Geschenk, das alle sehr zu schätzen wussten, auch wenn sie es nicht gern zugaben.

Elfi saß sehr nervös vor den Wertmarkenrollen und hoffte, dass vielleicht Wilhelm doch noch seine Unpässlichkeit besiegte, um sie aus dieser misslichen Lage zu erlösen. Was Elfi allerdings nicht wusste, war, dass es Wilhelm gar nicht mit der Galle hatte, sondern mit der Lust. Er hatte an diesem Junisonntag keine Lust, gleich zu sein. Er hatte nie Lust, gleich zu sein, Wilhelm war zu etwas Höherem geboren, er gehörte zu den glücklichen Menschen, die nicht auf das Gleichsein angewiesen waren. Und so wandelten Barbara und Wilhelm an diesem Nachmittag längst wieder durch ihr herrschaftliches Anwesen im Süden der Stadt und waren sehr zufrieden mit sich und mit ihrem Privileg, nicht gleich sein zu müssen.

Yvonne und ich hatten uns am Rand der Festwiese auf zwei Plastikstühle gesetzt. Wie zwei kichernde Theaterbesucherinnen. Mina kaufte uns Fanta und rechnete das mit den Wertmarken für Elfi aus, die völlig kopflos auf ihren Spickzettel schaute. Das konnte ja heiter werden.

Zu den ersten Gästen zählten immer, ausnahmslos immer, meist noch vor den Nachbargärtnern, die Kolaczewskis. Polnischer Hochadel, sagte Herr Fritz, obwohl das gar nicht stimmte. Kolaczewskis waren vom Hochadel so weit entfernt wie Polen von Neuseeland. Sie wohnten nicht nur zwei Häuser weiter, waren also fast meine direkten Nachbarn, sie waren außerdem auch einigermaßen berüchtigt. Meine Mutter nannte sie «die Panikfamilie», was ich nicht verstand, denn sie verbreiteten zwar meist einen sonderbaren Geruch, Panik aber nicht. Sie kamen direkt nach Toreöffnen und gingen als Letzte, wenn schon alles wieder notdürftig verstaut worden war und Herbert sie meist sehr unhöflich fortscheuchte. Mutter Monika Kolaczewski war eine magere Riesin mit dünnen, fettigen Haaren und weißen Stippen darin. Ich fragte mich jahrelang, was das war, bis mich Mina endlich über Schuppen aufklärte und ich mich für Monikas Schuppen schämte wie für Manfreds Zehen. Monika rauchte Kette, auch dann, wenn sie ihren winzigen Sohn Tommy auf dem Arm hielt, wo er meist wie ein kleines, geräuchertes Würstchen über ihrer Schulter hing. In Tochter Janinas Gesicht klebten oft Reste von Eis und Schokolade, und sie wollte unbedingt meinen

Bruder heiraten, obwohl doch beide erst vier Jahre alt waren. Dass daraus nichts werden würde, war meinem Bruder vermutlich damals schon klar. Janina nicht.

Janina, die Yvonne und mich auf den Plastikstühlen am Rand der Festwiese ausgemacht hatte, kam in freudiger Erwartung zu uns gelaufen, während der Rest der Familie Kolaczewski vor dem Kuchenbuffet stand und sich darüber stritt, wer als Erster den Bienenstich probieren durfte.

Yvonne kicherte in Janinas Frage, wo mein Bruder sei. Dabei schaute Janina uns hoffnungsfroh an, wenn auch nur einäugig, denn über ihrem rechten Auge klebte ein gelbes Pflaster mit rotem Teddybärmuster. Ihr Schielen würde sich nie vollständig reparieren lassen. Ich kannte Janinas Herzensangelegenheit, konnte ihr aber schlecht sagen, dass sowohl meine Mutter als auch mein Bruder nie Lust hatten, den Richterbusch auch nur zwei Meter weit zu betreten. Denn auch sie fühlten sich nie gleich, nicht an einem Sommerfesttag und auch an allen anderen Tagen des Jahres nicht. Sie klebten in einer eigenartigen Symbiose aneinander fest, die unmöglich zu trennen war. Wie das eine gute Symbiose eben so an sich hat. Meine Dörrpflaumenmutter wusste, dass ich bei Mina gut aufgehoben war, sie ließ mich gern gehen, weil ein Dritter nichts in einer hautengen Zweierbeziehung zu suchen hatte, zwischen die kein Blatt Papier passte. Beide vermissten mich nicht und ich sie auch nicht. Oder nur ein bisschen. Meinen Vater allerdings, den vermisste ich schon. Aber weil er sich nie entscheiden konnte, ob er nun besser bei mir oder bei den anderen beiden bleiben sollte, ging er an den Tagen, wenn ich bei Mina war, eine große Runde spazieren und werkelte danach im Keller. Mein Vater vermied gern unnötigen Ärger zwischen den Stühlen, auf denen er abwechselnd saß. Und so hatte mein Bruder meine Mutter ganz für sich allein, das würde sich nicht ändern, und sicherlich war auch das ein Grund, warum er Janina niemals heiraten könnte.

Eine Vierjährige mit Hochzeitsplänen hätte das alles wahrscheinlich nicht verstanden. Deswegen, und ein bisschen aus Mitleid, antwortete ich ihr nur: «Der ist krank und kommt heute nicht», was Janina mit einem Trotzanfall quittierte. Sie schmiss sich vor unseren Füßen auf die Wiese, strampelte mit Armen und Beinen und schrie: «Nein, nein, nein!» Vater Dieter kam angeschlurft, warf sich Janina kommentarlos über den Rücken und ließ sie bis zum Kuchenbuffet in die Luft treten.

«Möchtest du mal Kinder haben?», fragte ich Yvonne und bekam Hunger auf einen Windbeutel.

«Ja. Glaube schon. Aber andere als Janina. Oder Guido. Lieber solche wie uns», antwortete sie. «Und du?»

«Weiß nicht», sagte ich, weil ich ja mitbekommen hatte, wie sehr Babys schreien können. Mein Bruder hatte ein Jahr lang Tag und Nacht geschrien, was sich immer nach kämpfenden Katzen angehört hatte. Nachdem mein Bruder auf die Welt gekommen war, war meine Mutter mit ihm zum Schlafen in unser Kinderzimmer gezogen und dort geblieben. Sie würde wohl nie wieder zu meinem Vater ins Ehebett zurückkehren, auch weil ich nun auf ihrer Seite schlief, eine andere Möglichkeit bot unsere Dreizimmerwohnung nicht. Nachts lauschte ich seitdem häufig dem Schnarchen und dem HAMZ meines Vaters.

Außerdem machten Kinder sehr viel Arbeit, sagte meine Mutter immer, und kosteten Geld, das man eigentlich nicht hatte. Und, das sagte mir meine Mutter auch eines Tages, sie hätte lieber auf fünfzehn Minuten Spaß mit meinem Vater verzichten sollen, statt nun kein eigenes Leben mehr führen zu können.

Was «fünfzehn Minuten Spaß» in diesem Zusammenhang bedeutete, erschloss sich mir nicht. Außerdem konnte ich mir nicht denken, warum einem ausgerechnet Spaß das Leben versauen sollte.

Yvonne und mir machte es jedenfalls immer eine Menge Spaß, das Sommerfest zu beobachten. Auch länger als fünfzehn Minuten. Nach und nach füllte sich die Wiese mit Menschen. Manche kannte ich vom Sehen, andere nicht. Sie kamen wie die Flut, wurden an den kleinen Strand unter unserer Käseglocke geschwemmt, und ich saß mit großen Augen auf dem Plastikstuhl und sah mir alles an. Manche begrüßten sich mit «Ey, du Knallkopp! Wat machst du denn hier?», und sie meinten es gar nicht böse, sondern, auf eine sehr eigentümliche Art, liebevoll. Es hatte länger gedauert, bis ich verstanden hatte, dass nicht jedes Schimpfwort, das ich nicht benutzen durfte, auch eins war. Man musste das auseinanderhalten können, sagte Mina, und dass es wichtig sei, sich nicht alles immer so sehr zu Herzen zu nehmen, wie ich es tat. Das zu beherzigen fiel mir schwer. Dass es Barbara und Wilhelm überhaupt so lange hier ausgehalten hatten, wo sich die Erwachsenen gern mit einem kumpelhaften «Arschloch» ansprachen und wir Kinder als «Furzknoten» bezeichnet wurden, und nicht irgendwohin gezogen waren, wo man sich besser mit der feinen, englischen Art auskannte, war erstaunlich.

Um 17 Uhr hatte sich vor Elfis Sonnenschirm eine lange Schlange gebildet. Die Besucher traten bereits von einem Bein auf das andere, das Kuchenbuffet war schließlich schon fast geplündert, und jeder wollte noch etwas abhaben. Wie das so ist, mit begrenzten Ressourcen.

Die Flippers sangen gerade *Die rote Sonne von Barbados*,

als Elfi zu weinen anfing. Mina hatte es bereits vorhergesehen und winkte uns zu sich. «Könnt ihr mal Elfi ablösen? Ich glaube, die braucht 'ne Pause. Kriegt ihr das hin?», fragte sie. «Ihr seid doch gut im Rechnen, und ich habe Elfi einen Spickzettel geschrieben. Da steht alles Wichtige drauf.»

«Aber sicher!», sagte Yvonne, und Stolz leuchtete aus ihren grünen Augen. Ich war mir, wie immer, nicht sicher, ob ich das hinbekam. Ich hätte lieber Kartoffelsalat ausgegeben, aber Mina sagte, das sei zu viel Arbeit, und dass es reichen würde, wenn einer von uns Plattfüße bekäme.

«Gut. Dann mal ran!», sagte sie und legte ihr stilles Mina-Lächeln auf.

Wir gaben ein lustiges Bild ab. Zwei kleine Mädchen unter einem zerfledderten Sonnenschirm. Das eine behielt wie eine Königin auf einem hohen Barhocker-Thron den Überblick und zählte die Goldmünzen – das andere saß wie der Hofnarr daneben und bewunderte die Königin. Yvonne rechnete, ich riss die Wertmarken ab. Das war eine gute Arbeitsaufteilung, fand ich, da konnte ich nicht viel falsch machen. Und so arbeiteten wir die lange Schlange der Wartenden ab, bis irgendwann die Flut ein vorläufiges Ende fand. Mina brachte uns zur Stärkung Zitronensprudel und Waffeln und sagte, wir würden das toll machen, wir wären ja sowieso die Besten, aber das wüssten wir ja. Auf Yvonne traf das vielleicht zu. Auf mich eher weniger. Aber ich sagte nichts, biss nur dankbar in die Waffel, und eine kleine Puderzuckerwolke legte sich auf meine Nase, als Mina schon wieder durch das Schlaraffenland lief.

Für den Moment waren alle versorgt, die meisten Gäste standen um den Bierwagen herum und hatten sich die Wertmarken in die Hosentaschen gestopft. Wertmarken. Das Spielgeld der Menschen, die in ihrem Alltag eine Menge zu verlieren fürchteten, hatte Mina uns erklärt und konnte nicht verstehen, warum man so viel Geld in Bier und Hochprozentiges investierte.

«Sag mal», fragte Yvonne. «Was machen wir eigentlich, wenn wir groß sind?»

«Wie meinst du das?», fragte ich zurück und schaute zu Königin Yvonne empor.

«Na ... Sind wir dann immer noch hier? Im Richterbusch? Oder machen wir dann was anderes?»

«Also ich möchte unbedingt in die Türkei», antwortete ich. «Wegen der Gewürze und weil es dort so warm ist.»

«Da komm ich mit!», sagte Yvonne.

Ich dachte an Mohammed. Und Manfred.

«Was wohl Manni gerade macht?», fragte ich meine Gedanken in den frühen Juniabend.

«Na ... Das ist einfach! Schlafen. Und schnarchen. Was denn sonst?»

Wir kicherten.

Wir kicherten so lange, bis ein blonder Junge die Auffahrt zum Vereinsheim entlanglief. Direkt auf uns zu. Es war Guido.

«Ihr Spastis! Ihr dürft da nicht sitzen!», maulte er uns an.

«Zieh Leine!», sagte Yvonne. «Und: Selber Spasti!»

«Ich sage das meinem Oppa. Dann kommt ihr ins Gefängnis!»

Yvonne lachte. «Willst du Wertmarken haben und dir 'ne Bratwurst kaufen, oder machst du dir dann wieder in die Hose?»

Guidos Gesicht lief knallrot an. Wie vorhin, als er in Minas Hecke festgesteckt hatte. Der Zorn breitete sich in ihm aus, und ich fragte mich, wie es möglich war, dass das so schnell passierte. Wie jemand so schnell so zornig werden konnte, dass er sich blitzschnell in ein rotes Mensch-ärgere-dich-nicht-Püppchen verwandelte, das haushoch verloren hatte.

«Wartet ab. Ihr. Kommt. Gleich. Ins. Gefängnis», presste Guido durch seinen Zorn heraus, und ich dachte, er würde genau jetzt explodieren und verpuffen. Stattdessen lief er die Auffahrt zurück und verschwand auf dem Schrebergartenweg.

«Ach, mach ma'n Kopp zu!», rief Yvonne ihm nach, und ich starrte ihm hinterher und war froh, dass er so schnell wieder abgehauen war.

«Wenn der mal groß ist, findet der niemanden zum Heiraten. Das glaub mal. Den will doch keiner haben.»

«Nee. Bestimmt nicht», sagte ich.

Dann unterhielten wir uns über Prinzen und dass wir ganz sicher welche heiraten würden, die uns auf ihren weißen Rössern in fremde Königreiche entführten, wo wir uns bis an unser Ende freuen würden. Unter neuen, königlichen Käseglocken würden wir ein glücklich beseeltes Leben führen, in denen es ein bisschen fein und englisch zuging. In denen wir von allen Sorgen dieser Welt abgeschirmt lebten, meist sogar frohlockten, und sonntags Frikadellengeruch den Hofstaat friedlich durchwehte. Wir würden unter Käseglocken leben, wo niemand vertrocknete und die wunderbarsten Rosenbüsche die Prachtstraßen säumten, ohne dass ich selbst einer sein musste. Denn in den Käseglocken unserer Phantasie würde mir das Ausatmen nicht schwerfallen, und alles würde gerade sein, nichts schräg, ich würde mit dem Zuppeln aufhören, und ab und zu käme meine Mutter zu Besuch, die den Zauberspruch gegen ihre Dörrpflaumenverwandlung gefunden hätte.

«Aber Mina kommt dann mit!», sagte ich. «Ohne Mina kann ich mir das nicht vorstellen.»

«Is gut. So wird's gemacht», sagte Yvonne, und wir hingen noch einen Moment unseren Träumen nach.

Als wir gerade fünf Wertmarken abrechneten – zwei Mark und fünfzig Pfennig machte das, wir würden sicher auf dem nächsten Zeugnis eine dicke, fette Eins im Rechnen stehen haben –, kamen Werner und seine Bierfahne unter den Sonnenschirm.

«Für eure Hilfe habt ihr euch abba jetzt echt 'n paar Klümpkes verdient. Es gibt ja nix Besseres wie Klümpkes. Finde ich. Hier, bitte sehr», und Werner hielt uns eine große Tüte Bonbons vor die Nase, die er eigentlich für sich selbst an der Bude gekauft hatte. Sein Plan mit der Abstinenz hatte nicht funktioniert, würde schon keiner merken, wenn er wieder in die Himbeeren strullte, hatte er Ilse im Vertrauen erklärt.

«Danke sehr», sagten wir gleichzeitig zu Werner, der sich auf Elfis Plastikstuhl fallen ließ und die Beine von sich streckte.

Mina stand vor dem riesigen Grill, wartete auf drei Bratwürstchen für uns und winkte mit einem Lächeln herüber. Wir hatten einen Bärenhunger vom vielen Rechnen. Und gerade als ich dachte, ein Glück, was für ein großes Glück, dass dieser seltsame Tag doch noch ganz normal geworden war und dass alles wieder seine Ordnung hatte, stieß Herr Fritz den dritten Tapeziertisch von links und mit ihm Minas Frikadellentürme um. Herr Fritz wackelte wie ein Pressluft-hammer.

Und über dem Sommerfest kreiste ein Schwarm Wellensittiche.

Herr Fritz hatte seine Vögel noch nie fliegen sehen. Sie saßen ja normalerweise in ihrem riesigen, rollbaren Käfig, den Herr

Fritz' Sohn Torsten gebaut hatte. Es waren eine Menge Wellensittiche. Blaue und grüne. Sie zauberten ein wirklich sehr schönes Muster in den Richterbuschhimmel, wie sie so frei flogen und selbst fast nicht mehr daran geglaubt hatten, dass ihre Flügel sie jemals durch die Luft tragen würden. Aber es funktionierte ausgezeichnet.

Herr Fritz stand hinter den eingestürzten Frikadellentürmen, starrte in die Luft und wackelte dabei so sehr, dass mir ganz schwummerig wurde. Die Vögel kreisten noch ein paar Runden über den Köpfen der Sommerfestgäste, die mittlerweile alle in den Himmel schauten. Alle, bis auf einen. Vater Dieter Kolaczewski hatte sich nämlich gerade vorgenommen, das Gummihuhn auf dem hundert Meter hohen Pfahl abzuschießen und zwei Freibier zu gewinnen. Der Tennisball traf Ilse am Hinterkopf.

Vielleicht deswegen, vielleicht wegen irgendeiner Luftströmung drehten Herrn Fritz' Wellensittiche Richtung Westen ab und wurden kleiner und immer kleiner, bis sie schließlich verschwanden.

«Nein! Nein! Nein!», schrie Herr Fritz.

«AuweiaauweiaauweiaichkriegeeinenAnfall!», schrie Ilse.

Alle schauten nun nicht mehr in den Himmel, sondern auf Ilse.

«WelchesDusseldierwardas?», schnaubte sie und schob ein «Aua!» hinterher, obwohl Vater Dieter sie gar nicht richtig getroffen hatte. Streifschuss.

Ilse rieb ihren Hinterkopf. Herr Fritz saß auf dem Rasen. Er hatte das Gesicht in seine alten, hutzeligen Hände gelegt und murmelte etwas hinein, das niemand verstand. Seine Knie schlotterten unermüdlich.

«Hömma Meister, hier haste erst mal ein Pinneken», sagte Werner und reichte Herrn Fritz ein bis zum Rand gefülltes

Schnapsglas. «Und die Flattermänner kannze doch wieder neu kaufen.»

Herr Fritz schaffte es, ein Viertel des Schnapses zu trinken. Den Rest verschüttete er wegen seiner Wackelhände auf sein Hemd und auf den Richterbuschrasen. Und dann musste Herr Fritz weinen. Er weinte wegen der Wellensittiche und wegen seines Wackelns, und am meisten weinte er wegen der Russen, die ihm wohl ein gehöriges Schnippchen geschlagen hatten. Geweint hatte Herr Fritz seit dem Winter in Stalingrad nicht mehr. Dann ließ er sich von Werner aufhelfen und wackelte fort. Für ihn war dieser Tag gelaufen, der mit Stolz ganz sicher nichts zu tun hatte.

«Is ja nix passiert, wonnich?», fragte Vater Dieter Kolaczewski, der Übeltäter. Er war zu Ilse geschlurft und hielt Tommy, das geräucherte Würstchen, auf dem Arm. Hinter seinen Beinen versteckte sich die einäugige, unglücklich verliebte Janina.

«Hömmadugehörstverprügelt!», raunzte Ilse und machte ein böses Gesicht. Und weil Ilse ein wirklich furchterregend böses Gesicht machen konnte, merkte selbst Vater Dieter, dass seine Anwesenheit unerwünscht war. Er latschte mit seinen Kindern fort, und ich sah Familie Kolaczewski an diesem Abend nicht wieder. Die meisten Sommerfestbesucher waren nach diesem kleinen Zwischenfall längst wieder dazu übergegangen, sich ihren Bieren und den Unterhaltungen über Gartenlauben, die Maloche und Fußball zu widmen.

Dann rumpelte es auf dem Schrebergartenweg, und Guido kam mit dem rollbaren Vogelkäfig von Herrn Fritz angefahren. Guido dachte wohl, es sei eine äußerst gute Idee, die Vögel freizulassen und das ehemalige Wellensittichheim zu unserem Gefängnis umzufunktionieren. Gefängnis. Was anderes hatte der wirklich nicht im Kopf.

Als Ilse das sah, schmiss sie Minas Frikadellen wieder auf den Rasen, die sie, immer noch über Vater Dieter fluchend, aufgeklaubt hatte.

«Kerjetztkannstewaserleben!» Ilse, die ja sowieso schon auf hundertachtzig war, hechtete auf Gudio zu und erwischte ihn am Ohr. «Dubistdochvölligmeschugge!» Sie zog Guidos Ohr so lang, dass ich dachte, es würde gleich abreißen. Guido ließ den Käfig los und schrie.

«JetzsuchenwirdeinenOppa. Unddanngnadedirderliebe-Gott!» Ilse zerrte den kreischenden Guido hinter sich her, der Käfig blieb einsam auf dem Weg stehen. So viel Trallafitti hatten Yvonne und ich wirklich nicht erwartet. Yvonne klatschte in die Hände, und für mich war das genug Aufregung für mindestens die nächsten vier Monate. Ich schaute zu Mina hinüber, die jetzt ganz allein im Schlaraffenland bediente.

Die Gäste nahmen Rücksicht und stellten sich deswegen in die lange Schlange vor den Bratwurstgrill, obwohl sie sich ja auch einfach selbst an der Tapeziertischtafel hätten bedienen können. Aber das taten sie nicht. Obwohl alle – bis auf Barbara und Wilhelm selbstverständlich – stinknormale, in einigen Fällen sogar etwas gammelige und im Moment sehr betrunkene Arbeiter unserer Stadt waren, würde niemand Hand an das Buffet legen, solange es unterbesetzt war. Sie wussten zwar nicht immer, was sich gehörte, aber was sich ganz sicher nicht gehörte, das hatten sie im Gefühl. Davon konnte man sich getrost eine dicke Scheibe abschneiden, dachte ich.

Mina pustete in ihren nicht mehr vorhandenen Pony, ein kleines, graues Schafslöckchen wackelte, als wir zu ihr hinübergingen. «Könntet ihr mir hier helfen, bis Ilse wieder da ist?», fragte sie.

Wir waren bärenhungrig. Von der ganzen Aufregung.

«Ja, sicher, Mina», antwortete Yvonne für uns beide. «Aber wir müssen erst was essen. Das mit dem Essen ist ja sehr wichtig. Besonders für Kinder.» Yvonne legte einen sehr weisen Gesichtsausdruck auf. Das konnte sie gut. Insbesondere in der Schule. Und egal, ob das, was sie gesagt hatte, stimmte oder nicht, sie bekam jedes Mal Zustimmung und manchmal sogar ein großes Lob für ihre weisen Worte. Das mit dem Auflegen von weisen Gesichtsausdrücken gelang mir leider nicht so gut.

«Ach, entschuldigt. Natürlich. Das ist aber auch ein Tag heute, was?», sagte Mina und war bereits dabei, uns Ilses legendären Nudelsalat auf zwei Teller zu schieben. «Dann kommt einfach, wenn ihr wieder gestärkt seid. In Ordnung?»

Yvonne kicherte und ich nickte. Auf Bratwurst mussten wir wegen der langen Schlange verzichten. Dafür gab es Bockwürstchen aus dem Glas, zwei Bifis, und zum Nachtisch Schokoladenpudding. Wir hatten Mühe, unsere vollen Pappteller auf den Spielplatz hinter das Vereinsheim zu tragen, aber es klappte dann doch.

Yvonne setzte sich mit ihrem Teller mitten in die Sandkiste, ich nahm das Wipptier. Von der anderen Seite hüpften die Geräusche des Sommerfests zu uns, und wir hörten ihnen eine Weile zu, während wir aßen. Die Bifis hoben wir noch auf, aber als wir mit dem Rest fertig waren, sagte Yvonne: «Jetzt muss ich unbedingt etwas überprüfen. Das haben wir heute nämlich noch gar nicht gemacht!»

Und das stimmte.

Yvonnes Hand war so groß wie meine. Genau gleich groß waren unsere Hände. Wir nahmen beinahe täglich Maß, indem wir unsere Handflächen aneinanderpressten und jeden Millimeter überprüften. Bis in die Fingerspitzen und zurück.

«Immer noch unentschieden!», sagte sie.

Und dann hielten wir uns kurz an unseren genau gleich großen Händen, und weil ich dabei an diesen Tag dachte und an alles, was heute passiert war, sagte ich: «Du? Ich passe immer auf dich auf.»

Wenn man acht ist und nicht über das Atmen nachdenkt, dann sagt man solche Dinge. Sie purzeln aus Naivität und aus einem reinen Herzen heraus. Und das Beste daran ist: Man meint sie ernst. Wenn man mit acht diese Dinge sagt, die im Erwachsenenleben mit viel Pathos und mit leeren Versprechen gespickt sind, meint man sie sogar todernst. Ich würde immer auf Yvonne aufpassen und wusste, dass Yvonne ebenso auf mich aufpasste. Immer. Menschen, die gleich große Hände haben und sich nicht vorstellen können, wie das Leben ohne den anderen wäre, diese Menschen passen immer gegenseitig aufeinander auf. Weil das dazugehört. Das funktioniert auch, ohne dass man es aussprechen muss. Ich tat es trotzdem an diesem Abend. Ich wünschte mir schon lange, Yvonne wäre meine Schwester. Manchmal verselbständigte sich mein Wunsch in meinem Kopf, und ich stellte mir vor, Yvonnes Eltern wären meine. Aber dann dachte ich an Mina, und ein bisschen an meinen Vater, und der Wunsch in meinem Kopf verpuffte.

«So ein Tag!», sagte Yvonne in meine Wunschgedanken. Und sie sagte es ein wenig ehrfürchtig.

«Ja. Stimmt», antwortete ich.

«Ganz schön aufregend. Also schön. Und aufregend», meinte Yvonne und kicherte dabei ein wenig.

Schön fand ich das Aufregende, alles, was anders war als sonst, ganz und gar nicht. So vieles war anders an diesem 22. Juni 1986, dass ich gar nicht mehr wusste, ob es überhaupt noch meine Käseglocke war, unter der ich saß.

«Komm, wir schaukeln», sagte Yvonne, und wir liefen zu

den beiden Schaukeln, von denen Yvonne immer behauptete, dass sie nur für uns dort aufgehängt worden waren. Dann kicherten wir wieder ein bisschen, weil es Spaß machte, ganz unbeaufsichtigt zu sein und das machen zu dürfen, was man wollte, ohne vorher jemanden um Erlaubnis zu fragen. Wir mussten ja sonst immer wegen allem um Erlaubnis fragen. Bei Mina war das anders, sie sagte schon immer, bevor ich überhaupt fragte, ob ich etwas durfte oder nicht. Mina konnte das.

Wir schaukelten im Takt der nächsten beiden Schlager, die der Alleinunterhalter zum Besten gab, danach schaukelten wir im Takt unserer Herzen und schauten in den Abendhimmel. Vielleicht würden die Wellensittiche ja wieder zurück zu Herrn Fritz fliegen, was ich ihm sehr wünschte.

«Weißt du was? Ich möchte gar nicht groß werden. Also erwachsen. Eigentlich möchte ich immer so schaukeln. Wenn du mitmachst», sagte ich. Und das meinte ich auch wieder todernst.

Yvonne wendete ein, dass wir dann aber nie in die Türkei kämen und keine Prinzen heiraten würden, wenn wir nie erwachsen würden, was ja auch doof wäre. Ich zuckte innerlich mit den Schultern, weil mir die Türkei und alle Prinzen im Moment egal waren. Irgendwie fühlte sich dieser Tag so seltsam an, dass in meinem Bauch wieder irgendetwas zu kratzen anfing. Vielleicht war ja dieses komische Gefühl in meinem Bauch, das meine Käseglocke beschlug, dieses «Großwerden», von dem alle immer sprachen. Und vom Vernünftigsein. Vielleicht war das Großwerden an diesem Junisonntag in den Richterbusch gekommen, um mich und Yvonne abzuholen. Ich würde nicht mitgehen. Das nahm ich mir fest vor.

Nachdem wir noch drei Schlager lang geschaukelt hatten, beschlossen wir, uns eine Zigarre zu genehmigen. Wir holten die Bifis, standen sehr wichtig unter dem Schaukelgerüst und pafften die Salamis. Wie das funktionierte, hatte ich Yvonne gezeigt, denn ich wusste ja von meiner Mutter, wie man rauchte. Lange ziehen, tief einatmen, dabei die Bifi mit gespreizten Fingern von sich weghalten und genüsslich ausatmen. Ich ärgerte mich, dass mir das ohne Bifi nie gelang.

Dann waren wir gestärkt genug, um Mina hinter dem Buffet zu helfen. Ilse war immer noch nicht wieder aufgetaucht, sie zog den armen Guido mit ziemlicher Sicherheit durch die gesamte Schrebergartenanlage. Am Ohr. Verdient hatte er es.

Mina war froh, dass wir kamen, denn wenn die Sommerfestbesucher eines hatten, dann Durst. Und dann wieder Hunger. In dieser Reihenfolge. Sie gab uns zwei *Bei Günther*-Schürzen. So schoben wir eine Weile die Salate und die kalten Würstchen auf Pappteller und waren stolz, dass wir heute so viel helfen durften. Yvonne würde morgen in der Schule eine Menge zu erzählen haben. Die Gäste fraßen sich durch das Schlaraffenland, und man konnte dabei zusehen, wie sich die Töpfe und Schalen und Platten und Dosen leerten. Mir war nie zuvor aufgefallen, wie viel große Leute essen konnten. Beeindruckend war das.

«Nächstes Jahr», sagte Werner, der mit einem Bier in der Hand das letzte, kalte Kotelett bei mir orderte, «nächstes Jahr dürft ihr dat wieder so machen. Wenner wollt. Ihr könnt dat töfte!»

Ich dachte an nächstes Jahr und das nächste Sommerfest, wenn wir schon neun wären und alles wieder seine Ordnung hätte.

Mina fiel ein, dass sie im Garten noch ein paar Frikadellen auf Vorrat gelegt hatte, und weil man die Frikadellen, die

Herr Fritz mit seinem Gewackel umgestoßen hatte und die auf dem frisch gemähten Rasen gelandet waren, ja niemandem mehr anbieten konnte und weil die Nachfrage immer noch groß war, fragte sie, ob nicht eine von uns die Frikadellen aus dem Kühlschrank der Gartenlaube holen könnte. Eigentlich waren sie für Manfred gedacht, er konnte sich gut und gerne noch vier oder fünf Mahlzeiten davon zubereiten, aber er würde auch etwas anderes finden.

Yvonne unterhielt sich gerade mit einem der Gäste. Sie hatte wieder ihren weisen Gesichtsausdruck aufgelegt. Was sie genau sagte, hörte ich nicht, denn der Alleinunterhalter schmetterte *Jenseits von Eden*. Viele sangen mit, zwei Frauen, die zu viel Bowle getrunken hatten, drehten sich mit ausgestreckten Armen über die Wiese. Jetzt ging es gleich richtig los mit dem Tanzen, das wollte ich auf keinen Fall verpassen. Ich zog mir schnell die Schürze über den Kopf und entschied, dass ich kurz gehen und die Frikadellen holen würde. Ich wäre ja in fünf Minuten wieder da. Nichts würde bis dahin passieren, da war ich sicher.

«Prima, mein Stöpsken», sagte Mina. «Du bist mein großes Mädchen. Bis gleich.»

Ich gab Mina zum Abschied einen Kuss.

«Auf Wiedersehen!», sagte ich erst, als ich schon in der Auffahrt stand, kurz zurückblickte und mich Mina nicht mehr hören konnte. Als hätte ich geahnt, dass wir uns erst in einem anderen Leben wiedersehen würden.

Ich wetzte den Schrebergartenweg entlang. Nach zwanzig Metern fiel mir auf, dass ich erschreckenderweise einfach so eine Entscheidung getroffen hatte. Ohne an den roten Kügelchen meines Kleides zuppeln zu müssen. Was für ein äußerst seltsamer Tag. Die Sommerfestgeräusche wurden leiser, der

Alleinunterhalter sang Nino de Angelos *Dann haben wir umsonst gelebt*, als hätte ihn jemand in einen Wattebausch gestopft. Oder mich.

Alle Gärten ringsum ragten verlassen in den Richterbusch. Niemand, der den Rasen ziselierte. Keiner, der über Unkraut schimpfte oder Stachelbeeren erntete. Kein Leben. Nirgendwo. Nur die Amsel schimpfte von einem Baum. Irgendwo war wahrscheinlich der rote Kater unterwegs, mit dem Mina und ich manchmal im April Weihnachten spielten. Jetzt aber war ja Juni, und vielleicht hatte ich Glück und würde heute, wenn die Dämmerung fast zur Nacht wurde, die ersten Glühwürmchen sehen. Glühwürmchen waren nämlich, neben Mina, das Schönste, das man im Garten finden konnte. Sie sahen aus wie grünlich schimmernde Feen. Und sie lebten nur hinter der Laube, tagsüber versteckten sie sich im Apfelbaum, und oft hielt ich nach ihnen Ausschau. Vielleicht würden mir die Feen in dieser Nacht noch einen Wunsch erfüllen. Denn daran glaubte ich. Genauso wie an die Häusergeschichten. Ich überlegte, welcher Wunsch mein größter war, aber ich konnte mich nicht entscheiden.

Minas Gartentörchen quietschte. Das war mir bisher nie aufgefallen. Ihr Garten lag so still und friedlich vor mir wie immer. Es war möglich, dachte ich, dass ich mir das ganze Seltsame und Merkwürdige an diesem Tag doch nur einbildete. Es war vieles möglich. Das hatte ich im Gefühl.

Manfred lag immer noch in seinem Liegestuhl unter dem Apfelbaum, worüber ich kurz erschrak. Ich hatte angenommen, er wäre längst nach Hause gegangen und würde seinen Kampf mit Mohammed auskurieren.

«Hallo Manni!», sagte ich. «Ich hole nur kurz was. Bin gleich wieder weg.»

Aber dann sah ich, dass Manfred immer noch, oder schon

wieder, schlief. Seine Arme waren von den Lehnen gerutscht, und seine Hände lagen auf den Waschbetonplatten. Wie jemand so viel schlafen konnte, war mir völlig schleierhaft. Weil ich Angst hatte, dass er aufwachte und fragte, wo ich mit seinen Frikadellen hinwollte, schlich ich auf Zehenspitzen um seine beigen Sandalen herum und lief in die Dunkelheit der Laube. Viele Frikadellen waren nicht mehr da, fiel mir auf, als ich den Kühlschrank öffnete und die silberfarbene Platte herauszog. Das würde doch nie im Leben reichen. Dann schmiss ich die Kühlschranktür zu. In drei oder vier Minuten würde ich wieder neben Mina im Schlaraffenland stehen.

Als ich aus dem Häuschen in den noch hellen Juniabend trat, warf der Apfelbaum einen langen Schatten. Er war so lang, dass er sich bis in Ilses wilden Garten streckte, in dem ich exotische Tiere vermutete. Der Apfelbaumschatten hatte sich umgedreht, er fiel nicht mehr auf Minas und meinen Tierfriedhof. Er fiel nicht mehr auf Boy George. Er fiel nicht mehr auf Manfred.

Und nur weil sich der Schatten umgedreht hatte, bemerkte ich das, was ich besser nicht bemerkt hätte. Der graublaue Schleier, der sich schon heute Nachmittag über Manfred gelegt hatte, war in Manfred eingezogen. Er war von oben bis unten grau. Seine Beule war grau, seine Lippen waren grau, seine Füße waren grau. Seine Sonnenbräune war grau. Seine Fingerspitzen, die auf den Boden hingen, waren dunkelgrau. Das getrocknete Blut in seiner Nase war schwarzgrau. Überall war Manfred grau.

Ich war ein Rosenbusch und schaute auf das Grau. Es war unmöglich, es nicht anzuschauen. Denn dieses Grau hatte ich noch nie gesehen. Manfred schnarchte nicht, was vermutlich ebenfalls an dem Grau lag. Mein Atem steckte fest.

Mein Atem wollte weder rein noch raus. Und so stand ich da, mit meinem feststeckenden Atem, mit den Frikadellen in den Händen, und starrte auf Manni. Und auf das Grau.

Aus Versehen krabbelte mein Atem nach einem Moment an die frische Luft. Das war gar nicht meine Schuld, das passierte einfach so. Und weil ich nun wieder atmen konnte, ein bisschen zumindest, fragte ich das Grau: «Manni?»

Aber es antwortete nicht.

Ich fragte lauter: «Manni?», und danach, noch etwas lauter: «Manfred?!»

Es passierte nichts. Das Grau regte sich keinen Zentimeter. Manfred musste wirklich sehr tief schlafen.

Ich dachte an Boy George und wie ich ihn damals, vor drei Jahren, auf dem Stein unter dem Holunderbusch gefunden hatte. Er hatte sich genauso wenig gerührt wie Manni jetzt. Vielleicht lud sich Manfred auch nur mit Sonnenenergie auf, obwohl die Sonne doch gar nicht mehr richtig schien und bloß lange Schatten machte. Boy George war allerdings smaragdgrün gewesen. Nicht grau. Ich dachte daran, wie ich Boy George mit der Wärme meiner Hände zum Leben erweckt hatte. Und dann dachte ich, ich könnte Manfred kurz mal antippen. Dann würde er sicher aufwachen.

Dass sich meine Füße überhaupt bewegten und auf mich hörten, grenzte an ein mittleres Wunder. Das Grau war mir nicht geheuer, ja, es war sogar sehr ungeheuerlich, wie es Manfred so völlig eingenommen hatte. Mir gefiel das nicht. Ich wollte glauben, dass sein Grau nur an der tiefstehenden Sonne lag und dass Manfred immer so aussah, bevor er sich bräunen ließ.

Und mit einem Mal stand ich dicht vor ihm. Ohne dass ich es mitbekommen hatte. Meine Füße waren schneller gewesen als ich. Obwohl sie Wurzeln trugen statt Sandalen.

Manfred roch nach Herrn Buhls Aftershave.

Ich stellte die Frikadellenplatte auf den Boden, streckte meinen Zeigefinger aus und tippte auf Mannis nackten Oberarm. Dreimal. Danach tippte ich zweimal auf seine Schulter und einmal auf seine Wange. Knapp oberhalb des schwarzen Schnäuzers. Manfred war gut im Schlafen, es war das Beste, was er konnte, und daher war klar, dass er von meinem Tippen nicht aufwachen würde. Klar, dachte ich. Klar wie Kloßbrühe. Deswegen legte ich meine Hand, die genauso groß wie Yvonnes war, auf seinen Oberarm, um ihn ein bisschen zu schütteln.

Manfreds Oberarm war nicht warm. Er war nicht kalt. Er fühlte sich an wie ein Stück Holz, das im März nach einer frostigen Nacht für fünf Minuten in der Sonne gelegen hatte. Manfreds Oberarmtemperatur fühlte sich nicht gut an. Er musste schon seit Stunden frieren, dachte ich. Nur jemand, der bereits lange fror, konnte sich so anfühlen. Dann fiel mir die Liege ein, auf der immer noch die graue Wolldecke liegen musste. Und das tat sie. Ich knuddelte sie zu einem grauen Wollball zusammen und klemmte sie mir unter den Arm.

Als ich mich zu Manfred umdrehte, trat ich unabsichtlich in den Zeitpudding. Meine Schritte, und es waren vielleicht sieben oder dreizehn, die ich zurück zu Manni machen musste, zogen sich wie Kaugummi. Ich kam nicht vorwärts. Wie in einem meiner Albträume. Alles ging quälend langsam. Bis ich wieder bei Manfred und dem Grau und dem Liegestuhl angekommen war, fühlte ich mich, als seien Stunden vergangen. Ich sah, wie ich die Decke schüttelte. Es hörte sich an wie das Flügelschlagen einer Taube. Es war so laut, dass es mir in den Ohren dröhnte.

Ich deckte Manfred mit der grauen Wolldecke zu. Erst legte ich sie ihm auf den Bauch und zog sie von dort bis zum

Hals hoch. Auf der anderen Seite, und sie schien kilometerweit entfernt zu sein, schlug ich die Sandalenfüße darin ein. Manfreds Arme hingen links und rechts heraus, nach unten. Ich wollte seine dunkelgrauen Hände von den Waschbetonplatten aufheben und unter die Decke stecken, aber sie waren ganz steif. Seine Finger ließen sich nicht bewegen. Sie sahen aus wie Geierkrallen. Manfreds Arme waren schwer wie Gletscher. Ich konnte sie nur ein paar Zentimeter anheben, sosehr ich mich auch anstrengte. Also ließ ich seine gefrorenen Krallenhände auf dem Boden liegen.

Vielleicht lag es an dem Zeitpudding, vielleicht war ein kurzer Winter über Minas Garten hereingebrochen, als wir nicht da gewesen waren, vielleicht war eine böse Fee gekommen und hatte Manfred verzaubert, vielleicht war er vertrocknet, vielleicht war er erstarrt, weil er seinen Kampf gegen Mohammed verloren hatte, vielleicht war er versteinert, weil sich niemand um ihn kümmerte, vielleicht, vielleicht, vielleicht, vielleicht.

In meinem Kopf drehte sich alles. Ich musste Manfred helfen, wieder wach zu werden. Meine beiden Hände legte ich auf die graue Wolldecke, mitten auf Mannis Bauch. Genau dort, wo seine Schweißperlen im Sommer immer ihre Wettläufe veranstalteten. Von dort würde sich meine Wärme am besten verteilen, es hatte doch auch bei Boy George funktioniert, verdammt noch mal. Ich drückte meine Hände fest auf Manfreds Bauch und rubbelte sogar ein bisschen, so wie Mina immer nach dem Baden meinen Rücken rubbelte, bis er davon ganz heiß wurde. Dann rubbelte ich durch die Wolldecke Manfreds Brust. Die ganze Zeit über sagte ich «Manfred, wach auf!», ohne es richtig zu merken.

«Manfred, bitte, bitte, wach wieder auf!», sagte ich durch meine Tränen, und ich schrie es durch meine Wut darüber, dass ich es nicht schaffte, ihn zu wecken. Das Einzige, was ich wahrnahm, was ich fühlte, waren meine Hilflosigkeit und meine Unfähigkeit. Ich verirrte mich irgendwo in meinem Kopf und wusste nicht mehr, dass ich im Schrebergarten stand.

Ich rubbelte und weinte und schrie, und dann versuchte ich mein Gesicht um die Augen zu kräuseln. So wie Mina das immer machte. Ich musste zu Manfreds Haus, ganz unbedingt musste ich dorthin, ich würde es finden und sehen, was los war, und dann würde ich Manfred wecken und ihn mitnehmen, und er würde mir versprechen müssen, nie wieder grau zu sein. Ich hielt die Luft an, und vor meinen geschlossenen Augen tanzten Glühwürmchen. Mehr nicht. Ich kniff so fest meine Augen zu, dass es weh tat. Es tat schrecklich weh. Es tat sogar noch mehr weh, als meiner Mutter dabei zuzusehen, wie sie sich in eine Dörrpflaume verwandelte.

«Bitte. Wach endlich auf. Manni. Bitte!»

Ich sah kein Haus. Ich konnte Manfred nicht retten. Es war meine Schuld. In meinem Kopf hielt etwas an. Alles hielt an. Meine Zeit, meine Gedanken, mein Atem, mein Denken, mein Tag. Der Zeitpudding. Selbst die Stille hielt an und wurde schwer. Es war, als hätte jemand auf einen großen Knopf gedrückt, auf dem *Stopp* stand. Nichts bewegte sich mehr. Die Sonne war für mich untergegangen, die Fahrt auf meinem Kinderkarussell war beendet. Ich kletterte durch das schwere, graue Nichts auf Manfreds Schoß, legte meinen Kopf auf seine Brust und hörte, dass mit allem anderen auch Manfreds Herz angehalten hatte.

«Es tut mir so leid. Ich weiß den Weg nicht. Bitte sei nicht tot», sagte ich.

Und dann begann ich *Please, release me* zu summen.

5

Manfred.

Manfred saß am 22. Juni 1986 um kurz nach vier Uhr nachmittags in seinem auf sandigem Lehmboden erbauten schwarzen Haus. Auf seinem Klingelschild, zu dem sich nie eine einsame Seele verirrt hatte, stand: Manfred Egon Bachleitner. Darunter ein zittrig durchgestrichenes «Bergmann». Und darunter ein in krakeliger Handschrift zugefügtes «Wortesammler».

Manfred wusste nicht, wie sich das Läuten seiner Klingel anhörte. Im Moment verfolgte er dafür mit Faszination das pfeifende Rollen einer Hochgeschwindigkeitsmurmel, während er aus dem Ohrensessel heraus die kleine Flamme seines brennenden Frosches betrachtete.

Sein schwarzes Haus war erst kürzlich um einen guten halben Meter im Lehmboden versackt. Manfred beunruhigte dieser Zustand schon allein deshalb nicht sonderlich, weil die unterirdische Maschine trotzdem noch reibungslos funktionierte und sie Manfred mit ihrer reibungslosen Funktionsweise tief beeindruckte.

Gemütlich hatte Manfred es sich in seinem Haus eingerichtet. Die Räume waren schmal mit niedriger Deckenhöhe, er zog sich gern hierher zurück und polierte dann und wann seine kleine Wortsammlung, die er in Einmachgläsern auf einer Anrichte dekoriert hatte. Dabei dachte er an Klara, die ihm das Tanzen beigebracht hatte. Er dachte an Mina, die ihn einmal durch ihr glänzendes Fernrohr beobachtet hatte und ihn dann sein ließ. Sie ließ ihn einfach da sein. Und sie ließ ihn fort sein, wenn er fort sein wollte. Ein anderes Mal hatte er sie sogar vor seinem Haus stehen sehen, und er hatte sich gefreut, gleich seine Türklingel läuten zu hören. Mina aber klingelte nicht, und Manfred deckte die Kaffeetafel wieder ab.

Wenn Manfred seine Wortsammlung polierte, dachte er, neben Klara und Mina, auch an das kleine Mädchen mit den aschblonden Haaren, das manchmal so weit fort zu sein schien wie er. Er mochte sie. Gern sogar. Wenn ihn nicht alle vergessen hätten, wäre es Manfreds Wunsch gewesen, der Vater eines sehr ähnlichen Kindes zu sein. Sie war etwas Besonderes, dachte Manfred. Warum, wusste er nicht, er hatte das bloß im Gefühl. Er hätte gut auf eine Tochter wie sie aufgepasst. Immer. Das wäre kein leeres Versprechen gewesen. Auf Kumpel Manfred war stets Verlass. Und er hätte sich für eine Tochter vor dem Vertrocknen gehütet, er hätte dafür sogar die Sonne ausgeknipst, wenn das geholfen hätte. Er wäre ein guter Vater gewesen, dachte Manfred. Aber nun war es zu spät.

Die Schachtsignalanlage läutete dreimal. Es war 16:34 Uhr, als die Murmel eine Sprungfeder tief unter der Erde auslöste und der Förderkorb zutage geschickt wurde. Die Reise der Murmel war beendet. Manfred streckte seine Glieder und griff nach seinem Grubenhelm. Als er in den Förderkorb stieg, verabschiedete er sich von seinem Haus mit den Worten: «Na. Dann ist jetzt wohl Schicht im Schacht!», und darüber musste er schmunzeln. Seine Hände umklammerten die Haltestangen, was ein bisschen so aussah, als würde sich ein Geier an einem Ast festhalten. Die Signalanlage läutete zweimal.

«Glück auf!», rief Manfred, als seine Seilfahrt mit hoher Geschwindigkeit abwärts durch den Schacht fegte. Manfred fuhr unter Tage. Dorthin, wo es dunkel war. Und warm. Dorthin, wo er sich auskannte und wo sein Herz zu Hause war.

Und dann war er fort.

6

Mein Vater trug mich am Dörrpflaumensonntag in Minas Bett. Ich konnte mich nicht bewegen, ich wusste nicht mehr, wie das ging. Mein Vater hatte mich von Manfred abgepflückt wie einen kleinen, unreifen Apfel. Und dann trug er mich fort, weg von dem Ort, der sich acht Jahre lang wie mein Zuhause angefühlt hatte. Acht Jahre waren eine lange Zeit. Besonders dann, wenn man erst seit acht Jahren auf der Welt war. Ich hatte mein Zuhause verloren.

Ich summte Mannis Lied, ich konnte nicht damit aufhören. Ich wollte nicht damit aufhören. Alle dachten vermutlich, ich wäre verrückt geworden. Jemand, der sich auf einen Toten legte, freiwillig, musste irre sein, dafür gab es keine andere Erklärung. Nur Wahnsinnige taten das. Dachten sie. Bloß Mina dachte es nicht. Wie immer. Wie immer stand Mina als Einzige auf meiner Seite des Ufers. An diesem Tag wurde der Fluss noch breiter, der zwischen mir und den anderen lag. Und mein Haus wurde noch schräger.

Als mein Vater in unsere Straße einbog, mit mir und Mina auf dem Rücksitz des grünen Autos und mit meiner Mutter und meinem Bruder auf dem Beifahrersitz, hörte ich mit dem Summen auf. Mina bemerkte das sofort, und weil sie ja wusste, dass mir das Atmen schwerfiel, fragte sie, nachdem wir gehalten hatten und als sich eine schwüle Stille im Auto ausbreitete: «Möchtest du heute mit zu mir, Stöpsken?»

Ich nickte.

Meine Mutter stieg aus, setzte meinen Bruder auf die Stufe vor unserer Haustür, die Stufe, die rechts an der Seite einen Sprung hatte. Sie kam zu meiner Autotür und öffnete sie. Dann sah sie mich an, mit ihren bergseeblauen Augen. Ich wäre so gern in sie hineingesprungen, aber ich wusste ja, ich durfte nicht. Vielleicht waren sie zu tief für mich. Oder vielleicht hatte ich einfach keinen Platz mehr in ihnen.

Meine Mutter umarmte mich. Wortlos umarmte sie mich leicht mit ihren langen, dünnen Armen und legte ihre feingliedrigen Hände auf meinen Rücken, als wären sie Schmetterlinge. Sie berührten mich kaum.

Es war das letzte Mal, dass sie mich umarmte. Wir weinten beide nicht. Obwohl unser fast berührungsloses Lebwohl ein guter Anlass gewesen wäre, konnten wir nicht. In mir steckte alles fest, und sie war schon zu weit von mir entfernt. Und dann standen meine Mutter und ich einen Moment später wieder an unseren getrennten Flussufern.

Mein Vater trug mich am Dörrpflaumensonntag in Minas Bett, weil ich mich nicht mehr bewegen konnte.

«Schlaf gut, Ellchen, und träum was Schönes», sagte er zu mir und legte mir seine große, warme Hand auf den Kopf.

Ich wollte sagen, er solle bei mir bleiben, hier bei Mina und bei mir. Er sollte nicht gehen, ich wollte mich nicht auch noch von ihm verabschieden. Aber zwischen seinen zwei Stühlen konnte er wohl nicht die richtige Entscheidung treffen. Ob links oder rechts, er würde sich immer daneben setzen, sosehr er es auch versuchte.

Nachdem er gegangen war, fuhr er lange durch die Juninacht und stellte sich einen wärmeren Platz auf dieser Erde vor, an dem er gern gewesen wäre.

Mina deckte mich zu, sie zog ihr Federbett über meine

Schulter, der alte Wecker auf ihrem Nachtkästchen tickte laut. Sie setzte sich auf die Decke, ihr Rücken berührte meinen Bauch, und sie schaute aus dem Fenster. Draußen gab es nichts zu sehen. Es war dunkel. Sie würde die ganze Nacht so sitzen bleiben und auf mich aufpassen, das wusste ich.

«Mina?», sagte ich.

«Ja, mein Stöpsken.»

«Es ist meine Schuld.»

«Was, um Himmels willen, ist deine Schuld?»

«Dass Manni tot ist.»

«Nein. Das ist nicht deine Schuld!»

«Ich konnte nicht zu seinem Haus. Ich hab's versucht. Aber ich hab's nicht geschafft. Ich schaffe gar nichts.»

«Ella! Es ist nicht deine Schuld. Manfreds Zeit war abgelaufen. Das ist so im Leben. Irgendwann ist es vorbei. Du konntest nichts mehr für ihn tun. Und ich auch nicht. Glaub mir das, bitte!»

Mina legte sich zu mir ins Bett. Sie trug noch dieselbe Kleidung wie heute Nachmittag. Ich spürte ihren Atem in meinem Nacken, sie schob ihren Arm unter meinen Kopf und suchte mit ihrer Hand meine. Minas Herz puckerte in mich hinein. Es beruhigte mich nicht. Aber es half mir beim Nachdenken. Mina hielt mich, so fest sie konnte. Das war das Einzige, das helfen würde, das Festhalten.

Irgendwann in dieser Nacht, als ich immer noch Manfreds Körper unter mir fühlen konnte, als Mina eingeschlafen war und mich dabei immer noch festhielt, als dieser schreckliche Sonntag von einem gnädigen Montag erlöst wurde und als ich sicher war, dass sich meine Mutter in eine Dörrpflaume verwandelte, wusste ich, was zu tun war. Ich musste die Häuser der Menschen sehen können. Ich musste lernen, wie das ging. Nur so würde ich jeden retten können, den ich retten wollte. Ich würde jeden zurückverwandeln können, niemand sollte mehr vertrocknen. Oder erfrieren. Ich würde mein Haus gerade machen, nichts würde mehr schief sein. Es sollte nie wieder meine Schuld sein.

Dann schlief ich ein. Für eine sehr lange Zeit.

26 JAHRE SPÄTER

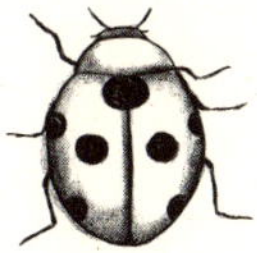

7

In Herrn Holdschicks Haus stand, als einzige Sitzgelegenheit, ein großer Ohrensessel mit ockerfarbenem Cordbezug. Die dunkelbraune Wohnwand mit beleuchtetem Setzkasten war erst neulich geliefert und das schlichte Designer-Service durch Teller mit Goldrand ersetzt worden. Über der Wohnzimmertür hing eine bunte «45», die hatte er zum Geburtstag vor drei Wochen geschenkt bekommen. Herr Holdschick tigerte rastlos durch sein Haus. Er wollte sich nicht setzen. Niemals wollte er sich in diesen Sessel setzen, weil er ja wusste, was passierte, sobald er es sich erst mal gemütlich gemacht und die Füße auf den Hocker gelegt hatte. Alle alten Leute wurden irgendwann in ihren Ohrensesseln vergessen, dachte er. Sie saßen nur noch still und stumm da, und über die Welt wurden sie nicht mehr informiert, ihre Fahrkarten waren alle bereits entwertet, sie durften nicht mehr einsteigen und mitfahren, und wenn doch, ging die Reise nur noch in eine Richtung. Mit den Füßen zuerst. Er witterte seinen Verfall, mit fünfundvierzig fing es so richtig an, die Hose kniff, das Haar war bereits schütter, man hätte ihn schnell in seinem Ohrensessel vergessen. Genau das würde passieren, sobald er sich setzte, dachte Herr Holdschick, während er in seinem Haus umhertigerte.

Klarer Fall, dachte ich jedes Mal, wenn ich mir Herrn Holdschicks Haus vorstellte. So sähe es bestimmt aus, wenn ich es sehen könnte wie Mina. Ich hatte immer noch nicht herausgefunden, wie es richtig funktionierte, das mit dem Kräuseln und mit dem Ganz-still-Sein in einem drin. Aber ich gab nicht auf. Herr Holdschick saß mir, wie jeden Mittwoch, auf dem lehnenlosen Hocker neben der Blattbegonie in meiner Praxis gegenüber und versuchte, ziemlich erfolglos, seine Krise zu besiegen. Seit Monaten ging das nun so.

«Na ja», sagte Herr Holdschick und knibbelte an seinem Daumen, was ihm eine Entscheidung auch nicht leichter machen würde. Ich hatte da eine lange Erfahrung mit Waschkügelchen. «So alt bin ich doch noch nicht.» Er grinste und verschränkte die Arme hinter dem Kopf. Die Schweißflecken auf dem Stoff unter seinen Achseln erinnerten mich an die Form der Kapverdischen Inseln, die ich neulich in einer Reisedokumentation bestaunt hatte. «Mir würde die Welt immer noch offenstehen, wenn ...», er unterbrach sich mit einem Seufzer und überlegte ein paar Sekunden. «Meine Frau und ich sollten besser getrennte Wege gehen.»

Ich stellte mir vor, wie Katja Holdschick hinter seinem riesigen Ohrensessel hervorlugte und ihren Ehemann einlud, endlich Platz zu nehmen und mit dem ewigen Rumgerenne aufzuhören, das einen ja völlig meschugge machte.

«Und das ist dieses Mal Ihr letztes Wort?» Ich schaute von meinem Notizblock auf, dann in seine Augen, die ein entferntes Ziel zu fixieren versuchten. Er hatte seine Arme auf die Hosenbeine gelegt und bearbeitete wieder seinen Daumen.

«Ich muss mich ja auch irgendwann mal um mich kümmern. Das ist wichtig», murmelte er, und zwei Schweißperlen rollten von seiner hohen Stirn über einen voreiligen Altersfleck. Ich schaute ihnen zu und fragte mich, welche gewinnen würde. Aber dann versickerten sie einfach gleichzeitig in seinem Haaransatz. Knapp über dem linken Ohr.

«Und Sie können sich nicht um sich kümmern, wenn Sie bei Ihrer Ehefrau bleiben – oder besser: bei Ihrer Familie? Warum nicht?», fragte ich.

Er überlegte. «Ich finde es jedenfalls nicht verwerflich, dass ich noch was erleben will. Bin doch nicht der Typ, der auf Spielplätzen oder im Streichelzoo versauert.» Er fuhr sich mit der Hand durch das flusige Haar. «So richtig was erleben kann man mit Katja und dem Kleinen halt nicht. Außer man findet, zum Beispiel, Puppentheater toll. Tu ich aber nicht. Ich fühle mich, als würde ich ... äh ...», er nahm ein hellgrün getupftes Blatt meiner Topfpflanze in die Hand und betrachtete den Staub, der darauf lag, «... eingehen. Als würde mich keiner mehr gießen. Oder abstauben.»

Ich notierte mir groß «Gießen» und kringelte das Wort ein. Wir näherten uns dem Problem. Hoffte ich.

«Sie wissen schon, was ich meine. Ich bin noch zu jung, um nichts anderes mehr zu erleben. Das kann doch noch nicht alles gewesen sein. Oder sehe ich das falsch?»

«Vielleicht beantworten Sie sich diese Frage selbst, Herr Holdschick?»

Anstrengend war das mit Herrn Holdschick. Seine Gedanken und seine Antworten, die nie welche waren, rasten in regelmäßigen Abständen Richtung Notausgang. Er versteckte sich hinter der nächsten Ecke, um ja nicht seinen Ohrensessel und seine Verantwortung ansehen zu müssen, und lief dann, wie ein Hase, im Zickzack davon, schlug Haken, ließ sich woanders nieder, nur um danach wieder zurückzukehren. Weil es woanders auch nicht anders war, mit ihm selbst. Und nach einer Weile ging alles wieder von vorne los. Oft geriet ich ins Schwitzen, wenn wir uns begegneten, mich machte sein Hakenschlagen nervös. Mich machte nervös, dass er mich ein bisschen an Manfred erinnerte. Nicht nur, weil Herr Holdschick seinem bürofahlen Teint durch Sonnenstudiobesuche auf die Sprünge half und sich die Haare dunkelbraun färben ließ. Er schaute einen mit diesem Blick an, den ich von Manfred kannte und in dem eine substanzlose Sehnsucht mitschwang.

Und der Gedanke an Manfred erinnerte mich wieder daran, warum ich hier saß. Ich wollte etwas wiedergutmachen. Ich wollte Menschen retten können, vor allem Möglichen, am meisten aber vor dem Vertrocknen. Und ich wollte endlich, endlich, endlich, wie Mina, die Häuser der Menschen sehen können. Doch bisher hatte ich noch nicht herausgefunden, wie das ging. «Psychologin mit wundersamer Gabe», das hätte ich mir gern auf mein Praxisschild gravieren lassen. Weil das aber nicht stimmte, musste ich mich eben mit einem popeligen Praxisschild begnügen, wie alle anderen psychologischen Psychotherapeuten es auch hatten, und auf die passenden Fragen zurückgreifen, um herauszufinden, was los war. Mit den Menschen. Und es war eine Menge los mit ihnen. Bei Herrn Holdschick, der mich oft nervös machte, fiel es mir schwer, die passenden Fragen zu finden. Heute besonders. Heute kam ich richtig ins Schwitzen.

Draußen war ein absurder Sommer über uns hereingebrochen, den wir so alle noch nicht kannten. Es war August, eine Irrsinnshitze lag über der Stadt und ließ den Asphalt aufweichen. Die Menschen flüchteten, wenn sie konnten. Oder, wenn sie durften, verließen sie ihre Wohnungen erst gar nicht. Sie saßen zu Hause mit Vanilleeisbottichen auf dem Schoß, die Füße in kaltes Wasser getunkt und mit Ventilatoren ein Lüftchen geschummelt, schweißverklebte Haare, aufgesteckte Sonnenbrille. Und draußen in den Freibädern ragten die Köpfe rotgesichtiger Badegäste aus dem Wasser, wie Schneeaffen, die auf Abkühlung hofften.

Herr Holdschick schwitzte genauso wie alle anderen auch. Allerdings trug er immer, zu jeder Jahreszeit, selbst heute, Langarmhemden, weil er die Makel vor sich selbst zu verstecken versuchte, die mit fünfundvierzig unaufhaltsam heranbollerten. Er brütete immer noch über seinem Problem, ich blätterte in meinen Aufzeichnungen, als ein handgeschriebener Zettel herausrutschte und mir in den Schoß fiel:

- *Flurputzwoche ☹*
- *VHS-Katalog downloaden*
- *Globuli und Ibuprofen → Apotheke*
- *Blumen bei Frau Wölk gießen*
- *Einblatt im Hausflur abstauben*
- *Neuen Nagelknipser besorgen*
- *Kratzer am Auto überpinseln*

Die Liste hatte Herr Oebing letzte Woche bei mir in der Praxis verloren, ich durfte nicht vergessen, sie ihm später zurückzugeben.

Herr Holdschick rutschte auf dem harten Hocker herum und holte endlich Luft zur Beantwortung seiner eigenen Frage. «Ich finde meine Bedürfnisse jedenfalls völlig legitim. Völlig. Was soll ich denn noch tun? Mir wächst mein Zuhause einfach über den Kopf. Katja versteht das nicht.» Er verschränkte die Arme vor der Brust, aus seinen gebräunten Wangen kletterte eine Tomatenröte an die Oberfläche. «Ich will ausgehen und Spaß haben, Urlaube ohne Kinderbetreuung buchen, ich will eine hübsche Frau im Arm halten, die sich wieder für mich interessiert, wie früher. Da kann mir doch niemand einen Vorwurf machen!», schob er nach und wusste dabei doch sehr genau, dass er seinen Ohrensessel nicht für alle Ewigkeiten ignorieren konnte.

Aberwitziges schlummerte in den Menschen. Manchmal schoss es ans Licht, wie der Inhalt eines Knallbonbons, und versteckte sich daraufhin schnell wieder, erschrocken über die eigene Courage. Manche erschraken über ihre Gedanken, die sie nie laut hatten aussprechen wollen, von denen sie noch nicht einmal wussten, dass sie überhaupt in ihnen lauerten.

Herr Holdschick hatte Angst. Große Angst sogar. In den letzten Monaten suchte er hin und wieder heimlich sein Glück im unverbindlichen Online-Erotik-Dating und fand es nicht, was seine Angst nur noch mehr aufblähte. Er fürchtete, schneller aussortiert und vergessen zu werden, als er das Wort Ohrensessel auch nur denken konnte. Die Zeit hoppelte ihm davon, der Alltag war monoton, ich verstand das. Selbst mit vierunddreißig schon. Mich hatte die Zeit auch überholt. Sie ließ sich nicht mehr so viel Zeit wie früher im Richterbusch, als ein einziger Tag unendlich schien, und mittlerweile verstand ich, was alle immer für ein Gewese darum machten.

Es hatte aber auch gelegentlich seine Vorteile. Ich linste auf die Uhr und war froh, dass die Zeit für heute um war. Manchmal fand ich, dass sich Herr Holdschick über Dinge beschwerte und sie unbedingt loswerden wollte, die sich andere wünschten. Eine Familie. Ein Zuhause. Von mir aus auch einen Ohrensessel, in dem man es sich hin und wieder gemütlich machen konnte, um kurz auszuruhen. Schließlich war er nicht von der Welt vergessen worden. Jedenfalls noch nicht.

«Nun, Herr Holdschick», ich stand auf, als Zeichen, dass

das Ende unserer Sitzung erreicht war, «vielleicht denken Sie, neben endgültigen Entscheidungen, dieses Mal auch über eine Paartherapie nach. Bis nächsten Mittwoch.»

Er erhob sich etwas mühsam von seinem Hocker, das Langarmhemd klebte ihm am Rücken, dann versprach er, dass er drüber nachdenken werde. Ich vermutete, dass seine Ohrensesselkrise noch ein Weilchen anhalten würde. Die Angst, vergessen zu werden, war hartnäckig. Wenn man nicht aufpasste, fror sie die Menschen ein, machte sie handlungsunfähig und eigenartig still. Auch das kannte ich. Mit einem schwitzigen, weichen Handschlag verabschiedete sich Herr Holdschick an der Tür von mir und lief hastig das Treppenhaus hinunter.

Ich holte mir ein Glas Wasser aus der Küche, zog kurz meine Schuhe aus und setzte mich auf den kleinen, geblümten Sessel, der unter dem Fenster stand. Eine halbe Stunde ausruhen, den hakenschlagenden Herrn Holdschick abschütteln, die Zehen rollen, den Kopf entleeren, bis zum nächsten und letzten Termin des Tages. Die Hitze machte die Menschen aggressiv und träge. Mich machte sie nervös, schläfrig und dünn. Papierdünn. Ich wünschte mir einen mehrwöchigen Sommerschlaf, bis alles wieder eine angenehme Temperatur erreicht hätte. Das Laub war schon im August von den Bäumen gesegelt, auch die große Platane auf der Straße hatte sich der Hitze ergeben. Nur ein letztes, verschrumpeltes Blatt trotzte der sommerlichen Dürre und klammerte sich hilflos an ein Ästchen. Ich schaute dem Blatt ein bisschen dabei zu, wie es in einem heißen Luftzug leblos wedelte, und dachte über die Liebe nach.

Die Liebe – genau wie die Zeit und die Hitze – beschäftigte alle, Herrn Holdschick ebenso wie die Imbissbudenbesitzerin von nebenan. Die Nachbarschaft wusste, dass ich die Seelenklempnerin des Viertels war, und klagte mir häufig ihre Leiden. Selbst beim Pommeskaufen. Mit «Ich brauch dat ja nich, so ne Therapie!» fingen sie häufig an, um dann direkt mit «Aber, wissense, bei mir isses folgendermaßen: ...» weiterzumachen. Deswegen wusste ich, dass die Imbissbudenbesitzerin regelmäßig aus ihrer Eintönigkeit mit Mann, Kindern und Currywürsten ausbrach, indem sie sich mit Hilfe von Smartphone-Apps jemand anderen für die Kurzfristigkeit suchte. Was heutzutage fast so einfach war wie sich Gyros-Tzatziki zu bestellen. Männer und Frauen unterschieden sich da nicht. Es gab kein Böse und Gut, kein Richtig und Falsch. Sie hofften darauf, dass die Abwechslung sie heil machte, dass sie jemanden trafen, dem sie nicht die Schuld für ihre Unzufriedenheit und für ein vermurkstes Leben in die Schuhe schieben mussten.

Ich lernte daraus, dass es der Liebe schnurzpiepegal war, wer man war, sie spielte in jedermanns Leben eine tragende Rolle. Und sie hatte so viele Gesichter, dass man sie unmöglich alle gemeinsam auf einem Panoramabild hätte ablichten können, ohne dass nicht immer eines dabei gewesen wäre, das am Rand abgeschnitten war oder sagenhaft blöd guckte. Wie auf diesen Fotos der Hochzeitsgesellschaften, die im Schaufenster von *Fotografie Herzog* gegenüber ausgestellt waren. Ich ging jeden Morgen und jeden Abend an ihnen vorbei. Irgendjemand hatte immer einen bescheuerten Gesichtsausdruck auf diesen Bildern. Irgendetwas gab es immer, das sich dazwischenmogelte. Das wusste ich ja schon lange. Und die Liebe war eine Spezialistin im Mogeln, im Anmutigsein und auch im Doofaussehen. Das wusste ich ebenfalls.

Ein paarmal hatte ich geglaubt, mir sei die echte, die wahre, die große, die einzige Liebe begegnet. Die mit dem anmutigen Gesicht. Die, die mich nicht noch schräger machte, sondern alles ein bisschen gerader. Die Liebe hat enorme Kräfte, sagte Mina immer, sie kann in die eine Richtung ziehen. Oder in die andere. «Mach aber lieber nicht so ein Riesengedöns darum. Es ist besser, wenn man sein Herz nicht verschleudert. Wir sind ja hier schließlich nicht auf der Resterampe vom Woolworth», sagte sie, und dass ich mein Herz nie ganz hergeben sollte, schon gar nicht für'n Spottpreis. «Heb dir immer ein großes Stück für dich selbst auf. Dann kann eigentlich nichts schiefgehen.»

Ein paarmal hatte ich geglaubt, die Liebe wäre mir über den Weg gelaufen. Die, die einen an die Hand nimmt, nicht mehr loslässt und dableibt. Ohne ihr Bleiben in Frage zu stellen. Ich hatte gehört, dass die Liebe das hin und wieder tat. Wenn man Glück hatte.

Jetzt war ich vierunddreißig, und die Zeit hatte mir beim Überholvorgang boshaft zugeraunt, dass ich es doch besser wissen müsste. Aber damals hatte ich geglaubt, dass mir die große Liebe, dankenswerterweise, bereits sehr früh in den neunziger Jahren auf einem Jugendzeltplatz auf Norderney erschienen war, wie ein guter Geist, der eines Nachts auftaucht und nicht mehr zu vertreiben ist. Da ich mich aber offensichtlich geirrt hatte, und die Liebe auch, kam sie danach mit einem Elektriker vorbei, es folgten ein Musiker, ein forensischer Psychologe und ein Moderator des örtlichen Lokalfernsehsenders, die sich eigentümlicherweise sehr ähnelten. Außerdem ein Eisverkäufer, der mir den besten Sommer meines Lebens bescherte. Ein kleiner Sommer, in dem ich alles andere vergaß, so dass der Winter, der darauf folgte, mich nur umso mehr erschütterte. Traurig saßen die Liebe und ich unter Minas Wolldecke und teilten uns eine Dose von Minas selbstgemachten Butterplätzchen.

Immer war ich mir sicher gewesen, dass die Liebe nun endlich den Richtigen mitgebracht hatte. Und anders als sonst hörte ich nicht auf Mina und veranstaltete ein riesiges Gedöns. Ich war so dankbar, wenn die Liebe auf der Fußmatte stand, dass ich ihr, und denen, die sie mir mit Feuereifer noch beim Füßeabtreten vorstellte, schnell ein hübsches Zuhause einrichtete. Mit mehreren hundert Quadratmetern Platz, weil ich gehört hatte, dass die Liebe sogar größer werden kann, mit der Zeit. Da hinein stopfte ich ganze Berge von Dekoration, Topfpflanzen, künstlerische Leinwandbilder und allen möglichen anderen Krimskrams, damit sich die Liebe auch ja wohl fühlen sollte. Offenbar tat sie das aber nicht. Obwohl ich mein Herz immer ganz hergab, sofort, unter allen Umständen. Weil es doch das Einzige war, das sich herzugeben lohnte. Dachte ich.

Ganz uneigennützig war das natürlich nicht, denn ich erwartete ganz unbedingt, im Gegenzug für mein ganzes Tamtam, das richtige Herzpuckern zu finden. Wenn ich an der Brust des Elektrikers oder des Musikers lag, hörten sich ihre Herzen an wie meins. Sie schlugen gleichförmig, manchmal etwas schneller, und wenn man nur lange genug sehr dicht nebeneinandergelegen hatte, schlugen unsere Herzen sogar im selben Takt. Das ging ganz von allein. Und ich hätte stundenlang zuhören können. Seit Manfreds Tod vor sechsundzwanzig Jahren war ein schlagendes Herz das Wundervollste, das ich mir vorstellen konnte. Doch die Liebe zog trotz meines Tamtams immer wieder aus meinem hübsch dekorierten Zuhause aus. Lange blieb sie nie, dabei wünschte ich es mir so sehr.

Bis zu diesem Sommer, der eine wahnwitzige Hitze anschleppte, war weder die Liebe bei mir geblieben, noch hatte ich jemals ein echtes, richtiges Seelenhaus gesehen. Beides gab es wohl nur in meiner Vorstellung. Aber ich konnte nicht aufhören, darüber nachzudenken. Die Liebe beschäftigte eben alle. Da konnte man nichts machen.

Und wieder einmal dachte ich an Ben.

8

Ben schrieb schön.

Ben schrieb sogar ganz wundervoll, seine ersten Worte hallten noch lange in mir nach. Ich las selten jemanden, der so schön schreiben konnte. Zumindest nicht in dieser Welt, die ich eines Abends nichtsahnend, aber ein bisschen sehnsüchtig betreten hatte.

Online-Partnerbörsen waren die Erwachsenen-Version des Wunschzettelschreibens. Man überlegte einfach ein bisschen, was einem am allerbesten gefallen würde, legte eine große Portion Hoffnung dazu und schickte seinen digitalen Zettel ab, wohin und an wen, das wusste man nicht so recht. Ich überlegte nicht nur ein bisschen, sondern ziemlich lange. Irgendwann hatte ich mein Profil ausgefüllt und meine Wünsche formuliert, die mir ein wenig mager vorkamen, wenn ich sie mit anderen Wunschzettelschreiberinnen verglich. Vielleicht wusste ich mittlerweile auch gar nicht mehr so richtig, was genau ich wollte. Wen genau ich wollte. Ich versprach mir nicht allzu viel von diesem Weg, aber ich hatte schon oft genug gehört, dass es manchmal einen großen, glücklichen Zufallstreffer gegeben hatte. So wie es ja auch bei Wunschzetteln immer irgendwie geklappt hatte, dass zumindest ein Teil der Wünsche erfüllt worden war.

Deswegen blätterte ich durch die Profile der Männer, die mir meine Wunschzettelauswertung anzeigte. Das meiste hatte ich bereits so oft gehört, dass ich ganz müde davon wurde. Es langweilte mich, trotz Sehnsucht, plötzlich außerordentlich, auf photogeshoppte Bilder zu schauen und Beschreibungen zu lesen, die so einfallslos waren, dass ich am liebsten von meinem roten Sofa gefallen wäre und laut geschrien hätte. Vielleicht lag es an meinem Job. In den Ablagefächern meiner Praxis stapelten sich fast identische Lebensläufe. Vielleicht lag es an meiner größer werdenden Panik, für immer und ewig zum Alleinsein verdammt zu sein. Theatralische Gedanken hatte ich manchmal, wenn ich mir das in allen Einzelheiten vorstellte und hin und wieder darüber nachdachte, mir vielleicht ein Katzenpärchen zuzulegen. Oder doch besser eine Schildkröte.

Das Einzige, was mir an diesem Abend in der Partnerbörse begegnete, war aalglatte Selbstbeweihräucherung. Das Netz bot eine großartige Bühne dafür. Und wie in einem Theaterstück bemühten sich die Menschen immer angestrengter, ihre Rollen möglichst überzeugend zu spielen und sich ihre Macken nicht so sehr anmerken zu lassen, das war mir bereits aufgefallen. Die Welt wurde im Außen immer runder und verlor ihre Kanten, fand ich.

Und noch etwas war über die letzten Jahre verlorengegangen, ich wusste nur nicht genau, was. Aber die Welt meiner Kindheit gab es nicht mehr. Menschen wie Mina waren das letzte Überbleibsel davon. Sie leuchteten in einer Art nostalgischem Licht aus der smartphoneverstrahlten Menge heraus, die über ihren Bildschirmen langsam vor sich hin trocknete. «Wenn die Menschen nur noch mit sich selbst beschäftigt sind, dann vertrocknen sie. Innerlich.» Mina hatte recht behalten. Aber in dieser neuen Welt schien es fast unmöglich, sich nicht ausschließlich mit sich selbst und seinen Problemen zu beschäftigen. Es gab einfach so viele davon. Und doch suchten die Leute tapfer nach jemandem, mit dem sie diese Probleme zumindest teilen konnten. In meinem Alter waren die meisten «versorgt». Und waren sie es nicht, oder nicht mehr, hing die Vergangenheit feist und schwer in den Rucksäcken der Menschen, die sich doch wieder auf den Weg gemacht hatten, um nicht alleine durch die Gegend zu wandern. Mein Rucksack war auch nicht völlig leer.

Es gab über eine Million Möglichkeiten, jemanden kennenzulernen. Diese unendlichen Möglichkeiten machten mich ganz krank, ich konnte mich nicht entscheiden, und abends beim Einkaufen begegnete mir auch niemand, dem ich am liebsten um den Hals gefallen wäre. «Warte mal ab», sagten mir alle, und dass der Richtige schon noch durch die Tür gefallen käme, wenn ich es am wenigsten erwartete. Das wäre doch immer so.

Ich glaubte kaum, dass das so war. Lustlos klickte ich durch den Online-Katalog der Partnerschaftswilligen und zuppelte gerade an meinen Wollsocken, weil der Maiabend kühl und die Möglichkeiten unendlich waren, als Ben mir eine persönliche Chat-Nachricht schrieb.

Hast du die passende Hand?, schrieb er.

Wofür?, schrieb ich zurück.

Für meine, antwortete er.

Hast du die passende Hand. Ich betrachtete meine Hände, die klein geblieben waren. Jede Zwölfjährige hatte heutzutage größere Hände als ich, kein Ring passte mir, vielleicht war auch das der Grund, warum ich keinen zum Heiraten fand. Unwahrscheinlich, aber möglich. Alte Jungfer wegen Zwergenhänden. Vermutlich eine genetische Mutation, Deformation oder was auch immer, Herrje, ich wusste es ja auch nicht.

Mit den Händen fing immer alles an. Oder hörte alles auf. Minas Hände hatten in mich hineingepuckert. Yvonnes

Hände waren genauso groß wie meine gewesen. Boy George hatte ich mit meinen Händen zum Leben erweckt. Die Hände meiner Mutter waren mittlerweile runzlig und gelb vom Rauchen. Manfreds Hände hatten sich in steife Geierkrallen verwandelt. Während ich mich fragte, ob ich mit Händen kein Glück hatte, flog mir die Zeit um die Ohren. Das tat sie manchmal, immer dann, wenn ich nicht aufpasste.

Bist du noch da?, schrieb Ben.

Ja. Ich war noch da. Obwohl ich vor sechsundzwanzig Jahren geglaubt hatte, ich würde nie wiederkommen. Weil im Richterbusch nicht nur rote Spielpüppchen verlorengegangen waren.

Aber ich war noch da.

Und Ben schrieb schön. Die halbe Nacht. Ich las und antwortete und hatte irgendwann das Gefühl, er würde neben mir sitzen und ich würde seine Hände begutachten und meine, ob sie vielleicht zueinander passten. Manchmal traf man so jemanden. Jemanden, von dem man meinte, man würde ihn schon lange kennen, vielleicht ein alter Schulfreund, dem man viel von sich erzählen wollte, weil er ja viel von einem verpasst hatte, seit sich die Wege irgendwann getrennt hatten. Bevor sie doch wieder zueinanderfanden.

Ben schrieb auch noch am nächsten Tag schön und am übernächsten, und dann schickte er mir nach ein paar weiteren schönen Tagen Nachrichten auf mein Handy. Und Fotos. Ben schrieb nicht nur schön, er war es auch. Ich zumindest fand ihn schön. Ich mochte seine etwas schiefe, etwas zu große Nase und seine vollen, dunkelblonden Haare. Ich mochte, wie er mich durch seine Fotos ansah, wenn er sich vor dem Supermarkt fotografierte und dabei mit den Augen rollte, weil er den Einkaufswagenchip vergessen hatte und seine Einkäufe auf den Armen balancieren musste. So wie ich. Immer. Ich mochte, dass er alleine in den Zoo ging, der Hunderte Kilometer von mir entfernt war, und mich trotzdem mitnahm. Ben fotografierte die Hinterteile von Brillenbären, Riesenottern und Zweizehenfaultieren. Ich musste raten, welcher Hintern zu welchem Tier gehörte, und ich hätte beinahe meine Termine deswegen verpasst. Oder eigentlich: geschwänzt. Die Hirschziegenantilopen erkannte ich nicht, die waren eine harte Nuss. Den Hintern des Nasenbären verwechselte ich mit dem des Erdmännchens, was durchaus passieren kann. Das schönste Hinterteil hatte der Nordchinesische Leopard und das hässlichste der Mantelpavian. Zum Schluss schickte er mir eine Großaufnahme eines dösenden Nilkrokodils. Und ich hätte ihn dafür küssen wollen.

Seit Mai hatte es keinen Tag gegeben, an dem mir Ben nicht schön schrieb. Ich wusste nichts über seine Vergangenheit, jedenfalls nicht genug, um mir ein vollständiges Bild davon machen zu können. Und das wollte ich auch gar nicht. Meine Patienten erzählten mir jeden, jeden, jeden Tag so viel über ihre Vergangenheiten, dass ich glücklich über die Gegenwart war und mich vielleicht schon allein deshalb in Ben verliebte.

Ich hatte viele Dinge über die menschliche Seele gelernt. Hatte Lehrbücher und Therapieansätze und Studien auswendig gelernt, die irgendwelche hochbegabten, schlauen Leute aufgeschrieben hatten und die wie der Schein einer Taschenlampe einen vorsichtigen Lichtstrahl in das menschliche Innere warfen. Ich wusste gut, wie man einer Angststörung gegenübertrat. Genauso gut wie ein Bäcker wusste, wie man ein Dinkelbrot backte. Ich wusste ziemlich genau, was bei Depressionen zu tun war. Ich wusste, wieso Menschen an Magersucht litten und wie man ihnen helfen konnte. Wenn sie wollten.

Aber warum ich so war, wie ich war, warum ich nichts in mir geraderücken konnte, warum ich mich schneller verliebte, als ein Riesenotter schwimmen konnte, und warum ich die Häuser der Menschen, und vor allem mein eigenes, nicht sehen konnte – obwohl ich mich doch täglich mit nichts anderem beschäftigte, obwohl ich mich seit sechsundzwanzig Jahren so sehr anstrengte – das wusste ich nicht.

Dafür wusste ich, dass auch Bens Stimme schön war, warm und herzlich. Ich legte die Füße auf die Lehne meines Sofas, wenn wir telefonierten. Manchmal ließ ich den Kopf von der Sitzfläche baumeln, so dass meine Haare den Boden berührten und sich wie feine Sonnenstrahlen auffächerten. Ich schaute an die Decke. Und ich dachte, dass Fledermäuse sicher gut schlafen konnten, weil sich das Kopfüber bequem anfühlte. Und das erzählte ich dann Ben ins Telefon, der lachte und es auch ausprobierte. Sagte er. Und ich glaubte ihm. Nicht nur meine Hände waren nicht erwachsen geworden. In meiner Vorstellung telefonierten wir wie zwei weit voneinander entfernte Fledermäuse und philosophierten und dachten aneinander. Manchmal kicherte ich, was fast wie das Mädchenkichern von damals klang, das in meiner Schatztruhe lag und sich wieder ein bisschen herauswagte.

Es spielte für mich keine Rolle, womit Ben sein Geld verdiente, es war ein Job wie jeder andere. Und es begeisterte mich, dass es keine Rolle spielen musste, denn ich hörte wochentags genug von allen möglichen Berufen. Es spielte für mich keine Rolle, wo Ben aufgewachsen war, ob er in der Schule gemobbt worden war und ob sich seine Eltern für ihn interessiert hatten. Oder nicht. Er lebte in einem kleinen Kaff an der See, oh wie schön, dachte ich, das Meer. Jemand, der schön schrieb, musste am Meer wohnen. Nur am Meer konnte man wohl so schön schreiben.

Bens Haus musste wunderschön sein. Groß und margeritenweiß, mit prächtigen Sonnenblumen im Garten. Der Dachgiebel ragte kerzengerade in den Himmel, unter dem First hingen Fledermäuse. Alles war aufgeräumt, abgestaubt, und hinter der Eingangstür sprudelte ein hübscher Springbrunnen im Takt zu Klaviermusik. Die riesigen, lichtdurchfluteten Räume boten Platz für Bens lustige Ideen und für seine schönen Worte, die er an einem kristallhellen Schreibtisch notierte. Und daneben, stellte ich mir vor, gab es massig Platz für die Liebe. Nachts erwischte ich mich dabei, wie ich mir nicht nur sein Haus vorstellte, sondern auch, wie es wäre, am Meer zu wohnen, mit Weitblick und Möwen, mit salzigen Lippen, Sturmfrisur und Blick auf den Leuchtturm von Wangerooge und den Hafen von Sydney.

Viel hielt mich nicht mehr in dieser Stadt, die groß war und laut, die sich verändert hatte, nachdem das Stahlwerk abgebaut und in China wieder aufgebaut worden war. Alle Zechen verriegelt, die Bergmänner ausgestorben. Dort, wo manchmal Mohammeds Schuhe Feuer gefangen hatten, genau dort, wo ich glaubte, dass die Engelchen backten und es ja doch nur die hohe Industriefackel war, die den Nachthimmel mit ihrem Feuer orange färbte, konnte man heute seinen nachhaltig angebauten Karamell-Macchiato im mondänen Ambiente schlürfen und auf den See schauen, der auf dem ehemaligen Werksgelände ausgehoben worden war. Alle Erinnerungen geflutet. Alles war anders geworden, und dann auch wieder nicht, in dieser Stadt, in der ich immer noch lebte, weil ich an sie gewöhnt war, weil ich nie wusste, wohin ich sonst hätte gehen sollen – doch diese Stadt war seit dem 22. Juni 1986 nicht mehr mein Zuhause. Ich erinnerte mich nicht gern daran.

Erinnerungen waren zwischen Ben und mir bedeutungslos. Wir spielten eine Rolle im Jetzt. Wir waren Fledermäuse, und ich träumte von einem Leben am Meer, und wie wir gemeinsam exotische Tierhinterteile fotografierten und dann nachschauten, ob unsere Hände noch passten. Wenn man sich verliebt, wird man ein bisschen verrückt.

Ich wartete wie verrückt darauf, dass er mich fragte, wann wir uns sehen würden. Mit jedem Tag, an dem er mich nicht fragte, wurde ich ein bisschen beleidigter, zweifelte an der Fledermaustheorie und bekam Angst. Angst, dass ich mir doch wieder nur alles eingebildet hatte. Wenn die beleidigte Angst kam, senkte sich meine Außentemperatur um ein paar Grad. Dann konnte ich wegen der Unterkühlung nur noch einsilbig formulieren, dabei hätte ich ihn so liebend gern gefragt, ob wir nicht mal prüfen wollten, wie es sich denn nun mit unseren Händen verhielt. Im echten Leben. Aber ich konnte nicht. Unsicherheit breitete sich aus, ich überlegte oft sehr lang, was ich ihm antworten sollte, was denn nun richtig wäre, damit man mir meine Unsicherheit nicht anmerkte. Darin hatte ich Übung. Ich konnte das mittlerweile sehr gut. Mein Herz allerdings war damit nicht einverstanden und machte einfach weiter wie bisher. Blöde Angewohnheit.

Ende Juli schickte mir Ben ein Video. In die winzige Fußgängerzone seines Kaffs am Meer hatte sich ein Straßenmusiker verlaufen. Ein Straßenmusiker mit Klavier. Wie ein Straßenmusiker statt mit Panflöte oder Mundharmonika mit Klavier unterwegs sein konnte und von Stadt zu Stadt reiste, war mir völlig unerklärlich. Vielleicht lebte er auch in seinem Klavier, oder es war motorisiert und eigentlich ein umgebauter VW-Bus, ich wusste es nicht, aber der Straßenmusiker mit Klavier hielt einen Zettel vor Bens Handykamera.

Für Ella stand darauf – und am Klavier saß Ben. Dass er spielen konnte, wusste ich, er hatte es erwähnt, ganz beiläufig, und ich hatte mir alle von Bens Beiläufigkeiten gemerkt. Er saß dort am Klavier, als würde er jeden Tag nichts anderes tun, als hätte er in seinem Leben nie etwas anderes getan, als Klavier zu spielen.

Ben spielte schön. Er streichelte die Tasten, er ließ seine Hände darüberlaufen und seinen Körper auf den Musikwellen tanzen. Nie hatte ich einen Mann gesehen, der ästhetischer war als der schöne Ben mit der etwas schiefen Nase und dem vollen Haar. Welches Stück er spielte, wusste ich nicht, ich kannte es nicht, es war auch völlig egal. Es schien drei Stunden und ein paar Minuten lang zu sein, die wenigen Leute blieben in der Fußgängerzone stehen, neben Ben, hinter Ben, die Ehre des Straßenmusikers sah ein bisschen angeschlagen aus. Aber er drehte trotzdem mit der letzten Note den *Für Ella*-Zettel um.

Wann sehen wir uns endlich? stand dort.

All meine Angst kroch davon. Sehr aufgeregt stellte ich fest, dass Bens Video ja fast ein Heiratsantrag gewesen war. Eigentlich. Also schon so ein bisschen. Immerhin hatte er sich eine Menge Mühe gegeben. Für mich. Ach, das Leben war so schön. So. Schön.

Ich kicherte mein Mädchenkichern, und dann dachte ich nicht mehr viel. Denn wenn man sich verliebt, wird man nicht nur etwas verrückt, sondern auch sehr vergesslich. Ich stürmte durch die nächsten Tage, durch meine Praxis, ich vergaß hier mal was, dann dort das Nächste, weil ich ja nur noch an Ben denken konnte. Und an unsere Verabredung. Und an unsere Hände, die so was von zusammenpassen würden, an die dachte ich auch. Draußen legte sich die Irrsinnshitze über die Stadt, aber auch die vergaß ich, bis endlich der Tag im August gekommen war.

Gestern.

Gestern hatte ich den rundherum schönen Ben getroffen.

9

Ein Klingeln schleuderte mich aus meinen Gedanken an den schönen Ben. 18 Uhr. Mein letzter Termin für heute.

«Mist», sagte ich laut. Ich hüpfte etwas umständlich aus dem Sessel und in meine Schuhe und legte das Handy beiseite, ich musste mich konzentrieren. Dann riss ich die Tür auf.

Herr Oebing starrte mich etwas verdattert auf der Fußmatte stehend an, aber dann begrüßte er mich, wie immer, mit einer halb angedeuteten Verbeugung. Er kannte die Spielregeln, schlackerte herein und lief durch den Flur. Danach stand er einen Moment zu lange und etwas unbeholfen in der Mitte des Zimmers. Er hebelte seine große Umhängetasche über den Kopf, und sein Blick verweilte verträumt auf dem pfirsichfarbenen Duftvernebler, der unter der Dünengrasfotografie einen beruhigenden Effekt haben sollte. Hatte ich gehört. Bei mir half er nicht.

«Wirklich nett haben Sie es hier. So eine richtige Wohlfühlzone.»

Mit einer Geste lud ich Herrn Oebing ein, Platz zu nehmen. Wo genau, das durfte sich Herr Oebing, genau wie alle anderen Patienten, aussuchen, er hatte sich bisher bei jedem Termin für den Korbstuhl unter dem Dünengrasbild entschieden. Mit Blick zur Tür. Dann saßen wir uns gegenüber. Herr Oebing in leichter Schräglage, ich mit dem Notizblock auf dem Schoß.

Unsere Begrüßung lief jedes Mal nach einer festgelegten

Ordnung ab. Schon seit einem Jahr. Hereinschlackern, stehen bleiben, Umhängetasche, Duftvernebler, Wohlfühlzone, Korbstuhl. Es war Herrn Oebings Ritual, das er jeden Mittwoch um sechs in meine Praxis mitbrachte. Neben seiner Umhängetasche. Rituale waren äußerst wichtig in unseren emotionalen und fragilen Beziehungen, das hatte ich gelernt. Jeder brachte seine eigenen Rituale mit, ganz offensichtlich, danach musste ich, ausnahmsweise, nicht fragen. Frau Reinhold, zum Beispiel, rauschte immer grußlos an mir vorbei, setzte sich ohne Einladung auf den kleinen Sessel unter dem Fenster und desinfizierte sich die Hände, während Herr von Dierks mit großer Geste und komplizierten Sätzen die Sitzung im Stehen eröffnete, als stünde er vor einem Publikum. Rituale vermittelten Orientierung und Halt. Die kleinen Rituale, die mir jeder meiner Gesprächspartner mitbrachte wie ein Begrüßungsgeschenk, waren sehr aufschlussreich.

«Danke, Herr Oebing. Schön, dass Sie sich hier immer noch wohl fühlen. Wie geht es Ihnen? Welches Thema hat Sie diese Woche beschäftigt?»

Eigentlich erübrigte sich meine erste Frage. Herr Oebing trug an diesem Mittwoch sein Krümelmonster-T-Shirt, was den Tag eindeutig als einen der Sorte «Gut geht es mir heute!» identifizierte.

«Gut geht es mir heute!», antwortete Herr Oebing übermäßig beschwingt. Die T-Shirts waren sein Stimmungsbarometer. Saß er in komplett schwarzer Oberbekleidung vor mir, konnte ich mich auf eine anstrengende Sitzung einstellen. Dann schüttelte er nach unserem Eingangszeremoniell gesenkt den Kopf, presste ein «Gar nicht gut!» durch die Zähne, und seine Gesichtszüge entglitten. Mich erinnerte Herr Oebing, wenn es ihm gar nicht gut ging, ein bisschen an einen Ofenkäse. An einen nicht unattraktiven Ofenkäse Ende dreißig, mit vollem Haar. Die meisten Männer um die vierzig wurden bereits schütter auf dem Kopf. Im Kopf waren sich einige der Erschütterungen bewusst, die sie bis dahin erlebt hatten, einige nicht. Herr Oebings Kopf war voll, innen wie außen, mit Haaren, mit Erinnerungen. Er geriet nur aufgrund seiner mal mehr, mal weniger akuten Depressionen ab und zu völlig aus der Gesichtsform.

Depressionen konnten das, ohne mit der Wimper zu zucken, ohne eine Spur von Mitleid, ich hatte es oft genug mit angesehen.

Sie stülpten sich über Köpfe wie schwarze Kapuzen und schirmten das Sonnenlicht ab, sie legten sich nebelartig aufs Gemüt, sie ließen die Menschen in Höhlen kriechen, aus denen sie den Ausgang nicht mehr fanden. Stattdessen tappten sie blind in der Gegend herum, tasteten suchend mit den Händen nach dem Lichtschalter, stießen hier an, fielen dort drüber, rappelten sich wieder auf und tappten weiter. Im Dunkeln. Und aus manchen, wenigen Gesichtern, vielleicht auch nur aus einem einzigen, machten die Depressionen eben einen schmelzenden Ofenkäse. Ich schämte mich anfangs ein wenig für meinen Vergleich, aber auf Herrn Oebing traf er einfach perfekt zu. Es war ja nur eine Beobachtung, eine wissenschaftliche. Eine Feldstudie, sozusagen.

Wenn man einen weinenden Ofenkäse vor sich sitzen hat, der eine Packung Taschentücher fest umklammert, und sich im eigenen Schicksal verirrt hat, kann einen das ein bisschen aus der Bahn werfen. Dann wurde ich das Bedürfnis nicht los, Herrn Oebing in den Arm zu nehmen und festzuhalten, bis die Tränen versiegten und sein Gesicht zurück an die richtige Stelle rutschte. Denn Festhalten, das half immer. In einer psychotherapeutischen Praxis aber, in diesem geschützten Raum mit dem Dünengrasbild, der aus Ritualen und Fragen, aus Emotionen, verstaubten Erinnerungen und Duftverneblern zusammengehalten wurde, da half es nicht. Da durfte das Festhalten nicht helfen. Da wurde man auf seinen Fragenkatalog zurückgeworfen. Ganze Fragen-Enzyklopädien, die erst mit Verzögerung gegen das Weinen halfen. Manchmal.

Herr Oebing weinte oft. Er weinte, wenn er traurig war und sich die schwarze Kapuze über sein weich werdendes Gesicht stülpte, und er weinte, wenn er fröhlich war. Manchmal war er so außergewöhnlich fröhlich, dass er davon ganz traurig wurde, und dann weinte er wieder. Meist bildete sich beim Weinen ein großer Tropfen unter seiner Nase, den er aber nicht bemerkte.

Herr Oebing saß mir an diesem Tag mit Krümelmonster im Korbstuhl gegenüber, in aufgekratzt-freudiger Erwartung meiner nächsten Frage.

«Was hat Sie in den letzten Tagen beschäftigt, Herr Oebing?», stellte ich die Frage erneut, die in der Enzyklopädie auf Seite 1 stand und die ich mir in den letzten Stunden auch öfter selbst gestellt hatte.

«Was mich beschäftigt hat?» Herr Oebing wiederholte meine Fragen gern, um Zeit zu gewinnen, und er wiederholte sich selbst gern, um beinahe Vergessenes nicht in Vergessenheit geraten zu lassen. Das passierte. Das kam vor. Das war nicht unnormal. Das gehörte dazu. Irgendwann würde er befriedigende Antworten auf seine Probleme finden, die wir gemeinsam beackerten und besprachen, wiederholten, aus dem Schrank kramten und unter eine helle Lampe stellten, um sie von allen Seiten eingehend betrachten zu können. Wie die meisten hatte auch Herr Oebing anfangs von mir erwartet, ich würde ihm seine Antworten schenken, fein verpackt, mit

Schleife, dabei war ich ähnlich ahnungslos wie alle anderen. Nur das Fragen hatte ich gelernt. Und das Beobachten. Und das Zuhören. Vielleicht fand Herr Oebing mit meinen Fragen seine Antworten, oder er fand nur neue Fragen. Vielleicht würde er nie Antworten finden. Auch das passierte. Auch das gehörte dazu, ich kannte das. Das Leben ging auch ohne beantwortete Fragen weiter, für die meisten jedenfalls, irgendwann wurde das Unbeantwortete egal. Hoffte ich.

Herr Oebing entledigte sich seiner Turnschuhe. Neulich hatte er mir bei dieser Gelegenheit die Einlagen gezeigt, die er aufgrund einer längst verheilten Knöchelverletzung tragen musste. Er ließ sich häufig über Krankheiten aus, die ihn bereits ereilt hatten oder die ihn vermutlich noch ereilen würden. Ich deutete das Präsentieren seiner Einlagen als Vertrauensbeweis und war trotzdem ein wenig peinlich berührt. Man kann sich schlecht vorstellen, wie viele absonderliche Geschichten ich bereits in diesen Räumlichkeiten mit Duftvernebler und Dünengrasbild gehört hatte. Viele davon hätten mich peinlich berühren können. Gegen die meisten dieser absonderlichen Geschichten waren Herr Oebings Schuheinlagen ein Fliegenschiss, und trotzdem hatte ich kurz an sie denken müssen, als ich abends im Bett lag. Durfte man nicht. Passierte mir leider. Aber ich flüsterte mir selbst ein, dass das private Denken an orthopädische Turnschuheinlagen meiner Patienten doch nicht weiter schlimm war, das konnte doch jedem mal passieren, und es würde meine Kompetenz als Psychologin überhaupt nicht in Frage stellen. Es beruhigte mich manchmal, mich mütterlich schlau selbst zu bequatschen, um mir danach das schlechte Gewissen von der Schulter zu klopfen. Auch das konnte ich mittlerweile ganz gut. Das hatte ich gelernt, denn meine Mutter hatte noch nicht wieder aus ihrer Dörrpflaumenverwandlung herausgefunden, und Dörrpflaumen haben es nicht so mit dem Mütterlichen.

Herrn Oebings Einlagen schlummerten einsam in seinen Turnschuhen. Er saß mir in grauen Sneakersocken gegenüber und wusste offenbar plötzlich nicht mehr, wohin er seine großen Füße stecken sollte. Mit eingerollten Zehen schaute er mich an, so wie mich alle gelegentlich mit diesem Blick anschauten, der mir sagte: «Sie müssen das doch wissen. Das, was mich jeden Tag und jede Nacht beschäftigt. Sie kennen mich doch! Sagen Sie mir doch, was mich beschäftigt! Sie kennen mich so gut wie niemand anderes. Weil Sie in meinen Kopf sehen können. Und in mein Herz. Und überall rein.» Ich musste sie enttäuschen. Und mich. Ich konnte nirgendwo hineinschauen.

«Herr Oebing, haben Sie in der letzten Woche denn versucht, sich ein paar Freiräume zu schaffen und etwas zu unternehmen, was Ihnen guttut? Das hatten wir in unserer vergangenen Sitzung ja als kleines Zwischenziel festgelegt.» Ich war nicht bei der Sache, war nicht bei Herrn Oebing, war woanders, war so wie zwischen Weihnachten und Neujahr, wenn man die Gans noch nicht verdaut hat und zu lethargisch ist, um schon an das Feuerwerk zu denken.

Herr Oebing überlegte, schaute und rollte mit den Zehen, die leise knackten. Er wedelte mit seinen langen, weberknechtartigen Armen in der Luft herum und kratzte sich mit gut manikürten Händen am Hinterkopf. Übersprungshandlung. Dann kramte er in seiner Umhängetasche, zog ein blau eingeschlagenes Büchlein hervor und stöberte in seinen Listen. Klarsichthülle um Klarsichthülle.

Ich schaute derweil auf meinen Notizblock.

Oebing, F 32.2, mittelgradige Depression mit manischen Episoden, 39, studierter Bauphysiker, jetzt Immobilienmakler, ledig, keine Kinder, traumatische Kindheitserlebnisse, Verdrängung, Angst, Unsicherheit, Ofenkäse, Herr der To-do-Listen, Krümelmonster.

Glücklicherweise würde Herr Oebing meine Aufzeichnungen nie zu Gesicht bekommen. Ich wartete darauf, dass er seine Themen und seine Antworten fand. Mit dem Kugelschreiber malte ich drei der Kästchen auf meinem karierten Block blau aus und dachte an Ben. Ich wartete wirklich außergewöhnlich geduldig. Aus den drei blauen Kästchen wurden neuneinhalb. Dann malte ich ein Herz und dachte immer noch an Ben. Dabei schwitzte ich.

Herr Oebing blätterte sich durch Einkaufslisten und Tagebucheinträge und Bio-Rezepte, und ich war gleich verabredet. Die Uhr tickte. Hundert Jahre hatte ich mich durch ein Studium gebissen, das erste, das in meiner Familie überhaupt stattfand. Hunderte von Jahren übte ich mich bereits in buddhistischer, ja geradezu übermenschlicher Geduld mit mir, mit meinen Patienten, und überhaupt mit der ganzen Welt, und der Ofenkäse hatte nichts Besseres zu tun, als seine Zettel zu sortieren. Es war zum Mäusemelken.

«Die Woche hatte ich es wieder so im Nacken. Das war wirklich unangenehm. Ich merke es heute noch. Zieht hier so runter. Ist ja kein Wunder, bei meinem Job. Der ganze Papierkram am Schreibtisch. Aber ich bekomme das ganz gut hin. War laufen, vorgestern, danach ging es wieder. Das Laufen tut mir ja unheimlich gut, wissen Sie? Das ist wie eine Droge. Kennen Sie das? ... Und die hier tun mir auch sehr gut.» Herr Oebing kramte in seiner Umhängetasche und zog drei kleine Fläschchen heraus.

«Globuli!», sagte er und schüttelte ein bisschen triumphierend die Kügelchen, die in ihren Fläschchen tanzten. «Die nehme ich, damit die Warze nicht wiederkommt. Hatte ich Ihnen davon schon erzählt?», fragte er und legte den Kopf schief.

«Ja», antwortete ich.

Ja, die Warze. Die kannte ich schon. Die kannte ich mittlerweile so gut, dass ich beinahe hätte schwören können, es wäre meine eigene. Ich hatte sie nie zu Gesicht bekommen, keine Ahnung, wie sie ausgesehen hatte, sie wohnte früher wohl länger auf Herrn Oebings linkem Ringfinger und verschwand in einer Vollmondnacht von ganz allein. Herr Oebing, der diese Warze sehr lästig und sehr unappetitlich gefunden hatte, lebte nun in ständiger Sorge, sie könnte irgendwann wieder zurückkehren und sich in eine bösartige Wucherung verwandeln. Regelrechte Panik hatte er vor einem Ding, das nicht mehr da war. Und ich hatte deswegen bereits so viel über die Warze gehört, dass sie mir mittlerweile über war. Herr Oebing aber tat immer so, als sei diese Geschichte seines ehemaligen Anhängsels völlig neu für mich. Eine noch nie da gewesene Sensation meines kleinen Therapeutenlebens. Herrgottnochmal.

Die Geheimnisse, die in diesem Raum hinter vorgehaltenen Händen und mit zusammengerollten Zehen ausgesprochen wurden, ähnelten sich alle. So wie die Profile in der Partnerbörse. Es waren nicht die Abenteuer, die ich mir immer vorgestellt hatte, in denen ich, die Supertherapeutin ohne wundersame Gabe, dafür zuständig war, das Heil der Menschen heldenhaft aus dem Treibsand zu ziehen. Selbstlos.

«DatZeuchisfürnEimer. DakannstedirektnBonbonlutschen», hätte Ilse über die Globuli gesagt, und ich pflichtete ihr im Stillen bei. Dieser Mittwoch war nicht mein Tag. Ich entschuldigte mich innerlich bei Herrn Oebing und der Warze und schämte mich für meine dilettantischen Gedanken, für meine miserablen Manieren gegenüber Herrn Oebings Problem, vielleicht brauchte ich einfach nur Urlaub. Am Meer.

Konzentriert nickend schaute ich kurz aus dem Fenster auf das letzte, welke Blatt der Platane. Herr Oebing kam von der Warze auf seinen Yogakurs und den neu erlernten «Atem des Drachen» zu sprechen. Ich bestärkte ihn positiv. Danach landete er bei einer WhatsApp-Gruppe, die sich über Bergwanderungen austauschte, und dann strich er sich demonstrativ über die vollen Haare und verkündete stolz, beim Friseur gewesen zu sein. Er machte Fortschritte, ich notierte sie mir. Und dann sah ich aus dem Augenwinkel etwas Grünes am unteren Rand von Herrn Oebings Stimmungs-T-Shirt und meinte erst, es gehörte zum Krümelmonster. Vielleicht die Schuhe des Krümelmonsters. Aber dann fiel mir ein, dass ich nie grüne Schuhe am Krümelmonster bemerkt oder auch nur seine Füße gesehen hatte. Ich dachte kurz darüber nach, ob überhaupt ein Monster der Sesamstraße Schuhe trug, aber ich erinnerte mich nicht. Als ich gedanklich bei Grobi angekommen war, dämmerte mir, dass ich nun schon seit geraumer Zeit auf Herrn Oebings offenen Reißverschluss starrte.

Herrn Oebings Schuheinlagen waren baumrindenbraun. Seine Unterhose war chamäleongrün.

«Oh Gott, oh Gott», dachte ich, schlug innerlich die Hände über die Augen und konnte trotzdem nirgendwo anders hinschauen als auf Herrn Oebings offenen Hosenschlitz. Ich schämte mich.

Ich hatte nämlich wirklich nur über die Sesamstraße

nachgedacht, aber das würde mir natürlich niemand glauben. Beim Nachdenken fängt man nun mal manchmal an zu starren, und es war ja auch gar nichts Ungewöhnliches, als hätte ich noch nie einen Mann in Unterhose gesehen. Lächerlich.

Herr Oebing erzählte mir gerade, er habe sich letzte Woche seit langer Zeit mal wieder ein Buch gekauft, die Idee sei ihm beim Yoga gekommen, das Buch wollte er schon länger unbedingt lesen, aber dann erstarb sein Redefluss und er folgte dem Blick meiner Augen, die schon ganz trocken wurden. Vom Starren. Nun schämte sich auch noch Herr Oebing. Für seine chamäleongrüne Unterhose.

«Verdammichnocheins», dachte ich.

Umständlich nestelte er an seinem Reißverschluss und ließ das Chamäleongrün verschwinden. «Entschuldigung», murmelte er, «das ist mir aber jetzt sehr unangenehm.»

«Kein Problem, Herr Oebing. Wir sind ja unter uns.»

Herr Oebing grinste verlegen.

Ich auch.

«Wissen Sie was? Ich komme gern zu Ihnen, um mit Ihnen zu reden.»

«Danke, Herr Oebing. Ich arbeite auch gern mit Ihnen. Sie haben wirklich viel geschafft in der letzten Woche, darauf dürfen Sie stolz sein.»

«Ja, danke. Das finde ich auch», sagte er, und ihm kullerte eine Träne über die Wange, weil er sich freute, dass er stolz sein durfte. Herr Oebing weinte oft.

«Sollen wir uns heute irgendwas noch genauer anschauen?» Dann dachte ich wieder an die Unterhose und fügte hastig hinzu: «Vielleicht, was Sie sich für nächste Woche vornehmen wollen?»

«Hm», er überlegte kurz, während eine Träne auf das Krümelmonster purzelte. «Glaube, ich fühle mich ganz okay mit den Dingen und wie sie gerade laufen. Es ist ein Anfang.»

«Ja, ein sehr guter Anfang. Aus meiner Sicht.»

«Ich werde mit dem Buch anfangen. Und zum Yoga gehen. Und laufen. Hier drüben. Im Park. Und da werde ich mal schauen, ob irgendein Baum noch seine Blätter hat. Die rieseln ja jetzt gerade alle runter wie Schnee. Ich mag den Winter nicht sonderlich.»

Ich lächelte und nickte zustimmend. Und dann dachte ich wieder an Ben.

Herr Oebing verabschiedete sich auf der Fußmatte erneut mit einer halb angedeuteten Verbeugung. Anschließend blieb er noch kurz stehen, als hätte er seinen Schirm vergessen oder sein Brillenetui oder ein anderes Ding, das man eben gern irgendwo vergaß, wenn man es nicht gerade dringend benötigte. Aber dann lief er doch die Stufen hinunter, ich schloss die Tür hinter ihm. Jetzt aber dalli. Schließlich war ich mit Yvonne verabredet.

10

Ich hatte nicht nur vergessen, Herrn Oebing die verlorene Liste wiederzugeben, ich hatte mich außerdem unmöglich benommen. Nicht nur heute.

Nachdem ich die Praxis verlassen hatte, überlegte ich mindestens drei Häuserblocks lang, was ich gegen meine Unmöglichkeit unternehmen könnte. Ob vielleicht doch Globuli helfen würden. Oder eine gute Fee. Die mich schon seit langer Zeit mit der Wunscherfüllung warten ließ. Dabei fiel mir ein, dass ich Glühwürmchen, die ich noch immer ein kleines bisschen für grünlich leuchtende Zauberwesen hielt, vor vielen Jahren zum letzten Mal gesehen hatte. Wie viele Jahre es waren, wusste ich nicht. Vielleicht schwebten sie mir ja eines Tages wieder über den Weg, vielleicht würde das mit den Wünschen irgendwann doch noch klappen.

Ich lief durch die Hitze, die weder den Abend noch die Nacht respektierte, in den Vorzeigekiez dieser Stadt. In den letzten Wochen hatte ich beobachtet, dass einige Menschen, die sich noch raustrauten oder die rausmussten, mit schmerzverzerrten Gesichtern von einem Schattenfleck zum nächsten japsten. Die anderen aber schienen die Sonnenglut direkt in pure Lebensfreude umwandeln zu können. Das waren die, die auch bei vierzig Grad Mittagshitze noch in der prallen Sonne standen, sich streckten und wohlig «Wat für'n Wetterchen!» in den Himmel frohlockten. Zu denen zählte ich nicht. Aber sicher zählten dazu die jungen Männer mit Vollbart und Dutt, die in diesem Viertel zunehmend die

Straßen säumten und sich dekorativ vor Alternativläden mit kompliziert wortverspielten Namen platziert hatten. Während ich tagtäglich in meinen Patientenunterlagen und nebenbei auch immer wieder in mir selbst herumwühlte und nach dem Zimmermann suchte, der meinen schrägen Dachgiebel gerade hämmerte, rauschten die Entwicklungen der Erde an mir vorbei. Ich sah ihnen manchmal nach, wie wenn man Zug fährt und die Welt hinter dem Fenster nicht mehr greifbar ist. Wenn man mit einem Buch auf dem Schoß allein in einem Abteil sitzt und aufs Ankommen wartet, und draußen verändert sich die Landschaft, nur man selbst nicht. Weil man ja auch ständig ein Auge auf sein Gepäck wirft und darauf, dass man sein Zugticket nicht versehentlich verliert.

Vermutlich passierte das, wenn man erst mal Mitte dreißig war und sich in seinem Zug, der sich unaufhörlich durch ein Hamsterrad drehte, festgeschnallt hatte. Manchmal schob dabei das Alter, wie eine penetrante, stark parfümierte Maklerin, die Zugabteiltür auf und blinzte zu mir hinein, ob es mir nicht endlich die Doppelhaushälfte mit Hund und Mann und Kindern andrehen könne. Dann aber machte es noch im Eingang kehrt, es sah, dass es bei mir nichts zu verkaufen gab. Das Leben huschte an mir vorbei, da war selbst das Alter machtlos. Hoffnungsloser Fall. Nicht angekommen. Noch immer auf dem Weg, beständig suchend, sich in Fahrplänen verirrend. Das Alter rollte mit den Augen und schob die Abteiltür wieder zu.

Im Biergarten des Cafés *Tante Tilda* saßen die Hitzegeplagten unter Bäumen, die keinen Schatten mehr warfen, weil ihnen das Laub abhandengekommen war. Vielleicht sollte ich das Platanenblatt vor meiner Praxis einfangen und es aufheben, überlegte ich. Vielleicht war es das letzte seiner Art.

Ich stand in meinem neuen, altrosafarbenen Kleid im *Tante Tilda*, das ich vor Jahren entdeckt hatte, wo es sonntags Kuchen im Einweckglas gab und Frühstück bis 16 Uhr. Abends schmierte man hier Bütterchen mit Käse oder Mortadella, wie früher, mit Gurke aus dem Glas oder Silberzwiebeln, mit Ei und Remoulade. Manchmal hörte man die Frikadellen aus der Küche bis zu den Gästetischchen brutzeln. Es erinnerte mich jedes Mal wieder an die paradiesischen Zeiten im Richterbusch. Als noch alles Schlechte dieser Welt mit simplem Frikadellenduft ausgemerzt werden konnte. Als auf Steinen Eidechsen schliefen, die ich zum Leben erweckte. Als Mina mir zeigte, wie die Liebe funktionierte. Sie waren noch nicht alle untergegangen, diese Inseln in der Stadt, sie waren nicht wie rote Spielpüppchen verlorengegangen, diese winzigen Zufluchtsorte, in denen ich hin und wieder Platz nahm, um die Füße baumeln zu lassen, und dabei die Schokoladenkuchenkrümel aus dem Glas löffelte.

Ich atmete tief ein und hielt Ausschau. Die schwitzenden Gäste beachteten mich nicht, viele starrten auf ihre Handys, einige prosteten sich mit Kaltgetränken zu, denen man beim Verdunsten zuschauen konnte. Ein Lüftchen wehte durch die kahlen Sommerbäume, fiel herunter und streichelte kurz meine nackten Beine.

«Hallo, Frau Fledermaus!», warmer Atem kitzelte mein rechtes Ohr. Zwei Arme umfassten meine Taille von hinten, und ein feuchter Kuss landete irgendwo auf halbem Weg zwischen Ohr und Wange. Manche, wenige, Dinge änderten sich nicht, sie blieben mit mir in meinem Zugabteil und verschwammen nicht mit der Geschwindigkeit, die aus der Landschaft ein impressionistisches Gemälde machte. Manche, wenige, Dinge änderten sich nicht. Yvonne war immer geblieben. Selbst mit vierunddreißig hüpfte sie mir zur Begrüßung halb auf den Rücken. Wie früher. Es gab nicht viel, das mich glücklicher machte. Es gab nicht mehr viele Kindheitserinnerungen, die immer noch lebendig waren.

«Wo ist Herr Fledermaus?», fragte Yvonne aufgeregt, drehte mich zu sich um und schaute suchend, als hätte ich Ben in meiner Handtasche versteckt.

«Tag!», sagte ich und küsste Yvonne auf ihre Sommersprossenwange. «Das ist nicht so leicht zu beantworten.»

Ich hätte nichts sagen müssen. Yvonne kannte mich besser als ich mich selbst, Yvonne wusste, was ich dachte, was ich fühlte, Yvonne konnte schon mindestens drei Tage bevor ich eine Erkältung bekam, vorhersagen, wann das Fieber einsetzte. Manchmal dachte ich, Yvonne konnte mein schräges Haus sehen und gab es nur nicht zu, aus Rücksicht, weil sie ja wusste, dass ich es nicht konnte.

«Setzen wir uns erst mal», sagte sie und schob mich zu einem freien Tisch. Manche, wenige, Dinge änderten sich nicht. Wenn man sich plötzlich wie zu Hause fühlt, beschützt und sicher, und wenn man die Masken vom Kopf ziehen darf, die man sich am Tag gern aufsetzt, um die Rollen spielen zu können, die von einem verlangt werden, da kann es passieren, dass man plötzlich durchatmet und dass einem neue altrosafarbene Kleider egal werden. Und die Sommerhitze ebenfalls. Und überhaupt sackt man dann etwas in sich zusammen, weil man das Stützkorsett ablegt, das einen aufrecht hält. Ich saß versunken in einem Loungesesselchen und legte alles ab. Weil ich es bei Yvonne durfte. Und sie bei mir. Dann wurde aus mir Ella. Einfach nur Ella. Ganz simpel. Eine Verwandlung, die so guttat, dass ich am liebsten eingeschlafen wäre.

«Meinst du, ich sollte es mal mit Globuli versuchen?», fragte ich.

«Nee. Das Zeug is für'n Eimer. Da kannste direkt Bonbons lutschen.» Yvonne wollte noch etwas hinzufügen, aber dann wurde sie in ihrer Ilse-Parodie von der Kellnerin unterbrochen, die unsere Bestellung aufnahm. Wir kicherten. Es war unser Schatztruhen-Kichern.

«Du hättest dich ja auch schon mal melden können. Mir noch nicht mal eine Nachricht zu schicken. Unverschämtheit!» Yvonne schmollte übertrieben. «Wo ich doch so gespannt bin! Was ist passiert?»

«Nichts. Also alles. Und gar nichts. Das ist auch nicht so leicht zu beantworten.» Ich holte mein Handy aus der Tasche, aber es war stumm geblieben.

«Jetzt mach es nicht so spannend und erzähl schon!» Yvonne wurde ungeduldig, und ich wusste nicht, wo ich anfangen sollte.

11

Als gestern der bedeutungsvolle Tag gekommen war, der ersehnte Fledermaus-Tag, der Tag, der alles verändern sollte, wie ich annahm, war ich so aufgeregt, dass ich mir erst mit dem Lockenstab das rechte Ohrläppchen verbrannte und danach das Nagellackfläschchen umstieß, um den schneeweißen Hochflorteppich unabsichtlich mit drei blutroten Tropfen zu verzieren. Ich schob den Gummibaum darüber und kicherte kopfschüttelnd. Mein neuer, schwarzer Jumpsuit lächelte mich vom Bett aus an, auf dem ich ihn bereitgelegt hatte. Er sah sehr erwachsen aus und ein bisschen auch nach feiner englischer Art. Sowohl Lady Diana als auch Barbara hätten ihn mit einem huldvollen Nicken bedacht.

Alles um mich herum schien von einem breiten Lächeln zusammengehalten zu werden, wie die Sonnen auf meinen Kinderbildern. Kein Wunder, dachte ich, schließlich feiert man ja nur einmal das Date seines Lebens. Trotz schmerzendem Ohrläppchen fand ich mich gestern ausnahmsweise wunderschön, was ich ausschließlich der Vorfreude zuschrieb. Vorfreude machte so gut wie alles schön. Und ich wusste nicht, wann ich mich das letzte Mal so ausgiebig um mich gekümmert hatte. Wenn aber schon ein Mann, der Mann, dieser faszinierende Mann, der schöne Ben extra meinetwegen Hunderte von Kilometern vom bezaubernden Meer in die graue Großstadt gefahren kam, wollte ich nichts dem Zufall überlassen, da wollte ich doch eine attraktive Fledermaus sein. Falls Fledermäuse überhaupt attraktiv sein können.

Als ich die Wohnungstür hinter mir zuzog, um endlich den schönen Ben zu treffen, meinte ich, dass sich die Realität verändert hatte. Meine Schritte fühlten sich leichter an, fast als würde ich über den Mond laufen, meine Haare wippten, obwohl sie das sonst nie taten, der Jumpsuit schwebte, wie aus schwarzen Federn gemacht, nur Millimeter über meiner Haut, und sogar mein Dachgiebel fühlte sich etwas gerader an als sonst. Gefühle machen seltsame Sachen mit den Menschen.

Seit zwanzig Minuten wartete ich mit heißen, schwitzigen Händen auf Ben. Ich stand mitten auf dem Platz vor der großen Kirche, auf den die Sonne knallte, als wäre die schützende Erdatmosphäre einfach verdampft. Ungeduldig wippte ich auf den Zehenspitzen und schaute abwechselnd zur Kirchturmuhr und auf meine Armbanduhr. An meinem Handgelenk erkannte ich meinen Puls hüpfen.

Zwanzig Minuten stand die Frau im schwarzen Jumpsuit und mit der neuen Unterwäsche wie ein aufgeregtes Brathähnchen im Mittag, was dem angesengten Ohrläppchen nicht sehr gut gefiel. Es verlangte nach Schatten, den es nicht gab. Aber jemand, der so schön wie Ben war, durfte sich ruhig ein bisschen verspäten. Dem würde man das verzeihen. Das war ein Naturgesetz, das selbst in der Wüste galt.

Und dann kam er.

Wenn man sich verliebt, ist es egal, wie jemand aussieht. Es kann ein einarmiger Oktopus, eine verkrüppelte Nacktschnecke oder ein Wattwurm sein, dem man sein Herz schenkt, weil die Liebe die Welt bekanntlich nicht durch die Augen betrachtet. Oder nicht nur.

Größe: 1,85 m, Statur: normal bis athletisch stand in Bens

Steckbrief, den ich auswendig hätte aufsagen können. Objektiv gesehen stimmte alles, was er über sich geschrieben hatte. Der Mann auf der anderen Seite des Kirchplatzes konnte aber trotzdem nicht der schöne Ben sein. Der Mann, der da über den Platz auf mich zumarschierte – er konnte es nicht sein. Sagte mein Gefühl. Ich drehte meinen Blick deshalb in die andere Richtung und schaute angestrengt in die flirrende Hitze.

Neben mir blieb jemand stehen. Meine Füße wurden schwer. Vielleicht hätte ich meine Termine heute doch nicht absagen sollen, dachte ich, vielleicht hätte man sich besser an einem kühleren Tag treffen sollen, irgendwann. In ein paar Jahren. Bloß nicht heute. Heute war es irgendwie ganz schlecht, sagte mein Gefühl wieder, das seltsame Sachen machte.

«Hi. Ella?», sagte der schöne Ben und schaute dabei auf einen Punkt, der zwischen meinen Augen zu liegen schien. Manche Menschen hielten den direkten Blick nicht gut aus und mogelten. Ben schielte deswegen ein bisschen.

«Oh! Hi. Ben», sagte ich. Dann umarmten wir uns, so gut es eben ging. So gut es eben gehen kann, wenn man einander unbekannt ist, weil man sich nicht ordentlich vorgestellt hat. Bens Arme waren kurz.

«Schön, dass wir uns endlich treffen», sagte ich mechanisch.

Alles, mit dem ich ihn hatte begrüßen wollen, alles, was ich mir tagelang zurechtgelegt hatte, war plötzlich weg. Futsch.

Dann entfernten wir uns voneinander.

«Wie war die Fahrt?»

«Gut. Danke.»

Die Kirchturmuhr schlug, die Glocken dröhnten unerträglich laut, was vermutlich an der Hitze lag. Oder an der Luft, die sich keinen Zentimeter bewegte. Das Läuten stürzte ungebremst auf mich herab. Ich verzog albern das Gesicht, steckte mir die Finger in die Ohren und formte mit meinem Lippenstiftmund ein *Laut!*, ohne es auszusprechen.

Wenn man sich bereits in den ersten Sekunden zum Eumel macht, hilft nur noch lächeln. Lächeln hilft ja immer. Bloß bei Ben half es nicht, der mich ansah, als wäre ich aus der Geisterbahn entlaufen. Er stopfte die Hände in die Seitentaschen seiner kurzen, knuddeligen Sporthose, trat zwei Schritte von mir zurück und zuckte mit den Achseln. Auf seinem T-Shirt war vor längerem ein Kaffeefleck eingezogen, und seine Füße wohnten in weißen Tennissocken mit Birkenstocksandalen darüber.

Die Hitze oder irgendetwas anderes knuffte mich in den Magen. Ich wischte mir über die schwitzige Stirn, und mein Make-up blieb auf der Handfläche kleben. Eine Fledermaus mit weißer Stirn wurde ich plötzlich. Ben zuckte mit buschigen Augenbrauen. Seine Augen darunter waren leer. Bens wunderschönes, margeritenweißes Haus zerbröselte und stürzte in sich zusammen, jemand schaltete die Kirchturmglocken ab.

«Gehen wir was trinken?», fragte ich in die herumdrucksende Stille, weil mir keine phantasievolleren Fragen einfielen. Weil mir überhaupt nichts einfiel. Weil ich am liebsten auf dem Kirchplatz stehen geblieben und geschmolzen wäre. Der Mensch, der wie ein übellauniger Rucksacktourist vor mir stand, konnte unmöglich der schöne Ben sein. Vielleicht hatte er bloß einen Abgesandten seines kleinen, wunderschönen Königreichs zu mir geschickt.

«Japp», antwortete er. «Ich möchte mich in die Sonne setzen.»

Ich sagte nichts, nickte nur, meine Luft steckte fest. Wir liefen ein paar Schritte durch den heißesten Tag des Jahres. Die ersten Sekunden zählten. Und die letzten. Das taten sie immer. Die ersten Sekunden mit Ben erzählten mir, dass ich diesen Menschen nicht kannte, dass ich diesen Mensch auch nicht kennenlernen wollte. Ich ahnte schon, das wurde nichts, aber ich hörte weder mir noch den ersten Sekunden zu.

Es lag nicht an Bens Aussehen, denn das kannte ich ja schon. Er hätte auch ein Wattwurm sein können, den ich auf meinen Händen hätte herumtragen können, ganz liebevoll. Er hätte ein einarmiger Oktopus sein können, dem ich in einem runden Aquarium meine Welt hätte zeigen wollen. Und mich. Es hätte keinen Unterschied gemacht. Es hätte nicht gezählt. Ben aber war jemand anderes. Ben war nicht Ben. Wir hatten uns nichts zu sagen. Das passierte manchmal, das ging manchmal ganz schnell, wenn man sich persönlich gegenüberstand. Das war nicht weiter schlimm, wenn man es einsah und den ersten Sekunden genau zuhörte. Ich aber stellte mich taub. Und blind. Und ich stellte mich vor mich, wie ich es schon so oft getan hatte, stand mir im Weg, schnitt mir selbst den Fluchtweg ab, weil ich es doch unbedingt wollte, das richtige Puckern und die passende Hand. Manchmal muss man sich auch erst aneinander gewöhnen. Dachte ich.

Wir setzten uns in das nächstbeste Straßencafé. Der schöne Ben legte seine kurzen Arme auf den Tisch, ich faltete meine Kinderhände auf dem Schoß, hielt mich selbst ganz fest und schwitzte. Im Grunde konnte ich an nicht viel mehr denken, als dass ich schwitzte. Unter mir, befürchtete ich, tröpfelte eine kleine Pfütze auf den Boden, als die Enttäuschung aus mir herausfloss.

«Schön, dass wir uns endlich treffen! Und ich freue mich, dass du hergekommen bist», sagte ich wieder lächelnd, weil ich doch einen zweiten Anlauf wagen wollte und eine Reaktion erwartete. Irgendeine. Ich war doch geübt in Gesprächsführung. Das konnte doch nicht so schwierig sein, ich musste mich nur an meinen Fragenkatalog erinnern, den ich in meiner Praxis auswendig kannte. Jetzt aber war er mir plötzlich entfallen.

«Ja, schön», sagte Ben, und ich fragte mich, was ich falsch gemacht hatte.

«Herrliches Wetter hast du da mitgebracht!», sagte ich und meinte es ganz und gar nicht so.

Ben bestellte ein Bier und sagte nichts mehr.

Das Schweigen ließ mich noch mehr schwitzen. Das Schweigen hatte sich zu uns an den Tisch gesetzt. Ungebeten. Und ungefragt. Es belagerte den ganzen Platz und fuhr die Ellbogen aus. Das Schweigen machte sich richtig breit, weswegen ich krampfhaft überlegen musste, was ich fragen könnte, was ich sagen sollte. Wenn sich das Schweigen breitmacht und einem deswegen nichts mehr einfällt, fragt man nach der Arbeit. Damit macht man unter Erwachsenen nie etwas falsch, weil sich Erwachsene meist mit ihrer Arbeit auskennen und viel darüber zu erzählen wissen.

«Erzähl mir doch ein bisschen von deiner Arbeit, Ben. Es würde mich wirklich interessieren, was du den ganzen Tag so machst», sagte ich und stützte den Kopf auf meine kleinen Hände.

Das, was mich immer an Ben fasziniert hatte, was ich so beglückend gefunden hatte, war weg. Wir lebten nicht im uneingeschränkten Jetzt, es war offensichtlich nicht egal, was man jeden Tag tat. Weil es dazugehörte. Weil auch die eigene Geschichte, die in jedermanns Rucksack steckte, dazugehörte. Weil man sein Leben nicht einfach ignorieren konnte. Ich war gut im Wegschauen. Wenn ich nicht so genau auf das schaute, was mir nicht gefiel, verschwand es für einen Moment. Aber es versteckte sich bloß unter einem dicken Federbett und war trotzdem noch da. Ich wusste das, es war bloß so bequem, nicht genau hinschauen zu müssen und stattdessen die Bettdecke glatt zu streichen.

Der schöne Ben fand überraschend seine Sprache wieder und informierte mich ausgiebig über seinen Beruf, der wie jeder andere war.

Der Zeitpudding kam durch die Hitze gelaufen und winkte dem Schweigen zu. Die beiden mussten sich gut kennen, dachte ich. Und dann zog sich auch noch der Zeitpudding einen Stuhl heran und setzte sich mit einem «Hier ist doch noch frei?» neben mich. Beide starrten sehr interessiert in die Runde, während Ben nicht wirklich über sich sprach, nicht über das, was ihn begeisterte. Die Worthülsen über Berufe, die ich schon so oft gehört hatte, wanderten aus ihm heraus und waren ebenso leer wie seine Augen. Fast so leer wie die Augen meiner Mutter. Ich verstand die Welt nicht mehr, aber ich war ein geduldiger Zuhörer. Denn das hatte ich gelernt. Wie das Schwimmen oder Fahrradfahren würde ich das Zuhören nicht mehr verlernen, ich musste nur den Schalter umlegen und emphatisch nicken. Das war einfach. Das konnte ich.

Dann dachte ich an Yvonne und wie sie zu dem Mann, der mir gegenübersaß, genau jetzt gesagt hätte: «Du, ’tschuldige, aber ich hab mich völlig geirrt. Das mit uns passt überhaupt nicht. Ist nicht böse gemeint. Aber da kann man nichts machen.» Sie wäre aufgestanden, hätte sich vielleicht beim Bäcker gegenüber ein Himbeertörtchen gekauft, und nach ein paar hundert Metern wäre Ben abgeschüttelt gewesen.

«WatfürnTütenkopp!», hätte Ilse gesagt und dass ich schleunigst den Flattermann machen sollte. Aber ich konnte es nicht. Weil ich doch unbedingt wollte.

Ich überlegte immer noch, was ich falsch gemacht hatte. Was stimmte bloß nicht mit mir, dass Ben auf einmal nicht mehr Ben war?, fragte ich mich. Mit den Fingern pulte ich unter dem hölzernen Tisch herum, als würde sich in den Astlöchern die Antwort verbergen. Die Holzmaserung kitzelte meine Fingerspitzen, ein bisschen wie Blindenschrift. Ich fuhr vor und zurück und hin und her, und wahrscheinlich würde ich die richtigen Worte unter der Tischplatte finden. Wahrscheinlich versteckten sie sich einfach bloß sehr gut. Wie damals das HAMZ und das SNOF in meinem Wortschatz beim Scrabblespielen mit Mina. Ich dachte an Mina und an Donnerstag, weil Donnerstage unsere Tage waren, und übermorgen würde ich ihr alles über das Schweigen und Ben und über die geheimen Inschriften der Tischplatte erzählen, die ich zu entschlüsseln versuchte.

Und dann flog eine Wespe durch den Zeitpudding. Sie flog genauso schnell, wie Wespen immer flogen. Merkwürdig, dachte ich, dass die langsamer laufende Zeit Insekten nicht berührte. WIMP machte es, als die Wespe auf Bens Glas landete. Sie krabbelte über den Rand und stolperte bald über einen Bierschaumfleck, auf den sie sich stürzte. Wespen waren gierig, diese aber besonders, ich hatte noch nie eine so gierige Wespe gesehen. Und weil sie so gierig war, plumpste sie ein paar Momente später mit einem leisen POTSCH in Bens Bier und hielt sich nur mühselig zappelnd über Wasser.

Siehste, dachte ich. Mir geht's genauso. Das hamwa nun davon.

Der Mann, Ben, hatte bisher nichts bemerkt. Auch weil ich

weiterhin mit einem interessierten Nicken seine Worthülsen begleitete, die so langweilig waren, dass ich am liebsten meinen Kopf auf die Tischplatte gelegt und ein Weilchen gedöst hätte. Die Wespe zuckte nur noch, sie tat mir leid, so wie mir immer alles leidtat.

«Dir ist da was ins Glas geflogen», sagte ich, vielleicht konnte man die Wespe noch retten.

Ben schaute einmal kurz in sein Bier, angelte mit dem Finger die Wespe heraus, schleuderte sie auf die Fußgängerzone und steckte sich dann seinen kompletten Finger in den Mund, um ihn abzulecken.

«Nur dumme Menschen lecken sich die Finger ab!», hatte Barbara uns damals eingetrichtert, als wir auf ihrer Hollywoodschaukel wippen durften und sie uns über die feine englische Art aufklärte. Bis heute hasste ich es, wenn sich Menschen die Finger ableckten, schließlich hatte mich die feine englische Art tief beeindruckt.

Ich schaute auf das Kopfsteinpflaster, wo die Wespe benommen liegen geblieben war, und hoffte, sie würde sich noch einmal erholen, denn der Sommer war noch längst nicht vorbei.

Nachdem Ben sein Bier gerettet hatte, versickerten seine Worte, er fragte mich nichts, ich wusste nichts zu erzählen. Das Schweigen grinste breit. Ich schaute auf meine Armbanduhr. Die Viertelstunde, die wir hier in der Sonne brieten, fühlte sich wie mindestens drei Stunden an. Oder wie drei Tage. Wenn sich die Zeit quälte, konnte das nichts Gutes bedeuten. So viel wusste ich bereits.

Der Mann, Ben, sagte nichts, er schaute in sein Glas.

«Geht's dir gut, Ben?», fragte ich.

«Ja, alles bes-tens», antwortete er.

Wenn Menschen bes-tens sagen und zwischen die beiden

Silben einen Bindestrich einschieben, ist überhaupt nichts bestens. Es ist im schlechtesten Fall noch nicht mal gut.

«Was hältst du davon, wenn ich dir jetzt ein bisschen was von der Stadt zeige?» Im Laufen ließ es sich möglicherweise besser kennenlernen als im Sitzen.

«Nö. Lass mal. Ich bestelle mir noch was zu trinken.»

Und dann wusste ich auch nicht mehr weiter.

Das Date meines Lebens.

Jeder, wirklich jeder hätte sehen können, dass dieses Treffen ein hoffnungsloses Unterfangen war und zu nichts, aber auch zu rein gar nichts führte. Nur ich, die Ella, die so unheimlich gern eine passende Hand für ihre gehabt hätte, die selbst ein bisschen Angst vor dem innerlichen Vertrocknen hatte und die viel dafür geopfert hätte, Bens wahres Haus sehen zu können, um dort nachzuschauen, was hier so fürchterlich danebenging – diese Ella also, die sah mal wieder gar nichts und hielt bloß die Luft an, weil sie es immer noch nicht gelernt hatte, auszuatmen. Ich stellte lieber anderen die unangenehmen Fragen, damit ich sie nicht selbst beantworten musste, denn vor manchen Fragen fürchtete ich mich. Das tat ich häufig. Ich fürchtete mich davor, die Antworten zu kennen, die ich lieber übersah, weil ich tief in mir drin noch hoffte, alles würde schon in Ordnung kommen. Der schöne Ben schlafwandelte vielleicht nur, würde gleich aufwachen und mich in die Arme schließen. Wir würden uns wohl miteinander fühlen, auch wenn wir uns nichts zu sagen hatten. Wir würden uns schon noch aneinander gewöhnen. Manchmal dauerte das eben. Und dann würde ich kurze Arme und buschige Augenbrauen sehr hübsch finden. Ganz sicher.

Was auch immer mit dem schönen Ben passiert war,

warum auch immer der Mann so tat, als sei ich ein lästiger Pflichtbesuch, was auch immer er sich, oder ich mir, erhofft hatte; meine Gedanken waren totaler Käse. Nichts würde in Ordnung kommen. Ich merkte, wie ich die Zehen einrollte, wie erst ungefähr dreiundzwanzig Minuten vergangen waren und wie die Zeit gähnte.

Dann fasste ich einen wagemutigen Entschluss. Bis zwanzig wollte ich zählen und dann meine Luft zusammenkratzen, um mich zu verabschieden. Danach würde ich ein Himbeertörtchen kaufen und zu Hause in es hineinweinen. Die einsamste Fledermaus der Welt.

Als ich bei dreizehneinhalb angekommen war, denn ich zählte sehr langsam, ich wollte den utopischen Chancen ja wenigstens noch genug Zeit lassen, kam der Moment durch die Hitze gespurtet, der alles für mich erledigte.

«Ich geh mich mal irgendwo ausruhen. War 'ne lange Fahrt», sagte der Mann entschlossen.

«Ja, ach, natürlich», sagte ich.

«Wenn du möchtest», hörte ich mich außerdem sagen, «komm doch mit zu mir nach Hause. Ich hab Bier im Kühlschrank und einen schönen Balkon. Da lässt es sich gut ausruhen. Auch kopfüber.»

Mein Gehirn erklärte mir, dass ich völlig meschugge geworden war. Unzurechnungsfähig. Ich versuchte, dem Mann in die Augen zu schauen, wurde umgeleitet und landete im Nirgendwo. Nichts erinnerte mich mehr an den schönen Ben. An den albernen Ben. An den Ben, der mit mir Fledermaus spielte und danach auf dem Klavier. Nichts erinnerte mich an ihn.

«Glaub nicht. Ich quartiere mich mal besser in die Jugendherberge ein. Bis dann», sagte der Mann, stand auf und ging mit einem halbherzigen Winken.

«Tschüs, Ben», verabschiedete ich ihn, als er schon längst auf der Einkaufsstraße mit anderen Unbekannten verschmolzen war.

Mit leerem Kopf zahlte ich. In der Bäckerei gegenüber gab es keine Himbeertörtchen. Wenigstens hatte ich so nichts, in das ich hätte hineinweinen müssen. Und das tat ich auch nicht. Ich fand, ich hatte mich unmöglich benommen, und ich wunderte mich. Ich wunderte mich den ganzen Weg nach Hause. Ich wunderte mich, dass ich weder stinkewütend noch beleidigt war. Ich wunderte mich über die Illusion des schönen Ben, wunderte mich über mich, wunderte mich über die Welt und war kurz davor, mir einen Instagram-Account zuzulegen, nur um mich und mein Leben mit Filtern verschönern zu können. Vermutlich war ich zu entsetzt, um etwas anderes zu fühlen als die absolute Verwunderung. Oder die Vertrocknung hatte bereits eingesetzt, die ja in der Familie zu liegen schien. Genetisch dazu verdammt, zu vertrocknen und mich in eine Dörrpflaume zu verwandeln. Ich wusste nicht, was mit mir passierte, ich fühlte mich leer. So leer wie Bens Augen gewesen waren.

Statt Instagram duschte ich lieber lange, stellte mir vor, es wäre ein Frühlingsregen, der meine Erwartungen abspülte, weil Erwartungen immer auch ein bisschen gefährlich waren. Insbesondere dann, wenn sie jahrelang an einem klebten wie kalter Schweiß. Nach dem Frühlingsregen schob ich den Gummibaum wieder an seinen Platz, legte mich auf den weißen Hochflorteppich, neben die drei knallroten Nagellacktropfen, schaltete mein Handy aus, starrte an die Decke und wünschte mir, jemand würde meine Schultern zudecken, damit ich schlafen konnte.

Es war nichts passiert. Und alles. Und gar nichts. Yvonnes

Frage war also nicht so leicht zu beantworten gewesen. Ich war felsenfest davon überzeugt, dass sich der schöne Ben nie wieder bei mir melden würde. Es war nicht auszuschließen, dass er auf halbem Weg vom Meer hierher verlorengegangen war. Wie ein rotes Spielpüppchen unter der Eckbank.

12

Vielleicht ist es schwer, den anderen zu erkennen, wenn man in der Sahara sitzt», sagte ich zu Yvonne im *Tante Tilda*, als ich meinen Bericht abgeliefert hatte, und es klang wie eine Frage.

Yvonne schüttelte den Kopf. «Was für ein Lauch! Wieso tust du dir bloß so was an? Du hättest direkt gehen sollen.»

Sie wusste doch genau, warum ich mir das antat. Aber Yvonne hatte nie nach irgendetwas suchen müssen, sie hatte sich nie extra etwas antun müssen, ihr waren die Dinge, die wirklich wichtigen Dinge im Leben, zufällig zugeflogen. All das, was wir uns unter unserer Käseglocke ausgemalt hatten, alle Wünsche und Hoffnungen, waren in ihr Leben hineinmarschiert, als wäre es das Normalste der Welt, dass Wünsche in Erfüllung gehen. Bis heute hatte sie das Ausatmen nicht verlernt, sie hatte es sich bewahrt. Sie erlebte ständig Abenteuer, von denen sie mir, immer noch sehr aufgeregt, in ihren Geschichten erzählte. Und für mich fühlte es sich fast so an, als wäre ich bei den Abenteuern dabei gewesen.

«Aus euch Mäusen ist richtig was geworden», sagte Mina immer ein bisschen ehrfürchtig zu uns, die ja nie etwas mit studierten Leuten zu tun gehabt hatte. Yvonne war Rechtsanwältin geworden, das passierte nicht ganz aus Versehen, und es passte gut zu ihr, auch weil das Worte-Ausatmen eine große Rolle beim Verteidigen spielte. Im Grunde hatte sie bei mir ja schon damals damit angefangen, und erst kürzlich hatte sie Guido getroffen und ihn sofort wiedererkannt.

Guido, der auf dem Sommerfest 1986 Herrn Fritz' rollbaren Wellensittichkäfig zu unserem Gefängnis hatte machen wollen, weil er keinen anderen Wunsch im Kopf hatte, als uns hinter Schloss und Riegel zu sehen. Guido war heute Staatsanwalt.

«Guido ist immer noch so'n fieser Möpp», hatte mir Yvonne aufgeregt berichtet, und dann fiel uns wieder ein, dass wir Kinder haben wollten, nicht so welche wie Guido, lieber so welche wie uns. Kinder hatten weder Yvonne noch ich, was an den äußeren Umständen lag. Dafür lebte bei Yvonne und ihrem Verlobten Lukas der Mops Karl-Heinz. Er taperte völlig entspannt durch ihre große Altbauwohnung, und eigentlich hätte man annehmen können, dass ausgerechnet so ein Mops gar nichts für Yvonne gewesen wäre. Er war es aber.

«Irgendjemand muss hier ja mal ein bisschen Ruhe reinbringen», sagte Yvonne, und das tat Karl-Heinz, der mich ein bisschen an einen buddhistischen Mönch erinnerte. Yvonne hatte nie etwas suchen und sich nie extra etwas antun müssen.

«Was ist denn nur in ihn gefahren? Ich verstehe es nicht. Und ich habe mich unmöglich benommen», seufzte ich. «Un. Mög. Lich.»

«DU? Hast du Fieber? Oder was ist los?» Yvonne legte mir die Hand auf die Stirn.

«Jetzt sag mir nicht, dass der Richtige schon noch kommen wird. Wird er nämlich nicht. Ich kann es nicht mehr hören. Ben hätte sich wenigstens noch mal melden können. Das ist so eine Unart geworden, ehrlich. Dieses Nichtmelden. Nach all den Wochen hätte man sich ja zumindest ordentlich verabschieden können», murmelte ich.

Karl-Heinz seufzte unter dem Tisch.

«Und was hätte das gebracht? Würde es dir dann besser

gehen? Sei doch froh, Ella. Sei bloß froh, dass er nicht mitgegangen ist. Das darf ich mir gar nicht vorstellen! Und: Wehe, du meldest dich bei ihm. Dann bekommst du es mit mir zu tun!» Yvonne streckte mir ihre Fäuste vors Gesicht. Ihre Hände waren mittlerweile viel größer als meine. Sie hatte gut reden.

«Du hast gut reden!», murmelte ich in mein Glas. «Du heiratest ja in ein paar Tagen.» Übernächsten Samstag. Um genau zu sein.

Die freundschaftliche Liebe, die uns verband, ließ keinen Platz für Neid. Ich gönnte Yvonne alles, selbst wenn ich selbst es nie haben würde. Ich gönnte es ihr, weil es diesen geschützten Raum gab, den nur wir beide betreten konnten, der nur für uns reserviert war und in dem wir alles miteinander teilten, was wir hatten. Dabei brachte ich, das dämmerte mir inzwischen, nur wenig zum Teilen mit. Yvonne aber füllte den Raum für uns beide. Sie machte ihn licht und klar, sie machte ihn gemütlich und streute überall Geborgenheit hin. Sie verteilte ihr abenteuerliches Glück, das sie nie verlassen hatte, bis in die kleinsten Ritzen, damit ich auch etwas davon hatte. Ich liebte Yvonne für das, was sie konnte und ich nicht. Für das, was sie hatte und mir augenscheinlich fehlte. Dafür, dass ich mich mit ihr immer noch so sicher fühlte wie unter unserer Richterbusch-Käseglocke.

«Ella», sagte sie ernst. «Gib jetzt nicht auf. Ich weiß, wie anstrengend das für dich ist. Aber du musst endlich mal frei atmen und dich loslassen. Erwachsen werden. Die Sache mit den Häusern vergessen und … Du weißt schon. Warum versuchst du es nicht einfach mal? Ich könnte dich schütteln. Wirklich, Ella. Ich verstehe dich nicht. Eigentlich weißt du doch, wie das funktioniert. Theoretisch zumindest.»

Das Rosenbusch-Gefühl kroch in mir hoch.

«Nein, weiß ich nicht», und ich wusste es wirklich nicht. Hin und wieder blitzte eine Ahnung in mir auf, aber sie verschwand direkt wieder, bevor ich sie näher betrachten konnte.

«Ja, war ein Scheißtag gestern. Ist aber nicht dein Problem. Du wirst den Typ vergessen können, da bin ich sicher. Und bis dahin spiele eben ich Fledermaus mit dir. Wenn es sein muss. Okay?»

«Okay», antwortete ich. Und dann wechselten wir das Thema, weil Yvonne immer genau wusste, wann es gut und genug war.

Yvonne und ich waren so weit voneinander entfernt wie der Hafen von Sydney und der Leuchtturm von Wangerooge, die man beide von der Dachterrasse meines schrägen Hauses betrachten konnte, wie Mina mir immer erzählt hatte. Und trotzdem sahen wir uns. Wir berührten uns und ließen uns nie los. Die Dankbarkeit drückte mir Tränen in die Augenwinkel.

Yvonne leuchtete, als sie über ihre Hochzeit sprach. Wenn man sich liebt, dann spürt man die Aufregung des anderen, dann erkennt man die Wichtigkeiten, die es im Leben des anderen gibt. Yvonne leuchtete und machte mich nicht nur an diesem Tag ein kleines bisschen heller. Eigentlich leuchtete Yvonne immer, und wie sehr sie als Braut erst strahlen würde, konnte ich mir fast nicht vorstellen. Ich wusste aber, es würde ein Strahlen sein, das man noch bis in die entlegenste Ecke des Südpols würde sehen können.

Als wir uns verabschiedeten, drückte mich Yvonne fest an sich. Die Nacht war immer noch warm, viel zu warm, die blattlosen Bäume sehnten sich nach Ruhe, nach einem Sommerschlaf. Ich auch.

«Weißte, Ella», sagte Yvonne, «ich verstehe dich manchmal nicht, aber ich liebe dich trotzdem. Und so ist es doch auch mit dem Leben. Muss man nicht immer alles verstehen. Und denk dran: Keine Nachrichten an Fledermäuse schicken! Und: atmen! Versprochen?»

«Versprochen», antwortete ich.

Ich lief durch die hitzige Nacht, vorbei an den Häusern, eine Häuser-Allee, die mir den Weg nach Hause wies. Glücklicherweise waren die Häuser und ich uns sehr bekannt, sie standen stumm da, bewegungslos und grau. Der Ruhrpott war seit jeher ein einziges Grau mit feinen Nuancen, die man möglicherweise nur dann erkannte, wenn man hier aufgewachsen war. Ich mochte das. Vielleicht war ich auch deshalb immer hiergeblieben, weil mich das Grau seltsam tröstete. Wenn man einmal auf dem absoluten Grau gelegen hat, so wie ich damals auf dem toten Manfred, der sich das Grau über beide Ohren gezogen hatte und so friedlich schlief, dass ich ihn nicht mehr wecken konnte; weil ich einmal diesem absoluten Grau begegnet war, kamen mir die Häuser, die in Elefantengrau, Gletschergrau oder Olivgrau angestrichen worden waren, fast wie Farbtupfer vor. Das war schon immer so gewesen, nur Mina hatte dafür Verständnis, weil ich es ihr gar nicht erklären musste, sie wusste ja, wie ich war.

Du musst mal erwachsen werden, hörte ich Yvonne in meinem Kopf sagen, und vielleicht hatte sie ja recht. Nein, sie hatte nicht nur vielleicht recht, sondern ganz bestimmt, ich konnte mir bloß nicht vorstellen, wie das ging. Meistens glaubte ich nicht, dass ich vierunddreißig war, meistens glaubte ich, dass ich zu jung für mein Alter war. So wie meine Hände zu klein für mein Alter waren. So wie meine Gedanken meistens zu kindisch für mein Alter waren. Die Zeit hatte mich irgendwann überholt, und ich war nicht mehr mitgekommen, hatte den Anschluss im Wettlauf verpasst.

Irgendetwas musste sich ändern. Ich hatte die Nase gestrichen voll von mir, von meinem schrägen Dachgiebel. Und meine ständigen Versuche, mir das Gesicht um die Augen zu kräuseln, ganz still in mir drin zu werden, den Herzschlag anzuhalten, um die Häuser der Menschen sehen zu können, verursachten bloß Falten. Und Kopfschmerzen. Vielleicht konnten vierunddreißigjährige Kinder die Häuser nicht sehen, vielleicht musste man ja erst erwachsen werden. Ahnungslos war ich. Absolut ahnungslos.

Ich war Psychologin geworden, um endlich eine Ahnung von den Häusern zu finden und von mir selbst. In all den Büchern und den Seminaren und den Vorlesungen stöberte ich wie in geheimnisvollen Schatzkarten und bog immer an den falschen Stellen ab, grub mal hier und dann wieder dort und wurde doch nicht fündig. Während Yvonne die Dinge erlebte, die man als normaler, junger Mensch eben erlebt – und Yvonne erlebte aus Versehen ja immer noch ein bisschen mehr –, während das Leben um mich herum ausgelassene, sorgenfreie Partys feierte, bevor es sich mit Verpflichtungen an den Alltag ketten ließ, steckte ich den Kopf in Bücher und suchte. Und lernte. Ich tat das nicht nur, um irgendwann eine Ahnung zu haben, sondern auch, um meiner Mutter den Hinweis zu geben, dass ich noch da war. Wenn sie nur einmal das Gefühl hätte, dachte ich, sie könne stolz auf mich sein, würde sie vielleicht über den Fluss, der uns trennte, hinweg und wieder zu mir finden.

Auf meinem Abi-Ball hatte ich mit Mina allein an einem Tisch gesessen. Väter tanzten mit Töchtern, Mütter umarmten Söhne. Familien klatschten und lachten. Den Saal schmückten Stolz und Anerkennung. Mina hielt meine Hand, und ihr Herz puckerte in mich hinein. Ich vermisste trotzdem meine Mutter, die sich längst vollständig in eine Dörrpflaume verwandelt hatte, und ich vermisste meinen Vater, der immer noch zwischen seinen Stühlen saß. Also hatte ich mich noch mehr angestrengt. Irgendwann, hatte ich gedacht, würde sich das schon auszahlen.

Ein paar Jahre später, an dem Tag, als mir mein Diplom verliehen worden war, hatte Mina Apfelkuchen gebacken, den wir mit einem breiten Grinsen aßen. Mina streichelte mir dabei immer wieder über die Wange und sagte hin und wieder ungläubig, aber sehr anerkennend: «Mein Stöpsken! Mein Stöpsken! Du kannst stolz auf dich sein», und legte mir ihre Hand auf den Oberschenkel. Minas Hand fühlte sich an wie immer, das Alter hatte bloß Flecken draufgemalt. Ich war nicht stolz, so wenig wie Herr Fritz an dem Richterbuschfest-Sonntag damals im Juni 1986. Froh war ich, dass ich etwas zu Ende gebracht hatte. Aber stolz, das war ich nicht. Die Jahreszeiten waren bloß an mir vorbeigezogen, und ich hatte noch nicht mal gemerkt, dass sie da gewesen waren.

«Der späte Herbst ist gar nicht so schlimm wie angenommen», hatte Mina unvermittelt gemeint, weil sie vielleicht meine Gedanken über die verstrichene Zeit erraten hatte. «Man muss davor keine Angst haben. In letzter Zeit träume ich manchmal vom Schnee, mein Stöpsken. Aber wenn man sich nicht fürchtet, wird der Winter nicht kalt.»

Mit den Jahren war ich ein geübter Rätsellöser geworden, und ich wusste sehr genau, was Mina meinte. Vielleicht hatte Mina keine Angst, ich dafür aber umso mehr.

«Mina? Träum doch bitte vom Frühling, ja? Der Winter ist noch lang genug», sagte ich und wünschte mir so sehr, dass der liebe Gott oder die Zeit oder wer auch immer bei Mina eine Ausnahme machte. In meiner Vorstellung würde

Mina für immer und ewig leben, sie musste die Ausnahme sein, das ging gar nicht anders. Weil es doch sonst niemanden mehr gab, der mich am Knöchel festhalten würde, damit ich nicht unter der Eckbank verschwand.

«Mein Stöpsken», antwortete Mina, und dann schwieg sie, was mir nicht gefiel.

Wir hatten an meinem Diplomtag zu zweit unter dem Apfelbaum im Richterbusch gesessen, den ich erst mit zehn Jahren wieder betreten hatte. Zwei Jahre, die in einem Kinderleben so lang wie der Flug zum Mars und wieder zurück dauern, war ich davon überzeugt gewesen, dass jeder im Schrebergarten einschlafen und nie wieder aufwachen würde, wenn ich da war. Weil es meine Schuld gewesen war.

Die Schuld begleitete mich bis heute, sie wurde mir ein vertrauter Spazierstock, der schwer in meinen kleinen Händen lag.

Die Schuld ließ es nicht zu, dass so etwas wie Stolz in mir wachsen konnte. Und mir war klar, dass sowieso kein Stolz dieser Welt meine Mutter zu mir hätte zurückbringen können. Meine Jugendlichkeit war gemeinsam mit der Zeit weggelaufen. Und das Erwachsensein ließ auf sich warten. Irgendetwas musste sich dringend ändern.

In der Nacht nach dem großen Fledermaustag, nachdem mir die wolfsgrauen Häuser den Weg vom *Tante Tilda* nach Hause gezeigt hatten, weinte ich in ein Stück Stachelbeerkuchen, das ich aus dem Kühlschrank gezogen hatte, und stellte mir vor, es wäre ein Himbeertörtchen. Dann wartete ich darauf, dass mir endlich einfiel, wie ich alles geraderücken könnte, und deckte mich selbst bis über beide Schultern zu.

13

Im Schaufenster des Fotostudios dekorierte der kugelbäuchige Fotograf Herr Herzog am nächsten Morgen seine Bilder um. Eine Hochzeitsgesellschaft löste nach ein paar Tagen eine andere ab, und irgendwie ähnelten sich Bräute und Bräutigame, Schwiegermütter und Blumenkinder jedes Mal. Es konnte auch daran liegen, dass Fotograf Herzog ein paar Lieblingsmotive hatte, es waren ungefähr fünf, weshalb alle Fotos merkwürdig gleich aussahen.

Bilder für die Ewigkeit, knisternde
Dessous-Aufnahmen, Profi-Bewerbungsfotos:
Herzog, der Fotograf aus Leidenschaft

Das Schild leuchtete in den frühen Morgenhimmel, der genauso heiß über der Stadt herumlungerte wie schon seit Wochen. Fotograf Herzog winkte mir fröhlich zu, ich nickte lächelnd und zeigte «Daumen hoch». Anerkennung brauchten die Menschen. Für ihre Leidenschaften. Auch wenn nur fünf Motive in ihrem Repertoire lagen.

Vor meiner Praxis begrüßte mich das letzte Platanenblatt schwach wedelnd, es hatte die Nacht an seinem Baum überlebt.

Tage konnten mit der Zeit eintönig werden. Das hatten sie an sich, wenn sie sich, wie Herrn Herzogs Bilderserien, nicht wesentlich voneinander unterschieden. Jeden Morgen schloss ich die Praxistür auf, jeden Morgen kochte ich Kaffee, lüftete, hörte den Anrufbeantworter ab, kramte die passenden Patientenunterlagen aus dem Schrank und setzte mich noch einen Moment unter die Dünengrasfotografie.

Ich mochte dieses Bild, sehr sogar. Ich mochte, dass man sich gut vorstellen konnte, am Strand zu stehen, zur meterhohen Düne hinaufzuschauen und das fedrige Gras zu betrachten, wie es sich in den blitzblauen Küstenhimmel streckte. Es strahlte nicht nur Ruhe aus, sondern auch ein Gefühl von Schutz. Es beschützte mich vor Herrn Holdschicks Ohrensesselproblemen und vor seinem Blick, der mich an Manfred erinnerte. Und es beschützte mich vor Herrn Oebings Traurigkeit, die er manchmal mitbrachte, wenn er keinen «Gut geht es mir!»-Tag hatte. Vieles, was meine Patienten mitbrachten, war ein bisschen gefährlich. Vor der Traurigkeit aber fürchtete ich mich tatsächlich ein wenig, denn sie konnte sehr groß werden und einem ihre schwarze Kapuze über den Kopf ziehen, so dass man nicht mehr viel sah. Wie bei Herrn Oebing, der sich ja deswegen manchmal in einen Ofenkäse verwandelte.

Wenn ich aber das Dünengras auf dem Bild betrachtete und mir vorstellte, wie hoch die Düne sein musste, die sich schützend vor dem Land aufbaute, fühlte ich mich ein bisschen sicherer vor Herrn Holdschicks Manfred-Blick. Und ein bisschen sicherer vor Herrn Oebings Traurigkeit, die glücklicherweise kleiner geworden war in letzter Zeit. Vielleicht, überlegte ich, war Herrn Oebings Krümelmonster-T-Shirt ja nicht nur sein Stimmungsbarometer, sondern auch sein eigener Deich. Es war möglich, dass manche Menschen Dünengrasbilder oder Krümelmonster brauchten, weil sie für Kuscheltiere, die einen nachts im Schlaf beschützten, zu alt geworden waren.

Heute war Donnerstag. Vorgestern war Fledermaustag

gewesen. Schon zweimal geschlafen, und mein Leben hatte sich, wider Erwarten, nicht verändert. Dass mich Ben einfach ignorierte, machte mich wahnsinnig. Dass ich den Grund nicht kannte, warum er einfach so nicht mehr der schöne Ben gewesen war, ebenfalls. Ich kannte wahrscheinlich hunderttausend Gründe, warum Menschen so waren, wie sie eben waren. Nur wenn es um mich und mein Leben ging, wusste ich nichts.

Ella, Psychologin aus Leidenschaft, dachte ich und schnaubte verächtlich. Und dann überlegte ich, warum ich nicht besser Tierpflegerin für exotische Zoobewohner geworden war. Oder Krokodildompteurin im Zirkus. Vielleicht durfte man mich gar nicht auf die Menschheit loslassen.

Es klingelte, Frau Jakob stand vor der Tür, die musste ich schnell reinlassen, denn Frau Jakob hatte es immer eilig.

Ich mochte die eilige Frau Jakob. Sie hatte einen aufrichtigen Händedruck und wich meinem Blick nie aus. Es war selten geworden, dass Menschen das konnten, dass sie nicht mogelten und zu schielen anfingen, weil sie Angst hatten, sich in den Augen des anderen zu spiegeln und etwas zu sehen, das sie nicht sehen wollten. Frau Jakob war ein paar Jahre älter als ich, alleinerziehende Mutter, die Eile machte sie müde. Sie sah manchmal so müde aus, dass ich ihr am liebsten eine Decke und ein Kissen besorgt und sie eine Stunde lang schlafen gelassen hätte.

Unsere Unterhaltung begann immer mit einem tiefen, befreiten Seufzer. Selbst ihre Seufzer klangen eilig und natürlich sehr müde.

Ich mochte Frau Jakob nicht nur wegen ihres Händedrucks und wegen ihrer Fähigkeit, mir in die Augen sehen zu können, ich mochte sie auch deswegen, weil sie das Jammern verlegt hatte. Die meisten meiner Patienten jammerten, lamentierten, klagten über ihr Leben, über das, was sich im Laufe der Jahre angesammelt hatte an emotionalem Abfall, den sie nicht mehr entsorgen konnten, weil er zu schwer geworden war. Sie hatten verlernt, das zu betrachten, was sie hatten, und weinten bloß darüber, was sie nicht hatten. So wie ich. Ich saß ja auch in diesem Kreuzfahrtschiff der Wehklagenden und ließ mich übers Tränenmeer schippern. Ätzend war das. Aber auch ein bisschen bequem. Es war komfortabel, nicht im nächsten Hafen auszusteigen und sich das Greinen abzuwischen, weil man dann neue Ufer betreten müsste, und das konnte anstrengend werden. Nur die Mutigen schafften das. Oder die, die endgültig die Nase voll von sich hatten.

Frau Jakob jammerte nie, es war bloß ihre Müdigkeit, die sie krank machte. Die konnte ich ihr nicht nehmen, die konnte ich auch nicht wegfragen. Ich konnte ihr nur wohlwollende Tipps geben, die sie sowieso schon kannte. Wir beide wussten das. Die Stunde bei mir, unter dem Dünengrasbild, war eine geschenkte Stunde ohne Verpflichtungen, ohne Wäscheberge, ohne Kinderspiele, ohne Haushalt, ohne Arbeit. Eine Stunde Urlaub wäre das bei mir immer, sagte Frau Jakob, und ich schenkte sie ihr gern. Im Grunde plauderten wir eine Stunde lang sehr unangestrengt nur über dies und das, als wären wir alte Bekannte, wir lachten hin und wieder, manchmal war ich drauf und dran, von mir zu erzählen, was das Protokoll keinesfalls erlaubte, und oft gähnte Frau Jakob und entschuldigte sich dann dafür.

Einmal, es war im letzten Winter gewesen, als es monatelang geregnet hatte, hatte ich kurz gedacht, dass ich es endlich könnte. Dass ich endlich fast ein Haus gesehen hätte und es mir nicht nur vorstellte, das von Frau Jakob nämlich, als sie von ihrem kleinen Sohn erzählte, und ihre Augen dabei wie Wunderkerzen blitzten. Und weil sie mir währenddessen ihren direkten Blick schenkte, blitzten die Wunderkerzen auch in mich hinein.

Viele meiner Patienten hatten Kinder. Junge, ältere, wohlgeratene und schwarze Schafe, Sonntagskinder und Unglücksraben. Bei manchen dieser Patienten wurden kurz die dunklen Wolken beiseitegeschoben, wenn sie von ihren Kindern sprachen. Bei den anderen verfinsterte sich alles nur noch mehr. Frau Jakob aber zündete ihre Wunderkerzen an, wenn sie davon schwärmte, wie ihr Sohn im Schlaf aussah. Und sie entzündete die Wunderkerzen selbst dann, wenn sie über Trotzanfälle plauderte und darüber, wie sehr sich ihr Leben mit ihrem Sohn verändert hatte und dass sie wohl nie wieder ausreichend Schlaf finden würde, und wie sie trotzdem die ganze Müdigkeit überwand, weil es sich lohnte. Die Wunderkerzen blitzten bei ihren Beschreibungen und Geschichten, und dabei wurde aus Frau Jakob mehr als nur eine gehetzte, müde Frau mit Erschöpfungssyndrom, die nie jammerte. Sie wurde dabei ein Stückchen größer. Mich beeindruckte das sehr, denn ich hatte ja von alldem keine Ahnung, die Augen meiner Mutter hatten nie geblitzt und waren mit der Zeit nur ganz milchig geworden.

Und genau in Frau Jakobs Wunderkerzenblitzen hatte ich im letzten Winter gemeint, den Dünengrasweg gesehen zu haben, von dem Mina immer gesprochen hatte und der direkt zu Frau Jakobs Haus führen würde. Ich wurde so aufgeregt, dass ich fast zu atmen vergessen hätte und mir der Schweiß ausbrach, und dann, eine Sekunde später, stellte ich fest, dass ich doch nur zu lange auf die Dünengrasfotografie hinter Frau Jakob gestarrt hatte, beim genauen Zuhören. Als ich das bemerkt hatte, hätte ich beinahe angefangen, bitterlich zu weinen, aber das wäre bei Frau Jakob, die nie jammerte, völlig unangebracht gewesen. Seitdem achtete ich darauf, die Dünengrasfotografie nicht mehr zu lange anzusehen.

«Mögen Sie einen Drops?», fragte mich Frau Jakob in meine Gedanken an diesem Donnerstagmorgen.

«Oh, danke. Ja, gern», antwortete ich, und Frau Jakob reichte mir einen Traubenzuckerdrops, den sie aus ihrer riesigen Handtasche gefischt hatte. Frau Jakob war sicher eine wirklich gute Mutter, dachte ich. Der Drops schmeckte nach den Äpfeln von Minas Apfelbaum.

Wir lutschten beide unsere Drops in fünfminütiger, absoluter Stille, die nicht unangenehm war. Mit manchen Menschen funktionierte das. Mit Ben hatte es wohl nicht nur wegen meiner Unmöglichkeit, sondern auch deswegen nicht geklappt, weil ich nicht ich gewesen war. Und er nicht er. Frau Jakob schnaufte durch, ich schaute aus dem Fenster auf das Platanenblatt und fragte mich, ob ich wohl eine gute Mutter geworden wäre. Ich verwarf den Gedanken sofort wieder, bevor das Magenkullern einsetzte, das von den verpassten Anschlusszügen meines Lebens verursacht wurde.

Dann verabschiedeten wir uns schnell, denn Frau Jakob hatte es immer sehr eilig. Minas Apfelbaumgeschmack blieb mir noch ein Weilchen am Gaumen kleben. Donnerstage mochte ich.

Herr Herzog stand auf dem Bürgersteig und begutachtete seine neu arrangierten Fotos. Er sah sehr zufrieden aus. Die Sonne knallte, im Park gegenüber joggten zwei, drei völlig Wahnsinnige. Die würde doch gleich der Schlag treffen, dachte ich.

Obwohl ich meine Patienten immer dazu ermunterte, sich sportlich zu betätigen, weil es der Psyche guttat, konnte ich mich selbst einfach nicht dazu aufraffen. Vielleicht im Herbst. Möglicherweise. Bestimmt würde ich dann damit anfangen, ich würde mir eine Sportgruppe oder einen Verein suchen. Sicherlich. Ich gelobte mir selbst Besserung, in allem. Ich konnte ja nicht wissen, dass im Herbst alles anders sein würde.

Es klingelte dreimal, sehr energisch. Frau Papillon.

Frau Papillon hieß eigentlich Frau Flädle, kam aus einem baden-württembergischen Dörfchen und steckte gerade mitten in ihrer Sarouelhosen-Phase. Erlebt hatte ich bei ihr bereits die Kaftan-Phase, die länger dauerte, die Vintagemoden-Phase und die Pumprock-Phase.

Mit einem fröhlichen «Grüß Gottle» schwebte sie durch die Tür. Frau Papillon trug, neben ihren Phasen, immer einen streng zurückgekämmten Dutt. Sie besaß den geradesten Rücken der Welt, ihre Bewegungen flossen anmutig und geschmeidig in meine Praxis. Sie war winzig, ihre Hände waren sogar noch ein bisschen kleiner als meine, was ich für ein großes Kunststück der Natur hielt. Frau Papillon sah nicht nur genauso aus, wie ich mir als Kind immer eine Balletttänzerin vorgestellt hatte, sie war sogar wirklich eine: Primaballerina am örtlichen Theater.

Künstler faszinierten mich. Künstlern war diese ganz besondere Art angeboren, die man vermutlich nicht lernen konnte und für die man einen mehr oder weniger großen Knall brauchte, um sich selbst zu ertragen. Frau Papillon hatte einen mittelgroßen Knall, aber einen sympathischen. Bei Primaballerinas zählten die Jahre. Der Countdown lief für Frau Papillon, der Lack nutzte sich im Scheinwerferlicht rasant ab. Sie war immer ein bisschen drüber, in ihrer Mi-

mik, in ihrer ausufernden Gestik, sie war laut und übertönte damit das Leise, das Zarte, das sie innerlich zügelte. Unterdrücktes wog so viel wie eine Elefantenherde, ich kannte das.

Frau Papillons Haus war für mich ein äußerst adrettes Häuschen mit schreienden Wandfarben, mit viel Tinnef und Tamtam. Es stand hübsch inszeniert in einem großen Scheinwerferkegel, und Frau Papillon flatterte tänzelnd darin umher, wie ein aufgescheuchtes Huhn, und suchte doch nur nach einem ruhigen Plätzchen.

Je lauter der Countdown für Frau Papillon rückwärts zählte, desto extravagantere Ideen fielen ihr ein, was sie mit ihrer Zeit anfangen sollte, nachdem der Vorhang für sie zum letzten Mal gefallen wäre.

«Frau Papillon, welches Thema hat sie letzte Woche beschäftigt?», fragte ich die erste Frage aus meiner Fragen-Enzyklopädie. Wie immer.

«Ich habe eine Reise gebucht!», quietschte sie. «Nach Sibirien! Das wird phantastisch. DaswirdüberhauptdasBestedasichjeerlebthabe!» Wenn Frau Papillon bei mir war, erinnerte sie mich oft an Ilse und daran, wie ihre Bandwurmsätze den Richterbusch erheitert hatten. Ilse gab es schon lange nicht mehr.

Mädchenhaft und mit rot glühenden Wangen berichtete mir Frau Papillon von ihrer neuesten Idee, sich im hintersten Sibirien zur schamanischen Heilerin ausbilden zu lassen. Eine Hasenpfote, der sie irgendwelche kosmischen Kräfte andichtete, hatte sie bereits besorgt, wedelte damit unter der Dünengrasfotografie herum und dirigierte ihre euphorischen Erzählungen wie mit einem Taktstock. Ein Hasenpfotentaktstock.

Ich ließ mich oft von Frau Papillons Freudentaumel anstecken. Sie hatte diese Gabe, Menschen zu begeistern und von ihren Ideen überzeugen zu können, selbst wenn ihre Einfälle noch so abwegig und auch ein kleines bisschen bescheuert waren. Sie machte einem gute Laune, einfach so, das ging wie von allein. Künstler faszinierten mich sehr.

Andererseits wusste ich bereits, dass Frau Papillon höchstwahrscheinlich in nächster Zeit auf ihrer Kurve wieder den Nullpunkt überschreiten und wie ein Häufchen Elend, mit den größten Selbstzweifeln des Universums, vor mir sitzen würde und nur noch schwarze Löcher zählte statt Sterne. Die Primaballerina war das Musterexemplar einer bipolaren Störung. Ich hätte nicht mit ihr tauschen wollen, aber ihre Fähigkeit auszuatmen war enorm, und um ihre Anmut beneidete ich sie sehr. Wie wunderbar es doch sein musste, sich unter frenetischem Applaus zu verneigen, von ihm getragen zu werden, für ein paar Minuten. Mir applaudierte niemand am Ende unserer Stunden. Wahrscheinlich wäre das auch zu viel verlangt gewesen. Ich tat ja nichts anderes, als zu fragen und zu beobachten und Diagnosen anzustellen und die Störungen der menschlichen Gehirne mit den gängigen Methoden zu lindern. Genau genommen linderten meine Patienten sich selbst, wenn wir ihre Antworten einmal gefunden hatten, ich war nur ein Fragensteller. Genau genommen.

«Oh!», rief Frau Papillon plötzlich. «OH! Ich sehe da eindeu-tig eine Besetzung bei Ihnen!»

«Bei mir?» Ich drehte mich vorsichtshalber um. «Wo?»

«JA! Da!», Frau Papillon schnalzte mit der Zunge. «Eine große Besetzung sogar. Etwas Böses. Eine Art Dämon. Ich kann es nicht genau erkennen. AberdaistwasMenschwietoll!» Sie knibbelte mit den Augen und streckte den Kopf weit nach vorn, während ihr Rücken immer noch kerzengerade auf dem Stuhl saß. Dann fuchtelte sie mit der Hasenpfote vor meiner Nase.

«Halten Sie mal still, Teuerste», flüsterte sie.

«Hm. Hm.»

Frau Papillon machte mir ein wenig Angst. Sie atmete theatralisch ein und aus, zog die Luft durch die Nase, schloss die Augen, schnaufte zweimal und schaute mich wieder an.

«Ach nein, ach nein. Ich erkenne es nicht richtig. Vielleicht ist es doch nicht böse. Aber ... es ist schief. Total schräg. Abgefahren!», jubilierte sie.

«Schräg?», stotterte ich, musste Haltung bewahren, mich zusammenreißen. Ich räusperte mich.

«Warten Sie nur ab, bis ich in Sibirien war, Teuerste», tirilierte sie und steckte die Hasenpfote in die ausladende Tasche ihrer Sarouelhose. «Dann heile ich Sie, und Sie heilen mich. Vorzüglich!»

«Ja, haha, guter Plan.»

Es war nur Zufall. Ganz sicher. Niemand außer Mina konnte mein schräges Haus sehen, versuchte ich mich zu beruhigen. Niemand. Ich tat so, als würde ich mir Notizen machen, dabei zeichnete ich bloß ein großes Fragezeichen auf meinen Block. Dann riss ich mich zusammen. Ich erinnerte Frau Papillon an unseren Therapieplan und dass sie auch in Sibirien genau darauf achten sollte, was wir besprochen hatten. Ein bisschen sorgte ich mich immer um Frau Papillon, die eigentlich Frau Flädle hieß, denn die Kluft zwischen Frau Himmelhochjauchzend und Frau Zutodebetrübt war genauso groß wie die Flädle-Papillon-Kluft. Nur ein Schritt in die falsche Richtung, und ihre Reise könnte schneller beendet sein, als uns beiden lieb war. Der Grat, auf dem sie tanzte, war schmal.

«Passen Sie auf sich auf, Frau Papillon, und eine gute Zeit in Sibirien!», verabschiedete ich sie, und dann brauchte ich erst mal dringend ein Eis.

14

Dämon, böse, schräg. Mit diesen drei Worten und mit einem Sitzkissen unterm Arm lief ich zum Eisdieleneck. Die Eisverkäufer wären nach diesem Sommer Millionäre, so viel stand fest.

Dämon, böse, schräg. Heute früh hatte ich mir vorgenommen, mich bei meinem Nachbarn zu beschweren, der, weil er heute mal wieder keinen lustigen Tag hatte, morgens um 6 Uhr AC/DC aufgelegt und mich mit *Highway to Hell* sanft aus meinen Träumen geweckt hatte. Und dann war ich doch lieber wieder unter der Decke verschwunden. Statt mich zu beschweren. Das konnte ich sehr gut: mich in mein Schildkrötenhaus zurückziehen und warten. Was auf Dauer ziemlich bescheuert war. *Highway to hell* aber passte ja ganz hervorragend zu diesem Donnerstag. *Dämon, böse, schräg.* Wie, zum Teufel, kam Frau Papillon bloß auf schräg?

Mit meinem Hörnchen, aus dem die zwei Kugeln Erdbeereis sofort in kleinen Sturzbächen auf den Bürgersteig tropften, setzte ich mich auf das Kissen und unter die nackige Platane. Ich hatte mich noch gar nicht richtig an den Stamm gelehnt, da stöpselten sie auch schon an mir vorbei. Die sich Liebenden. Die, die sich gegenseitig an ihren Eishörnchen lecken ließen und sich anschließend die Schokostreusel aus den Mundwinkeln küssten. Die, die sich im Supermarkt über Käsesorten unterhielten und planten, was sie ihren Freunden am Wochenende, beim geselligen Beisammensein, auftischen sollten. Die, die auf dem Spielplatz gegenüber wegen der Kindererziehung stritten, oder diskutierten, wer mal wieder mit dem Hausputz dran war. Oder ob ein zweites Kind nicht doch schön wäre. Oder zumindest ein Hund. Oder, oder.

Ich vermisste das. Sowohl das Eishörnchenspiel als auch das Streiten und Sichdarüberaufregen, dass der andere vergessen hatte, die Klorolle zu wechseln. Ganz, ganz selten dachte ich mir aber auch, es war schön, dass mir niemand auf die Nerven ging und dass ich nur und ausschließlich auf mich selbst Rücksicht nehmen musste. Dieser Zustand hielt nie lange an, denn direkt meldete sich dieser laute Wecker in mir, der mir läutete, dass es eine unlösbare Aufgabe sein würde, doch noch mal jemanden zu finden, wenn ich mich nicht beeilte. Und wenn es ein Wattwurm war.

Vielleicht war das mit der Liebe einfach nicht mein Ding. Aber Donnerstage mochte ich eigentlich trotzdem. *Dämon, böse, schräg.* Was für ein Käse.

Ich nahm mir vor, mein Eis zu genießen und nicht mehr an die Liebenden zu denken. Aber das war genauso, als wenn ich mir gesagt hätte: Denk nicht an ein gelb-rot gestreiftes Auto! Dann musste man nämlich unbedingt daran denken. Oder wenn ich mir im Supermarkt vorbetete, nicht in die Auslage mit den toten Fischen zu schauen, denn dann hätte ich doch nur wieder Albträume von Glupschaugen. Die Fischtheke fand ich gruselig. Und wenn ich mich rüffelte: Jetzt achte doch bitte nicht mehr auf die Turteltäubchen!, sah ich überall welche. Meine Hände klebten vom Eis, meine Augen klebten auf den Küssen der anderen. Über mir klebte das letzte Platanenblatt am Baum, und ich streichelte ein bisschen die Platanenbaumwurzeln, zwischen denen ich saß.

Weil ich an meinen Gedanken klebte und dabei Wurzeln streichelte, was ein bisschen meditativ wirkte, zuckte ich kurz zusammen, als mir jemand ein gehecheltes «Hallo!» zuwarf. Zwei Radlerhosenbeine hopsten vor mir auf der Stelle.

«Ach, hallo Herr Oebing!», grüßte ich, nachdem ich nachgeschaut hatte, wem die Radlerhosenbeine gehörten, und musste mich zwingen, nicht direkt wieder an grüne Unterhosen zu denken.

Herr Oebing trug heute ein T-Shirt mit Captain-Future-Aufdruck, das ich noch nicht kannte. Es war schlecht zu sagen, ob es ein «Gut geht es mir heute!»-Tag war. Oder nicht.

«Wie geht's?», fragte ich deshalb.

«Gut geht es mir heute! Danke.» Ich musste mir Captain Future merken. «Und Ihnen? Sieht ziemlich gemütlich aus da unten!»

Dafür sahen seine auf der Stelle laufenden Waden sehr sportlich-muskulös aus und passten überhaupt nicht zu seinen langen, weberknechtartigen Armen.

«Ich mache nur eine kurze Pause. Geht gleich weiter», sagte ich und nickte nach oben Richtung Praxis. Herrgott, immer diese Rechtfertigungen.

«Streicheln Sie gerade den Baum?», fragte Herr Oebing.

«Ich? Nein. Das sieht nur so aus», antwortete ich und legte verschämt die klebrigen Hände in den Schoß, als hätte mich Herr Oebing beim Klauen erwischt.

«Ich habe neulich etwas übers Bäumeumarmen gelesen. Ich erzähle es Ihnen nächsten Mittwoch, ich schreib's mir gleich auf, damit ich es nicht vergesse.»

«Ist gut. Sagen Sie, ist es nicht ein bisschen zu warm? So fürs Joggen, meine ich.»

Herr Oebing grinste. «Na, ich will doch was ändern, Frau Therapeutin! Und wenn man was ändern will, dann fängt man am besten gleich damit an. Oder machen Sie das nicht so?»

Ich fragte mich, ob heute alle in mich hineinschauen konnten. Erst Frau Papillon, jetzt auch noch der Ofenkäse.

«Ja, Herr Oebing, das stimmt», sagte ich. «Dann mal einen guten Lauf und bis Mittwoch!»

«Bis Mittwoch und einen schönen Tag!», sagte Herr Oebing, und dann liefen die Radlerhosenbeine Richtung Park.

Und passen Sie bloß auf, dass Sie nicht der Schlag trifft!, dachte ich.

15

Herr Oebing.

Herr Oebing dachte, als er in den Park joggte, dass es vielleicht sehr nett sein könnte, Bäume zu streicheln. Er würde es auf eine seiner Listen schreiben. Die Listen halfen ihm, seine Gedanken zu sortieren, die oft Kettenkarussell fuhren. Das war für ihn ganz normal. Auf einem Kettenkarussell vergaß man aber schnell etwas, da kamen die Gedanken durcheinander, weil man sich im Kreis drehte und bald nicht mehr wusste, wo unten und oben war. Oder rechts und links. Deswegen schrieb sich Herr Oebing alles auf, an das er unbedingt denken musste.

- *Globuli entsorgen*
- *Neue Playlist → Joggen*
- *Yoga-Matte bestellen*
- *Mama Jeanshose zum Nähen bringen*
- *Auto waschen (Taubendreck!)*
- *Wanderschuhe imprägnieren*
- *Drogeriemarkt*
  ↓
  Einkaufszettel
- *Todesanzeigen für Frau Wölk ausschneiden (Tageszeitung) & in Briefkasten legen*
- *CDs nach Themen sortieren*

Er hatte das immer schon so gemacht. Seitdem er schreiben konnte. Wenn er seine Listen abgearbeitet hatte, heftete er sie in dicke Ordner, die in einem Schrank in seinem Schlafzimmer verstaut waren. Ein großer Schrank war das. Der Schrank nahm eindeutig zu viel Platz in seiner Zweizimmerwohnung ein. Herr Oebing war nicht gut darin, sich von seinen Listen zu trennen. Oder von überhaupt etwas. Obwohl er so viel aufbewahrte, in seinen Schränken und in sich drin, liebte Herr Oebing Ordnung sehr, nur die Küchenschranktüren ließ er sperrangelweit offen stehen, wenn er sich seine Kaffeetasse am Morgen herausgeholt hatte. Das verhielt sich mit seinem Hosenschlitz sehr ähnlich. Einiges, das Herr Oebing besser zugemacht hätte, ließ er unabsichtlich geöffnet: Hosenschlitze, Gedanken, Klebstofftuben, Fenster bei Regen, die Vergangenheit und seine Küchenschranktüren. Regelmäßig stieß er sich die Stirn an den Schranktüren, die in den Raum hineinragten wie ausgebreitete Arme, er lief einfach dagegen, als hätte er ein Brett vor dem Kopf. Manchmal war es ja dann auch so.

Morgens ließ er den Kaffee durch den Filter laufen, und währenddessen, um die Kaffeewartezeit zu überbrücken, wusch und föhnte er sein volles Haar, auf das er etwas stolz war. Nicht jeder Mann mit neununddreißig Jahren war noch mit vollem Haupthaar gesegnet, das wusste er, das brachte ihm ein Stück seiner Jugendlichkeit zurück, die er irgendwo verloren hatte. Wann genau, das wusste Herr Oebing leider nicht, er hatte es auf keiner Liste notiert.

Herr Oebing pflegte nicht nur seine Haare, sondern auch Freund- und Bekanntschaften. Er wurde mal hier eingeladen, dann wieder dort, man mochte ihn. Nein zu sagen fiel ihm schwer, das Wort HARMONIE schrieb er immer in Großbuchstaben, nicht nur beim Scrabble. Jemand, der ihn nicht besser kannte, hätte felsenfest behauptet, Herr Oebing wäre kein Kind von Traurigkeit gewesen, was natürlich schon ein bisschen zum Lachen war. Denn seine Depression, die er Frau Traurigkeit nannte, war Herrn Oebings beste Freundin. Eigentlich war es ziemlich bescheuert, sich mit seiner eigenen Depression anzufreunden. Aber wenn man sich mit jemandem anfreundet und ihm einen Namen gibt, dachte Herr Oebing, würde es schon irgendwie gehen. Auf Freunde konnte man sich immerhin verlassen. Herr Oebing verließ sich auf Frau Traurigkeit, und Frau Traurigkeit war sich ihrer Anziehungskraft sowieso sehr sicher. Nicht zuletzt, weil Herr Oebing ihr eines Tages einen sehr halbherzigen Heiratsantrag gemacht hatte. Was zusammengehörte, das gehörte eben zusammen. Deswegen nahm er Frau Traurigkeit überall hin mit.

Manchmal, an den «Gut geht es mir heute!»-Tagen, freute er sich insgeheim, weil er dachte, er hätte sie aus Versehen an der Bushaltestelle oder im Schirmständer beim Friseur liegengelassen, wie ein unnützes Brillenetui, und er freute sich, dass er sie vielleicht endlich auf elegante Art losgeworden wäre, aber dann kam sie doch wieder um die Ecke und schmiegte sich an ihn. Mit einem kleinen schlechten Gewissen schmiegte er sich zurück.

Sie gehörten eben zusammen. Sie waren so wie Pech und Schwefel, in guten und vor allem in schlechten Zeiten.

Aber dann, eines Tages, als er beim Föhnen seines vollen Haupthaars im Badezimmerspiegel bemerkt hatte, dass Frau Traurigkeit an seinem Gesicht zog, so dass es völlig aus der Form geriet, was sehr albern aussah, fasste er einen Entschluss. Er schaute ins Telefonbuch und rief bei der erstbesten Therapeutin an. Herr Oebing war keinesfalls auf den Kopf gefallen, auch wenn es sich an manchen Tagen so anfühlte, und er wusste sehr genau, dass es professioneller Hilfe bedurfte, um die Liaison mit Frau Traurigkeit zu beenden. Zusammengehörigkeit hin oder her. Die medizinische Rundum-Betreuung, die viel Zeit in Anspruch nahm, überließ er ausnahmslos Ärztinnen, Heilpraktikerinnen und Physiotherapeutinnen – warum, das konnte er nicht genau sagen, vielleicht wegen Frau Traurigkeit, an die er sich sehr gewöhnt hatte. Vielleicht aber auch, weil Frauen ihm immer sagten, wie jung er noch für seine neununddreißig Jahre aussah, was ganz bestimmt an den Haaren lag.

Die Stimme der Therapeutin auf dem Anrufbeantworter klang sehr nett. Herr Oebing dachte sich bei vielen Dingen, dass sie sehr nett klangen, aussahen, schmeckten oder sich anfühlten. Und wenn ihm etwas besonders nett vorkam, dann weinte er. Herr Oebing weinte oft. Manchmal redete er sich auch bloß ein, dass die Dinge sehr nett waren, was wiederum an Frau Traurigkeits schlechtem Einfluss lag. Herr Oebing hatte sehr geduldig auf den Rückruf der sehr nett klingenden Therapeutin gewartet.

Anfangs musste sich Herr Oebing erst daran gewöhnen, über Frau Traurigkeit zu sprechen und sie ordentlich vorzustellen, so wie man seine Frau vorstellt, bei einem alten Freund, den man lange nicht gesehen hat. Da schwärmt man zuerst davon, wie man sich kennengelernt hat. «Es war einmal …» und so weiter. Es gibt ja immer einen Grund oder einen Anlass. Für alles im Leben. Wenn man lange genug danach sucht. Mindestens tausend Begründungen fielen Herrn Oebing ein, warum Frau Traurigkeit bei ihm war, warum sie es sich beide miteinander gemütlich gemacht hatten und aneinander festhielten wie Schiffbrüchige. Dass nur Herr Oebing untergehen würde, hatte er längst begriffen. Er führte ja bloß eine Scheinehe, und nach einem Weilchen fiel ihm auf, was ihn störte. Das war in jeder Beziehung so, und nach einem weiteren Weilchen wusste er plötzlich gar nicht mehr so genau, warum er überhaupt mit Frau Traurigkeit zusammen war und blieb. Gewöhnt hatte er sich an sie und daran, wie sie ihm das Gesicht herunterzog und wie sie ihm seine Tage madig machte, weil er nur noch mit ihr im Bett liegen und nicht mehr aufstehen wollte. Für jemand Drittes bot Herrn Oebings Bett keinen Platz, in der Besucherritze wurde es jemand Drittem sehr schnell sehr ungemütlich. Außerdem war Frau Traurigkeit höchstgradig eifersüchtig, so dass sie alle Konkurrentinnen erfolgreich vergraulte.

Herrn Oebing fehlte es sehr, dass ihn jemand festhielt. Jemand, der aufpasste, dass sein Gesicht nicht wieder verrutschte. Aber um von jemandem festgehalten werden zu können, musste er Frau Traurigkeit loswerden, das wusste er. Nur wie, das wusste er nicht. Trennungen sind nämlich eine äußerst heikle Angelegenheit, dachte Herr Oebing jeden Abend, wenn er seinen Listenschrank anschaute, von dem er manchmal auch träumte.

Herr Oebing joggte an diesem Donnerstag allein durch den Park, ohne seine Frau Traurigkeit, die sich, hoffentlich, in einen längeren Urlaub verabschiedet hatte. Er begutachtete die blattlosen Bäume und wollte sich unbedingt merken, das Bäumestreicheln auf seine Liste zu schreiben. Bäume zu streicheln, das wäre sicher sehr nett.

16

Vom Fenster aus beobachtete ich den joggenden Herrn Oebing und Captain Future, bis beide hinter dem kleinen Ententeich verschwanden. Ich war froh. Froh darüber, jemanden ein wenig in die richtige Richtung zu schubsen. Zumindest hoffte ich das. Meine Schuld hätte sich sonst nur wieder sehr amüsiert ins Fäustchen gelacht.

Ich schaute auf mein Handy. Seit vorgestern, seit dem Fledermaustag, hatte ich mir gewünscht, der schöne Ben würde sich noch einmal, nur ein einziges Mal, melden. Von mir aus hätte sich auch der komische Mann melden können, der stattdessen aufgetaucht war. Es war mir schon fast schnurzpiepegal – ich wollte einfach nicht ignoriert und abserviert werden. Wie ein oller, strubbeliger Köter, den man mit voller Absicht an der Autobahn-Raststätte anbindet, weil man ihn hässlich findet, hatte er mich im Abgasmief stehen und verhungern lassen. Außerdem hätte ich gern das letzte Wort gehabt, wenigstens dieses eine Mal. Ich hätte gern die Entscheidung getroffen. Aber mit Entscheidungen hatte ich es ja nicht so, wahrscheinlich konnte ich ihm keinen Vorwurf machen. Trotzdem wurde ich sauer.

Oft, und das hatte ich auch bei meinen Patienten erlebt, krabbelten Gefühle erst nach ein paar Tagen, nach Jahren oder auch gar nicht (wenn man Glück oder Pech hatte) an die Oberfläche und streckten einem die Zunge raus. Ein wenig beruhigten mich meine Gefühle, denn so wusste ich wenigstens, dass ich nicht vertrocknete, was eine gute Erkenntnis sein kann. Überhaupt etwas fühlen zu können, ist ein großes Glück. Vielleicht ist es das einzige Glück, das es gibt. Pech war allerdings, dass ich nicht wusste, wie ich das alles ändern konnte. Erwachsen werden, hatte Yvonne vorgeschlagen. Ich zuppelte an meiner Bluse. Blöde Angewohnheit.

Unter dem letzten Platanenblatt sah ich Herrn Oebings Radlerhosenbeine vor Herrn Herzogs Fotostudio anhalten. Er lief vor dem Schaufenster auf der Stelle, beschaute sich die neu arrangierten Fotografien, wischte sich über die Stirn, und dann verschwand er geradewegs in der Eingangstür.

Merkwürdig, dachte ich. *Herr Oebing, Ofenkäse aus Leidenschaft.* In mein Kichern hinein klingelte es.

Der letzte Kandidat des Tages war ein neuer Kandidat. Herr Zwiebelhofer stand vor der Tür und hielt ein kleines Stofftier in der Hand. Einen Koala.

«Schau mal, da gehen wir jetzt rein», sagte er zu seinem Koala, als ich die Tür öffnete und zur Begrüßung die Hand in den Flur streckte.

«Guten Tag, Herr Zwiebelhofer», sagte ich.

«Das ist Annegret», sagte er.

«Guten Tag, Annegret», begrüßte ich Annegret, allerdings ohne ihr die Hand zu schütteln oder mit der Wimper zu zucken. «Bitte kommen Sie doch rein.»

Herr Zwiebelhofer und Annegret waren ein sehr ungleiches Pärchen. Zwiebelhofer, siebenundzwanzig, ein Mann mit einem Gesicht wie in griechischen Marmor gemeißelt, stahlblaue Augen, kein Bartwuchs oder sehr gut rasiert, seine zahnstocherdünnen Beinchen erinnerten mich sofort an Herrn Fritz und an Thorsten, den Zwerghahn. Herr Zwiebelhofer wackelte allerdings nicht, und ob er Angst vor den Russen hatte, wusste ich noch nicht. Er trug Annegret auf gepflegten

Händen durch meine Praxis, als wäre sie eine kostbare und sehr seltene Antiquität. Und vielleicht war sie das ja auch.

«Schau mal, Annegret», flüsterte Herr Zwiebelhofer, als er sich seinen Platz ausgesucht hatte. Er entschied sich für das Kanapee mit backsteinrotem Bezug, das ich irgendwann auf dem Sperrmüll in der Nachbarschaft gefunden und sehr mühsam selbst restauriert hatte. Es stand an der Wand, mit Blick auf die Dünengrasfotografie, und obwohl das Kanapee nicht groß war, sah Herr Zwiebelhofer sehr verloren darauf aus. «Was für ein schönes Bild. Dünengras. Und jetzt musst du mal ganz ruhig sein, Annegret.»

Der Koala platzierte sich brav auf seinem Schoß und war ganz ruhig.

Eine Menge hatte ich schon in diesem Raum erlebt und gehört. Yvonne sprach manchmal von meiner «Freakshow», aber das war es eigentlich nicht. Zugegeben: Einen Koala namens Annegret hatte ich bisher noch nicht kennengelernt. Aber «Freaks» waren meine Patienten nicht, sie waren mir lieber als die Menschen, die nichts zu erzählen hatten. Die so glatt waren, dass keine Reibung entstand. Weder gute noch schlechte. Meine Patienten waren echt, und deswegen mochte ich sie. Vielleicht auch, weil sie mich an früher, an die Schrebergärtner aus dem Richterbusch erinnerten, die auch alle ein wenig verschroben gewesen waren und so viele Ecken wie ein kompliziertes Puzzlestück gehabt hatten. Und vielleicht hatten sie gerade deshalb so fest zusammengehalten. Wenn es darauf ankam.

Allerdings musste ich häufig aufpassen, dass die Emotionen meiner Patienten nicht auf mich überschwappten. Die Empfindungen verwundeter Seelen schienen manchmal so mächtig wie riesige Flutwellen, ich sah sie am Horizont, wie sie auf mich losrollten. Dagegen half nur ein gut befestigter

Deich. Mit stark verwurzeltem Dünengras. Ich war mir nicht immer sicher, ob ich den Deich hoch genug gebaut hatte.

Nachdem wir uns einander noch einmal gründlicher vorgestellt und ich ein paar wichtige Sätze, die man sich als psychologische Psychotherapeutin zur Vorstellung und Aufklärung zurechtlegt, losgeworden war, bat Herr Zwiebelhofer um einen Kaffee mit Zucker. Normalerweise war Verköstigung, abgesehen von der Wasserkaraffe, die auf dem Tisch zwischen mir und meinen Patienten stand, nicht vorgesehen. Bei Herrn Zwiebelhofer allerdings konnten ein paar Kalorien nicht schaden. Das war selbstverständlich ein äußerst unprofessioneller Gedanke, weil Kalorien Herrn Zwiebelhofers Erzfeinde waren, wie ich dem neurologischen Bericht, auf dem «Anorexie nervosa» stand, entnehmen konnte. Beim Anblick der klapperdürren Gestalt aber schossen selbst mir verstaubte Sätze durch den Kopf.

«Hömma, der Junge muss unbedingt mal ordentlich wat essen, und schlafen und anne frische Luft. Dann guckt der auch nich mehr so bedröppelt!», hätten die Schrebergärtner gesagt.

Ich hatte noch nie einen Menschen gesehen, der so dünn war wie Herr Zwiebelhofer. Überall Knochen. Knochen, Knochen, Knochen. Mit ein bisschen Haut. Darübergespannt wie Seidenpapier. Seine Seidenpapierhaut war grau. Als würde ein Apfelbaumschatten auf sie fallen. Herr Zwiebelhofers Augen blickten unnatürlich groß und traurig aus seinem Schädel, der mit aschgrauer Haut bezogen war. An seiner Schläfe pochte eine brombeerviolette Vene unter dämmergrauer Haut.

Ich begann, mich sehr zu fürchten.

Als ich den Kaffee in der Küche aufbrühte, betete ich. Ich betete nie zu einem lieben Gott, weil ich nicht davon überzeugt war, dass es ihn gab. Ein lieber Gott hätte niemals meine Käseglockenwelt zerstört, mutwillig. Ich betete deshalb, weil ich nicht an einen lieben Gott glaubte, also in meine Kaffeemaschine. Ich betete, dass ich Herrn Zwiebelhofers Haus sehen könnte, jetzt gleich, dass ich zu ihm reisen und ihm helfen könnte, bitte, denn das Grau auf seiner Seidenpapierhaut, das kannte ich.

Mit einer Tasse Kaffee ging ich zurück zu Herrn Zwiebelhofer. Den Zucker stellte ich auf den Tisch, ich hätte mich niemals getraut, ihm ein paar Löffel voll in den Kaffee zu rühren, obwohl ich es gern getan hätte.

Herr Zwiebelhofer betrachtete das Dünengrasbild, als wollte er hineinhüpfen, und hielt Koala Annegret fest in der Hand. Jemand, der von außen auf diese sehr eigentümliche Szenerie schaute, hätte vielleicht angefangen, sich zu belustigen. Über Herrn Zwiebelhofer und Annegret. Jemand, der es nicht besser wusste, hätte vielleicht gelacht und mit dem Finger auf die Knochen und auf das Grau gezeigt. Mir aber steckte etwas im Hals fest. Mein Deich musste unbedingt halten.

Herr Zwiebelhofer nahm einen Schluck ungesüßten Kaffee, und ich befürchtete, dabei zusehen zu können, wie die lakritzschwarze Brühe hinter dem Seidenpapier durch seinen Hals in den verkümmerten Magen rutschte. Also wandte ich den Blick ab. Ich schaute auf das Platanenblatt vor dem Fenster und dachte nach. Dachte darüber nach, ob es eine gute Idee war, Herrn Zwiebelhofer zu therapieren, oder ob die Nummer nicht zu groß für mich war. Die Kaffeetasse klirrte leise auf dem Unterteller, als er sie abstellte, und ich war mir nicht sicher, ob es am Porzellan oder an den Knochen gelegen hatte. Und dann schauten mich Herrn Zwiebelhofers stahlblaue Augen an.

«Ich komme da nicht mehr raus. Ich sterbe. Denke ich», sagte er.

Donnerstage mochte ich. Eigentlich. An diesem Donnerstag aber, als Herr Zwiebelhofer mit Annegret meine Praxis verlassen hatte, saß ich noch lange am Fenster und starrte Löcher auf das Dünengrasbild. Dem Seidenpapiermann konnte ich nicht helfen, das stand für mich fest. Spätestens als ich das Grau gesehen hatte, das sich langsam an Herrn Zwiebelhofer herangeschlichen hatte, wusste ich, dass ich gegen den Schatten hilflos war. Das Leben war fragil, so zerbrechlich wie Herr Zwiebelhofer selbst, der schon längst zu zersplittern begann.

Am liebsten hätte ich ihm gesagt, dass schon alles wieder in Ordnung kommen, dass ich ihn retten und das Grau verscheuchen würde. Aber ich konnte es nicht. Mein eigener Deich war nicht hoch genug, ich würde versagen. Wieder. Und das konnte ich nicht riskieren. Also entließ ich Herrn Zwiebelhofer mit einer Einweisung in die örtliche Psychiatrie. Ich ahnte, dass er meinem Rat nicht folgen würde. Bloß: Meine Hände sehnten sich danach, sich reinwaschen zu dürfen, wenn sie schon niemanden mit ihrer Wärme zum Leben erwecken konnten.

Ich stellte mir Herrn Zwiebelhofers Haus vor. Ein kleiner Junge hatte sich in einem übergroßen Zimmer mit tausend Spiegeln eingeschlossen und bald darauf den Schlüssel verloren. Es war ein fröhlicher Junge gewesen, mit vielen Träumen, die das Spiegelzimmer nicht verlassen durften. Und auch nicht mehr konnten. Annegret klammerte sich an den Hals des kleinen, ehemals fröhlichen Jungen und hielt ihn fest. Beide riefen oft, ob da jemand wäre, in ihrem Haus, ob jemand vorbeikäme zum Spielen, ob jemand die Tür wieder aufschließen könne. Irgendwann, nach einer langen Zeit, gaben sie das Rufen auf. Der Junge beschloss, sich unsichtbar zu machen, weil niemand kam, weil niemand den Ersatzschlüssel brachte und weil er seine einsame Reflexion in den tausend Spiegeln nicht mehr ertrug. Das klappte ganz gut, das Unsichtbarsein. Nur die stahlblauen Augen verschwanden nicht.

Herr Zwiebelhofer erinnerte mich ein bisschen an mich. Irgendwann hatte sich der kleine, ehemals fröhliche Junge aufgegeben, weil er, im Gegensatz zu mir, niemanden hatte, dessen Herzpuckern ihn beruhigen konnte. Der in ihn hatte hineinschauen können, um den Schlüssel mit ihm zu suchen, der ihm unter der Eckbank abhandengekommen war. Er hatte wohl nie das große Glück gehabt, dass jemand zu ihm sagte: «Komm, ich deck dich zu!» Die größte Liebeserklärung der Welt. Zumindest für mich. Immer noch. Herrn Zwiebelhofers Schicksal hatte ihm niemanden geschickt, der ihn bis über beide Schultern mit echter Geborgenheit zudeckte, um dem kleinen Jungen zu versichern, dass er nicht allein war. So jemanden hatte es für ihn wahrscheinlich nicht gegeben. Jemanden wie Mina.

Die Dünengrasfotografie war mit Löchern übersät, bis ich mich zwang, nicht mehr darauf zu starren. Herrn Zwiebelhofer musste ich gehen lassen. Er und Annegret hatten an meinem Herz gekratzt. Es gibt immer Momente, die vom Aufhören flüstern, und es war besser, ihn gehen zu lassen. Für uns beide. Glücklicherweise war Donnerstag. Ich musste diese Geschichte dringend loswerden.

17

Es dauerte ein bisschen, bis sich am Abend die Tür öffnete, die sich mir ins Gedächtnis gebrannt hatte wie eine Lieblingsfotografie im ersten Fach des Portemonnaies.

Minas Frisur hatte sich in den letzten sechsundzwanzig Jahren nicht geändert. Seit dem Dörrpflaumensonntag trug Mina ihre Schafslöckchen, die mich beim Öffnen der Tür immer noch ein bisschen wütend werden ließen. Jeden Donnerstag aufs Neue. Licht waren die Löckchen geworden, ich erkannte Minas Kopfhaut und schaute jedes Mal beim Erkennen schnell wieder weg. Im Wegschauen war ich gut, ich sah an Minas Alter vorbei, weil mich auch das sauer machte. An manchen Tagen war ich so sauer, dass ich Mina anschreien wollte, endlich damit aufzuhören. Aufzuhören, alt zu sein. Solange ich aber keinen grauen Schatten auf meiner sechsundachtzigjährigen Mina ausmachte, beruhigte ich mich etwas. Die Zeit würde bei ihr eine Ausnahme machen, redete ich mir ja bereits seit Jahrzehnten ein. Nicht alle Märchen durften am Ende zu Ende sein.

«Stöpsken!», sagte sie fröhlich, und ihr Gebiss wackelte ein bisschen dabei. Diese falschen Zähne waren grauenvoll. Dann drückten wir uns fest, in ihrem Flur, in dem alle ihre Jacken hingen und ihre Schuhe standen, in dem ihre Bilder aus runden Rähmchen blickten, weil sie so noch viel hübscher aussahen, und in dem es nach Mina und Richterbusch und nach meiner Kindheit roch. Mina war kleiner geworden, sie war auch nicht mehr so rund wie der Stachelbeerbusch, und das Laufen fiel ihr schwer. Sie schlurfte eher. Aber auch das übersah ich.

«Komm rein», sagte sie. «Und setz dich. Du siehst müde aus.»

Müde wurde ich immer bei Mina, wohlig müde. Das steinalte Sofa war bretthart, und doch könnte ich mich auf keinem anderen Sofa der Welt wohler fühlen. Mina hatte Eistee bereitgestellt und Bütterchen. Die Bütterchen, die nur sie machen konnte. Wir saßen nebeneinander, auf dem steinalten, brettharten Sofa. In einer Zimmerecke wehte eine Spinnwebe von der Decke. Mina legte mir eine knochige Hand auf den Oberschenkel. Auch durch Minas Haut konnte man hindurchsehen. Seidenpapierhaut.

«Nu sach mal, was ist los, mein Stöpsken?», fragte sie, und ich lehnte meinen Kopf an ihre Schulter. Und dann schwiegen wir ein kurzes Weilchen. Nach kurzen Weilchen kam alles wieder in Ordnung. Hoffte ich.

Minas Hand streichelte meinen Arm, und mein schlechtes Gewissen rauschte mir in den Ohren. Ich konnte Mina nicht länger mit meinen Problemen beschäftigen, sie sorgte sich, das wusste ich. Ein alter Mensch sollte nicht mit Problemen beschäftigt werden. Sorgen gehörten nicht an ein Lebensende. Wenn ein Leben auf den Winter zusteuerte, dachte ich, müsste es so glücklich sein wie nie zuvor. Die Leichtigkeit der Kindheit sollte dann zurückkehren, verdammt noch mal. Weil man nur mit Leichtigkeit die dunkle Jahreszeit überstand. Vielleicht konnte man dem Grau ein Schnippchen schlagen, indem man wieder glücklich und naiv wie ein Kind wurde.

Kurz dachte ich, ich wäre eingeschlafen, aber das Weilchen schüttelte mir die Hand, verabschiedete sich und hatte nichts in Ordnung gebracht.

«Wie geht es dir, Mina?», fragte ich.

«Bei mir ist alles in Ordnung, weißte doch», antwortete sie.

Wenn jemand immer auf einen aufgepasst hat, einen immer festgehalten und nie losgelassen hat, dann glaubt man, dass das stimmt. Dann glaubt man, dieser Jemand werde niemals krank und sei immer stark, um für einen da zu sein. Also glaubte ich ihr und wusste doch, dass es nicht so war.

«Ella, Stöpsken. Willste was loswerden?», fing Mina wieder an und wischte sich mit ihrem geblümten Taschentuch über die Augen, die seit einigen Jahren immer tränten.

Ich rutschte ein Stückchen von ihr weg, lehnte mich zum Wohnzimmertisch und pulte an dem Käsebütterchen herum.

«Ach, nee. Ist nix», sagte ich.

«Nix gibt's bei dir nie.»

«Doch, Mina. Es ist wirklich nichts.»

«Na gut, dann rate ich eben. War nix auf der Arbeit oder war dein ‹Ran-de-wuh› nix?»

Es dauerte eine Weile, bis ich antwortete. Ich wollte mit Mina nicht über den Tod sprechen, weil ich das mit dem Ignorieren doch so gut hinbekam.

«Ja, der schöne Ben war ein einziger Reinfall. Das war, genau genommen, nix. Und das wird auch nix mehr werden. Für mich gibt's eben keinen.»

«Das ist doch völliger Käse.»

«Ist es nicht. Das liegt einfach an mir. Glaub ich. Das ist meine ...»

«... deine Schuld. Wie immer.»

«Ja, genau.»

«Blödsinn! Ella, wie lange willst du dir das noch einreden?»

«Ich rede mir das nicht ein.»

Mina stöhnte. Obwohl ich es nicht sah, weil ich ja mit dem Bütterchen-Pulen beschäftigt war, wusste ich genau, dass sie mit den Augen rollte und die Stirn kräuselte.

«Was soll ich noch machen, damit du's endlich verstehst? Nichts ist deine Schuld. Schuld ist eh Kokolores. Du verwechselst Schuld mit Verantwortung. Nu iss doch mal dein Brot. Oder willst du Konfetti draus machen?»

«Hab nicht so großen Hunger. Danke aber.»

Mina hatte mir das mit der Schuld und der Verantwortung schon tausendmal gesagt, und es verursachte mir ein ähnliches Gefühl wie damals, wenn mein Vater mir vorbetete, ich müsse in der Schule immer schön aufpassen. Oder ich dürfe keine fremden Hunde streicheln. Oder ich solle dringend mit dem Beleidigtsein aufhören. Mina hatte mir das mit der Schuld schon eine Million Mal gesagt und ich bekam es trotzdem nicht in meinen Kopf. Ich fühlte mich klein. Kleiner als Mina, kleiner als ein Marienkäfer, nicht mal mehr größer als eine Laus. Und ich fühlte mich nicht nur klein, sondern auch verloren. In einer Welt, die mir immer zu groß und zu kompliziert schien. Mina strich mir eine Haarsträhne aus dem Gesicht, und dann schauten wir uns lange an. Ein bisschen meinte ich, Minas Doktorenblick zu erkennen.

«Ich fühle mich so schräg, Mina. So, als würde ich nie irgendwo dazugehören. Ich glaub nicht, dass es irgendwo jemanden gibt, der sich genauso fühlt wie ich.»

Das Bütterchen war nur noch ein Puzzle, und ich stopfte mir die ganze Scheibe Emmentaler, mit der Mina es belegt hatte, in den Mund. Wie eine Würgeschlange.

«Ella-Stöpsken, weißt du, du musst mal dringend lüften.»

«Lüften. Klar. Wäre ich nicht drauf gekommen.»

Mina schnalzte mit der Zunge. «Ja, ist aber so. In deinem Haus ist es wirklich muffig.»

«Ach Mina», seufzte ich und wurde wieder sauer. Dass sie mir aber auch immer mit diesem doofen Haus-Gequatsche kommen musste. «Wie soll das schon funktionieren?»

«Sach bloß, du weißt nicht, wie man lüftet: Mach die Fenster auf. Geh auf die Terrasse oder in den Garten. Guck dich mal um! Nimm dir ein Fernglas, oder von mir aus eine Lupe, und guck in die andere Richtung.»

«In welche denn? Es gibt so viele Richtungen. Was nützt mir denn ein Haus, das nur du sehen kannst? Wir sitzen hier auf deinem Sofa, Mina. Nicht in irgendeinem schrägen Haus, das es nicht mal wirklich gibt, verdammt noch mal. Kannst du mir denn nicht einmal klipp und klar sagen, was ich wirklich machen soll? Ohne dieses Haus-Gerede, meine ich?» Meine Worte wurden leiser. Das wurden sie, weil sich mein Hals zusammenschnürte und weil ich schmollte und weil ich endlich die Antworten auf meine Fragen finden wollte.

«Ich sag dir doch schon die ganze Zeit, was du machen sollst, Ella. Du fühlst dich für jedes Problem schuldig, und das ist Blödsinn. Du fühlst dich klein, und weißt du, das ist in Ordnung. Aber selbst jemand, der sich klein fühlt, darf sich was trauen. Und der darf auch Verantwortung übernehmen. Trau dich endlich mal was und geh raus. Dir kann nichts passieren. Versprochen. Großes Indianerehrenwort», sagte Mina, und ich sagte nichts. Tränen sind, obwohl man es ihnen vielleicht gar nicht so recht zutraut, ziemlich stark. Sie können einen zum Schweigen bringen und lassen keinen Platz für Worte, wenn sie in einem feststecken.

Mina streichelte meine Wange und sagte: «Du schaffst das schon, Ella-Stöpsken. Und bilde dir bloß nicht ein, es gäbe niemanden, der sich so fühlt wie du, Donnerlüttchen!»

Dann schaute sie stirnrunzelnd auf meinen Teller. «Nu

sieh sich mal einer das Gekrümel da an! Da muss ich ja die Hühner reinlassen!»

«'tschuldigung», murmelte ich.

Mina seufzte und schaltete danach den Fernseher ein, um sich und mich ein bisschen abzulenken. Um die Gedanken in unseren Köpfen umzulenken. Es brachte manchmal nichts, geradeaus zu denken, was ich ja sowieso nicht konnte. Wir saßen nebeneinander, und mein Kopf lehnte wieder an Minas knochiger Schulter.

Viel später, als die überheiße Sonne untergegangen war, klopfte mir Mina ihr Kopfkissen auf dem steinalten, brettharten Sofa auf. Sie griff nach der Wolldecke, die seit jeher auf der linken Lehne ihren Platz hatte. Unter dieser Wolldecke hatte ich gelegen, als mich Windpocken gejuckt hatten. Ich hatte unter ihr gelegen, als Mina mir den ersten Liebeskummer weggestreichelt hatte. Und den zweiten. Ich hatte immer daruntergelegen, wenn ich bei Mina gewesen war. Manchmal hatten wir auch gemeinsam daruntergelegen, wenn wir Quatsch im Fernsehen geguckt hatten und dabei eingedöst waren.

«Komm, ich deck dich zu», sagte sie an diesem Donnerstag. «Es kommt alles in Ordnung, mach dir keine Sorgen, mein Stöpsken. Und gute Nacht.»

Dann ging sie, so gut sie es noch konnte. Meine Schultern waren zugedeckt. Mit allem, was Mina zu geben hatte. Und so schlief ich ein.

18

Mina.

Mina konnte nicht hellsehen, obwohl man es leicht damit hätte verwechseln können. Mina sah einfach nur. In dem kurzen Weilchen auf ihrem Sofa sah sie ein schräges Haus, das im Grundanstrich blau war. Und ein bisschen rosa, weiß und grün. Aber nicht so sehr viel Grün. Um das kleine, windschiefe Haus mit dem schrägen Dachgiebel sehen zu können, musste Mina mittlerweile sogar nicht mal mehr das Gesicht um die Augen kräuseln. Und sie sah es auch dann, wenn es nicht neben ihr saß, denn das schräge Haus bereitete ihr Kopfzerbrechen.

In dem Haus waren an diesem Donnerstag alle Fensterläden, die wie Mimosenblütenblätter aussahen, geschlossen. Eigentlich waren sie seit Manfreds Tod geschlossen, was Mina jedoch nie sagte, weil sie daran geglaubt hatte, dass sich die Mimosen schon ganz von allein wieder öffnen würden. Aber das passierte nicht.

An der großen, schmiedeeisernen Eingangstür war ein zweiter Riegel angebracht worden. Das hölzerne Törchen an der Ostseite, das man nur dann sah, wenn die Sonne am Morgen darauf schien, war nach wie vor offen. So wie immer. Draußen wilderten der Garten und die Dachterrasse vor sich hin. Im Gestrüpp lebten exotische Tiere. Steinalte Schildkröten und winzige Eidechsen, die smaragdgrün funkelten. Durch die Wildnis konnte sich niemand mehr an das östliche Törchen heranpirschen, es war zugewuchert. Wie bei Dornröschen.

Mina aber kannte das winzige Guckloch. Und weil sie schon

sehr oft ihre Wackelaugen, die mal grün und dann wieder blau waren, gegen das Guckloch gedrückt hatte, wusste sie, was der Bewohner des schrägen Hauses tat: warten und suchen.

«Ker, ker, ker», sagte sich Mina. «Ich krieg die Pimpanellen.» Durch das Guckloch zu schauen war für Mina immer ein wenig wie durch ein gut poliertes Fernrohr in die Vergangenheit zu sehen. Die kleine Ella, die nie älter als acht Jahre alt geworden war, was in einem Seelenhaus durchaus nicht verwunderlich ist, saß in einer schrägen Ecke ihres Häuschens und wartete. Und suchte. Ella wartete darauf, dass jemand sie abholte. Sie sah wie jemand aus, der schon sehr lange darauf gewartet hatte, abgeholt zu werden. So wie Kleinkinder manchmal wartend hinter großen Fensterscheiben im Kindergarten stehen, ihre kleinen Hände an das Glas gepresst, ihre Wangen rot glänzend von den vielen Tränen des Vermissens.

Mina, die ja wusste, dass der Winter vor der Tür stand, wurde es ganz schwer im Herzen, wenn sie die kleine Ella in ihrem schrägen Haus warten sah. Mina wäre allerdings nicht Mina gewesen, wenn sie nicht eine ziemlich gute Idee gehabt hätte.

19

Alte Menschen schlafen selten, was, wie Mina mir erklärte, daran liegt, dass man die Zeit, die noch übrig ist, nicht verplempern will. Mina war immer noch eine gute Erklärerin. Am Freitagmorgen weckte sie mich um 6:30 Uhr, sie war bereits angezogen, ihre Löckchenfrisur gekämmt, obwohl ich immer annahm, dass sie von ganz allein in ihre Form sprang, sobald Mina den Kopf vom Kissen hob.

«Stöpsken. Aufwachen», sagte sie sanft, die Sonne war schon aufgegangen und malte Sonnenfarben in Minas Wohnzimmer. Wenn ich freitags auf Minas bretthartem Sofa aufwachte, hatte ich den Eindruck, ich wäre ein außergewöhnlich begabter Fakir, der auf seinem Nagelbrett geschlafen hatte und sehr ausgeruht den Morgen begrüßte. Auf dem gefliesten Wohnzimmertisch dampfte eine Tasse karamellbrauner Kaffee, die Sonnenstrahlen wanderten, in ihnen tanzten leuchtende Staubkörnchen.

«Hast du gut geschlafen?», fragte Mina.

«Ja, danke. Und du?»

«Auch gut», antwortete sie. «Nur meine Haare sind heute so krüsselich. Weiß auch nicht, woran das liegt.» Sie bauschte mit den Händen ihre Löckchen auf.

«Wetter vielleicht?», fragte ich.

«Gut möglich.»

Dann schlürften wir einen Schluck Kaffee und schauten den Sonnenstrahlen zu, bis ich richtig wach war. Ich faltete die Wolldecke zusammen und legte sie über die linke Lehne des Sofas, das Kissen brachte ich ins Schlafzimmer. Mina nestelte an ihrem Hörgerät, als ich mich noch einmal zu ihr aufs Sofa setzte.

«Scheiß Ding», sagte sie. «Ich muss demnächst mal wieder in den Garten und es unter die Eckbank werfen.»

Ich grinste. «Prima Idee. Wenn es nicht mehr so heiß ist draußen.»

Mina nickte. «Geht's dir heute besser?», fragte sie.

Mir spukte Ben im Kopf herum. Und Herr Zwiebelhofer. «Ja, alles in Ordnung», sagte ich, obwohl das nur die halbe Wahrheit war.

«Ich mach uns mal ein Toastbrot», sagte Mina und wollte sich nicht helfen lassen. «Wer helfen lässt, kann selber nicht», meinte sie zu meinem Angebot. «Aber heute isst du was und pulst das Brot nicht wieder nur auseinander. Sonst kann ich es ja gleich sein lassen.»

«Is gut.»

Es war kein Wunder, dass Mina manchmal mit mir sprach, als sei ich erst acht Jahre alt.

Während Mina in ihrer Küche Toast mit Preiselbeermarmelade bestrich, schaute ich im Wohnzimmer weiter den glitzernden Staubkörnchen zu. Sie sahen ein bisschen wie Glühwürmchen aus, und ich dachte über meine Wünsche nach.

Dann stellte mir Mina das Toastbrot vor die Nase, das sie in Dreiecke geschnitten und zu Schmetterlingen gelegt hatte. Wie früher immer. Daneben platzierte sie einen Eierbecher. Auf dem Eierbecher saß ein Huhn, zumindest sollte es eins sein. Ich hatte es in der Grundschule unter großen Mühen gehäkelt und war wochenlang damit beschäftigt gewesen, bevor ich es Mina zum Geburtstag geschenkt hatte. Der Eierwärmer sah aus wie ein überfahrener Maulwurf mit gelbem

Fell, aber es passte haargenau ein Ei darunter, was mich seinerzeit sehr stolz gemacht hatte. Und Mina auch.

«Ist doch noch gar nicht Sonntag», stellte ich fest und zeigte auf den Maulwurf.

«Wer hat, der hat», sagte Mina.

Bei Mina gab es nur sonntags Frühstückseier. Das war immer etwas Besonderes, ihre Sonntagseier gelangen ihr stets wachsweich, was, wie sie mir erklärte, eine Wissenschaft für sich und ein gut gehütetes Geheimnis war. Ich achtete peinlich genau darauf, bloß nicht am Toastbrot zu pulen, und wir frühstückten im Glitzerschein der Staubkörnchen. Das Sonntagsei, das ich heute am Freitagmorgen bekam, hob ich mir bis zum Schluss auf.

«Weißt du, was komisch ist?», fragte Mina und nahm den letzten Schluck Kaffee aus ihrer chinablauen Porzellantasse.

«Nein.»

«Der Eierwärmer ist wirklich furchtbar schäbbig.»

«Na toll», sagte ich, verschränkte die Arme und schmollte theatralisch.

Mina lächelte ihr stilles Mina-Lächeln. «Nu lass mich doch ausreden», sagte sie und erklärte mir, dass er zwar schäbbig, aber gleichzeitig wunderschön sei. Ein wunderschöner, furchtbar schäbbiger, überfahrener Maulwurf. «Oder vielleicht ist es auch ein Grottenolm. Weiß ich nicht, ist aber auch egal. Denn manche Dinge können das, furchtbar schäbbig und gleichzeitig wunderschön sein. Auch wenn's komisch klingt.»

Mir fiel nichts ein, das gleichzeitig hässlich und wunderschön sein konnte, und weil ich das noch einmal genauer untersuchen wollte, nahm ich den Eierwärmer in die Hand. Ich zog ihn von seinem Becher, auf den er immer noch haargenau passte.

Obwohl ich mich sehr auf mein Häkelkunstwerk konzentrierte, stellte ich fest, dass unter dem Maulwurf kein Ei lag. Weder ein wachsweiches noch sonst irgendeins. Unter dem Maulwurf, in dem gepunkteten Eierbecher, lag etwas ganz anderes.

«Mina!», rief ich und schlug die Hände vor den Mund. Der Maulwurf fiel unter den Tisch.

Mina sagte nichts, sondern legte mir bloß eine altersfleckige Seidenpapierhand auf meinen Arm. Sie lachte ihr stilles Lächeln.

«Mina! Ist das ...?»

«Ja, sicher. Das ist es.»

«Wie ist das möglich?», fragte ich und fischte es vorsichtig aus dem Eierbecher.

«Weißt du, Stöpsken, nicht alles geht verloren», sagte Mina. «Und manche Dinge nur für ein kleines Weilchen.»

In meiner Hand lag das rote Püppchen des Mensch-ärgere-dich-nicht-Spiels. Feuerrot lag es dort, als hätte es ihm überhaupt nichts ausgemacht, für einige Zeit unter der Eckbank in Minas Gartenlaube zu verschwinden. Auf der Unterseite war das Spielpüppchen nicht mehr rot. Sondern holzbraun. Vom vielen Nachhauselaufen. Dass das Püppchen nach all der Zeit wieder auftauchte, konnte ich einfach nicht fassen. Es war in etwa so, als hätte ich vom Weihnachtsmann eine Antwort auf meine Wunschzettel bekommen. Es war, als dürfte ich plötzlich doch wieder an all das glauben, von dem ich mich eines Tages verabschiedet hatte, als mein Kinderkarussell aufhörte sich zu drehen.

«Das Verlieren ist manchmal doch gar nicht so schlimm, oder?» Minas Wackelaugen waren blau.

«Das ist wahr», flüsterte ich und betrachtete meinen wiedergefundenen Schatz.

«Und viele Dinge sind gar kein großes Geheimnis, um das man so ein Gewese machen muss, mein Stöpsken», erklärte Mina, und dass ich nur endlich aufhören müsse, die Dinge bloß von einer Seite zu betrachten und mich in meinem Schildkrötenhaus zu verkriechen. Denn die Angst, die bringt alles durcheinander. Und das hatte sie mir ja schon hundertmal gesagt. Mindestens.

Ungläubig schaute ich Mina in die Wackelaugen, die Sonnenstrahlen fielen genau in sie hinein.

«Ella, nu glaub deiner alten Mina doch endlich mal. Und mach nicht wieder so ein Riesengedöns. Geh raus, lüfte und hör auf zu warten. Das lohnt sich nicht.» Dann küsste sie mich im Aufstehen auf die Stirn und ließ mich ein kurzes Weilchen mit dem Püppchen und meiner wiedergefundenen Hoffnung auf dem Sofa sitzen. Nicht alles ging verloren.

Den ganzen Freitag über hielt ich das Spielpüppchen fest in meiner linken Hand. Meine Patienten kamen und gingen wieder, das letzte Platanenblatt schlug sich tapfer, ich kochte einhändig Kaffee, öffnete einhändig die Post und schrieb einhändig E-Mails. Freitagnachmittag schickte ich Yvonne einhändig eine Nachricht. Mit Foto. Yvonne wunderte sich genauso sehr wie ich. Natürlich wunderte sie sich nicht ganz genauso sehr wie ich, denn für sie war nie etwas verloren gegangen, sie gewann ja meist dazu, aber sie wunderte sich mit mir. Und das reicht ja manchmal auch schon aus.

Die Hitze brütete über der Stadt. Sie hockte auf ihr wie ein Maulwurf auf einem Eierbecher, aber das merkte ich an diesem Tag nicht, in den sich die Hoffnung geschmiegt hatte wie in einen Liegestuhl. Am Abend ging ich nach Hause und setzte mich mit dem roten Püppchen auf mein rotes Sofa, ließ den Kopf von der Sitzfläche auf den Boden baumeln und hielt das wiedergefundene Verlorengegangene in die Luft. Von irgendwo läutete das Telefon in mein Glücksgefühl hinein, und ich überlegte, wo ich den Hörer zuletzt liegengelassen hatte. Unbeholfen kletterte ich vom Sofa – spätestens im Herbst würde ich mit dem Sport anfangen, bestimmt, versprochen, geschworen – und suchte das Läuten. Zweimal lief ich in die falsche Richtung, dann schob ich einen Stapel Altpapier beiseite und drückte auf das grüne Zeichen.

«Hallo, Ella», sagte meine Mutter.

«Hallo, Mama», antwortete ich.

«Es ist Post für dich gekommen.» Ihr Tonfall klang, als hätte ich das Aussterben der Dinosaurier auf dem Gewissen. Als hätte ich zwei Weltkriege zu verantworten. Als hätte ich ihre Dörrpflaumenverwandlung veranlasst.

Wie bei Ben rätselte ich auch bei meiner Mutter jedes Mal, wenn ich mit ihr sprach, was ich falsch gemacht hatte, allerdings schon seit Jahrzehnten. Mein Glücksgefühl verblasste.

«Danke fürs Bescheidsagen. Ich hole sie morgen ab, ja?»

«Ich habe aber nicht den ganzen Tag Zeit», antwortete sie.

«Passt es dir gegen zehn?», fragte ich.

«Von mir aus.» In der Leitung knackte es, und meine Mutter war verschwunden.

Ich legte auf. Das rote Spielpüppchen hatte ich in meiner linken Hand so fest gedrückt, dass es ein bisschen weh tat. Danach setzte ich mich auf den Balkon, wusste aber ungefähr sechs Minuten später nicht mehr, was ich mir da draußen noch ansehen sollte, weil ich ja schon alles kannte. Die Bäume, die vertrockneten Balkonblumen, den Abendhimmel. Deswegen beschloss ich, mir heute ein Glas Rotwein zu gönnen, auch, um mit dem Püppchen anzustoßen. Aufs Nachhauselaufen.

Ich pflanzte mich auf den weißen Hochflorteppich zu den

Nagellacktropfen. Das Weinglas stellte ich links von mir ab, das rote Spielpüppchen setzte ich vorsichtig mir gegenüber. Lange zuppelte ich an den roten Flecken herum, die ganz hart und eingetrocknet waren. Hin und wieder trank ich einen Schluck Rotwein, bis ich ein bisschen betrunken war. Und dann sagte ich zu dem roten Püppchen: «Weißte was? Sie haben ja alle recht. Ich werde keine Häuser mehr suchen. Schon gar nicht meins. Ich sehe es ja eh nicht. Ich muss endlich raus und leben und erwachsen werden! Prost!» Ich erhob mein Glas auf das Püppchen und auf meine Entscheidung, und dann zuppelte ich lange Zeit an den Nagellackflecken, weil ich keine Ahnung hatte, wie ich das mit dem Rausgehen und dem Erwachsenwerden anstellen sollte. Aber eins immerhin wusste ich: Nicht alles ging verloren.

20

Seit ich mich erinnern konnte, hatte ich mir nie etwas gebrochen. Ich wusste nicht, wie sich das anfühlte, bis auf den kurzen Moment, wenn ich vor der Haustür meiner Mutter stand und darauf wartete, dass sie mich hereinließ. Dann meinte ich zu wissen, wie sich etwas Gebrochenes anfühlt. Aber der Schmerz ging schnell wieder vorbei. Weil er von der Sehnsucht abgelöst wurde, dieses Mal möge sich etwas ändern.

Am Samstag wartete ich mit meiner Entscheidung und dem roten Püppchen in der Hosentasche vor der Haustür meiner Mutter, bis es Punkt zehn Uhr war, dann schellte ich, und meine Mutter öffnete eine Sekunde später.

«Hallo.»

«Hallo.»

Manchmal kann man sich auf den Kopf stellen und lustig mit den Füßen wackeln, oder man kann den Friedensnobelpreis gewinnen, schwarze Jumpsuits kaufen und versuchen, einen sehr adretten Eindruck zu machen, auch wenn man nicht viel von der feinen englischen Art versteht. Man kann viele Dinge anstellen, um jemanden dazu zu bringen, einen zu mögen.

Meine Mutter mochte mich nicht. Die Frage, ob das stimmte, wovon ich überzeugt war, oder warum ihr das Mögen so schwerfiel, traute ich mich nicht zu fragen. Die Antworten, vor denen ich mich fürchtete, stapelten sich mittlerweile kilometerhoch. Antworttürme waren es geworden, die drohten, mich unter sich zu begraben, sobald sie nur von der richtigen Frage ins Wanken gebracht wurden.

Mina hatte mir einmal erklärt, dass man sich, wenn man ein Kind bekommt, manchmal erst aneinander gewöhnen müsse. Die Mutterliebe, sagte Mina, kommt ab und zu nicht von selbst, die muss man sich, wenn sie nicht freiwillig in einem einzieht, erst erarbeiten, und dann kann es, später, trotzdem sehr schön werden. Vielleicht also, stellte ich mir immer vor, war es so gewesen, dass meine Mutter mich auf die Welt gequetscht hatte und von den ganzen Strapazen sehr sauer geworden war. Und wenn man jemanden für äußerste Strapazen verantwortlich macht, dann kann man diesen Jemand vermutlich nicht richtig mögen. Falls dieser Jemand dann auch noch kein Junge, sondern bloß ein Mädchen mit aschblonden Haaren und schrägem Haus ist, das jede Entscheidung herbeizuppeln muss, dann fällt es noch schwerer, diesen Jemand zu mögen, wenn man sich das nicht erarbeitet. Ich wusste nicht, wie das mit dem Erarbeiten gehen sollte, und meine Mutter war vermutlich ähnlich ahnungslos gewesen, wie man einen kleinen Jemand in sein Herz schließen konnte, den man sich ganz anders gewünscht hatte.

Und weil das alles so praktisch und auch irgendwie logisch war, konnte man diesen Jemand, der für äußerste Strapazen gesorgt hatte, dann auch noch für seine Vertrocknung verantwortlich machen. Die Verantwortung nicht zuerst bei sich selbst zu suchen, erklärte mir Mina, ist fürchterlich einfach. Fürchterlich. Und einfach. Falls dann auch noch ein kleiner Jemand derjenige ist, dem man die Schuld in die viel zu kleinen Schuhe schiebt, wird es meist nur noch fürchterlich. Und nicht mehr einfach. Vielleicht, sagte Mina, hatte es meine Mutter nie anders gelernt, und dann konnte das schon mal passieren, das mit dem Nichtmögen und dem Nichtkönnen.

Mina kannte meine Mutter kaum, so dass sie nicht mit Bestimmtheit sagen konnte, ob ihre Überlegungen zutrafen oder nicht. Fest stand aber, dass meine Mutter großes Glück gehabt hatte, dass ihr das Mutterglück meinen Bruder ohne Strapazen geschenkt hatte und sie ihn einfach so mögen konnte. Ohne Erarbeitung. Beide waren bis heute Ameise und Blattlaus geblieben. Und so betrat ich an diesem Samstag um kurz nach Punkt zehn Uhr die Küche meiner Mutter, in der mein Bruder in einem Rauchnebel saß.

Mit Symbiosen verhält es sich folgendermaßen: Was der eine nicht mag, mag der andere auch nicht. Ganz simpel, das versteht jeder. Denn wenn es anders wäre, würde das die enge Beziehung zwischen Ameise und Blattlaus gewaltig durcheinanderbringen. Irgendwann, hatte ich gedacht, würde mein Bruder vom Rücken der galoppierenden Dörrpflaume abspringen und einen eigenen Ameisenstaat oder eine eigene Blattlauskolonie gründen. Vielleicht sogar mit der unglücklich verliebten Janina, dem schielenden Mädchen der Panikfamilie. Es mogelte sich aber immer etwas dazwischen. Also mochten mich beide nicht, vielleicht konnte ich es ihnen nicht verdenken. Vielleicht waren wir einfach alle in die falsche Familie geboren worden, ich hatte mich damit abgefunden. Redete ich mir jedenfalls ein.

Durch den graublauen Dunst waren beide verschwommen, nicht greifbar. Ein bisschen unheimlich saßen sie hinter ihren Kaffeetassen, und die Zigaretten dampften in den Aschenbechern und kräuselten Rauchwölkchen unter die nikotingelbe Zimmerdecke.

«Wie geht's?», fragte ich beide, weil die Frage nach der Befindlichkeit eben dazugehörte. Man stellte sie ständig, man stellte sie immer und überall, in Büros, im Hausflur, und man stellte sie der Verkäuferin im Supermarkt, die einem seit zehn Jahren die hundert Gramm Mortadella aufs Plastikpapier schnitt. Und alle antworteten, weil auch diese Antwort dazugehörte, dass es gut ging. Was manchmal stimmte. Und manchmal nicht.

«Gut», antworteten beide, nur um eine Millisekunde zeitversetzt, so dass sich ihre Echos in den Rauchwolken verloren.

«Dein Vater hat Post geschickt», sagte meine Mutter und nickte zur Arbeitsplatte neben die Kaffeemaschine. Zwei Postkarten lagen dort. Auf einer war ein Foto einer Bartagame abgebildet, auf der anderen eine lustige Zeichnung einer Schildkröte mit Brille. Es war nicht so, als hätte mein Vater meine Adresse vergessen oder versehentlich verlegt, er schickte seine Postkarten immer an meine Mutter, weil er ja wusste, dass ich sie dann abholen würde. Vermutlich hoffte er immer noch darauf, seine zwei Stühle mit einem kleinen Trick aneinanderschieben zu können. Mit Kniffen hatte sich mein Vater noch nie gut ausgekannt.

Eines Tages, und dieser Tag war bereits seit Jahren Vergangenheit, hatte mein Vater seine zwei Köfferchen gepackt, war damit zum Flughafen marschiert und der Wärme entgegengeflogen, von der er so lange heimlich mit einem HAMZ geträumt hatte. Eines Tages nämlich, da wurde ihm die Kälte zu Hause zu viel, er konnte sich nicht mehr wärmen. An gar nichts. Er saß im Flieger und weinte von hier bis Barcelona, weinte in den Tomatensaft und in das eingeschweißte Sandwich, denn es war ja nicht so, dass er sich das Mögen hätte erarbeiten müssen. Weder bei meiner Mutter und meinem Bruder noch bei mir. Wir waren eben nur leider seine zwei Stühle, denen er, wie er meinte, nie hatte gerecht werden können. Und weil ein Spagat auf Dauer anstrengend und sehr unbequem war, überließ er die Stuhllücke, in der er jahrzehntelang gehockt hatte, sich selbst. Seitdem warteten seine Postkarten regelmäßig in einem kleinen Briefkasten eines andalusischen Kaffs auf ihre Reise. In einem andalusischen Kaff, in dem sich mein pensionierter Vater selbst mit Aquarellmalkursen unterhielt, wobei ich mir niemals hätte vorstellen können, dass sich ausgerechnet mein Vater für Aquarellmalkurse hätte begeistern können. Aber was wusste ich schon.

Mittlerweile hatte sich eine schöne, exotische Tierpostkartensammlung in zwei bunten Kartons angehäuft, die in meinem Wohnzimmer standen. An Geburtstagen, seinem und meinem, telefonierten wir, an Weihnachten auch, an jedem 22. Juni, und manchmal sogar zwischendurch, aber nicht sehr häufig. Mein Vater war stolz darauf, weder Telefon noch Handy zu besitzen. Stattdessen schrieb er also seine Postkarten, die erst im andalusischen Briefkasten und dann auf der Arbeitsplatte in der Küche meiner Mutter geduldig darauf warteten, dass ich sie abholte. Mein Vater, dem Worte nicht besonders viel Spaß bereiteten, beschrieb die geduldigen Postkarten immer mit denselben Buchstaben.

An diesem Samstag drehte ich erst die Bartagame und dann die Schildkröte um:

Liebe Ella!
Ich hoffe, es geht dir gut. Das Wetter ist hier ganz phantastisch. Ich würde mich freuen, wenn du mich bald besuchen kommst. Die Schildkröte ist lustig / die Bartagame sieht toll aus, oder? Viele Grüße an Mina und alles Liebe von deinem
Papa

Bisher war ich nie in Spanien gewesen. Und in der Türkei auch nicht.

«Nichts Neues von Papa», sagte ich in den Dunst, der durch die Küche schwamm.

«Hätte mich auch gewundert», kommentierte meine Mutter.

Mein Bruder wischte auf seinem Handy herum, und ich wusste nicht, was er suchte. Er wusste es wahrscheinlich auch nicht. Lange hatte ich mir von meinem Bruder erhofft, er möge erkennen, dass wir doch zusammengehörten. Oft hatte ich mir gewünscht, Yvonne wäre meine Schwester gewesen, weil Geschwister zusammengehören mussten, in meiner idyllischen Vorstellung. Mein Bruder und ich hatten uns als Kinder eine Badewanne geteilt, wir hatten unsere Spielzeuge geteilt, wir teilten dasselbe Blut, das doch dicker als das Badewasser war. Hatte ich jedenfalls lange Zeit angenommen. Nur eins teilten wir eben nicht. Unsere Mutter gehörte ganz ihm. Es war möglich, dass wir deswegen nie zusammengehören konnten.

Wenn ich den beiden heute begegnete, schmollte ich. Ich schmollte und schmollte und schmollte und wünschte mir den Tag von Lady Dianas Hochzeit zurück, an dem ich im Arm meiner Mutter in den Fernsehapparat schauen durfte. Wir hatten nie eine Brücke zueinander gefunden.

Vielleicht war ja keiner von uns schuld, überlegte ich, dachte dabei an Minas Worte und hielt das rote Spielpüppchen fest in meiner Hosentasche umklammert. Wir gehörten eben nicht zusammen. So stand ich in der Küche, entfremdet, war nur zufällig auf Besuch, mitten im gelben Nebel, schaute auf meine Mutter, schaute auf meinen Bruder, stand da mit der Gewissheit, dass ich nie dazugehören würde und dass zwar nicht alles verlorenging, manches allerdings schon.

An dem Tag, der mein Leben schräg machte, hatte ich ein rotes Kleid getragen und versucht, mir vorzustellen, wie eine Dörrpflaume aussieht. Heute wusste ich es. Heute musste ich es mir nicht mehr vorstellen. Ich hatte gesehen, wie Menschen vertrockneten, wenn sie nur noch mit sich selbst beschäftigt waren. Jeden Tag, in meiner Praxis. Vor dem Vertrocknen fürchtete ich mich, und regelmäßig untersuchte ich mein Inneres nach ersten Anzeichen.

Oft kroch mir der Ohrwurm ins Genick, den der Bergmann unzählige Male in seinem Liegestuhl gesummt hatte. *Please, release me. Let me go.* Der Ohrwurm kroch quälend langsam, und je näher er mir kam, desto größer wurde er. Dann blies er sich auf, wie ein Fesselballon, und kurz bevor er platzte, spürte ich wieder Manfreds Grau an meiner Haut.

Sechsundzwanzig Jahre waren vergangen. Die Zeit war einfach davongeflogen wie Herrn Fritz' Wellensittiche – und doch waren es die längsten Monate und Stunden und Sekunden gewesen, die in sechsundzwanzig Jahre hineinpassten, allerdings ohne dass ich sie hätte greifen oder fühlen können. Wenn man die Zeit nicht fühlt, sagte Mina, dann spürt man sich selbst auch nicht, da muss man den Fuß ausstrecken und ein bisschen bremsen und dafür sorgen, dass man so viel von der Zeit mitnimmt wie möglich. Denn wie viel Zeit man am Ende hat, das weiß schließlich keiner, sagte Mina, aber Zeit zum Träumen bleibt allemal.

Das stimmte, denn manchmal träumte ich schemenhaft von meinem Haus, obwohl ich es nie gesehen hatte. Immer, wenn ich aber dachte, mein Traum würde mir jetzt endlich die Antworten auf meine Fragen liefern, wachte ich auf und fand mich in meinem Bett wieder, eingerollt wie ein Igel. Und die Vergangenheit lag auf mir wie ein grauer Schatten. Vielleicht hätte ich meinen Schatten an der nächsten Straßenecke entsorgen und abstellen können, wenn mir jemand gezeigt hätte, wie das funktionierte. Möglicherweise aber wollte ich das Vergangene auch gar nicht hergeben und hatte die fliegende Zeit bloß dafür genutzt, alles aus den Augen zu verlieren, was wichtig war. Am meisten mich selbst.

Auf den richtigen Zeitpunkt kommt es an, sagte Mina immer, und ich hatte viele Zeitpunkte verpasst. Ob sie nun richtig waren. Oder falsch. Wenn ich jetzt nicht endlich anfing, mich an die Zeitpunkte zu gewöhnen, dann würde das nichts mehr werden. Mit der Hoffnung. Und der Zuversicht. Und dem Leben. Und dem Erwachsensein. So viel stand jedenfalls fest.

Ich drehte das rote Spielpüppchen in meiner Hosentasche. Mit den Zehenspitzen stand ich im Zeitpudding, der sich als feiner Film über den Küchenfußboden meiner Mutter ausgebreitet hatte. Der Zeitpudding hatte mich begleitet, er war immer mal wieder kurz zu Besuch gekommen, die sechsundzwanzig rasenden Jahre jedoch hatte er nicht aufhalten können.

Im Zeitpudding zog meine Mutter an ihrer Zigarette, sie biss dabei auf den Filter. Ihre bergseeblauen Augen folgten dem Handywischen meines Bruders wie kleine, bergseeblaue Pingpongbälle. Sie atmete ein, zog den Rauch, so weit es ging, in sich hinein und atmete langsam wieder aus. Die nächsten vier Atemzüge waren mit graublauem Dunst gefüllt. Ich stellte mir vor, dass ihre Lunge stöhnte. Es konnte sein, dass ich das Stöhnen sogar hörte. Vielleicht machte es AHRZ. Erst nach dem fünften Atemzug kam nichts mehr heraus aus meiner Mutter, kein Grau zwirbelte sich mehr aus ihrem Mund, und deswegen biss sie wieder auf den Filter.

Wo war meine Mutter geblieben, all die Jahre, seitdem

Lady Diana geheiratet hatte?, fragte ich mich. Warum war sie nie zu mir gekommen, mit ein bisschen Erarbeitung hätten wir beide es womöglich zueinander geschafft. Aber auf halbem Weg waren sich Ameise und Blattlaus begegnet, hatten kehrtgemacht und waren miteinander fortgegangen. Fort von mir. Und mir blieb nichts anderes übrig, als zu winken und alles Gute zu wünschen und Lebwohl zu sagen. Deswegen hasste ich meinen Bruder nicht. Er hatte mir ja nichts weggenommen. Das, was ich wollte, hatte ich nie gehabt. Es war gut, dachte ich, wenn sich zwei so nah waren. Wie Mina und ich. Das war ein großes Glück, mehr konnte man sich vom Leben vielleicht nicht wünschen. Ich hasste meinen Bruder nicht. Und ich liebte meine Mutter.

Lange hatte ich darüber nachgedacht, ob ich sie wirklich liebte oder ob es bloß meine Pflicht gewesen war. Als Tochter. Die Verpflichtung, seine Mutter lieben zu müssen, war eine große. Ja, sie war eine derjenigen Verpflichtungen, die die gesamte Menschheit seit Anbeginn beschäftigten. Hatte ich gelesen. Ich war nicht die Erste, die lange darüber nachgedacht hatte. Irgendwann, als die Stellen, bis zu denen ich in mich hineinspürte, schon wund gescheuert waren, hatte ich verstanden, dass die Liebe sogar über große Entfernungen wachsen konnte. Auch wenn sie dabei immer sehnsüchtig blieb.

Nicht alles geht verloren, dachte ich und befühlte die Stelle am unteren Ende des Spielpüppchens, das nur noch hölzern war und nicht mehr rot lackiert. Es war nicht ausgeschlossen, überlegte ich, dass ich, wenn ich nur endlich einmal aussprach, was ich mit Vorhängeschlössern versehen hatte, dass ich dann die Vertrocknung aufhalten könnte. Oder umkehren.

Mir wuchsen Wurzeln an den Füßen, und ich wusste,

wenn ich jetzt nicht mutig war, dann würde ich zu einem Rosenbusch werden. Ein Rosenbusch, der seine Sprache verlor und sie erst mühselig wieder zusammenklauben musste. Tief sog ich die schwere, neblige Luft ein. Viel Luft brauchte ich, um ausatmen zu können, um die Worte aus mir herauszuquetschen, mit denen ich vielleicht alles gutmachen konnte. Zwischen uns. Meine Lungen waren überfüllt, meine Zehen rollten sich zwischen den Wurzeln ein, die immer dichter wurden. «Mama?», wollte ich sagen, mit dem Luftüberdruck, der mir den Hals aufblähte.

Ein Teil der Überdruckluft entwich aus meiner Nase. Als ich den Mund öffnete, um meiner Mutter zu sagen, dass ich sie lieb hatte, und um mir damit selbst die Schuld von den Schultern zu wischen, blickte mein Bruder von seinem Handy auf und schaute mich an. Seine Augen waren bergseeblau. Sehr, sehr bergseeblau. Meine Luft steckte fest. Sie kam nicht weiter, und ich schaute zurück und stierte in den Bergsee und wartete, dass er etwas sagte. Meiner Mutter war die veränderte Blickrichtung meines Bruders sofort aufgefallen, also schaute auch sie mich an. Zwei sehr, sehr blaue Bergseepaare, unergründlich. Meine Überdruckluft zischte unaufhaltsam aus mir heraus, und es blieb nur ein Restchen übrig. PFFIEH machte es. Und ich entschied, mich zu verabschieden. «Ich gehe dann mal», sagte ich und beide nickten.

21

Dienstagvormittag hatte sich die Hitze mit einem Gewitterregen vollgesaugt und klebte nun sehr unangenehm. Mitten im Therapiegespräch mit Frau Dünnhaupt, die, ähnlich wie Herr Oebing, immer schrecklich viel weinte, rutschte das Dünengrasbild von der Wand und landete auf Frau Dünnhaupts Kopf, weswegen sie noch mehr weinen musste, obwohl es vermutlich nicht sehr weh getan hatte. Sagte sie zumindest. Die Leinwand war ihr ja auch nicht geradewegs auf den Kopf geknallt, sie kippte rutschend auf sie herunter und blieb auf ihr liegen, wie ein Sonnenhut.

Ich beschloss, die Dünengrasfotografieleinwand vorerst nicht wieder aufzuhängen. Schließlich war sie gemeingefährlich, eine Bedrohung für meine Patienten, das konnte man doch niemandem zumuten. Den Platz an der Wand über dem Duftvernebler leer zu lassen würde auch gut zu meinen anderen Entschlüssen passen. Fand ich. Für einen Neuanfang brauchte man ein bisschen weiße Wand, damit man sie gedanklich mit neuen Ideen bemalen konnte.

Nachdem ich das Dünengras entschuldigend von Frau Dünnhaupt abgepflückt hatte – es sah schon ein bisschen ulkig aus –, stellte ich das Bild in eine Ecke und einen Stuhl davor. Herunterrutschen ausgeschlossen.

Herr Oebing hatte am Mittwoch einen «Gut geht es mir heute!»-Tag und erzählte mir in fröhlichen Zwitschertönen von dem Artikel über das Bäumeumarmen. Er hatte es tatsächlich auf einer seiner Listen notiert, die er mir zeigte. Während wir uns unterhielten, unterbrach er sich immer wieder, um verschiedene Punkte auf eine neue Liste zu kritzeln, an die er sich unbedingt erinnern wollte.

- *Glühbirne Dunstabzugshaube wechseln*
- *Bäume wässern*
- *Bäume umarmen → Artikel!*
- *Tageszeitung abonnieren*
- *Schwarze Schnürsenkel für 6 Löcher kaufen*
- *Schuhe putzen*
- *Calcium & Möhrensaft besorgen → Sonnenallergie*
- *Anti-Mückenmittel noch haltbar?*

Das letzte Blatt der Platane wedelte immer noch, mehr tot als lebendig, an seinem verdorrten Ast vor dem Fenster.

Am Mittwochabend dachte ich gerade darüber nach, wie oft man Glühbirnen in Dunstabzugshauben wechseln musste und wie viele Gießkannen Wasser eine Platane benötigte, als meine Friseurin laut «Scheiße!» durch den Salon kreischte und es nach Angebranntem roch.

Seit Mittwochabend trug ich nun also einen Pony, weil meine Friseurin eine Sekunde abgelenkt gewesen und ihr das Glätteisen verrutscht war. Immerhin musste ich den neuen Haarschnitt nicht bezahlen, manchmal hatte man Glück im Unglück, auch weil der Pony meine Stirnrunzelfalten geschickt verdeckte.

Früher hatte ich mir gewünscht, ähnliche Falten wie Mina zu bekommen, damit das stille Lächeln, das sich wie Weihnachten anfühlte, auch richtig gut aussah und hübsch eingerahmt war. Ich hatte aber bloß Stirnrunzelfalten bekommen, die kein besonders schicker Rahmen waren, und wusste am späten Mittwochabend trotzdem nicht, wie ich mich mit meinem neuen Pony anfreunden konnte. Oder ob ich das überhaupt wollte. Lange stand ich vor dem Badezimmerspiegel, zuppelte an den Fransen herum und fragte mich, ob Minas Schafslöckchen seinerzeit auch bloß ein Unfall gewesen waren.

Wie jeden Donnerstag übernachtete ich bei Mina, auf ihrem brettharten Sofa. Mitten in der Nacht, gegen 2:30 Uhr, leuchtete mein Handy auf. Weil mein Schlaf leicht war, so wie immer, war ich rein zufällig um 2:30 Uhr wach und schaute, vom Handylicht geblendet, auf das Display.

Bist du da, Fledermaus?

Es war, wahrhaftig, der schöne Ben. Ich setzte mich auf, beschloss, den Rest der Nachricht nicht zu lesen und legte das Handy wieder auf den Tisch. Dann rutschte ich mit den nackten Füßen auf Minas altem, efeugrünem Teppichboden herum. Das war ein bisschen wie Massieren und kitzelte unter den Fußsohlen. Ich nahm das Handy wieder in die Hand. Es hatte aufgehört zu leuchten. Mit dem Finger tippte ich es an und erweckte es zum Leben. Wenigstens bei diesem Ding funktionierte das hervorragend, was ja aber keine große Kunst war.

Ben. *Bist du da, Fledermaus?* stand immer noch auf dem Sperrbildschirm.

«Nein!», sagte ich in Minas Wohnzimmer, rubbelte mit den Füßen weiter über den Teppich und legte das Handy wieder weg.

Ich lehnte mich weit nach rechts und knipste die Standleuchte neben dem Sofa an, schlafen konnte ich sowieso nicht mehr. Außerdem hatte ich kurz vor dem Einschlafen noch darüber nachgedacht, dass Yvonne ja am Samstag heiraten würde und dass ich noch dringend passenden Nagellack kaufen musste, es dann aber verpasst, meine Einkaufsliste zu ergänzen, weil der leichte Schlaf mich hinterhältig überrascht hatte. Also würde ich das eben jetzt erledigen und ganz, ganz sicher nicht dem komischen Ben antworten. Weil ich nicht da war. Für ihn jedenfalls nicht. Konsequenz würde eine meiner neuen Stärken werden, da war ich fast ganz sicher.

Bevor ich die Einkaufsliste aus meiner Handtasche zog, brachte ich mein Handy noch einmal zum Leuchten. *Bist du da, Fledermaus?* Was für eine bescheuerte Frage. Wo sollte ich denn sonst sein? Blöder Tütenkopp mit blöden, kurzen Armen und blödem Benehmen. Blöd, blöd, blöd.

Die Einkaufsliste legte ich neben mein Handy und schrieb sehr langsam N-A-G-E-L-L, ich prüfte, ob der Handyakku noch aufgeladen war, -A-C, Mina stand in der Wohnzimmertür.

«Stöpsken! Mach dir doch Licht an!», sagte sie sehr empört. «Du verdirbst dir noch die Augen!» Dann schaltete sie die Deckenlampe ein, die eine nicht viel geringere Leuchtkraft als eine Flutlichtanlage besaß, und ich befürchtete, entweder zu erblinden oder direkt zu Staub zu zerfallen.

«Mina!», stöhnte ich. «Mina! Mach das Licht aus, bitte. Ich hab doch hier die Lampe an.»

«Ja? Hatte ich gar nicht gesehen. Es ist alles so dunkel in letzter Zeit», sagte Mina, und ich begann zu frieren.

«Na ja, vielleicht braucht die Standleuchte mal eine neue Birne? Ich besorge dir eine. Okay?»

«Ist gut, gern. Danke. Und nu versuch mal zu schlafen. Und mach das Ding da aus, das ist noch schlimmer für die Augen als gar kein Licht.»

Ich schaltete das Handy, auf das ich vor zwei Sekunden fast unabsichtlich gedrückt hatte, ganz aus.

«Okay. Du schlaf aber auch mal.»

Mina lächelte schief. Sie stand da in ihrem Schlafanzug und mit den Schafslöckchen, und ein bisschen sah sie verloren aus, weil sie ja auch immer kleiner wurde. Von Woche zu Woche, das glaubte ich zu erkennen. Bald würde sie nicht mehr viel größer als ein Gartenzwerg sein, wenn das so weiterging.

«Is was?», fragte sie.

«Hm», antwortete ich und rubbelte mit den Füßen über den Teppich.

«Na komm. Nachts hab ich keine Lust mehr auf so 'n Rumgedrömmel. Spuck's aus, oder ich geh wieder schlafen.»

«Ich hab ein bisschen Angst vor Samstag.»

«Wieso das? Ich finde dein Kleid und die Pömms ganz zauberhaft.»

«Nein, also ... Ja, ich finde das Kleid auch sehr schön. Aber, na ja, ich hab ein bisschen Angst, dass mir Yvonne am Samstag verlorengeht. Wir sind endgültig keine Kinder mehr. Weißt du, was ich meine?»

Mina zeigte mit dem ausgestreckten Zeigefinger auf das rote Spielpüppchen, das vor mir auf dem Couchtisch stand, runzelte die Stirn und sagte: «Sonst noch Fragen?»

Jetzt schämte ich mich ein bisschen und stellte das Teppichrubbeln ein.

«Mina – ich hab dich lieb», sagte ich, und dabei ging das Atmen ganz von allein.

«Ich dich auch, Stöpsken. Gute Nacht.»

«Schlaf schön.»

In jener Donnerstagnacht, als ich mir die Wolldecke über die Schultern zog, beschloss ich, dass ich keine Fledermaus mehr sein wollte. Nie wieder.

Freitagabend, weil ich ein bisschen aufgeregt wegen Yvonnes Hochzeit war und ein Spaziergang gut gegen Aufregung helfen kann, lief ich ohne Ziel durch die Nachbarschaft. Irgendwann stand ich vor einem Spielplatz, der, eingerahmt von schiefergrauen Häusern, sehr verlassen in einem Innenhof auf ein paar Kinder hoffte, die ihm wohl schon länger keinen Besuch mehr abgestattet hatten. Eine verbeulte Rutsche erinnerte mich an den Spielplatz hinter dem Vereinsheim im Richterbusch, wo Yvonne und ich Stunden verbracht hatten, unter unserer Käseglocke. Morgen würde sicher ein äußerst schöner und ein äußerst aufregender Tag werden, dachte ich. Und weil ja niemand zu sehen war, kletterte ich auf die Rutsche, setzte mich ganz oben hin, und dann dachte ich darüber nach, wie viele kleine Entscheidungen doch in eine ganz gewöhnliche, vor sich hin plätschernde Woche passen konnten.

22

Herr Oebing.

Herr Oebing stand an diesem Freitagabend mit einem schweren Wäschekorb unter dem Arm draußen vor seiner Wohnung im Flur, vor der steilen Leiter, die auf den Dachboden führte. Er hatte sich, da es ja unerträglich heiß war, ein feuchtes T-Shirt übergezogen. Zur Sicherheit. Wäsche bei diesen Temperaturen auf dem Dachboden aufzuhängen, dachte er, glich fast einer Wüsten-Expedition, da musste man auf sich aufpassen.

Im letzten Jahr hatte er viel darüber gelernt, wie man auf sich selbst aufpassen kann. Das war gar kein so leichtes Unterfangen, weil das Aufpassen lange Zeit jemand anderes für ihn übernommen hatte. Frau Traurigkeit nämlich. So fühlte es sich für Herrn Oebing jedenfalls an. Sie war ja meistens bei ihm und hatte ihm gesagt, was zu tun war. Vielmehr hatte sie sogar bestimmt, was zu tun war, und wenn jemand die Entscheidungen für einen trifft, kann sich das schnell so anfühlen, als würde dieser Jemand eine schützende Hand über einen halten. Obwohl das ein großer Trugschluss sein kann. Es gibt ja immer jemanden, von dem man annimmt, er hätte mehr Ahnung vom Leben als man selbst, weil er große, wichtig klingende Reden schwingt, und auf den hört man dann gern, ohne die ganze Sache zu hinterfragen. Und weil Herr Oebing zeit seines Lebens nicht in der glücklichen Lage gewesen war, dass irgendjemand ein bisschen auf ihn aufgepasst hätte – auf die gute Art, die es ja durchaus auch gibt –, verzettelte er sich in diese ganze, trügerische Geschichte mit seiner Frau Traurigkeit. Bis zu dem Tag jedenfalls, als er damit begonnen hatte, das selbst zu übernehmen. Das Aufpassen.

So stand er also an diesem Freitagabend mit dem Wäschekorb unter dem Arm vor der Leiter zum Dachboden, und sein nasses T-Shirt tropfte kleine Wasserpunkte auf die Flurfliesen. PLITSCH machten sie, was Herr Oebing ziemlich deutlich hörte, auch wenn er es nicht in Scrabbleworte hätte fassen können.

Vor ein paar Monaten hatte er schon einmal dort gestanden und den Kopf durch die Dachluke gesteckt, weil Frau Traurigkeit ihm das mit Nachdruck so empfohlen hatte. Groß war sie ihm zu diesem Zeitpunkt vorgekommen. Sie hatte ein Talent dafür, sich immer dann noch größer zu machen, wenn er sie eigentlich loswerden wollte. Wie schön doch dieser Dachboden sei, hatte sie ihm ins Ohr gesäuselt, so schön friedlich. Dort oben. Und überhaupt könne sie schließlich nicht immer für ihn da sein, hatte sie ihm auch eingeflüstert, und dass er nichts, aber auch rein gar nichts von dieser Welt verstünde. Dass er allein sei. Und immer allein bleiben würde. Und dass er immer und über alles weinen müsse, das wäre schon sehr dumm. Dort oben aber, auf dem Dachboden, direkt oberhalb des Wäscheständers, am alten Dachbalken, da könne er seinen Frieden finden. Wenn er denn wollte. Er solle sich ruhig in Ruhe umschauen. All das hatte sie geflüstert, und er hatte seinen Kopf durch die Luke gesteckt und die Wollmäuse beobachtet. Aber dann hatte er sich doch wieder nicht getraut zu tun, was Frau Traurigkeit in regelmäßigen Abständen von ihm verlangte. Und als er danach auch noch entdeckt hatte, dass sie sein Gesicht merkwürdig in die Länge zog, da hatte er gewusst, dass er sie loswerden und seine Entscheidungen von nun an selbst treffen musste.

Heilfroh war er, dass er seit einiger Zeit seine Entscheidungen selbst und ohne Frau Traurigkeit treffen konnte, obwohl er sich nie ganz sicher war, ob sie nicht vielleicht doch wieder nachts aus dem Schatten der Straßenlaterne kriechen würde. Aber für heute hängte er einfach nur seine Wäsche auf dem Dachboden auf und war so stolz auf sich, weil er sich gut auf seine Expedition in die Wüste vorbereitet hatte und nun ein bisschen besser auf sich aufpassen konnte, dass ihm eine Träne auf den staubigen Boden kullerte, die mit einem leisen PLITSCH zwischen den Wassertropfen landete und nicht mehr von ihnen zu unterscheiden war.

23

Hinter mir lag Karl-Heinz auf dem beige-braunen Schachbrettmusterboden und schnarchte. Leise und andächtig. Weil man in einer Kirche nun mal leise und andächtig sein muss. Karl-Heinz war wohl der entspannteste Mops, den ich kannte. Sein gleichförmiges KCHRCH beruhigte mich etwas, denn ich war sehr aufgeregt. Beinahe fühlte ich mich, als würde ich gerade selbst heiraten, auch weil ich noch nie ein so wunderhübsches Kleid getragen hatte. Es war champagnerfarben und bodenlang. Am Dekolleté saß hübsche Spitze und der große Rückenausschnitt endete in einer Seidenschleife.

Mit den Füßen stand ich in der Vormittagssonne, die durch ein Farbglasfenster fiel und Yvonnes schlichtes Brautkleid mit tausend kleinen Prismen besprenkelte. Neben Yvonne, die mir fast so entspannt wie Karl-Heinz vorkam, und neben Lukas, dem die Hosenbeine vor lauter Nervosität zitterten, stand Lukas' Trauzeuge Markus. Der Riese.

Vor uns stand der gedrungene Pfarrer Wertmann, der mich sehr an Herrn Herzog, den Fotograf aus Leidenschaft, erinnerte. Wir kannten Pfarrer Wertmann schon lange, er hatte uns konfirmiert, und er hatte Manfreds Trauerfeier begleitet und mich damals zum Seelsorger. Er war einer der alten Garde, sagte Mina immer, und ein echter Ruhrpottliebhaber. Einer, der die Sprache hier noch hochhielt und diese Art, mit der man mit der Tür ins Haus fiel, ebenfalls. Hinter uns saßen Yvonnes Eltern und Mina und dann saßen noch ungefähr tausend andere Menschen hinter uns, viele kannte ich nicht. Die ungefähr tausend Menschen wunderten niemanden, Yvonne war der beliebteste Mensch der Welt, und für sie kamen alle, mussten alle kommen, um mit ihr gemeinsam die Liebe zu besiegeln und später ordentlich zu begießen. Yvonne war, in meinen Augen, nicht nur der beliebteste Mensch der Welt, sondern heute auch der schönste.

«‹Und da sachte Paulus: Auch wenn alles einmal aufhört ...›», tönte Pfarrer Wertmann, «‹Glaube, Hoffnung und Liebe nich. Diese drei werden immer bleiben; doch am höchsten steht die Liebe.›»

Erst wollte ich mich zu Mina umdrehen, so wie man sich immer zu jemandem umdreht, von dem man genau weiß, dass er im selben Moment dieselben Gedanken hat. Aber dann reichte es schon aus, zu spüren, dass Mina hinter mir saß, mit meinem klitzekleinen Handtäschchen auf dem Schoß, in dem das rote Spielpüppchen steckte, und mir auf den Rücken sah, genau auf den schönen Ausschnitt meines Trauzeuginnenkleides, und innerlich seufzte. So wie ich.

Hinter uns schnäuzte sich jemand überlaut die Nase, was nach schnatternder Wildente klang. WÄK QUEK WÄK machte es. Yvonne und ich kicherten unterdrückt über das Naseschnäuzen, und der Margeriten-Blumenkranz auf ihrem Kopf zitterte fast so sehr wie Lukas' Hosenbeine. Oder meine Hände. Und trotz der ganzen nervösen Aufregung war es genauso, wie ich mir als Kind immer das Ende aller Märchen vorgestellt hatte, wenn Prinz und Prinzessin heirateten und niemand mehr von Hexen und bösen Zauberern sprach. Ich war überzeugt, dass zumindest bei Yvonne und Lukas das Märchen nicht mit der Hochzeit endete.

Und weil ich gerade über das Wort «Ende» nachdachte,

schlich sich heimlich der Gedanke an mich heran, der mich bei vielen Anlässen überfiel: Ich war diejenige, die immer ohne Begleitung kam. Diejenige, auf die in geselliger Runde ein wenig Rücksicht genommen wurde, weil sie keinen zum Küssen, zum Streiten und zum Sichaufregen dabeihatte. Es kreiste immer auch ein bisschen Mitleid über dem Fondue oder über dem Osterbrunch oder über dem Adventskaffeekränzchen, wenn die alleinstehende Mitte-dreißig-Ella eingeladen war, die gar nicht so recht mitreden konnte. Das war genau so, als würde man dem Schäferhundzuchtverein beitreten und hätte nur ein Meerschweinchen an der Leine.

Obwohl meine Füße in der Sonne standen und ich mich, wie die tausend anderen Menschen in der Kirche auch, in einen der romantischsten Filme, die je gedreht worden waren, versetzt fühlte, war ich doch nur Komparse. Die Sorte Komparse, die bloß irgendwo blöd herumsteht oder irgendetwas sinnlos herumträgt.

Verrückte Gedanken waren das vor dem Traualtar. Kein Wunder, dass mich noch nicht mal der Tütenkopp gewollt hatte. Wobei mir, und das musste ich zugeben, die nächtliche Nachricht große Genugtuung geschenkt hatte. Ich hatte den Atem angehalten und auf Löschen gedrückt und nie den Rest von Bens Nachricht gelesen. Weil wir uns nie aneinander gewöhnt hätten. So viel hatte ich immerhin eingesehen. Mein Wunsch, nicht mehr allein zu sein, war über die Jahre zu einem überdimensionalen Hefeteig aufgequollen. Wenn Wünsche Hefeteig werden, den man zu lange unter einem Küchentuch, ganz unbeobachtet, sich selbst überlässt, kann am Ende nichts Gutes herauskommen. Und backen konnte ich sowieso nicht. Nach Bens Nachricht hatte ich auch noch die Dating-App von meinem Handy gelöscht, und ich musste dafür sehr lange die Luft anhalten. Aber ich wollte doch lüften. Und, vor allem, wollte ich nicht mehr so ein Riesengedöns um die Liebe veranstalten.

Ich war so damit beschäftigt, meine blöden Gedanken zur Seite zu schieben, weil ich mir das mit dem Erwachsenwerden doch fest vorgenommen hatte, dass ich fast meinen Einsatz verpasst hätte. Pfarrer Wertmann zog die Augenbrauen hoch und räusperte sich. Er sah aus wie der gütige Vollmond in Kinderbüchern.

«Getz bist du dran. Kommse mal?», sagte er sanft und zeigte auf seine linke Seite.

Ich trat vor.

«Die Liebe hört niemals auf», wollte ich eigentlich sagen und dabei demonstrativ das Ringkissen hochhalten. Nächtelang hatte ich Bibelverse gewälzt, und keiner hatte mir so recht gefallen. Weil ich ja auch gar nicht an den lieben Gott glaubte. Und dann hatte mir auch in dieser Angelegenheit wieder Mina geholfen, die meinen Großvater Hans immer noch liebte, obwohl er schon so lange tot war, dass ich ihn nie kennengelernt hatte. Opa Hans hing immer noch in seinem kleinen, runden Rahmen in Minas Flur und sah bereits etwas vergilbt aus.

«Die Liebe hört niemals auf», wollte ich sagen. Das war so abgemacht, auch mit Yvonne und Lukas, und das wollte ich nicht nur zu den beiden, sondern auch zu ihren Ringen sagen, damit sie es nie vergessen würden und sie vielleicht, wenn es einmal nötig sein sollte, daran erinnerten. Aber als ich nun vor Yvonne und Lukas stand und Yvonne noch schöner war, als Lady Diana je hätte sein können, dachte ich nicht mehr an das, was ich hatte sagen wollen. Im Grunde, das fiel mir später auf, dachte ich wohl das erste Mal im Leben nicht über irgendetwas gründlich nach. Ich dachte nicht ans Atmen, und ich dachte nicht an Entscheidungen, dachte weder an Häuser noch an beleidigte Leberwürste oder an Rosenbüsche. Und weil ich zum ersten Mal in meinem Leben nicht gründlich nachdachte, sprach ich das laut aus, was mich durch die vergangenen Tage getragen hatte, um es dem Brautpaar auf ihrem Liebesweg mitzugeben: «Nicht alles geht verloren!»

Ich trug diesen Satz so feierlich vor, dass er getrost auf der ersten Seite der heiligen Bibel oder des Korans oder des Tanach oder auf irgendeinem anderen wichtigen Schriftstück hätte stehen können. Nie zuvor hatte ich Worte so feierlich in die Welt gesetzt. Alle starrten mich an. Nur Yvonne lächelte. Es war dieses Lächeln, das Menschen lächeln, kurz bevor sie sich in die Arme fallen, weil etwas außergewöhnlich Schönes passiert ist. Und weil nun wirklich etwas außergewöhnlich Schönes passiert war, das nur genau drei Menschen in dieser Kirche verstanden, rollte uns beiden eine Träne aus dem Augenwinkel. Wirklich nur eine Träne. Wir teilten ein Tränenpaar, weil wir das mit dem Teilen sehr gut konnten. Und eigentlich fand ich, das alles war eine etwas kitschige Angelegenheit, aber an Tagen wie heute, da durfte ein bisschen Kitsch schon mal sein.

Und Pfarrer Wertmann fand das auch und sagte: «Dat haste abba schön gesacht!»

Nach der Trauung und dem Kuss und dem fröhlichen Auszug aus der Kirche wurde noch viel mehr geweint als zwei Tränen. Yvonnes Eltern weinten, und Lukas' Eltern weinten, und überhaupt weinten alle bei den ganzen rührseligen Ansprachen und Liebesbekundungen, die den frischgebackenen Eheleuten galten. Die ungefähr tausend Gäste weinten an weiß geschmückten Tafeln viele tausend Tränen. Nur einige Gäste standen vor der Tür und rauchten und hatten es nicht so mit dem Weinen. Auch das war erlaubt.

Lange weinte allerdings niemand. Sobald die letzten Gläser klirrten und man auf das große Glück reichlich angestoßen hatte, sobald die Hochzeitstorte angeschnitten war, vergaßen die meisten die Rührseligkeit und hetzten zum Kuchenbuffet. Nur Yvonnes Großtante, die im Rollstuhl saß und der ein Zipfel ihres bodenlangen Kleides unter einen der Rollstuhlreifen geraten war, hörte nicht mit dem Schluchzen auf. Sie schnäuzte unaufhörlich ihre Nase, was wie schnatternde Wildenten klang.

Ich erinnerte mich plötzlich, dass ich vor einiger Zeit, bei der Hochzeit eines ehemaligen Kommilitonen, ähnlich bitterlich wie die Großtante geheult hatte. Allerdings erst, als ich nachts allein in meinem Bett gelegen hatte, auch damit mich nicht irgendjemand hatte trösten müssen. Und vielleicht lag das Schluchzen daran, dass die Großtante und ich ein ähnliches Schicksal teilten. Aber dann legte mir Mina, die neben mir an der weißen Kaffeetafel saß, ihre Hand auf den Arm, und ich vergaß, weiter darüber nachzudenken.

«Ich organisiere uns mal ein Stück Kuchen. Okay?», fragte ich Mina, die ein bisschen müde aussah.

«Is gut», sagte sie. «Aber was Ordentliches!»

«Klar! Bin gleich wieder da.»

Als ich in der Schlange vor dem Kuchenbuffet stand, überlegte ich, was etwas Ordentliches war. Dann sagte jemand hinter mir: «Holste auch Kuchen?»

Es war Markus, der wie eine Palme hinter mir aufragte, und ich nickte seinem Bauchnabel zu. Markus grinste verlegen. Zumindest soweit ich das von hier unten erkennen konnte.

«Das war übrigens ein schöner Spruch, Ella. ‹Nicht alles geht verloren›», sagte er seufzend, und ich ahnte, was nun folgen würde.

Vor vielen, vielen hundert Jahren nämlich, es war auf einer

Jugendfreizeit unserer Gemeinde auf Norderney gewesen, waren Markus und ich miteinander gegangen. «Miteinander gehen», das sagte man damals so und schrieb sich auf Zettelchen Liebesschwüre, die für immer gültig waren. Nahm man jedenfalls an, und in ganz besonderen Ausnahmefällen war es wohl auch so.

Yvonne und ich fuhren seinerzeit das erste Mal ohne unsere Eltern in den großen Sommerurlaub, der nach Abenteuer und nach einer Menge Spaß roch. Dort, auf dem Jugendzeltplatz von Norderney, begegneten sich Lukas und Yvonne bereits am ersten Abend und waren seitdem unzertrennlich. Als hätte eine Fee sie mit einem Liebeszauber überschüttet. Und ich, ich war stinkwütend. Weil Yvonne nur noch mit Lukas beschäftigt war. Meine großen Ferien: direkt am ersten Abend im Eimer. So dachte ich jedenfalls, hockte mich schmollend, bockig und höchst beleidigt in unser Zelt und sagte nichts mehr. Ich verschränkte sogar die Arme, bis beide einschliefen, und dann war ich nicht nur wütend und beleidigt, sondern auch noch traurig und frustriert. Alles gleichzeitig. Das war natürlich nicht nur ein bisschen, sondern wirklich sehr übertrieben, aber gegen seine Ängste kann man manchmal eben nicht sehr viel anderes tun, als ihnen entweder die Stirn zu bieten oder sie auszusitzen.

Ich saß. Im Zelt. Und während die anderen Sechzehnjährigen ihren Spaß hatten, Pfarrer Wertmann bestimmt fünfzehnmal mit einem «Getz komm doch mal raus und anne frische Luft!» bei mir vorbeischaute und Yvonne mit Lukas an der Hand mindestens dreimal ins Zelt lugte und sagte, wir könnten ja auch was zu dritt unternehmen, was ich mit einem Grunzen ablehnte, zog in meiner Übellaunigkeit die Welt wieder einmal an mir vorbei. Auf meinem Walkman spulte ich, in Dauerschleife, zwischen *Without you* von Mariah Carey und *I'd do anything for Love* von Meat Loaf hin und her, bis ich beide Lieder nicht mehr hören konnte, und landete dann bei den Ärzten und ihrem *Schrei nach Liebe*, das ich so laut abspielte, dass mir fast die Ohren abfielen.

So lange wütete ich innerlich herum, bis nach einer Weile Markus zu meinem Schildkrötenzelthaus kam. Der war nämlich fast ebenso beleidigt wie ich gewesen, dass sein bester Freund Lukas nun plötzlich keine Zeit mehr für ihn hatte.

«Kann ich mal reinkommen?», fragte er, weil er von Yvonne geschickt worden war, um nach mir zu sehen, und ich zuckte mit den Schultern.

Es war ein kleines Wunder, dass Markus sich geschickt genug zusammenfalten konnte, um in ein handelsübliches Zelt zu passen. Markus war der größte Mensch, den ich je gesehen hatte. Seine Füße waren so riesig, dass man hätte meinen können, er würde Schwimmflossen tragen. Seine Hände waren so groß wie die zwei Hälften einer Riesenmuschel. Mich beeindruckte das sehr. Und weil es mich außerdem sehr beeindruckte, wie selbstverständlich sich Markus zusammenfaltete, um sich in mein Schildkrötenzelthaus zu setzen, dabei mit dem Kopf an das Zeltdach stieß und mich, obwohl er fast das ganze Zelt ausfüllte, nicht berührte, legte ich den Walkman beiseite und sagte: «Na?», was schon viel hieß.

«Na?», sagte auch Markus, und dann drucksten wir erst ein bisschen herum, und danach unterhielten wir uns, wie sich Sechzehnjährige eben unterhielten. Beim Unterhalten fiel mir auf, dass Markus nicht nur die größten Füße, sondern auch die längsten Wimpern dieser Erde besaß. Sie flatterten beim Blinzeln regelrecht, und ich stellte mir vor, dass Markus, wenn er sich nur richtig anstrengen würde, sicher mit ihnen davonfliegen könnte.

«Haste noch Lust auf Strand?», fragte er irgendwann, und ich hatte Lust. Denn ich mochte Markus und wie er mit seinen Wimpern flatterte und wie viel größer alles an ihm war. Besonders seine Hände.

Ich hatte längst vergessen, beleidigt zu sein, als wir eine Düne hinaufkletterten, um uns das Meer von oben anzuschauen. Markus sah es sich ja von noch viel weiter oben an als ich. Wie er so dastand, hätte man ihn getrost für einen Leuchtturm halten können. Bei dem man sich wohl immer beschützt und sicher fühlen konnte, dachte ich, und Markus sagte nichts, weil er ein leiser Riese war, was mir gut gefiel. Riesen kannte man sonst ja nur aus Märchen, und da waren sie polternd und laut und fraßen Menschen und machten sonst irgendwelche doofen Dinge, aber Markus, der schien mir ein leiser, guter Riese zu sein.

Dann ging die Sonne unter, was ja immer auch ein bisschen Romantik mit sich bringt. Besonders am Meer. Da wird die Welt in dieses Stimmungslicht getunkt, das dafür sorgt, dass man ein wenig sanfter wird und sich für einen Moment so unendlich fühlt, wie der Meereshorizont aussieht. Markus setzte sich ins Dünengras, ich blieb noch ein Weilchen stehen und ließ mir die Haare vom Seewind aus dem Gesicht pusten, und dann fiel mir auf, dass Markus im Sitzen fast so groß war wie ich im Stehen. Und weil das Sonnenuntergangslicht ja nicht nur die Welt, sondern auch Markus und mich anpinselte, schauten wir uns an, wie wir es beide bisher nur aus Liebesfilmen gekannt hatten. Es ist erstaunlich, was Sonnenuntergänge können, denn obwohl weder Markus noch ich eine Ahnung davon hatten, wie man sich gemeinhin näherkam, fanden wir uns kurz darauf in einer Umarmung wieder, die uns beide sehr überraschte. Aber schön war sie auch. Vielleicht war sie sogar perfekt. Dieses Gefühl, das mich von oben bis unten durchfloss, kannte ich noch nicht. Aufregend war das. Durch und durch aufregend. Und ich fühlte mich, als säße ich in einer Muschel, von Markus' riesigen Händen warm bedeckt, die mich sicher einschlossen.

Also gingen wir von diesem Abend an miteinander. Und die Liebe kam das erste Mal zu Besuch. Norderney war das Paradies, und das Verliebtsein machte aus diesen vierzehn Tagen etwas unglaublich Schönes, das ich für immer in ein rundes, hübsches Rähmchen klebte und es in eine meiner Schatztruhen legte.

Markus und ich schwebten über Norderney, vielleicht trugen uns auch Markus' lange Flügelwimpern im Wind. Er sagte immer wieder, vielleicht ein- oder sogar zweimal pro Stunde, wie wunderschön ich sei, und das hatte ja nun wirklich noch nie jemand zu mir gesagt. Und es war das erste Mal, dass ich mich bei jemandem, der nicht Mina oder Yvonne hieß, anlehnen durfte. Manchmal lehnte sich sogar der leise Riese ein bisschen an mich an, weil auch Riesen das hin und wieder brauchen, und meine Schultern waren auf Norderney plötzlich stark genug, um das Anlehnen auszuhalten.

Nun war das, was sich vor vielen, vielen hundert Jahren auf Norderney zugetragen hatte, eine kostbare und nahezu perfekte, aber auch eine sehr traurige Liebesgeschichte. Vierzehn Tage lang war ich sicher gewesen, dass ich nie etwas Schöneres erleben würde, als mit Markus Hand in Hand am Strand spazieren zu gehen und mit ihm gemeinsam die Leichtigkeit und unsere verliebten Teenagerherzen zu genießen. Aber dann, als wir alle am Ende der Ferien noch sehr glückselig im Bus saßen und uns ein bisschen wieder auf zu Hause freuten, als meine Hand in Markus' Riesenhand lag und so winzig aussah, als wäre sie bloß ein Sandkorn, wurde Norderney immer kleiner. Und mit jedem Meter, den wir uns von der Insel entfernten, wurde auch Markus kleiner. So wie der Scheinriese Tur Tur. Markus und das Verliebtsein und Norderney schrumpften seltsamerweise, je weiter wir uns von dem Ort entfernten, der mir so perfekt und wunderbar vorgekommen war. Ich fand keine Erklärung dafür, aber Mina meinte später, dass das manchmal einfach so ist. Dass es manchmal eine Vierzehn-Tages-Liebe gibt, die nur dort stattfinden kann, wo man nicht zu Hause ist. Aber die man in seiner Erinnerung mitnehmen kann wie ein wertvolles Andenken. Und wenn ich das noch Markus, dem es ganz und gar nicht so ging wie mir, verklickern könnte, sagte Mina, dann würde man bestimmt ein Stückchen Freundschaft retten können. Wenn man wollte.

Die erste Liebe war auf Norderney geblieben. Sie war nicht mit mir nach Hause gefahren, sondern hatte mir nur nachgewinkt. Ich war darüber sehr erschüttert, ich fühlte mich schlecht und schuldig, ich schämte mich in Grund und Boden und wusste beim besten Willen nicht, wie ich das Markus verklickern sollte.

Ein paar Tage lang versuchte ich mir deswegen zu Hause ganz fest alle Sonnenuntergänge von Norderney vorzustellen. Um das Gefühl wiederzubekommen. Vielleicht würde es mir ja per Brieftaube oder Flaschenpost nachgeschickt. Aber das Verliebtsein war bloß eine perfekte Erinnerung, die konserviert in meinem Bilderrahmen steckte. Jeder Versuch, sie hier fortzuführen, in der taubengrauen Stadt mit ihren betongrauen Häusern, würde diese Erinnerung einfach zerstören. Manche Lieben haben eine kurze Haltbarkeitsdauer. Und diese Vierzehn-Tages-Liebe war eine davon. Ausnahmsweise wusste ich das und sah für einen Moment so klar, als würde ich durch eine frisch geputzte Fensterscheibe schauen, was mir wirklich nicht sehr oft im Leben passierte.

Und dafür, dass wenigstens einmal alles so glasklar war, ohne dass ich mir eine Entscheidung herbeizuppeln musste, schämte ich mich noch mehr. Dabei hatte ich mir so sehr gewünscht, dass die Liebe einen Busfahrschein gelöst hätte, um nachzukommen. Das hatte ich wirklich. Denn seit diesem Tag konnte ich mir nichts Schöneres vorstellen, als verliebt zu sein. Auch weil man, wenn man verliebt ist, das meiste um sich herum vergisst. Ein bisschen sogar sich selbst. Und das war in meinem Fall ein außergewöhnlich gutes Gefühl.

Markus, der gute, leise Riese, hatte allerdings seine Verliebtheit retten können. Vielleicht hatte er ihr eine Schwimmweste besorgt, ich wusste nicht, wie er das geschafft hatte, und er schickte mir Postkarten nach Hause und selbst zusammengestellte Kassetten, die er mit «Norderney 1994» beschriftete und mit wahnsinnig vielen Herzen beklebte. Er rief bei uns an, und meine Mutter rollte nur mit den Augen, ich schüttelte im Hintergrund den Kopf, fuchtelte mit den Armen, und sie sagte: «Ella ist nicht da.» Und dann legte sie auf.

Ich war wieder ein Rosenbusch, der schwieg, der sich nicht traute, die Wahrheit zu sagen, und ich hasste es sehr, einer zu sein. Und weil ich nichts sagen konnte, schrieb ich Markus einen Brief. Ich hoffte sehr, er würde danach verstehen, warum das alles nicht ging. Mit uns. Und mit dem Miteinandergehen. Aber Markus verstand es bis heute nicht. Dabei konnte ich doch nichts dafür, dass das Verliebtsein auf Norderney geblieben war, und doch dachte ich, vielleicht hätte ich mich einfach mehr anstrengen müssen. Nachdem fast zwanzig Jahre vergangen waren, war ich mir heute fast sicher, dass mir meine Angst damals das Verliebtheitsgefühl geklaut hatte. Die Angst, alles wieder zu verlieren, so wie ich mein Zuhause und meine Mutter und manchmal meinen Verstand verloren hatte, war so groß, dass sie die Liebe verjagen konnte. Manchmal war die Angst mächtiger als die Liebe.

Markus, der leise, gute Riese, der sich wahrscheinlich vor nichts und niemandem fürchten musste, der verstand es bis heute nicht, wie ich das Verliebtsein auf Norderney hatte vergessen können. Markus erinnerte sich auch zwanzig Jahre später immer mal wieder, wenn er gerade wieder Single war, sehnsuchtsvoll an seine verlorene Vierzehn-Tages-Liebe. Und weil ich ihm die Umstände nie so hatte verklickern können, dass er begriff, wie kostbar ich unseren Norderneyer Schatz in Erinnerung behielt, aber dass es nun mal weder damals noch heute gutgegangen wäre, vermied ich es meist, ihm zu begegnen. Heute allerdings würde mir das Weglaufen vor dem Kuchenbuffet wohl nicht gelingen.

«Dein Spruch war wirklich sehr schön, Ella», seufzte Markus noch einmal. «Ich wünschte, er wäre wahr.»

Nun seufzte ich auch, weil ich dazu nicht viel mehr sagen konnte. Wir hatten in den letzten zwanzig Jahren, auch weil wir ein bisschen mehr von der Welt zu wissen begannen, häufiger über Norderney gesprochen. Hin und wieder begegneten wir uns ja auf Festen und Feierlichkeiten und Spieleabenden und Adventskaffeekränzchen. Manchmal vermutete ich, dass Yvonne und Lukas uns extra beide einluden, weil vielleicht auch sie die Hoffnung nie ganz aufgegeben hatten, dass aus uns doch noch was werden würde. Und jedes Mal, wenn wir uns begegneten, seufzte Markus schwer und wollte ganz unbedingt mit mir über Norderney und unsere Vierzehn-Tages-Liebe reden. Obwohl ich immer noch ein kleines schlechtes Gewissen hatte, nervte es mich mittlerweile, von Markus angeseufzt zu werden.

«Hach ja», seufzte Markus in den Frankfurter Kranz, der vor ihm auf dem Kuchenbuffet stand.

«Was macht Bettina?», fragte ich.

Markus zuckte mit den riesigen Schultern. «Keine Frau der Welt könnte dir je das Wasser reichen», seufzte er über den beiden Schwarzwälder Kirschtorten. Und da wusste ich, dass Bettina, seine letzte Freundin, schon wieder passé war, und fand, dass es jetzt doch auch endlich mal gut war mit dem Geseufze.

«Ach, Markus», sagte ich, während ich etwas Ordentliches für Mina und mich aussuchte und mir zwei Kuchenstücke auf die Teller schieben ließ. «Lass uns heute doch mal lieber Lukas' und Yvonnes Hochzeit feiern. Okay?»

Und dann sagte Markus nichts mehr, seine langen Flügelwimpern flatterten, und ich hoffte, ich könnte ihm und seinem Seufzen für den Rest des Tages aus dem Weg gehen.

Wahrscheinlich hätte ich Mina auch einen Butterkeks mitbringen können und es wäre trotzdem etwas Ordentliches gewesen. Aber stattdessen saßen wir zwei hinter ordentlichen Stückchen Torten, meins war sogar mit Goldfädchen verziert, was mich sehr beeindruckte.

«Kann man das mitessen?», flüsterte ich und schob das Gold an den Tellerrand.

«Was willste sonst damit machen?», antwortete Mina. «Wenn's auf der Torte drauf ist, dann kann man's auch essen. Alles andere wäre doch sehr unlogisch. Denk doch nicht immer so viel nach, Ella.»

Schon klar, dachte ich.

Mina gähnte leise. «Stöpsken, ich gehe mal nach Hause und lege mich hin», sagte sie, als unsere Teller leer waren.

«Is gut. Soll ich dich begleiten?»

«Du bleib mal schön hier!»

«Okay. Aber zur Straße bringe ich dich noch.»

Mina drückte sich langsam aus dem Stuhl hinter der weißen Tafel und war trotzdem fast nicht höher als die Tischkante. Sie hakte sich mit einem federleichten Arm bei mir unter. Wir liefen durch ein Labyrinth von tausend Hochzeitsgästen, und ich passte auf, dass niemand Mina übersah und mit ihr zusammenstieß. Das hätte leicht passieren können, weil sie doch so klein geworden war und weil man durch ihre Seidenpapierhaut hindurchschauen konnte.

Vor der Tür trafen wir Yvonne und Lukas, die ein bisschen frische Luft schnappten, obwohl der Sommer noch immer nichts von seiner Hitze hergegeben hatte. Der Sommer hielt die Hitze fest, und die Hitze hielt die Stadt in einem engen Schraubstock. Alle waren müde vom Sommer. Yvonne drückte Mina zum Abschied, so fest wie man jemanden eben drückte, der ein bisschen zerbrechlich geworden war. Und Mina drückte zurück, so fest sie eben noch drücken konnte.

«Schön, dass du hier warst, Mina», sagte Yvonne. «Wir sehen uns ganz bald wieder, okay? Vielleicht spielen wir ja mal wieder eine Partie Mensch-ärgere-dich-nicht. Jetzt, wo Ella ihr Püppchen wiedergefunden hat. Was denkst du?»

«Natürlich, Yvonne. Das machen wir», antwortete Mina.

Yvonne und ich schauten uns über Minas Kopf hinweg an. Wir schauten uns an, und es lag ein bisschen Wehmut in unserem Blick, weil ja keiner so genau sagen konnte, wie viel Zeit uns allen im Leben blieb, um noch eine Partie Mensch-ärgere-dich-nicht zu spielen.

«Komm gut nach Hause!», rief Yvonne uns nach, und ich lief mit Mina zur Straße, von wo aus sie mit dem Bus zwei Stationen fahren musste.

«Ich kann dich doch auch eben bringen», sagte ich.

«Bus fahren kann ich noch», antwortete Mina.

Im Wartehäuschen setzte sie sich auf einen orangefarbenen Sitz, und ich stellte mich neben sie, auch, um ein bisschen auf ihre Zerbrechlichkeit aufzupassen. So warteten wir fünfeinhalb Minuten schweigend, bis in der Ferne der Bus auftauchte, der Mina gleich mitnehmen würde. Sie rappelte sich auf und stellte sich an die Bürgersteigkante.

«Ella?», sagte sie und betrachtete mich von oben bis unten. Von den Haarspitzen, am Stoffsaum meines Kleides entlang, bis zu den Absätzen meiner Schuhe, die sehr unbequem waren. «Du bist wunderschön. Nicht nur heute.» Und dann sagte sie noch, dass ich immer wunderschön sei, innen wie außen, und dass ich das bloß nicht vergessen sollte.

Ich küsste Mina auf die Stirn. Worte fehlen manchmal und werden durch Stirnküsse ersetzt. Möglicherweise sind Stirnküsse der schönste Ersatz für Worte, wenn sie fehlen.

Die Bustüren rissen zischend ihre Mäuler auf und verschluckten meine kleine Mina, die mir am Fenster noch zuwinkte. Ich blieb vor dem Wartehäuschen, am Rand des Bürgersteigs, stehen und sah dem Bus hinterher, bis er nach zwei- oder dreihundert Metern den Blinker setzte und links abbog. Da drüben war der Richterbusch, wusste ich, man konnte die Fahnenmastspitze am Vereinsheim von hier aus erkennen. Dann ging ich zurück und dachte dabei an den Zeltplatz von Norderney.

24

Yvonne winkte mir ungeduldig zu. Mittlerweile stand die halbe Hochzeitsgesellschaft draußen und pustete sich den Schweiß von der Stirn. Einige zogen sich mit halbgeschmolzenen Lippenstiften die Lippen nach, andere versteckten schwitzige Hände in schwarzen Hosentaschen, jemand schob die Großtante in Position. Markus ragte ein wenig bedröppelt in die Landschaft. Wie ein sehr einsamer Leuchtturm.

Als Kind war mein Lieblingsbuch *Na warte, sagte Schwarte* gewesen, ich kannte es heute noch auswendig, auch weil ich Schweine, neben exotischen Tieren, sehr mochte. Der Anblick der Hochzeitsgesellschaft an diesem Samstag, wie sie alle da standen mit ihren feinen Kleidern und perlenbehangen, erinnerte mich sehr an die Schweine in Swineland, die sich ihre Festtagsroben nur aufgemalt hatten, und daran, wie der große Regen sie schließlich wieder abwusch. Nur Yvonne war natürlich viel hübscher als Ringelschwänzchen, Schwein Schwartes Braut, aber einen Blumenkranz trug sie ja trotzdem auf dem Kopf. Genauso wie im Buch. Das würde ich ihr natürlich nicht sagen, auch wenn ich es sehr nett fand, dass sie Ringelschwänzchen ein wenig ähnelte.

Jemand schleppte eine schwere Kameraausrüstung durch die Hitze. Erst meinte ich, es wäre Pfarrer Wertmann. Aber als ich genauer hinschaute, erkannte ich eindeutig Herrn Herzog, Fotograf aus Leidenschaft. Gütiges Vollmondgesicht mit Kugelbauch. Das musste ein sehr blödes Missverständnis sein, weil er doch nur fünf Motive konnte. Wir würden gleich genauso aussehen wie alle anderen, die in seinem Schaufenster hingen. Das durfte doch nicht stimmen. Yvonne hatte mir seinerzeit erzählt, dass sich ein Verwandter von Lukas um die offiziellen Fotos kümmern würde, weil er da jemanden kannte, der jemanden kannte. Dieses «Ich kenne da jemanden, der jemanden kennt» ging ja meist in die Hose. Herr Herzog aber blühte in der Hitze und in seiner Leidenschaft, er hatte schon Millionen von Hochzeiten abgelichtet. Mindestens. Er war Profi in fünf Motiven. «Oh Gott», dachte ich noch, und dann wurden wir alle bereits zurechtgerückt.

Markus warf mir über alle Köpfe hinweg einen leidenden Blick zu, und wahrscheinlich seufzte er in Gedanken sehr. Vielleicht, so stellte ich mir das vor, seufzte der leise Riese eine große Atemwolke aus, die wie ein kleiner Tornado durch die Hochzeitsgesellschaft fegte und die Hüte von den Köpfen pustete und alle Frisuren zerzauste.

Wenigstens war Herrn Herzogs erstes Motiv schnell abgearbeitet, Yvonne und Lukas wurden jetzt allein fotografiert, und ich flüchtete vor Markus, bevor er mich wieder fragen konnte, warum. Und wieso. Und ob vielleicht in hundert Jahren. Ich duckte mich durch die tausend Hochzeitsgäste hindurch und schloss mich kurz auf dem Klo ein, holte das rote Spielpüppchen aus der Handtasche und überlegte. *Rausgehen, lüften, leben. Dämon, böse, schräg*. Dann dachte ich, dass es mir mit meinen 1,65 Meter nicht sehr schwerfallen würde, für den Rest des Tages in den Wellen der tausend Gäste unterzutauchen, damit mich Markus nicht mehr finden würde. Und dann dachte ich, was für ein großer, großer Krampf das doch alles mit mir war.

Als ich die Toilettentür hinter mir schloss, stand Yvonnes Mutter vor mir. «Ella! Magste mal mitkommen? Wir unterhalten uns da vorn ganz nett.»

Ich trabte hinter Yvonnes Mutter her, als hätte sie mich gerade aus dem Kindergarten abgeholt. Ein paar Meter weiter standen eine Handvoll Gäste, die ich nicht kannte. Ich wurde vorgestellt, und Yvonnes Mutter schob noch den Zusatz nach: «Ella ist übrigens psychologische Psychotherapeutin!»

Immer, wenn das passierte, wenn die Menschen hörten, was mein Beruf war, blitzten bei einigen diese Fragezeichen in den Augen auf, die sie in sich trugen, was dazu führte, dass mich immer irgendjemand am Ende zur Seite nahm und eine Fünf-Minuten-Therapie 2 go erwartete, ganz ohne Dünengrasfotografie und Sitzgelegenheit. Und so war es auch dieses Mal. Eine Frau um die dreißig, die einen ganz verschreckten Eindruck machte und sich mit hochgezogenen Schultern hinter ihrem Sektglas zu verstecken versuchte, räusperte sich und sagte: «Ich hätte da mal eine Frage. Könnten wir uns kurz unterhalten?»

«Ja, natürlich», antwortete ich halbherzig. Wir entfernten uns ein paar Schritte und standen vor einem Fenster, durch das ich Yvonne und Lukas und Herrn Herzog sehen konnte und wie sie gerade das Kuss-Foto inszenierten. Motiv Nr. 4. Schrecklich. Die verschreckte Frau, die Jana hieß, berichtete mir von ihren Symptomen und schaute dabei wie ein ängstliches Mäuschen aus seinem Loch. Ich ahnte sehr schnell, was mit ihr los war. Nichts Lebensbedrohliches war das. Nichts Ungewöhnliches, nur etwas Unangenehmes. Augenscheinlich eine Angststörung. Und als ich Jana in kurzen Sätzen erklärte, dass eine Verhaltenstherapie wahrscheinlich und unter Vorbehalt die beste Wahl wäre, näherte sich schon wieder Markus. Der konnte aufgrund seiner Körpergröße vermutlich von hier bis Südamerika schauen und hatte mich bereits erspäht. Er hielt ein unglaublich großes Weizenbierglas in seiner Riesenmuschelhand.

«Na?», seufzte er.

«Na? Du, ich unterhalte mich gerade.»

«Könnte ich denn gleich auch noch mal mit dir reden? Bitte?»

«Ja. Sicher.» Meine Jas meinten oft ein Nein. Das konnten die anderen nicht wissen, weil sich ein Ja nun mal wie ein Ja anhört. Markus blieb noch kurz neben mir stehen, dann schlurfte er kraftlos davon und steuerte die Theke an.

Yvonnes Mutter beäugte mich mütterlich-kritisch. Nur Mütter können dieses kritische Beäugen auflegen, und ich bekam davon direkt ein schlechtes Gewissen, was bei mir schnell ging. Da musste man mich nicht lange kritisch beäugen. Allerdings wusste ich zu schätzen, dass Yvonnes Mutter ein Auge auf mich hatte. Meine eigene hatte ja nie eins für mich übriggehabt.

Jana konnte ich ein bisschen beruhigen, sie dankte mir überschwänglich, obwohl ich doch im Grunde nichts gesagt hatte, was man nicht auch im Internet hätte nachlesen können. Sie trollte sich zurück zu ihrer Menschentraube, und ich hoffte, Markus wäre die Wartezeit zu lang geworden und er unterhielte sich vielleicht, bitte, mit jemand anderem.

Markus saß aber ungefähr zwanzig Zentimeter entfernt hinter mir auf einem Stuhl. Auf dem Tisch standen ein frisches Weizenbierglas und ein Cocktail mit Schirmchen. Am liebsten wäre ich nach draußen gegangen, hätte mich unter einen Baum gesetzt und mir die Ohren zugehalten, weil ich Markus' Norderney-Trauma nicht mehr hören konnte. Ich schämte mich ja immer noch dafür, das musste doch endlich mal reichen. Ich wollte nicht mehr erklären und verklickern müssen. Andererseits aber wollte ich doch erwachsen sein und lüften, und also würde ich das schon diplomatisch klären. Kein Problem für mich.

Markus legte den Arm auf der Rückenlehne des Nachbarstuhls ab und deutete mir an, ich sei eingeladen, dort Platz zu nehmen. Ich setzte mich auf die äußerste Kante.

«Ella, jetzt trinken wir erst mal was», sagte er. «Und stoßen auf die guten alten Zeiten an. Und auf Norderney. Und auf die Liebe, natürlich. Prost!» Markus war völlig betrunken, was bei der Hitze sehr schnell gehen konnte. Wenn man nicht aufpasste.

Ich nippte, ohne anzustoßen, an meinem Glas, das Schirmchen piekste mich in die Nase.

«Lecker, ne? Ich hab gedacht, das passt zu dir. Ich kenn dich ja ganz gut», Markus seufzte. Wie ein Mensch so viel seufzen kann, dachte ich, während mir der Cocktail die Schuhe auszog.

«Danke», sagte ich. «Das ist nett.»

«Ich denke so oft an dich, Ella», seufzte er.

Ich nickte und beschaute mir aus dem Augenwinkel seine Wimpern. Auch ich dachte hin und wieder an Norderney. So wie man eben an die Dinge denkt, die in einer Schatztruhe liegen. Aber ich wollte nicht den Rest des Tages mit dem Riesen an einem Tisch sitzen, um wieder, bestimmt zum millionsten Mal, über diese traurige Liebesgeschichte zu reden.

«Hör zu, Markus», ich durfte nur nicht das Atmen vergessen. «Norderney damals war wirklich wunderschön, und ich hab dich auch immer noch gern. Wir haben das ja schon öfter besprochen ... und eigentlich mag ich darüber jetzt nicht mehr reden. Weil ich dir ja auch gar nichts Neues mehr dazu sagen kann. Und das tut mir sehr leid, aber es ist wichtig für dich, dass du das endlich mal akzeptierst. Ehrlich.» Ich murmelte. Beim Murmeln gab es kein Echo.

«Ehrlich?», seufzte er, sein Arm rutschte von der Rückenlehne auf meine Schultern. Er war unglaublich schwer, was ja nicht weiter verwunderlich war. Für einen Riesen. Markus roch nach Alkohol und billigem Aftershave. Als hätte er es bei Herrn Buhl, in seinem kleinen Drogerieladen, gekauft. Vor sechsundzwanzig Jahren.

«Markus, ja, ehrlich», sagte ich für meine Verhältnisse ziemlich entschlossen, angelte nach seiner Riesenmuschelhand, die auf meiner Schulter lag, drückte sie einmal und wuchtete sie auf den Tisch. Kraftlos lag sie vor uns, und wir schauten beide in sie hinein. Eine Perle war nie in ihr gewachsen.

«Du bist echt dumm», sagte Markus, diesmal ohne zu seufzen und überraschend heftig. «Ich weiß nicht, wie jemand so dumm sein kann. Weißte, Ella, du kommst mir manchmal vor wie eine vertrocknete, frustrierte Tussi, die ihrem Glück immer selbst im Weg steht. Und das kannst du nicht akzeptieren. Auch ehrlich.»

Ich schluckte. «Es tut mir wirklich leid», sagte ich, und ich sagte es wie eine Fünfjährige, die gleich im Anschluss anfangen würde zu weinen. Vom Erwachsensein keine Spur.

«Dir tut gar nichts leid, Ella», sagte er, plötzlich noch schärfer, und beugte sich zu mir herunter, als würde er in mein Gesicht klettern wollen. Markus sah nun nicht mehr aus wie ein leiser, guter Riese, sondern eher wie ein ziemlich wütender. Und weil mir polternde Riesen, die Menschen fraßen, in Märchen immer ein bisschen Angst machten, stand ich auf. Markus' Wimpern flatterten aufgeregt. Und zornig.

«Ich geh mal zu Yvonne», sagte ich, als Markus mit seinen riesigen Zähnen knirschte und sich seine Riesenmuschelhand auf dem Tisch zu einer unglaublich großen Faust zusammengeklappt hatte. Das sah ein wenig furchteinflößend aus, weil Riesen ja dafür bekannt waren, nicht immer nur lieb zu sein, und deswegen trat ich zwei, drei Schritte von Markus zurück. Manchen Instinkten konnte selbst ich mich nicht widersetzen. Ich wich zurück und stolperte rückwärts über ein Paar schwarze, spitze Schuhe.

Ich flog durch die Luft. Wie in Zeitlupe. Was einem oft so vorkommt, wenn man ganz überraschend über etwas stolpert und für eine Millisekunde schwerelos wird. Bevor ich aber dumpf auf dem Boden aufschlagen konnte, fing mich jemand im Fallen auf. Genau genommen landete ich zufällig rücklings in zwei weberknechtartigen Armen, in den Armen von jemandem, der schwarze, spitze Schuhe trug. Und nun auch noch mich.

«Schnapp doch mal ein bisschen frische Luft, Markus», sagte dieser Jemand hinter mir bestimmt in Markus' Richtung, dessen Gesicht rot glühte. Wie ein schrecklich groß geratener Feuermelder. Der Jemand mit den spitzen Schuhen stellte mich vor sich auf dem Boden ab.

Markus schaute ziemlich verdattert. Und traurig. Und zornig. Ich glaubte, er wollte noch etwas sagen, aber dann seufzte er nur ein wenig verächtlich, RMPF machte er, und dann trottete er in den Sommer hinaus. Es war das letzte Mal, das ich Markus an diesem Tag sah. Und das war für alle Beteiligten das Beste.

Nun ist es so, dass man, wenn man zufällig über schwarze Schuhe stolpert und dann rücklings in Armen landet, die einen vor Steißschmerzen bewahren, demjenigen mit den schwarzen Schuhen einen großen Dank aussprechen muss. Wenn derjenige auch noch einen bösen Riesen verscheucht, was in meinen Augen schon beinahe ritterlich war, dann muss man nicht nur einen großen Dank aussprechen, sondern einen sehr großen. Also drehte ich mich um, damit ich den sehr großen Dank loswerden konnte. Womit ich allerdings nicht gerechnet hatte, war, dass Zufälle nicht so ungewöhnlich waren, wie ich immer dachte. Vor mir stand, mit schwarzen, spitzen Schuhen bekleidet, Herr Oebing.

25

Herr Oebing war natürlich nicht nur mit schwarzen, spitzen Schuhen bekleidet. Dazu trug er einen schicken Anzug, und vielleicht trug er auch seine chamäleongrüne Unterhose, das wusste ich nicht. Das konnte ich nicht sehen, weil sein Reißverschluss heute nicht offen stand. Zum Glück, wie hätte das denn ausgesehen im Schaufenster von Herrn Herzog, Fotograf aus Leidenschaft. All diese Gedanken schossen mir durch den Kopf, während ich noch immer über den Zufall staunte. Zufälle sind nicht ungewöhnlich. Vielleicht sind Zufälle ja keine Zufälle, vielleicht sind sie Schicksal oder auch nur ein Zusammentreffen von Umständen, die man nicht vorhergesehen hat.

Was auch immer Zufälle waren: Dieser spezielle Zufall überforderte mich. Statt also den sehr großen Dank loszuwerden, starrte ich auf Herrn Oebings Schuhe, dann starrte ich auf seine Arme, und danach starrte ich auf den gesamten Herrn Oebing. Bei Zufallsüberforderung orientiert man sich meist an Vertrautem, hatte ich gelesen, und mir war bisher kein Zufall begegnet, der mich so sehr überraschte. Deshalb fragte ich Herrn Oebing: «Wie geht's?» Ich fragte das ja immer, wenn wir uns sahen, das konnte nicht verkehrt sein, und beim Fragen zuppelte ich an meinem Pony herum. Ich fragte auch deshalb, weil sich an schwarzen, sehr spitzen Herrenschuhen und Anzügen keine Befindlichkeiten ablesen lassen. Anders, als es sich mit Motiv-T-Shirts verhält.

Herr Oebing lachte. Ich hatte ihn schon oft weinen sehen.

Ich hatte schon oft den Tropfen unter seiner Nase gesehen. Ich hatte sogar schon seine grünen Unterhosen gesehen. Aber Herrn Oebings Lachen, das von irgendwo ganz tief aus ihm herausgelacht wurde, das hatte ich noch nie gesehen. Es war ein schönes Lachen.

«Gut geht es mir heute! Und was hat Sie diese Woche so beschäftigt?»

«Entscheidungen», antwortete ich, wie aus der Pistole geschossen, was immer noch an dem Zufall lag.

«Interessant! Das sollten wir uns mal näher anschauen», sagte er und verlor dabei ein paar Lachtränen.

«Wie Sie meinen», kicherte ich. Es hörte sich ein bisschen nach dem Schatztruhenkichern an.

Dann, als sich das schöne Lachen ein bisschen beruhigt hatte, verbeugte er sich halb und gab mir zur Begrüßung ein «Hallo!» in die Hand, so wie er es immer tat, wenn er auf der Fußmatte vor der Praxistür stand. Vielleicht tat er es an diesem Samstag auch, weil nicht nur Arme, sondern auch Rituale Halt vermitteln können, wenn man vom Zufall überrascht worden ist.

Ich schüttelte seine Hand zurück und sagte: «Hallo, Herr Oebing!», und nach einem Räuspern: «Was machen Sie hier?»

Er schaute sich um, als müsse er erst überlegen, was er hier machte. Er kratzte sich am Hinterkopf, so wie man sich manchmal kratzt, wenn man etwas vergessen hat, was einem gleich wieder einfallen würde. «Hochzeit feiern? Damen vor Riesen beschützen? Was manche Leute an einem Samstag so tun. Und Sie?»

Ich kicherte. «Auch Hochzeit feiern.» Und danach wurde es mir ein bisschen peinlich zumute, wegen des Riesen Markus und weil ich mich schon wieder unmöglich benommen hatte. Nahm ich jedenfalls an. Mir fiel ein, dass ich mich doch bedanken wollte, weswegen ich «Danke!» sagte und ein wenig betreten auf Herrn Oebings ulkige Schuhspitzen schaute.

«Gern geschehen», sagte Herr Oebing, und auch er schaute nun nach unten, direkt auf seine Schnabelschuhe, die, wären sie aus Eisen gewesen, tatsächlich zu einer Ritterrüstung hätten gehören können. «Das sind Winklepickers», sagte er, obwohl ich nicht gefragt hatte. «Original aus den 80ern. Da passen meine Einlagen zwar nicht rein, aber tanzen lässt es sich damit prima. Falls mein Knöchel das mitmacht. Sie wissen schon.»

Ja, ich wusste. Ich hatte noch nie solche merkwürdigen Schuhe gesehen, Herrn Oebings Füße sahen aus wie Passagierschiffe. Vielleicht konnte er, wenn er nur schnell genug rannte, damit übers Wasser laufen. Wie Stirnlappenbasiliske. Die konnten das auch, was mich sehr faszinierte.

«Ja, der Knöchel. Ich weiß», antwortete ich. «Was macht die Warze?», fragte ich dann, weil wir doch schon beim Thema waren.

Herr Oebing lachte erneut. Und ich lachte mit, auch weil mir wieder nichts Besseres einfallen wollte. Über seine eigene Blödheit zu lachen war etwas, das ich bis zu diesem Samstag nicht sehr gut gekonnt hatte. Es fühlte sich allerdings gar nicht schlecht an.

Herr Herzog betrat den Saal. Er war nass geschwitzt, obwohl er doch seine fünf Fotomotive aus dem Effeff kannte, und wahrscheinlich lag es nur an der unwirklichen Hitze, die draußen flirrte, dass er so einen abgekämpften Eindruck machte. Herr Oebing, der noch mit mir lachte, winkte ihm zu, Herzog machte ein «Ah!» und eine übertriebene Geste, was aussah, als würde er in einem Stummfilm mitspielen.

«Hat alles gut geklappt!», sagte Herzog zufrieden, als er bei uns ankam, und sein Vollmondgesicht strahlte.

«Prima. Das freut mich!», antwortete Herr Oebing. «Wollen Sie noch was trinken?»

Herr Herzog verneinte höflich, er müsse noch weiter zu einer Taufe, und ich konnte mich nicht daran erinnern, jemals Taufbilder in seinem Schaufenster gesehen zu haben.

«Die Fotos sind bis Ende der Woche fertig. Ich sage dann Bescheid und lege die Rechnung bei. Jetzt muss ich aber auch weiter. Schüssikowski!», verabschiedete sich Herr Herzog, Fotograf aus Leidenschaft. Die beiden schüttelten Hände, Herzog schulterte seine Fotoausrüstung und zog weiter.

«Haben etwa Sie Herrn Herzog engagiert?», fragte ich.

«Ja, der macht tolle Fotos. Ich laufe immer an seinem Laden vorbei, der ist ja bei Ihnen gegenüber, und da hatte ich Lukas angeboten, dass ich mich darum kümmere.»

«Ah ja», sagte ich, und mir fiel ein, dass ich Herrn Oebing neulich in Herzogs Laden hatte verschwinden sehen. «Die Fotos sehen doch immer alle gleich aus. Ganz furchtbar!»

Bevor ich die Hand vor den Mund schlagen konnte, weil meine Luft einfach so herausgerutscht war und mit ihr meine unhöflichen Worte, die absolut nicht die feine, englische Art gewesen waren, sagte Herr Oebing: «Gar nicht!» Er sagte es so, wie ich es gesagt hätte. Ein bisschen beleidigt, ein bisschen ertappt, ein bisschen rechtfertigend.

«Doch. Schon», meinte ich.

«Überhaupt nicht.»

«Ich finde ja, Herr Oebing.»

«Sie müssen auch immer das letzte Wort haben, oder?»

«Nicht immer.»

«Ehrlich?»

«Ehrlich. Und Sie sind also wegen Lukas hier?»

«Ja, wir sind Großcousins. Und Sie sind Yvonnes …?»

«… Freundin. Schon sehr, sehr lange.»

«Zufälle gibt's!»

«Das sage ich Ihnen!»

Dabei hätte es bleiben können. Dabei hätte es bleiben müssen, weil Herr Oebing doch mein Patient war. Weil es mir nicht gestattet war, rücklings in seine Arme zu fallen. Zufälle allerdings, solche zumindest, kamen nicht oft vor im Leben. Sie traten selten auf. Zufälle dieser Art, die sorgten dafür, dass man im ersten Moment nicht über Statthaftigkeiten nachdachte.

«Und Herrn Herzogs Fotos sind wirklich immer ganz furchtbar?»

«Ganz, ganz furchtbar. Wirklich. Das können Sie mir glauben.»

«Da habe ich wohl etwas gutzumachen, oder?»

«Könnte sein, Herr Oebing.»

«Hm», überlegte er, strich dabei durch seine vollen Haare, und seine Schuhspitzen hüpften ein bisschen beim Nachdenken. «Ich habe eine Idee. Würden Sie vielleicht kurz mitkommen und mir helfen? Keine Sorge. Wie Sie sehen, bin ich kein Riese. Ich habe heute nur Riesenfüße und lange Arme. Mehr nicht», er zwinkerte mir zu, was überhaupt nicht schlüpfrig wirkte.

«Na gut», antwortete ich, «ich kann mir Ihre Idee ja kurz mal anschauen.»

«Danke, da freue ich mich», sagte er, und das tat er wirklich. Er freute sich über seine Idee und darüber, dass seine Frau Traurigkeit ihn nun schon länger nicht mehr begleitete. Und über den Zufall, über den freute er sich auch.

Bei diesen Temperaturen konnte man schlecht von «frischer Luft» sprechen, als wir aus dem Saal in das gleißende Sonnenlicht traten. Trotzdem fühlte ich mich draußen bedeutend wohler als in dem Menschenpulk, der sich mit Kuchen und Getränken vollstopfte. Draußen spielten Kinder und rannten in der Gegend herum, Yvonne und Lukas waren zwar nicht zu sehen, aber Karl-Heinz lag im Schatten und schnarchte wieder.

Herr Oebing stolperte über eine Gehwegplatte, was mit diesen Schuhen nicht weiter verwunderlich war. «Hoppala!», sagte er. Wann ich zuletzt den Ausdruck «Hoppala!» gehört hatte, wusste ich nicht, aber er passte zu Herrn Oebing. Er passte so gut zu ihm, als hätte er ihn erfunden. Herr Oebing, der ein paar Schritte taumelte, bevor er sich wieder fing, erklärte auf dem Weg zum Parkplatz, er hätte einen VHS-Kurs belegt, neulich erst, einen Fotografiekurs, und deswegen hätte er eine kleine Ausrüstung im Auto, mit der er ein bisschen was wiedergutmachen könne.

Ich war etwas beleidigt. Schließlich war ich seine Therapeutin, mir erzählte man doch solche Sachen, die für eine persönliche Weiterentwicklung wichtig waren, warum also wusste ich nichts von diesem Kurs? Das wäre doch, zumindest für meine Arbeit, sehr aufschlussreich gewesen. Ich würde ihn am Mittwoch vorsichtig darauf hinweisen und ließ seine Ausführungen über seine neue Leidenschaft vorerst unkommentiert.

«Alles okay?», fragte er, weil er es ja nicht gewohnt war, dass ich nichts sagte oder anmerkte oder fragte oder zumindest empathisch mit dem Kopf nickte.

«Ja, alles okay», sagte ich und wünschte mir, dass endlich, endlich ein Mittel gegen beleidigte Leberwürste erfunden würde.

Herrn Oebings Auto war klein. Es war sogar winzig. Es war rot und frisch gewaschen, und am Armaturenbrett war rechts neben dem Radio ein Zettelhalter angebracht, auf dem eine Liste klemmte.

- *The Cure, «Kiss me, Kiss me, Kiss me»-LP digitalisieren*
- *Fotos auf Handy löschen (→ Speicherplatz!)*
- *Mama morgen endlich nach Waffelrezept fragen!!*
- *Handcreme!*
- *Hemden bügeln*

Vom Beifahrersitz reichte mir Herr Oebing ein Stativ, fragte, ob ich das tragen könne oder ob es zu schwer wäre, und ich antwortete, dass es schon ginge. Das dachte ich oft, dass etwas schon ginge. Wird schon gehen, für immer allein zu sein, wird schon gehen, ein schräges Haus zu haben, wird schon gehen, meiner Mutter zu verzeihen, wird schon gehen, erwachsen zu werden, wird schon gehen, eine Ponyfrisur zu tragen. Wird schon.

«Geht's Ihnen nicht gut?», fragte er.

«Doch, gut geht es mir heute», sagte ich und lächelte. Und eigentlich stimmte das ja sogar.

«Übrigens, wenn ich das sagen darf, das Kleid steht Ihnen wirklich super!»

«Danke, Herr Oebing. Und was haben Sie jetzt vor?»

«Na, Fotos machen natürlich!»

Und dann lachten wir beide wieder, weil uns nichts anderes einfiel.

Herr Oebing fotografierte die kahlen Bäume hinter dem Festsaal und fand, sie wären wunderschön, obwohl sie ja nackig waren, und er sagte, dass man manchmal ja erst, wenn man allen Firlefanz links liegen ließ, zum wahren Kern einer Sache vordringen könne. Das war ein schlauer Satz, und ich überlegte, ob ich nicht auch vielleicht einen VHS-Kurs besuchen sollte, wenn man dort so viel Schlaues lernen konnte. Er erklärte, welche Brennweiten er für seine Motive benutzte und wie das Licht fallen musste, in welchem Winkel er es einfing und wo die Sonne am besten stand, und er machte einen geübten Eindruck. Herr Oebing fand nicht nur die nackigen Bäume wunderschön, er fand auch Yvonne und Lukas durch seine Kameralinse auf einem kleinen Bänkchen unter einem Baum sitzen.

Fragend sah er mich an, so fragend, wie er mich immer in der Praxis ansah, wenn er seine Schuhe ausgezogen hatte und mit den Zehen rollte. Aber diesmal benötigten wir beide keine Antwort, wir liefen einfach los. Wird schon, dachte ich.

«Ella!», sagte Yvonne, die ihren Blumenkranzkopf an Lukas' Schulter gelehnt hatte.

«Ole!», sagte Lukas, der seinen Kopf an den Baum gelehnt hatte, und beide sahen so verträumt glücklich aus wie Schwarte und Ringelschwänzchen in Helme Heines Swineland.

«Kennt ihr euch?», fragte mich Lukas, und sein Blick zeigte auf Herrn Oebing.

«Nur flüchtig. Vom Sehen», antwortete ich, und Herr Oebing stutzte erst, nickte dann aber zustimmend. Manche Erklärungen brauchen etwas Zeit. Ungewöhnliche Zufälle zu erklären, das braucht sogar etwas mehr Zeit und die ungewöhnlichen Zufälle, die brauchen außerdem den richtigen Zeitpunkt, um erklärt werden zu können. Auch wenn ich die meisten Zeitpunkte in meinem Leben verpasst hatte, so war ich mir ausnahmsweise sicher, dass jetzt kein guter Erklär-Zeitpunkt gewesen wäre.

Herr Oebing allerdings erklärte seine neue Leidenschaft und dass er noch ein paar hübsche Fotos machen könnte, wenn wir alle wollten, weil doch das Wetter so schön war und die Stimmung und weil es überhaupt ein so schöner Tag für hübsche Fotos wäre. Erst wollte Lukas noch Markus suchen, weil Trauzeugen auf Hochzeitsfotos gehörten, aber Herr Oebing und ich waren uns wortlos einig, dass auch dafür jetzt kein guter Erklär-Zeitpunkt war, weswegen er sagte, dass wir einfach schon mal anfangen könnten, weil das Licht doch gerade so schön war.

Und dann fingen wir an. Wir liefen durch den parkähnlichen Garten wie vier Kinder an einem Sonntag, die Hochzeit spielten. Ab und zu stolperte Herr Oebing mit seinen Winklepickers, einmal wäre er fast in den kleinen, sehr malerisch angelegten Koikarpfen-Teich geplumpst. Lukas bewunderte Yvonnes Schönheit, und ich auch. Yvonne und ich setzten uns unter einen Baum, es war eine Buche, die noch ein paar Blätter an ihren riesigen Ästen trug, und der Schatten betupfte uns und war angenehm kühl. Wie in Minas Garten vor sechsundzwanzig Jahren saßen wir dort, und ich wusste, dass das Gefühl des Verliebtseins in Yvonne nie ganz verschwunden war. Und als wir uns anschauten, wie nur Freundinnen sich anschauen können, die sich nie verloren haben, wusste ich, dass es Yvonne genauso ging. Und weil wir es beide wussten, setzte mir Yvonne ihren Blumenkranz auf den Kopf und stopfte sanft meinen Pony darunter.

«Wird schon alles, Ella», sagte sie, und dann legte sie ihren Kopf auf meinen Schoß. Lukas und Herr Oebing standen ein paar Meter vor uns im Gras und betrachteten uns, als würden sie einen Film schauen. Einen schönen Film. Einen, bei dem man ein warmes Gefühl im Bauch bekommt und das Atmen vergisst, an den richtigen Stellen. Die Blätter über uns tanzten ganz sacht in einem heißen Lufthauch. Und so blieben wir dort, unter und vor dem Baum, ein Weilchen sitzen und stehen, um Luft zu holen, für den Rest unseres Lebens.

Es wurden die schönsten Fotos, die ich je von mir gesehen hatte. Sie waren so schön, dass ich mich darauf erst gar nicht erkannte. Obwohl ich ja wusste, dass ich es war, die unter dem Baum saß, mit Yvonnes Blumenkranz auf meinen Haaren und ihrem Kopf auf meinem Schoß, hatte ich mich doch nie durch Augen gesehen wie die desjenigen, der uns abgelichtet hatte. Für diese Fotos brauchte man keine Filter, weil über diesem Nachmittag ein bisschen unsere Käseglocke lag, die den Richterbuschsommer immer ganz golden gemacht hatte. Und Herr Oebing war ein talentierter Fotograf, der mehr als fünf Motive kannte.

Wie vier Kinder, die Hochzeit spielten, liefen wir irgendwann zurück, zurück zu den Gästen, zurück in unser Erwachsenenleben, und wir alle schlossen diesen Nachmittag in unsere Schatztruhen ein, um ihn niemals zu vergessen.

Am Abend wurde viel getanzt. Am Abend wurde viel durcheinandergetrunken. Am Abend wurde viel gelacht, einige weinten auch wieder, weil der Tag und die Braut und der Bräutigam so wunderschön waren. Am Abend wurde viel geküsst, und einige führten hitzige Diskussionen, wie man sie, neben *Amazing Grace*, immer auf Hochzeiten findet. Küsse und Tränen und Gerede halten Hochzeiten zusammen. Die

Kinder waren übermüdet und torkelten, ähnlich wie die Betrunkenen, durch den Saal. Karl-Heinz schnarchte unter einem der Tische in seligem Mops-Schlaf. Yvonnes Großtante saß im Rollstuhl am Tanzflächenrand und wusste nicht, ob sie lachen oder wieder schluchzen sollte.

Herr Oebing führte mir ausgiebig vor, wie gut er in seinen Ritterschuhen tanzen konnte. Auch ohne Einlagen. Und das Verrückte war: Ich tanzte mit. Erst tanzte ich mit mir, im Kreis der anderen Tanzenden, etwas zögerlich tanzte ich erst und zuppelte dabei hin und wieder an meinem Kleid, das mir so sehr gefiel, auch weil mich die Seidenschleife am Rücken manchmal kitzelte. Das Zuppeln, das ich, seitdem ich zwei Jahre alt war, niemals abgelegt hatte, obwohl es doch längst an der Zeit gewesen wäre, kam daher, dass ich doch wusste, es war nicht gut, ja, es war sogar verboten, mit einem Patienten Hochzeit zu spielen – und zu tanzen, das war bestimmt auch verboten. Ich zuppelte an meinem Kleid, weil ich damit aufhören wollte. Oder eher musste.

Aber zwei Lieder später, auch weil ich schon ein paar Gläser Sekt getrunken hatte, die mich, ähnlich wie die Seidenschleife, sehr nett überall kitzelten, dachte ich: *Scheiß drauf!* Wortwörtlich dachte ich das. Und dann dachte ich noch: *Drauf geschissen!* Wortwörtlich. Und weil ich drauf schiss, dass mich meine Gedanken wieder nur völlig aus der Tanzbahn werfen wollten, schaltete ich sie ab. Wie ich das schaffte, das wusste ich nicht, aber es war herrlich festzustellen, dass ich auf etwas scheißen konnte, und irgendwann tanzte ich nicht mehr nur mit mir im Kreis der anderen Tanzenden, sondern wirbelte und hüpfte ausgelassen, manchmal mit Yvonne, und wir sangen lauthals mit. Ich vergaß das Zuppeln, pfiff und schiss darauf, war ein bisschen betrunken, aber nicht so sehr, und irgendwann tanzte ich nur noch mit

Herrn Oebing. Herr Oebing drehte sich manchmal auf den Hacken seiner Ritterschuhe um die eigene Achse, was sehr drollig aussah und worüber ich kichern musste. Manchmal sang auch er laut mit und streckte seine überlangen Arme in die Luft und wackelte mit den Zeigefingern zum Takt der Musik. Er konnte nicht sehr gut singen, aber wenn ich ihn und seine Frau Traurigkeit nicht bereits gekannt hätte, wäre ich überzeugt gewesen, dass man Herrn Oebing als Kleinkind gegen Depressionen und Schwermut geimpft haben musste.

Später am Abend, als einige schon gegangen waren, als sich andere nur noch etwas müde unterhielten und nicht mehr diskutierten, und als sich wieder andere an Stühlen festhalten mussten, weil der Alkohol alles schaukeln ließ, wurde es Zeit für den Klammerblues. Bei Feierlichkeiten wurde es immer irgendwann Zeit für den Klammerblues. Um Herrn Oebing und mich fingen plötzlich alle an, sich zu umklammern, und streichelten sich zu *Eternal Flame* an uns vorbei. Nur Herr Oebing und ich standen, ein bisschen vom Klammerblues überrumpelt, auf der Tanzfläche, ohne uns zu berühren. Wir wippten ein paar Sekunden sehr unbeholfen im Schmusetakt, und dann sagte Herr Oebing: «Machen wir mal Pause?», was ein guter Einfall war. Und dann auch wieder nicht. Aber das sagte ich selbstverständlich nicht.

26

Draußen schlich sich die Dunkelheit an. Herr Oebing und ich saßen verschwitzt an einer der langen Tafeln, die weiße Tischwäsche war vom Tag bekleckert. Soßenspritzer und Kuchenkrümel, Rotweinflecken und Schnittlauchröllchen, die sich darauf verteilten wie Konfetti. Ich trug immer noch Yvonnes Blumenkranz, sie hatte auf den Brautstraußwurf verzichtet, weil sie meinte, der Blumenkranz sei viel schöner und sie hätte ihn ja schon vorab der Richtigen geschenkt.

Herr Oebing und ich schauten den Gästen zu, die sich im Schieber über die Tanzfläche wanden, und uns beiden war weder das verschmuste Schieben der anderen noch unsere Wortlosigkeit unangenehm. Wir saßen einfach nur da, jeder von uns mit einem kleinen Lächeln in den Mundwinkeln. Ich pustete Luft auf meine Stirn, Herr Oebing nestelte an seinen Schuhen.

«Wie wäre es mit ein bisschen frischer Luft draußen?», fragte ich. «Vielleicht, also hoffentlich, hat es sich ein wenig abgekühlt. Was meinen Sie?»

«Gute Idee!», antwortete er, und ein paar Momente später standen wir vor der Tür, wo sich die Dunkelheit anschlich. Herr Oebing zog seine Ritterschuhe aus, um sie zu lüften, sagte er, und watete barfuß durch das Gras. Ich schaute in den Himmel, und ganz weit hinten blinkte ein Stern. Vielleicht war es auch ein Flugzeug. Die Luft, die die Nacht mitbrachte und die in meine Nase krabbelte, roch nach Freiheit. Tief atmete ich sie ein und ließ sie mit ein paar Worten wieder frei.

«Haben Sie Lust auf einen kleinen Spaziergang?», fragte ich. «Ich würde mir gern ein bisschen die Füße vertreten.»

«Sehr gern», antwortete Herr Oebing, griff nach seinen Schuhen, und wir spazierten den schmalen Weg entlang, der zur Hauptstraße führte.

Die Hochzeitsgesellschaft wurde leiser, je weiter wir liefen. Auf dem Parkplatz warf Herr Oebing die schwarzen, spitzen Schuhe in sein kleines Auto, zog ein paar Flipflops aus dem Kofferraum, und dann kontrollierte er zweimal, ob er sein winziges, rotes Auto auch wirklich abgeschlossen hatte. An der Bürgersteigkante, an der ich mittags dem Bus lange nachgeschaut hatte, dachte ich an Mina und wie sie vielleicht gerade in ihrem Bett lag, mit ihren Schafslöckchen.

«Wohin wollen wir denn?», fragte Herr Oebing. «Ich kenne mich hier nicht sonderlich gut aus.»

«Ich schon», sagte ich, und wieder sah ich von der Straße aus die Fahnenmastspitze des Richterbuschs. «Haben Sie schon mal Glühwürmchen gesehen?»

«Ehrlich gesagt: nein, noch nie.»

«Na, dann kommen Sie mal mit. Vielleicht haben wir ja Glück!»

«Bestimmt», sagte Herr Oebing. «Ganz bestimmt.»

Es war kein weiter Weg bis zum Eingangstor des Kleingartenvereins am Richterbusch. Wir kamen an, als die Dunkelheit nicht mehr schlich, sondern den Himmel fest in den Arm genommen hatte, wie die Klammerbluestanzenden. Die verrosteten Stellen des Tores waren in den letzten sechsundzwanzig Jahren oft ausgebessert worden. Bis auf die Flicken sah es aus wie immer, und doch wusste ich, dass sich alles verändert hatte. Von den alten Gartenpächtern war keiner mehr übrig. Bis auf Mina. Mina ging nicht mehr oft in den

Garten, sie hatte jemanden in der Zeitung gefunden, der sich für kleines Geld um das Ziselieren des Rasens und um den Apfelbaumschnitt kümmerte, nur die Stachelbeeren pflückte sie immer noch selbst. Manfred war nie ersetzt worden. Tante Klara hatte keinen Mann mehr gefunden, den sie im Garten hätte vergessen können.

Am geflickten Eingangstor zog ich meine Schuhe aus und seufzte erleichtert. «Hier vorne hat meine Großmutter einen Garten», sagte ich leise, denn immer, wenn die Dunkelheit kam und es ganz still überall war, sprach ich leise. Vielleicht, weil ich niemanden wecken wollte.

«Das ist aber schön! Meine Omas sind beide schon tot», antwortete Herr Oebing ebenso leise wie ich. Und weil vermutlich auch Herr Oebing niemanden wecken wollte und weil seine Flipflops platschende Geräusche auf dem Asphalt machten, zog auch er seine Schuhe aus, so dass wir barfuß an den ersten Gärten vorbeihuschten, als würde man uns sonst erwischen. Bei was auch immer.

Minas Gartentörchen quietschte, und Herr Oebing machte hinter mir «Psssscht!», weswegen ich laut kicherte und er daraufhin noch mal «Psssscht! Pssscht!» sagte. Der Apfelbaum, der immer noch jeden Herbst Früchte trug und im April Blütenblätter schneien ließ, ragte dunkel in den Himmel, an Boy George konnte er sich bestimmt nicht mehr erinnern. Ich lief schnell an ihm vorbei. Herr Oebing blieb unter ihm stehen, bestaunte, wie groß er war, und tätschelte seinen Stamm. Ein bisschen Licht versteckte sich noch ganz im Westen vor der Dunkelheit, und hinter der Laube lehnten ein paar Kissen und zwei Liegestühle an der weiß verklinkerten Wand. Umständlich klappte ich den ersten auseinander und stellte ihn dort auf, wo ich die Glühwürmchen erwartete, denn ich hatte sie früher ja oft hier gesehen. Nachdem ich leise «Bitte sehr» gesagt und nachdem sich Herr Oebing mit einem ebenso leisen «Danke sehr» auf den Stuhl gesetzt hatte, plumpste er, weil ich im Dunkeln keine sonderlich gute Liegestuhlaufstellerin war und die Stühle kein schwungvolles Draufsetzen aushielten, auf den Rasen.

«Pssscht!», sagte ich, als ich mich versichert hatte, dass Herrn Oebing nichts passiert war, und dann lachten wir leise. Wie schon so oft an diesem Tag, der nach Freiheit roch. Ich griff nach zwei Kissen, gab eins Herrn Oebing, das andere legte ich auf den Rasen und setzte mich zu ihm. Grillen schnarrten durch den Richterbusch, abgesehen davon war es so ruhig, dass man die Schnellstraße sanft rauschen hören konnte, die die Stadt teilte und die niemals still stand. Heute hörte es sich ein bisschen an wie Wellenrauschen. Ich zog die Beine an, obwohl es immer noch sehr warm war, legte die Arme darum und hörte den Grillen und dem Wellenrauschen zu.

«Wann kommen denn für gewöhnlich die Glühwürmchen?», fragte Herr Oebing, nachdem wir ein bisschen gewartet hatten, und er verschränkte die Arme hinter dem Kopf.

«Ich weiß es nicht genau, lange kann es sicher nicht mehr dauern. Aber wir können auch wieder gehen, wenn Sie möchten.»

«Nein, nein, es ist sehr schön hier», sagte er leise und schaute in den Himmel, an dem es sich ganz schwach die ersten Sterne gemütlich machten, um uns zuzusehen, wie wir da im Gras saßen.

«Ja», sagte ich. «Ja, das ist es.» Ich dachte daran, wie schön es hier früher gewesen war. Vor jenem Sonntag, dem 22. Juni 1986. Vor dem Tag, an dem Manfred starb. Vor dem Tag, an dem ich wusste, dass meine Mutter sich in eine Dörrpflaume verwandelte. Vor diesem Tag war es schön gewesen. Ich zupfte am Gras, ließ es durch meine Finger gleiten, und es fühlte sich an wie früher.

«Hier war lange mein Zuhause», sagte ich, ohne darüber nachzudenken, was ich sagte, und hatte den Frikadellengeruch in der Nase, von dem ich gedacht hatte, er hätte alles Schlechte dieser Welt überdecken können. «Wissen Sie, das war so ein Ort, der sich nach zu Hause anfühlt. Da, wo man für immer klein bleiben darf. Wo man sich nicht verstecken muss. Wo man immer festgehalten wird, damit man nicht verlorengeht.»

Still saßen wir in der Dunkelheit, und ich roch dem Sommergras nach, das sich schlafen legte. Wir bewegten uns nicht. Vielleicht bewegte sich auch die Erde nicht, weil es manchmal so ist, wenn man an sein Zuhause denkt, das man vor langer Zeit hat verlassen müssen.

«Das Gefühl kenne ich ... Ella», sagte er nach einer Weile.

Ich streckte meine nackten Beine auf dem träumenden Rasen aus, der kühl war. Mit einer Hand stützte ich mich auf der Wiese ab, die andere lag auf meiner schwarzen Handtasche, in dem das rote Spielpüppchen sicher in seinem Versteck wartete. Nicht alles geht verloren, dachte ich und fühlte eine merkwürdige Hoffnung.

Herr Oebing und ich schwiegen, und die Sterne wurden heller. Das Schweigen, das sich zu uns auf den Rasen gesetzt hatte, lächelte. Es störte uns nicht. Es machte sich auch nicht breit. Das Schweigen konnte, im Gegenteil, ein sehr angenehmer Begleiter sein, wenn es sich den richtigen Zeitpunkt ausgesucht hatte.

«Ich weiß leider nicht, wo mein Zuhause geblieben ist. Sonst würde ich Ihnen auch davon erzählen», sagte Herr Oebing.

Ich sah ihn an. Sein Blick war in den Himmel gerichtet,

aber es schwammen keine Tränen in seinen Augen. Ich folgte seinem Blick, folgte seinem Gefühl, das ich kannte, ich folgte einer Wolke, die sich vor die hellen Sterne schob. Es wurden immer mehr. Die Lichtpunkte tauchten einfach auf, während ich den Nachthimmel beobachtete, der so weit entfernt war.

«Ich weiß», flüsterte ich, aber mein Flüstern war so laut, dass wir beide es hörten.

Herr Oebing legte seine Hand auf meine. Sie war warm. Sie bedeckte meine kleine Hand vollständig und berührte sie trotzdem sehr behutsam. Sie forderte nichts. Sie lag nur da, war warm und deckte mich zu. Ich traute mich nicht, hinzuschauen, auf unsere Hände, die gemeinsam im Gras lagen, aber ich wusste, in diesem einen Moment war ausnahmsweise nichts schräg, auch nicht in mir drin. In diesem Moment spürte ich nur Herrn Oebings Herzpuckern auf meiner Hand, das schnell ging. Ganz genau so schnell wie meins.

Unsere Hände berührten sich, und in unseren Augen spiegelte sich die graue Dunkelheit dieser Stadt. Vielleicht spiegelten sich auch unsere Vergangenheiten ein bisschen darin. Wir sahen in den nachtdunklen Himmel und ließen die Hände liegen. Ich atmete, und er weinte nicht. Das Schweigen war klein und angenehm. Und als uns auffiel, dass ich atmete und er nicht weinte, schauten wir uns wieder an, und das war ein bisschen so, als würden wir uns das erste Mal sehen. Ohne Duftvernebler und Dünengrasbild und ohne Markus und auch nicht durch eine Kameralinse. Wir verstanden etwas, das man nur dann verstehen kann, wenn man sich ansieht und dabei erkennt. Ich sah keinen Ofenkäse, und er sah keinen Rosenbusch. Selten gibt es diese Momente im Leben, in denen nichts schräg ist, in denen nichts zum Weinen ist und man deswegen alles glasklar sehen und erkennen kann. In einem dieser seltenen Momente, der uns ganz zufällig geschenkt worden war, saßen wir nun, mitten auf dem Richterbuschgras, und hielten uns dabei an den Händen fest. Und dann fanden wir etwas, das noch seltener ist als das Erkennen. Wir fanden einen Kuss, den wir beide lange Zeit verloren geglaubt hatten. Und so küssten wir verloren geglaubte Küsse, und die Grillen schnarrten, und die Straße rauschte, und das Gras war schlafen gegangen. Er weinte nicht. Und ich atmete.

Später, als ich das Sommergras überall auf meiner Haut spüren konnte, später, als mein Kleid mit der Schleife und der Blumenkranz neben mir lagen und ich all das Verlorengeglaubte wiederentdeckte, vergaß ich einfach, dass ich jemals aufgehört hatte zu atmen. Ich vergaß, dass mein Haus schräg war. Und ich vergaß, wie das Grau aussah. Ich schloss die Augen und war für eine Nacht zu Hause.

27

Glühwürmchen sterben im August.

Früher, im Richterbusch, hatte ich ja geglaubt, Glühwürmchen seien klitzekleine, wunderschöne Feen mit leuchtenden Zauberstäben, die einem alle Wünsche erfüllen konnten. Das Wünscheerfüllen, stellte ich mir vor, kostete eine Menge Kraft, weswegen die Feen nur ein paar Tage lang am Nachthimmel zaubern konnten und sich dann bis zum nächsten Sommer irgendwo im Apfelbaum schlafen legten. In Wirklichkeit aber ist es so, dass Glühwürmchen, nachdem sie den ganzen Juni und Juli geleuchtet haben, im August ihre kleine Laterne ausknipsen.

Als ich am späten Sonntagmittag in meinem Bett aufwachte, lächelte ich mit geschlossenen Augen. Ich lächelte beim Aufwachen, wie es häufiger passieren kann, wenn man aus einem wunderbaren Traum aufwacht, von dem man meint, er wäre wahr gewesen. Ich lächelte und streckte mich, rollte mich von links nach rechts und drückte meinen Kopf noch einmal tiefer ins Kissen. Ich hatte den Sommergrasgeruch des Richterbuschs in der Nase. Draußen lachten Kinder auf dem Hof. Mein Schlaf war tief gewesen, ungewöhnlich tief und fest, ich probierte ein- und auszuatmen, was so einfach ging, als hätte ich es schon immer gut gekonnt. Ich blinzelte, und durch die obersten drei Ritzen der Jalousie flossen gelbweiße Sonnenstrahlen in mein Schlafzimmer.

Und dann, als ich an diesem Sonntagmittag lächelnd aufwachte, fielen mir die Glühwürmchen ein. Die Glühwürmchen, die nicht aufgetaucht waren, weil sie längst tot gewesen sein mussten. Denn es war August. Nach den toten Glühwürmchen fiel mir die letzte Nacht ein, sie stürzte in mein Gedächtnis, das langsam wieder zu sich kam. Ich hielt die Luft an, um besser hören zu können. Ich hielt die Luft an und kniff die Augen zu, suchte blind nach meiner Decke, die mir im tiefen Schlaf abhandengekommen war, fand sie und bedeckte meine Schultern. Ich hielt die Luft an, aber ich hörte nichts weiter als mich selbst. Niemand lag mit mir in meinem Bett.

Da ich sicher war, dass ich allein war, öffnete ich langsam die Augen und starrte an die Decke. Der weiße Putz klammerte sich daran, weil er von meinem Starren der letzten Jahre ganz mürbe geworden war. Die Wände wurden schief, bis der mürbe Zimmerdeckenputz wankte. Eine Sekunde später war alles um mich herum schräger als je zuvor. Was hatte ich denn bloß wieder getan? Ich erinnerte mich daran, dass ich etwas angerichtet hatte, und meine Gedanken gerieten in Seenot. Sie schwappten und rollten von einer Reling zur anderen. Das Einzige, auf das ich mich hatte verlassen können, war meine Arbeit. Die Einzigen, denen ich wie eine erwachsene Frau begegnete, waren meine Patienten, die ja nicht wissen konnten, dass ich das Erwachsensein nur spielte. Die Bühne meiner Praxis war der einzige Ort gewesen, auf der man mir glaubte, ich würde etwas von dieser Welt verstehen. Und nun hatte ich mit ein paar Stündchen auf einer dunklen Sommerwiese alles zunichtegemacht. Herr Oebing war mein Patient, mein Schutzbefohlener, und ich hatte unser Verhältnis zerstört. Gerade jetzt, ausgerechnet jetzt, als es anfing, ihm besser zu gehen. Ich konnte mich glücklich schätzen, wenn er mich am Ende nicht auch noch verklagte. War das alles ein Elend.

Ich fühlte einen Phantomherzschlag auf meiner kleinen Hand, genau dort, wo Herr Oebing sie mit seiner eigenen zugedeckt hatte. Ich horchte in meine Wohnung, vielleicht war er ja bloß aufgestanden und kochte Kaffee zum Mittag, damit wir beide wach werden und zusammen feststellen konnten, was ich angerichtet hatte. Aber meine Wohnung war totenstill, ich hörte nichts außer den schiffbrüchigen Gedanken in meinem Kopf und den spielenden Kindern auf dem Hof.

Dann stand ich auf. Ich schüttelte die Decke von meinen Schultern, und sie rutschte über das Fußende in den Abgrund vor meinem Bett. Als ich einen nackten Fuß auf den kalten Holzfußboden setzte, fiel mir ein, warum Herr Oebing nicht hier war. Das Schämen war bereits aus dem Nachtschatten des Apfelbaums gekrochen, als ich im Richterbusch noch an seiner nackten Brust gelegen hatte. Es war fieser geworden und hatte sich schwer auf meine Schultern gesetzt, während ich mich angezogen hatte. Das Schämen war unerträglich geworden und hatte mir sein schrilles Lachen in die Ohren geschrien, als ich mich verabschiedet und gesagt hatte: «Wir sehen uns.» Herr Oebing aber, der mich am frühen Sonntagmorgen, in den die Vögel bereits mit ihrem Gezwitscher eingefallen waren, bloß ganz beseelt in seine langen Arme geschlossen und meinen Kopf geküsst hatte, hatte gesagt: «Das tun wir, Ella. Wir sehen uns. Ich freue mich sehr darauf. Danke für diese wundervolle Nacht!»

Dann hatte er mich nach Hause begleiten wollen, damit ich gut ankam, aber das Schämen weigerte sich, es machte einen riesigen Aufstand und schreckliche Geräusche, so dass ich mich selbst nicht mehr verstehen konnte, und das gute

Ankommen hatte sich erledigt. Niemals mehr würde ich irgendwo gut ankommen.

Ich hatte Herrn Oebing fortgeschickt, weswegen er nicht in meinem Bett schlief, weswegen ich nicht herausgefunden hatte, ob er vielleicht schnarchte oder im Traum laut sprach, ob er mich am Tag noch genauso anschaute wie in der Nacht, ob er mir den Pony aus dem Gesicht streichelte, wenn es hell war, oder ob er das nur im Dunkeln tat. Er kochte deswegen, weil ich ihn weggeschickt hatte, keinen Kaffee, und ich konnte ihm deswegen auch nicht erklären, was ich angerichtet hatte.

Mein *Guns'n'Roses*-T-Shirt schlabberte an mir herum, als ich über die Schlafzimmerschwelle in den Flur schlurfte. Auf dem Boden lagen mein Kleid mit der Seidenschleife und der Blumenkranz und mein schwarzes Handtäschchen. Ich stieg über alle drei hinweg und achtete darauf, sie nicht zu berühren. In der Küche blendete mich gleißendes Sonnenlicht, es schmerzte in den Augen, ich stand vor der Kaffeemaschine, die ich mechanisch befüllte und die danach gurgelnde Geräusche von sich gab, als hätte sie es mit der Luft. Als hätte sie ein Beatmungsgerät nötig. So wie ich. Weil ich es mit der Luft hatte, und mit dem Herzen, und überhaupt mit allem. Meine Füße waren schmutzig, was ich feststellte, während ich auf den Kaffee wartete. Richterbuschdreck, dachte ich.

Jeder normale Mensch wäre vielleicht mit einem Lächeln aufgewacht, wie aus einem schönen Traum, hätte sich pfeifend einen Kaffee gekocht, wäre duschen gegangen, hätte die Nacht abgehakt und zum Abendbrot längst vergessen. Oder er wäre neben jemandem aufgewacht, dem es zu verdanken war, dass sich eine Nacht wie ein Zuhause angefühlt hatte. Jeder normale Mensch hätte nicht so ein innerliches Tamtam, so ein schreckliches Gedöns veranstaltet, wie ich es tat. Ich ärgerte mich, dass ich nicht jeder normale Mensch war. Mit dem Ärger gesellte sich das Rosenbuschgefühl zu mir, und dann stellte ich beim ersten Kaffeeschluck fest, dass die Milch sauer geworden war. Ich donnerte die Tasse in die Spüle, so dass der Henkel abbrach, und die Kinder auf dem Hof lachten mich aus. So kam es mir vor.

«Scheiße. Scheiße. Scheiße», sagte ich laut. Das Lüften tat mir nicht gut. Ich stellte mir vor, wie ich in meinem kleinen, schrägen Haus saß, die Mimosenfensterläden verrammelt, die Türen verschlossen. Nie wieder wollte ich raus, nie wieder lüften, weil es mir sowieso nicht gelang, das Rausgehen. Ich verirrte mich ja bloß.

Besser ist es, dachte ich, da zu bleiben, wo man ist. Unter seiner Käseglocke. Wenn man dort bleibt, wo man ist, kann man sich nicht verlaufen. Man muss keine Entscheidungen treffen. Da zu bleiben, wo man ist, macht keinen Ärger.

Ich setzte mich mit einem Glas Wasser auf den weißen Hochflorteppich im Wohnzimmer und besuchte die roten Nagellacktropfen. Mit den Fingern pulte ich daran herum, zuppelte, aber auch das half nicht. Das kannte ich ja schon. Die Uhrzeit verriet mir, dass Yvonne und Lukas noch im Flieger saßen und sich auf ihren Puderzuckerstrand freuten. Ich konnte sie nicht erreichen, und ich schrieb trotzdem eine Nachricht auf Yvonnes Handy, das irgendwo weit, weit weg in ein paar tausend Metern Höhe unterwegs war. BITTE RUF MICH AN, schrieb ich. Plötzlich sah ich mich mit dem Telefon in der Hand auf dem Sofa sitzen und wusste selbst nicht mehr genau, wie ich dorthin gekommen war, denn wenn Gedanken in Seenot geraten, spült die Flut einen einfach irgendwo hin. Mina anrufen, dachte ich.

Mina anrufen – aber ich wollte ihr doch keine Sorgen mehr bereiten.

Herrn Oebing anrufen. Aber seine Nummer war in der Praxis.

Ich wünschte mir, so beliebt wie Yvonne zu sein, tausend Freunde zu haben, tausend Telefonate führen zu können, die mich beruhigten. Tausend Telefonate, die meine einsame Insel mit anderen Inseln verbanden. Das Telefon legte ich in die Erde des Gummibaums.

Im Bad wusch ich mir den Richterbusch von den Füßen und Herrn Oebing von der Haut. Beides verrann im Abfluss. Und weg war Herr Oebing. Ein bisschen theatralisch war das natürlich schon, aber die Nachwehen dieser Nacht taten weh. Sie schmerzten überall. Wenn es einen überall schmerzt, dann wird man hin und wieder theatralisch, dann weiß man sonst nämlich nicht, wohin mit seinen Gedanken und mit den Schmerzen. Vielleicht beruhigt man sich ein bisschen schneller, wenn man ein wenig übertreibt. Und übertreibt man nur lange genug, ist irgendwann alles zum Lachen. Das wusste schließlich jeder.

«Scheiße», sagte ich wieder, als ich aus der Dusche gestiegen war, und es hörte sich nicht mehr ganz so schlimm an. Aber doch schlimm genug.

An diesem frühen Sonntagnachmittag fielen mir die Dinge nach und nach wieder ein. Als müsste sich mein Gehirn erst sortieren, wie ein Puzzle mit winzigen Teilchen. In einem frischen, weißen T-Shirt lag ich wieder auf dem Hochflorteppich und ließ mein Gehirn sich sortieren, bis ihm das rote Spielpüppchen einfiel.

Ich stand auf. Im Flur hob ich erst das Kleid auf, legte es auf die Kommode und entdeckte einen Grasfleck auf der Seidenschleife. Der Blumenkranz vertrocknete schon, ich zwängte ihn auf die Türklinke des Badezimmers. Ich öffnete das schwarze Handtäschchen, um mich ein bisschen mit dem Spielpüppchen zu unterhalten, um es in der Hand halten und mich daran erinnern lassen zu können, dass nicht alles verlorenging.

Außer einer Packung Taschentücher und ein bisschen Kleingeld, einem Lippenstift und zwei Grashalmen entdeckte ich nichts. Ich schüttelte die Handtasche aus, das Kleingeld rollte über den Holzfußboden, der Lippenstift landete auf meinem nackten Fuß, die Taschentuchpackung flog gemeinsam mit den zwei Grashalmen in hohem Bogen durch die Luft. Das rote Püppchen des Mensch-ärgere-dich-nicht-Spiels, das rote Spielpüppchen, das an der Unterseite nackt war, holznackt, das rote Spielpüppchen war weg. Zum zweiten Mal verlorengegangen. Fort. Und mit ihm meine ganze Hoffnung.

So stand ich vor dem Spiegel im Flur. Stand da mit der Handtasche, die ihr schwarzes Futter heraushängen ließ, als streckte sie mir die Zunge heraus. Der T-Shirt-Ausschnitt war verrutscht, meine Haare streckten sich in alle Himmelsrichtungen, der Pony wellte sich unschön. Ich stand da und schaute mich an und fragte mich, wer ich war. Mina sagte immer, dass es ganz wichtig ist, zu wissen, wer man ist. Nur dann, wenn man weiß, wer man ist, kann man sich selbst vertreten. Dann kann man sich ordentlich vorstellen, auch bei sich selbst, dann kann man sich die Hand schütteln und sagen: «Schön, dich kennenzulernen.» Ich wusste nicht, wer ich war. Die merkwürdige Frau im Spiegel konnte ich jedenfalls nicht sein, glaubte ich. Und ich wollte sie auch nicht sein.

Das Spielpüppchen war vielleicht unbemerkt aus meiner Handtasche geschlüpft, in dieser Nacht, weil es dachte, ich hätte es nach Hause gebracht. Wahrscheinlich war es geradewegs unter die Eckbank gerollt, um für immer zu verschwinden, weil es mit mir nichts anfangen wollte. Oder konnte. Ich wusste es ja auch nicht.

Weil ich, wie so oft, ahnungslos war, setzte ich mich aufs Sofa, ließ den Kopf von der Sitzfläche baumeln und spielte Fledermaus. Ich dachte an Herrn Oebing, es hätte doch alles so schön sein können, weil sich die Nacht nicht schräg angefühlt, weil seine Hand so gut zu meiner gepasst hatte. Vielleicht könnten wir noch einmal darüber reden, weil ich doch gar nicht so schlecht im Fragenstellen war, und im Antwortenfinden, zumindest für andere. Allerdings, und ich seufzte tief und lang, war das rote Spielpüppchen verloren, dazu all meine Hoffnung, ich wusste nicht, wer ich war, und weiter wusste ich sowieso nicht. Meine kreisenden Gedanken machten mich müde, ich dämmerte kurz weg, dachte im Halbschlaf an die letzte Nacht und daran, dass Herr Oebing gut roch. Ich dachte daran, wie sich ein Zuhause anfühlt.

Und dann klingelte das Telefon. Benommen schreckte ich hoch, mir war schwindelig, ich wankte durch die Wohnung und suchte das Läuten. Im Flur blieb ich stehen und hörte dem Klingeln zu, bis mir einfiel, dass das Telefon im Gummibaum lag.

«Mina?», sagte ich. «Das ist ja ein Zufall, dich wollte ich nämlich auch noch anrufen, und dann dachte ich, vielleicht hast du dich ein bisschen hingelegt, und wollte dich nicht stören, aber es ist schön, dass du anrufst, weil ich dir was erzählen muss.»

Mina sagte nichts, und erst dachte ich, die Leitung wäre tot oder Mina wäre, mal wieder, aus Versehen an die Taste zum Auflegen gekommen. Aber dann machte im Hintergrund etwas SIIIEP, was eindeutig Minas Wasserkocher war, und nachdem ich noch einmal «Mina?» gefragt hatte, rührte sich jemand im Telefon.

«Ella, bitte komm», sagte sie leise. Und dann legte sie auf. Einfach so. Mina hatte noch nie einfach so aufgelegt.

Ich atmete flach, als ich mir eine Hose überwarf, als ich meine Haare zu einem Pferdeschwanz zusammenband, ich atmete flach, als ich nach dem Autoschlüssel griff und mich beinahe nicht mehr an den Weg zu Mina erinnern konnte.

Meine Luft bemühte sich, sehr sogar, aber sie war nie gut gewesen in dem, was sie tat. Mein flacher Atem blieb in dem Treppenhaus, das ich seit vierunddreißig Jahren kannte, mucksmäuschenstill. In der Nachbarwohnung dudelte an diesem Sonntagnachmittag Radiomusik, ansonsten hörte ich nichts. Mit Minas Zweitschlüssel schloss ich hektisch die Wohnungstür auf und betrat ihren Flur, der nach meiner Kindheit roch.

«Mina?», rief ich lauter, als ich wollte. «Mina?!»

Opa Hans in seinem runden Rähmchen im Flur sah aus wie immer. Minas Sachen sahen aus wie immer. Es war nichts passiert, bestimmt war nichts passiert, was sollte denn schon passiert sein, alles sah aus wie immer, alles roch wie immer, alles hörte sich an wie immer, alles.

«Mina?»

Ich ließ meine Handtasche fallen, genau neben Minas Schuhschränkchen, dort, wo ich sie immer fallen ließ, wenn ich hier war. Meine Schuhe trat ich mir von den Füßen und lief barfuß über den alten Teppichboden, der efeugrün war. Und nicht mehr sehr schön, was mir heute zum ersten Mal auffiel.

«Mina?»

Ich schaute ins Wohnzimmer, aber das Sofa war leer, ich sah im Schlafzimmer nach, wo sie auch nicht war, und plötzlich fühlte ich mich, als würden wir Verstecken spielen, so wie damals, als ich mich einfach immer in Minas Kleiderschrank quetschte und Mina einfach immer sehr überrascht tat, als sie mich nach langem Suchen endlich fand.

«Hier», sagte sie leise. Ihre Stimme kam aus der Küche. Mina saß auf einem Küchenstuhl, die Hände in den Schoß gelegt. Vor ihr, auf dem winzigen Tisch, stand eine riesige Schüssel Stachelbeeren. Sie hatte noch nicht mit dem Aussortieren begonnen.

«Mina! Was ist denn los? Geht es dir nicht gut? Hast du Schmerzen? Ist was passiert?» Ohne eine Antwort abzuwarten, befühlte ich ihre Stirn, vielleicht hatte sie Fieber, vielleicht brauchte sie einen Tee oder einen Gipsverband oder ein Stück Torte. Vielleicht.

«Hör mal auf. Alles gut», sagte sie, und ich beugte mich trotzdem über sie und setzte ihren Doktorenblick auf. So wie sie damals. Im Richterbusch. Als sie Manfred begutachtet und ihm einen gestreiften Waschlappen auf die Stirn gelegt hatte.

«Was hast du denn?», fragte ich.

«Ich hab gar nix, Stöpsken. Es ist nur so dunkel hier», antwortete sie und schaute sich in der Küche um, schaute umher und erkannte ihre eigene Teekanne nicht mehr, die auf dem Schrank stand und deren Emaille viele feine Risse bekommen hatte. Mit den Jahrzehnten. Wegen der Dunkelheit erkannte sie auch nicht ihre Kaffeemühle auf der Anrichte, die neben dem überfahrenen Maulwurf stand und mit der ich früher immer gespielt und so lange an der Kurbel gedreht hatte, bis Mina sagte, dass es jetzt auch mal gut war mit dem Durchdrehen.

Die Sonne strahlte, ich konnte mir keinen helleren Tag vorstellen, und ich schaute mit ihr in der Küche umher und sah, dass sie alle Lichter angeknipst hatte. Selbst ihre Taschenlampe stand eingeschaltet neben den Stachelbeeren. Es war immer noch genau die Taschenlampe, die wir auf unsere Eckbankexpeditionen mitgenommen hatten, um die verlorenen Dinge zu suchen.

«Hier drin sind alle Lampen an, draußen ist helllichter Tag. Es ist nicht dunkel», sagte ich.

«Doch, mein Stöpsken, das ist es. Ich kann fast gar nichts mehr sehen. Vielleicht ist die Sicherung rausgesprungen. Kannste mal bitte nachgucken?»

Es war nicht dunkel, verdammt noch mal. Wahrscheinlich war etwas mit ihren Augen nicht in Ordnung, oder mit ihrem Kopf.

«Kannst du mich denn sehen?», fragte ich und beugte mich noch weiter zu ihr herunter.

«Aber sicher, Ella. So wie immer», sie tätschelte mir die Wange und streichelte mir den Pony aus der Stirn. «Aber sonst ist es hier zappenduster.»

Ich überlegte, was zu tun war, und hoffte, ich würde mich für das Richtige entscheiden. Zum Zuppeln blieb keine Zeit.

«Ich rufe jetzt einen Arzt. So geht das doch nicht! Der kann kurz nachschauen, ob was mit deinen Augen nicht stimmt.»

«Nein, ich brauche keinen Arzt. Besser einen Elektriker.»

Ich stöhnte.

«Dann bringe ich dich eben ins Krankenhaus.»

«Ella, hör auf jetzt und mach mich nicht dusselig.» Sie runzelte die Stirn. Mit Minas Stirnrunzeln war noch nie gut Kirschen essen gewesen.

Ich lief in den Flur, um die Sicherungen zu prüfen. Pro forma und nur um Mina einen Gefallen zu tun. Ich versuchte die Tür des Sicherungskastens so laut zu öffnen, dass sie es auch ja bis in die Küche hörte. Dann klapperte ich herum, um die Tür ein paar Augenblicke später wieder zuzuknallen. Die ganze Zeit überlegte ich, was ich mit Mina machen sollte, wen ich fragen könnte, denn ich wusste nicht, wie ich die Dunkelheit verscheuchen sollte. Und weil mir nichts einfiel, ging ich zurück in die Küche. Aber da saß Mina nicht mehr.

«Mina?», rief ich wieder, hatte keine Lust auf Versteckspielen und nahm mir, ganz automatisch, eine Handvoll Stachelbeeren.

«Hier!», antwortete Mina, und mir hüpfte eine Stachelbeere aus der Hand, die unter den Küchenschrank rollte. Die ist für immer verloren, dachte ich.

Mina war durch ihre Dunkelheit getapst und saß nun auf ihrem brettharten Sofa. Sie sah so klein in ihrem Wohnzimmer aus, als würde sie sich gleich in Luft auflösen.

«Hab die Sicherungen alle wieder reingedreht», sagte ich. «Bestimmt wird's gleich wieder hell.»

«Danke, mein Stöpsken. Komm, setz dich mal zu mir.» Sie klopfte mit der Hand auf das Sofa. Mina sprach langsamer als sonst. Und viel leiser. Vielleicht aber war wirklich alles gut, vielleicht hatte Mina nur einen kurzen Stromausfall. Ich setzte mich zu ihr. Vielleicht war sie nicht krank, sondern nur sehr müde. Dann nahm ich ihre Hand, die fast durchsichtig war, ihre Seidenpapierhauthand.

Mina lächelte ihr stilles Mina-Lächeln, das nur sie lächeln konnte. Das Lächeln, das so schön wie Weihnachten war. Das Lächeln, das mich an Engel denken ließ. Ihr Herzschlag puckerte in mich hinein. Er beruhigte mich. Wie immer. Aber ihre Hand war kalt. Ich legte ihr meinen Arm um die schmalen Schultern, um sie ein bisschen zu wärmen. Dann saßen wir nur ganz ruhig da, in Minas Stromausfall, mit allen brennenden Lampen und mit dem helllichten Sonntag, der mir plötzlich ganz friedlich zu sein schien, obwohl ich Sonntage per se nicht mochte. Ich dachte daran, dass Mina die Einzige war, die mich verstehen konnte, und dann dachte ich daran, wie sehr ich sie liebte, weil man das zwar nicht vergessen konnte, sich aber nicht immer daran erinnerte. Danach dachte ich an Boy George und an Manfred, an Mohammed, an die gewürzten Lammkoteletts, ich dachte an den Apfelbaumschatten und an Ilses verwilderten Garten.

«Was meinst du, Mina, haben in Ilses Garten wirklich steinalte Schildkröten gelebt?», fragte ich, als ich zu Ende gedacht hatte, und mir kam diese Frage dumm vor, aber Mina lachte leise und antwortete, dass sie tatsächlich mal eine gesehen hatte. Aber nur kurz. Und nur den Panzer.

«Ha! Wusste ich's doch!», sagte ich. Ich stellte mir die große, steinalte Schildkröte vor, die vielleicht wirklich in Ilses Gartendickicht gelebt hatte. Dann schwiegen wir wieder eine Weile. Ich wusste nicht genau, ob es das angenehme Schweigen war oder das, das sich breitmachte. Minas Hand wurde nicht wärmer, obwohl ich mich sehr anstrengte, all die Hitze dieses Sommers mit meinem Daumen in sie hineinzustreicheln. Während ich streichelte, dachte ich an Herrn Oebing und an das Tanzen. Danach dachte ich an die warme Nacht und an das kühle Gras, und ich dachte an die verloren geglaubten Küsse und an die verpassten Glühwürmchen.

«Yvonnes Hochzeit war übrigens noch sehr schön gestern. Abends gab es ein großes Buffet, und danach haben alle getanzt», erzählte ich, weil Geschichten bestimmt von der Dunkelheit ablenken konnten.

«Du auch?», fragte Mina gedämpft, und sie lehnte müde in meinem Arm.

«Sogar ich. Stell dir das mal vor! Mir tun jetzt noch die Füße weh.» Ich streckte die Beine in die Luft und wackelte mit den Zehen. «Und ich habe gestern auf der Hochzeit jemanden getroffen, den ich eigentlich schon kannte. Und dann auch wieder nicht, das ist schwer zu erklären, aber mit dem habe ich viel getanzt, fast den ganzen Abend lang, und der trug vielleicht lustige Schuhe, Himmel, was waren das eigenartige Schuhe! Die müsstest du mal sehen! Irgendwann hatten wir keine Lust mehr aufs Tanzen, und eigentlich wollte ich ihm die Glühwürmchen zeigen, in deinem Garten, weil es doch so schön ist, die Glühwürmchen zu sehen. Mina, erinnerst du dich noch an die Glühwürmchen? Das war immer so schön. Und dann sind wir in den Richterbusch gegangen, hinter die Laube, und haben auf die Glühwürmchen gewartet, aber es kamen keine. Er fand es auch ohne Glühwürmchen ganz wunderschön in deinem Garten. Das war es ja schon immer. Und dann haben wir uns geküsst, das war noch schöner als die Glühwürmchen, Mina.» Ich dachte nicht darüber nach, was ich sagte. Ich dachte nicht darüber nach, weil ich erst acht Jahre alt war, in diesem Augenblick, und weil eine Geschichte die Dunkelheit weniger schlimm machte. Hoffte ich.

«So was Ähnliches hab ich mir schon gedacht. Deine Fenster waren alle offen», sagte Mina sanft, lächelte still dabei und nickte, als würde sie sich selbst zustimmen. «Bin stolz auf dich. Gut, dass du da warst. Dann haste ja noch mehr Dinge wiedergefunden als nur das Püppchen. Aber das muss ich dir ja nicht sagen. Das weißt du ja schon. Hoffe ich.»

Ich zuckte mit den Schultern. Ich wusste gar nichts.

Mina löste sich langsam aus meiner Umarmung und streichelte meine Wange. Ihre Wackelaugen waren blau, sie sahen in mich hinein. Wir hielten das aus, wir waren gut darin.

«Es war genau das Richtige, Ella», sagte sie, als hätte sie meine Frage sehen können, die ich mir seit dem Aufwachen stellte. Ein paar Augenblicke später, nachdem sie tief eingeatmet hatte, sagte sie fast lautlos, während sie in mich hineinschaute: «Und ich kann dann jetzt gehen.»

«Wohin willst du denn jetzt? Es ist nicht so gut, im Dunkeln irgendwohin zu gehen. Da stößt man sich nur die Zehen an. Bleib lieber hier», sagte ich, und ich wollte es nicht verstehen, aber die Angst stolperte schon in mich hinein.

«Mein Stöpsken», sagte sie noch leiser und schwieg und wurde immer kleiner. Sie beugte sich im Sitzen nach vorn, legte ihre Hände auf die Oberschenkel, rieb sie langsam, als würde sie gleich «Auf geht's!» sagen wollen und dann Schwung holen, um aufzubrechen. Ich streichelte ihren Rücken und sagte, ich würde doch einen Arzt rufen und einen Elektriker, sicher sei sicher, aber Mina wollte sich nur ein bisschen hinlegen. Sie kippte langsam nach rechts auf das Sofa, und sie musste wirklich sehr müde sein. So sah Mina nur dann aus, wenn sie sehr, sehr müde war.

Als sie ihren Kopf auf das Sofakissen gelegt hatte und die weißen Löckchen sich fast aufzulösen schienen, murmelte sie etwas, das ich nicht verstand. Es war wie ein Einschlafmurmeln, das man manchmal vor sich hin brummelt, wenn man sich unbedingt noch einen wichtigen Gedanken merken will. Weil ich ihr Murmeln nicht verstand, kniete ich mich neben ihrem Kopf auf den Boden und nahm ihre kalte Hand. Mina räusperte sich und schaute mich an, ihre Augen waren jetzt grün und befreiten sich für einen Moment von der Müdigkeit.

«Weißte Ella, du bist manchmal wirklich ein kleines Dummerchen», sagte sie leise.

«Mhmh», antwortete ich.

«Krieg das jetzt nicht wieder in'n falschen Hals, ich lieb dich nämlich dafür, dass du ein kleines Dummerchen bist.

Aber weißte noch was? Soll ich dir was verraten?», sie atmete leise. «Du konntest das immer schon. Das Häusersehen, meine ich.» Ihre Augen wurden trübe, weil sie schlafen wollten. «Du hast dir die Häuser oft vorgestellt. Und nichts anderes habe ich auch getan. Ich hab sie mir vorgestellt, in allen Farben und Formen und mit allem Gedöns, das dazugehört.» Mina seufzte leise. «Du denkst immer, du könntest sie nicht sehen. Da würde ein großes Geheimnis dahinterstecken. Dabei tust du es schon. Du musst nur einfach mehr auf dich selbst vertrauen.» Mina sah mich leise an und runzelte sacht die Stirn. «Du schaffst das, Ella. Keine Angst.»

«Is gut», sagte ich, und mein Herz pochte in meinem Hals, und ich drückte die kleine Seidenpapierhauthand an meinen Mund und küsste sie. Sagen konnte ich nichts mehr. Minas Herzpuckern wurde sehr still, während ich ihre Hand hielt.

«Es ist so dunkel», sagte Mina wieder und suchte nach meinem Blick, an dem sie sich festhielt, weil wir doch gut waren, im Aushalten und im Festhalten.

«Es wird bestimmt bald wieder hell», sagte ich. Oder ich sagte es nicht und dachte es nur, ich wusste es nicht, aber Mina hatte es vielleicht trotzdem gehört. Ich wollte nur, dass Mina sich ausruhte und dass ich am Donnerstag bei ihr übernachten könnte. So wie immer. Auf Minas Armen breitete sich eine Gänsehaut aus, ihre Hand war eiskalt. Sie atmete schwach und schaute mich an. Sie schaute mich so an, wie man nur jemanden ansehen kann, den man für immer in sein Herz gelassen hat. Komme, was wolle. Minas Bild verschwamm für einen Moment, denn meine Augen liefen über. Ich merkte nicht, dass ich weinte, und dann fror auch ich, und die Zeit hielt an.

«Stöpsken», flüsterte Mina, und ich stand auf, nahm die Decke, die immer über der Sofalehne lag, unter der ich die

Windpocken auskuriert hatte und unter der jedes Herzweh erträglicher wurde. Ich schüttelte die Decke auf, es klang, weil die Zeit stillstand, wie das Flügelschlagen einer Taube. Sacht breitete ich sie über Mina aus, zog sie über ihre Füße und strich sie glatt. Mina kam mir nur noch staubkorngroß vor.

«Komm, ich deck dich zu», sagte ich.

Mina lächelte still und schaute mich an. Ihre Augen waren blau. Und grün.

Ich bedeckte ihre Schultern mit der Wolldecke, unter der man alle Schmerzen dieser Welt gut aushalten konnte. Leicht streichelte ich Minas Wange, ihre Falten schienen sich zu glätten.

«Keine Angst», flüsterte Mina, sie lächelte noch einmal, und dann verloren ihre Augen die Farben. Das Grün flog mit dem Blau einfach davon. In den helllichten Tag.

«Keine Angst», flüsterte ich. Aber das hörte sie nicht mehr.

Glühwürmchen sterben im August.

28

Mina.

Als Mina am Morgen des Augustsonntags, es mag gegen 8 Uhr gewesen sein, in ihrer Hängematte auf der Dachterrasse ihres apfelroten Hauses erwachte, bemerkte sie etwas Außergewöhnliches.

«Ker, was hat das denn schon wieder zu bedeuten?», fragte sich Mina, die immer schon sehr neugierig gewesen war und außerdem eine blühende, wundersame Phantasie in ihrem Garten hegte, die große Knospen trug. Über ihrem apfelroten Haus nämlich, das auf einer hohen Düne mit herrlichem Weitblick stand, spannte sich an diesem Morgen noch immer der nächtliche Himmel mit seinen Sternen, die Mina hin und wieder durch das gutpolierte Fernrohr betrachtete.

Mina, die sich nie über etwas gewundert und sich ihre Angst vor langer Zeit bei einem Strandspaziergang abgewöhnt hatte, hüpfte leichtfüßig aus ihrer Hängematte, um der Sache auf den Grund zu gehen. Sie blätterte in ihrer mehrstöckigen Bibliothek in einigen Antwortkatalogen, die sie selbst angelegt hatte. Denn mit ihrem Fernrohr entdeckte sie seit jeher in der Ferne oder in der Nähe alles Mögliche, oder Unmögliche, das für die meisten im Verborgenen blieb. Damit konnte sie weiter und besser sehen als jeder andere. Das Mögliche, oder Unmögliche, dokumentierte Mina dann, wenn sie es entdeckt hatte, mit großer Freude in ebenjenen Katalogen. Und so war, über die Jahre, eine sehr ansehnliche Enzyklopädie in Minas mit efeugrünem Teppichboden ausgelegter Bibliothek gewachsen, die die allgemeinen und die speziellen Fragen des Lebens beantworten konnte.

Warum sich allerdings der Nachthimmel an diesem Vormittag des Augustsonntags noch nicht verabschiedet hatte, das konnte sich Mina nicht beantworten. Und so kochte sie, um besser nachdenken zu können, einen Tee, ihr Wasserkocher machte dabei ein lustiges SIIIIEP, dann stieg sie mit der gefüllten Teekanne, die mit den feinen Rissen in der Emaille, über ihr leichtes Gepäck, das sie schon bereitgestellt hatte.

Kürzlich nämlich, als im Haus auf dem Nachbargrundstück endlich ein bisschen Leben aufgekommen war, obwohl es doch sonst immer sehr still und ruhig mit seinem schrägen Dachgiebel und den geschlossenen Mimosenfensterläden dagestanden hatte, wusste Mina, dass sie sich so langsam für ihre Abreise bereitmachen durfte.

Stundenlang, jahrelang hatte Mina das hübsche, windschiefe Nachbarhaus durch ihr Fernrohr, das zwischen zwei prächtigen Stachelbeerbüschen auf der Dachterrasse platziert war, beobachtet. Beschützend bewacht hatte sie es außerdem, und oft hatte sie mehrere Bände ihrer Antwort-Enzyklopädie per Eilpost in den versteckten Briefkasten an der Ostseite des schrägen Hauses geschickt.

Und heute, da sie nun wieder einmal auf der Dachterrasse ihres apfelroten Hauses stand, eine Tasse Tee schlürfte und sich den Seewind um die Nase wehen ließ, der ihre Löckchen zwirbelte, sah sie, da ja seltsamerweise immer noch Nacht war, dass das Nachbarhaus hell erleuchtet war. Alle Fensterläden standen zum Lüften offen. Mina lächelte still, und das Dünengras rauschte leicht, als sich ein paar Glühwürmchen zu ihr herüber verirrten, die in ihrem Garten, direkt neben der blühenden Phantasie, ganzjährig anzutreffen waren. Hin und wieder erfüllten sie sogar Wünsche.

Ein letztes Mal schaute Mina beruhigt durch ihr Fernrohr auf das Nachbargrundstück und entdeckte eine kleine Person im Garten, die sie selbstverständlich kannte. Sie kannte sie sogar außerordentlich gut. Und sie liebte sie so sehr, dass sich Mina viel Zeit beim Packen ihrer Reiseutensilien gelassen hatte. Die Frau, die wie ein kleines Mädchen mit aschblonden Haaren aussah und die neben einer steinalten Schildkröte in ihrem verwilderten Garten stand, winkte Mina mit beiden Armen zu.

Und Mina, die bereits ihr leichtes Reisegepäck geschultert, ihren Expeditionshut und die riesige Sonnenbrille aufgesetzt hatte, hielt eine Taschenlampe in der einen Hand, mit der sie zurückwinkte, und ließ mit der anderen eine letzte Luftpostkarte im Seewind segeln, die das schräge Haus bald erreichen sollte.

«Keine Angst!»

Und als hätte jemand am Nachmittag des Augustsonntags die Sicherungen wieder eingedreht und den Stromausfall des Himmels repariert, erstrahlten die Landschaft, das Dünengras und das apfelrote Haus ganz kurz in einem gleißenden Weiß, das selbst die blühende Phantasie für einen Moment blendete. Es war wieder Tag. Die Dunkelheit ausgeknipst. Die Farben kehrten zurück.

Dann war das gleißende Weiß verschwunden.

Und mit ihm Mina.

29

Die Dunkelheit umfing mich, obwohl immer noch helllichter Tag war. Körperlos saß ich auf Minas Wohnzimmerboden. Ich hielt ihre Hand, die nicht mehr puckerte. Ich hielt sie trotzdem und versuchte, mir zu merken, wie sie sich anfühlte. Mina lächelte immer noch still. So konnten nur Engel lächeln. Ich war mir nicht sicher, ob ich noch da war oder mit Minas Farben fortgeflogen. Deswegen saß ich auf Minas Wohnzimmerboden und fühlte mich körperlos und eigenartig taub. Die Zeit stand still. Der Strom war ausgefallen, und die Dunkelheit lachte sich ins Fäustchen. Sehen konnte ich sie nicht, aber ich hörte ihr Glucksen.

Lange musste ich da wohl sitzen geblieben sein, bewegte mich nicht, atmete nicht, dachte nicht, saß nur da und wartete auf das Grau. Aber es kam nicht. Mina wurde nicht grau. Nur ihre Farben fehlten.

«Mina?», fragte ich sie in meinen leeren Gedanken. «Bist du noch da?» Die Frage hallte in meinem Kopf nach. Meine Stimme erkannte ich kaum. Auf dem Wohnzimmertisch krabbelte ein Marienkäfer. Er lief durch die stillstehende Zeit, als wäre nichts passiert. Ich versuchte, meine Beine zu bewegen. Wenn man körperlos ist, wenn die Zeit angehalten wird, bewegt sich nichts so einfach. Nur der Marienkäfer krabbelte weiter.

«Du kannst doch nicht einfach so weg sein», sagte ich in meinem Kopf zu Mina, und dass sie doch bitte wieder zurückkommen sollte, weil ich nicht wusste, was ich jetzt machen sollte, wenn ich wieder verlorenging. Der Marienkäfer landete auf meinem Knie. Ich sah ihn, aber ich fühlte nichts. Auf meinen angewinkelten, tauben Beinen krabbelte er aus meinem Blickfeld. Ich wünschte mir, Mina hätte mich mitgenommen. Ich wünschte mir, unsere Farben wären gemeinsam fortgeflogen. Und ein bisschen war es auch so.

Ich fror, auf meiner Stirn wuchsen Schweißperlen. Mit dem Daumen streichelte ich Minas Handrücken. Die Seidenpapierhaut war nun völlig transparent.

«Ich hoffe, es ist nun hell bei dir», flüsterte ich in die Zeit, die sich nicht bewegte. Minas Hand ließ ich nicht los, als ich den Arm streckte und meine Stirn darauf ablegte.

«Vor keinem Tag hatte ich mehr Angst als vor diesem, Mina», flüsterte ich in meinen Arm. «Aber danke, dass du wenigstens dein Lächeln hiergelassen hast. Ich glaube, dann war es vielleicht gar nicht so schlimm. Für dich, meine ich.»

Ich hoffte, Mina würde mir antworten und sagen, dass es gar nicht schlimm war. In meiner Phantasie war Mina von hier aus am Meer gelandet und spazierte durch Dünengras, weil sie es doch so sehr mochte, und ihre Löckchen zwirbelten sich im Wind, und sie sagte, dass alles halb so wild gewesen war, und «Stöpsken» sagte sie auch, weil ich es so sehr mochte, wenn sie das sagte.

«Aber weißt du was?», flüsterte ich. «Mit einem hattest du ausnahmsweise mal nicht recht.» Ich drückte ihre Hand ein letztes Mal ganz fest. «Alles geht verloren, Mina. Alles.» Und dann ließ ich sie los.

Lange musste ich auf dem Wohnzimmerboden vor dem bretthartenSofa sitzen geblieben sein. Körperlos und taub, die Zeit berührte mich nicht.

Irgendwann klingelte mein Handy in der Handtasche neben Minas Schuhschränkchen. Es dauerte, bis das Klingeln durch den Zeitpudding zu mir vordrang. Mühsam versuchte ich, mich zu bewegen. Ich krabbelte langsam über den Teppichboden, der nicht sehr schön war. Nach gefühlten Stunden erreichte ich endlich den Flur und mein Telefon. Die Verbindung knackste und rauschte, denn Yvonnes Telefon war am Puderzuckerstrand, weit weg von allem.

«Ella? Hallo Ella?», fragte sie.

«Hallo.»

«Das war ein Flug ... Puh. Was gibt's denn?»

«Bin bei Mina.»

«Das ist schön. Richte ihr liebe Grüße aus. Wir sind gerade erst im Hotel angekommen, und es ist so unglaublich phantastisch hier. Wahnsinn! Ich schicke dir gleich ein paar Fotos. Warum solltest ich dich denn anrufen?»

«Das wird nicht gehen.»

«Was?»

«Das Grüßen.»

«Bitte? Ich verstehe dich so schlecht.»

«Ich kann keine Grüße an Mina ausrichten.»

«Wieso? Ich dachte, du bist bei ihr? Ella, wir checken gerade ein. Sag doch einfach, was du wolltest.»

«Yvonne ...»

«Was hast du?»

«Mina ist weg.»

«Wie, weg?»

«Mina ist ...»

«Ella?»

«Mina ist weg. Und sie hat ihre Farben verloren. Aber sie ist nicht grau. Noch nicht.»

Am anderen Ende der Leitung wurde es still. Ich hörte die Hotelgeräusche. Und ich hörte Yvonne atmen. Lukas hörte ich «Yvonne?» sagen, und ich hörte mein Blut in den Ohren rauschen.

«Ist Mina …?»

«Ja.»

«Ich komme sofort zu dir nach Hause», sagte Yvonne, und ich nickte bloß.

Ich nickte noch, als ich das Telefon in der Hand auf meinem Schoß hielt, als ich im Flur auf dem Teppichboden saß und die Verbindung zum Puderzuckerstrand längst gekappt war.

Nichts war mehr wie immer. Alles war verlorengegangen. Und alle Märchen waren zu Ende.

Diese Stadt hatte nie viele Farben gehabt. Sie war an manchen Stellen moosgrau, anderswo kieselgrau. Dort war sie schmutzgrau, hier taubengrau. Wer in dieser Stadt lebte, kannte die feinen Nuancen des Grau. Schien die Sonne, begegnete einem manchmal sogar ein schönes Perlgrau. Seitdem Mina am Sonntagnachmittag alles mitgenommen hatte, was mich zusammenhielt, gab es in dieser Stadt keine Farben mehr. Nicht mal mehr die vielen Grautöne, die meine Heimat früher angepinselt hatten. Sie waren einfach weggeflogen, hatten sich in den Himmel verabschiedet, wie Herrn Fritz' Wellensittiche an jenem Sonntag im Richterbusch, hatten ein Weilchen geflattert, dann beigedreht, und schließlich waren sie langsam in der Ferne verschwunden.

Ohne Bewusstsein war ich. Wie nach einem schweren Unfall fühlte ich mich, obwohl ich mir noch nie etwas gebrochen hatte, solange ich mich erinnern konnte. In meinem Kopf rauschte es unaufhörlich, als wäre ich mit einem Schwerlaster kollidiert. Ungebremst. Farblos stand meine Welt still.

Jeder, der erwachsen ist, weiß über den Tod Bescheid.

Selbst der, der ihn noch nie gesehen hat. Mir war er ja schon einmal begegnet, zufällig, ich wusste, dass er alles grau machte. Jeder Erwachsene weiß, dass man eines Tages keine Umleitungen mehr nehmen kann und dass alle Wege, die sich um viele oder nicht so viele Jahre herumschlängeln und manchmal weit verzweigen, letztlich wieder zusammenführen. Dorthin nämlich, wo das große Stopp-Schild am Ende der Sackgasse steht. Jeder Erwachsene weiß das. Ich aber wollte es nicht wissen, ich hatte mich bis zu diesem Sonntag lieber versteckt und mir die Augen zugehalten. Ich hatte den Tod nie wiedersehen wollen. Und ich wünschte mir so bitterlich, wieder klein sein zu dürfen, vielleicht fünf oder sechs Jahre alt wollte ich sein, weil Kinder annehmen, dass man für immer und ewig lebt. So wie sie annehmen, dass Glühwürmchen ganz sicher Feen sind, die einem in Sommernächten Wünsche erfüllen. So wie sie daran glauben, dass nicht alle Märchen am Ende zu Ende sind, und dass es manchmal nur ein Frikadellengeruchlüftchen braucht, das verspricht, dass alles wieder in Ordnung kommt.

Ich hatte Mina nie Oma genannt. Weil ich annahm, dass Großmütter irgendwann vom bösen Wolf gefressen werden und dann zwar nicht tot, aber futsch sind. Theoretisch. Das kannte ich von Rotkäppchen. Mina durfte keine Großmutter sein. Ohne sie wäre ich in meiner schrägen Welt untergegangen, das wusste ich bereits sehr früh. Oft hatte ich darüber nachgedacht, was aus mir geworden wäre, wie weit ich es auf meinem Weg geschafft hätte, wenn es Mina nicht gegeben hätte. Wenn der böse Wolf sie erwischt hätte. Und nun gab es sie tatsächlich nicht mehr. Glücklich hätte ich sein müssen, dass mich Mina so lange begleitet hatte, wie sie konnte. Ich aber verlor das Bewusstsein.

«Wenn einer gestorben ist», hatte Mina immer gesagt,

während sie das runde Rähmchen von Opa Hans im Flur abstaubte, «dann kann man ihn in Gedanken immer besuchen. Da lebt er nämlich ein bisschen weiter. Wenn auch nicht richtig, und die Erinnerungen verblassen mit der Zeit. Aber versuchen kann man's ja trotzdem. Das mit dem Besuchen. Und mit dem Erinnern.»

Ich hatte die Vorstellung, dass ein Toter in meinen Gedanken leben sollte, merkwürdig und ein bisschen unheimlich gefunden. Jahrzehnte später, in diesen farblosen Stunden, nachdem Mina mich verlassen hatte, fand ich überhaupt nichts mehr, weil der Tod ein Scheusal sein kann und alles für sich haben will. Er nimmt einfach alles mit. Zumindest dachte ich das, während ich seit Sonntagnachmittag nur noch bewusstlos vor mich hin starrte.

Wenn alles mitgenommen wird, wenn alles verlorengeht, bleiben einem nicht viel mehr als zwei Möglichkeiten. Entweder, man versucht das, was verlorengegangen ist, wiederzufinden. Oder man versucht es eben nicht. Ich traf keine Entscheidung für eine der beiden Möglichkeiten. Wegen der Bewusstlosigkeit traf ich überhaupt keine Entscheidungen, und wenn keiner mehr da ist, den man nach dem richtigen Weg fragen kann, weil man plötzlich Waise geworden ist, dann ergibt man sich. Dann schwenkt man kraftlos die weiße Fahne und wünscht sich nur noch ein Krokodil in der Badewanne, das man stundenlang beim Nichtstun beobachten kann. Oder eine steinalte Schildkröte, zu der man in den Panzer schlüpfen kann, um nie wieder aus dem hochgesicherten Haus an die frische Luft treten zu müssen. Ich zumindest wünschte mir das. Wie früher.

Diese Stadt hatte die Farben verloren und ich das Bewusstsein. Daran änderte auch Yvonne nichts. Nur das schlechte Gewissen, weil sie sich in den nächsten Flieger nach Hause und dann zu mir gesetzt und ihre Flitterwochen abgebrochen hatte, spürte ich im hintersten Winkel meines Kopfes. Ihre schweigenden Umarmungen spürte ich auch ein bisschen.

Yvonne hielt lange meine Hand und saß neben mir auf meinem Sofa, als würde sie auf der Bettkante im Krankenhaus sehr besorgt einen Schwerkranken besuchen. Zwischendurch tigerte sie durch meine Wohnung und räumte auf, telefonierte dabei und flüsterte: «Ich weiß ja auch nicht, wie ich ihr helfen soll», als wäre ich gar nicht da. Und vermutlich war ich es auch nicht, weil ich doch nur Mina sehen konnte, durch mein Starren, und wie der Bestatter die staubkorngroße Mina vor ein paar Stunden in einem schwarzen Sack auf einem klapprigen Gestell aus dem Haus und über die graue Straße gefahren hatte. Und dass Yvonne am nächsten Tag sagte, ich könne doch nicht arbeiten gehen, ich müsse doch erst alles verarbeiten und bearbeiten und aufarbeiten und regeln, das hörte ich zwar, aber ich spürte nichts. Meine Gefühle waren auch verlorengegangen.

Ich ging trotzdem zur Arbeit, um mir die Probleme anderer anzuhören und ihre Worte in mich eindringen zu lassen, ohne dass sie mich berührten. Ich entschied nicht, zur Arbeit zu gehen, ich ging einfach. Schlafwandelnd. Vielleicht träumte ich einen ohnmächtigen Traum, in dem alles wie immer war. Und wenn alles wie immer wäre, müsste ich auch zur Arbeit gehen. Dort, wo ich nichts regeln, nichts ver-, be- und aufarbeiten musste, weil die anderen, meine Patienten, damit dran waren. Dort, wo ich groß und erwachsen sein durfte. Und dort, wo ich mich mit den Dingen des Lebens auskennen durfte. Zumindest konnte ich so tun. Ohne Gefühle klappte das erstaunlich gut.

In mein Wachkoma und in meine stumpfen Gedanken hinein schob sich hin und wieder Herr Oebing. Ganz weit entfernt war er, am anderen Ende einer langen Röhre stand er und winkte mit seinen überlangen Armen. Aber ich musste nur einmal kurz blinzeln und hatte ihn sofort wieder vergessen. Und unsere Nacht im Richterbusch auch. Ich merkte nicht, denn wenn man gefühllos geworden ist, merkt man noch nicht mal mehr den eigenen Durst, dass es mir den Magen zusammenzog, als der Mittwoch auf meinem Kalender stand. Die Zeit war nebensächlich geworden, sie spielte ein dummes Spiel mit mir, und ich war sicher, ich würde gegen sie verlieren.

Es war drei Minuten vor 18 Uhr, da klingelte es am Mittwochabend. Als ich die Tür öffnete, stand Herr Oebing auf der Fußmatte, der ein Gänseblümchen in der Hand hielt und es mir, ein wenig verschämt, ein wenig verschmitzt lächelnd, entgegenstreckte. Kurz meinte ich, ich würde aus meiner Bewusstlosigkeit gerüttelt, nur mit Hilfe eines Gänseblümchens, was vielleicht gar nicht so ungewöhnlich war, aber einen Atemzug später verglühte das Gefühl wieder in dem Nichts, das sich über mich gelegt hatte. Ich ließ die Arme hängen, und sein Lächeln glitt ihm vom Mund.

«Kommen Sie herein, Herr Oebing», sagte ich, deutete auf den Flur und musste wohl viel Luft geholt haben, um die Worte auszuatmen.

«Ella?», sagte er. «Alles okay? Du bist ja ganz blass.» Er schloss die Tür hinter sich und schlackerte herein. Wie immer. Er trug sein Krümelmonster-T-Shirt. Und die Sneaker mit den Einlagen. Seine Haare waren frisch geschnitten. Er roch wie Samstagnacht.

«Mir geht es gut, danke.» Und ich schaute an ihm vorbei.

«Ich hab dir auf den Praxis-Anrufbeantworter gesprochen. Bestimmt fünf oder sechs Mal. Ich hab mir ein bisschen Sorgen gemacht, weil du dich nicht gemeldet hast.»

Seine Stimme auf meinem Anrufbeantworter hatte sich weit, sehr weit weg angehört. So wie sich Stimmen auf Anrufbeantwortern immer etwas unwirklich anhörten. So, als gäbe es den anderen gar nicht, der sehr weit weg war und der nur durch eine lange Röhre mit einem sprach. Jede seiner Nachrichten hatte ich nach drei oder fünf Sekunden abgebrochen und gelöscht. Ich wollte nichts mehr mit dem Schrägen auf dieser Welt zu tun haben. Im Grunde wollte ich gar nichts mehr. Das hatte ich nicht entschieden, das war einfach so.

«Nehmen Sie bitte Platz», sagte ich, als wir durch den Flur gegangen und angekommen waren. Dort, wo wir niemals mehr wirklich ankommen würden. Er setzte sich in den Sessel unter den leeren Platz an der Wand. Dort, wo das Dünengrasbild gehangen hatte, bevor es Frau Dünnhaupt auf den Kopf gefallen war.

«Wo ist denn das Bild?», fragte Herr Oebing und drehte sich zur Wand um. «Das hat doch so schön hierhergepasst.» Dann rückte er sich wieder gerade und schaute mich an. Das Gänseblümchen lag auf seinem Schoß. «Ella? Was ist denn los?» Hätte ich durch die Bewusstlosigkeit besser sehen können, hätte ich einen Doktorenblick erkennen können.

«Herr Oebing», begann ich, und ich ignorierte die Tränen in meinem Hals, die dort seit Sonntagnachmittag feststeckten und die nicht rauswollten, aber auch nicht wieder rein. «Herr Oebing, das mit den Glühwürmchen hätte nie passieren dürfen. Ich entschuldige mich dafür. Sie sind mein Patient, und mir ist es untersagt, mich auf persönliche oder gar auf sexuelle Beziehungen mit Patienten einzulassen.»

Herr Oebing schaute mich an und konnte nicht glauben,

was ich sagte. Vor allem nicht, wie ich es sagte. Wenn Gefühle sediert werden, dann spricht man ein bisschen anders. Dann redet man so, weil das Herz schockgefrostet wurde. Herr Oebing konnte nicht glauben, was ich sagte, und vor allem nicht, wie ich es sagte, das sah man ihm deutlich an. Vermutlich glaubte ich es selbst nicht und es war mir egal, dass mich Mina hatte überzeugen wollen, es wäre genau richtig gewesen, was wir getan hatten. Dem Leben konnte ich nämlich nichts mehr glauben. Ganz entgeistert schaute mich Herr Oebing an und legte den Kopf schief. Danach beugte er sich nach vorn, legte die Unterarme auf den Oberschenkeln ab, streckte seine Hände in die Luft zwischen uns und berührte fast meine Beine.

«Ella, da gibt es nichts zu entschuldigen! Patient hin oder her. Das ist mir, ehrlich gesagt, egal!»

In der Wand hinter Herrn Oebing steckte noch der Nagel, der das Dünengrasbild festgehalten hatte. Er sah aus wie ein kleiner, schwarzer Knopf, der auf die weiße Wand montiert worden war. Vielleicht stand irgendwo «Reset» darunter.

«Mir ist das aber nicht egal», sagte ich zu dem Nagel in der Wand. «Ich habe eindeutig eine Grenze überschritten, was sowohl Ihnen als auch mir erheblich schadet. Es gibt für uns Therapeuten berufsrechtliche und ethische Grundsätze. Und die habe ich verletzt. Es tut mir wirklich leid.» Mein ganzes Leben lang hatte mir alles leidgetan. Ich hatte mich für alles schuldig gefühlt. An diesem Mittwoch fühlte ich nichts. Keine Schuld, kein Leid. Kein Mitleid. Keine Liebe.

«Deine Grundsätze ehren dich ja, aber du musst dir keine Vorwürfe machen. Außer vielleicht, weil ich immer noch keine Glühwürmchen gesehen habe.» Er zwinkerte mir zu. Dann räusperte er sich und nestelte mit gesenktem Kopf am Gänseblümchen. «Ich fand diesen Abend und diese Nacht mit dir wunderschön. Es war die schönste Nacht, die ich je erlebt habe. Dass ich jemandem so nah sein könnte, das hätte ich nie gedacht. Geht dir das denn gar nicht so? Nicht mal ein kleines bisschen?»

«Es hätte nicht passieren dürfen, Herr Oebing. Wirklich nicht. Es ist nicht ungewöhnlich, dass sich Patienten zu Therapeuten hingezogen fühlen, weil sich eine therapeutische Situation nun mal durch ein hohes Maß an Empathie und Kontinuität auszeichnet. Ich hätte es schon allein deshalb besser wissen und es unterbinden müssen. Am besten, wir schreiben es dem Alkohol zu und vergessen das Ganze», sagte ich abgestorben. Ohne mich dafür zu entscheiden. Ich sagte es einfach.

«Meinst du das ernst? Wirklich, Ella, du bist was ganz Besonderes. Für mich. Die Nacht im Richterbusch hatte doch nichts mit meiner Therapie zu tun.»

«Ich meine das todernst», murmelte ich leise, weil nichts ernster ist als der Tod. Ich schaute aus dem Fenster, und an der großen Platane hing immer noch das letzte Blatt an seinem Ast. Es zuckte im heißen Wind. «Es tut mir wirklich leid, Herr Oebing, aber ich kann und werde Ihre Therapie unter den gegebenen Umständen nicht weiterführen. Ich kann Sie aber an eine Kollegin vermitteln, wenn Sie möchten. Ich notiere Ihnen gern ein paar Adressen, an die Sie sich wenden können.»

«Na, wenn ich nicht mehr dein Patient bin, können wir ja gleich ein Feierabendbier trinken gehen. Oder einen Sprudel. Oder so was. Dann sollte das ja kein Problem mehr sein ... Wir könnten ein bisschen Zeit miteinander verbringen. Oder du sagst mir einfach, was los ist. Dann könnte ich dir zuhören. Zur Abwechslung.»

«Nein», sagte ich. «Nein, das möchte ich nicht. Ich kann das nicht.»

Herr Oebing schaute mich lange an. Seine weberknechtartigen Arme legte er über die Lehnen des Korbstuhls, und seine gut manikürten Hände berührten fast den Boden. Er schaute mich lange an, und ich sah dabei zu, wie sein Gesicht weich und zu einem Ofenkäse wurde. Unter seiner Nase bildete sich ein Tropfen, aber er weinte nicht.

«Ella, ich verstehe das nicht. Können wir nicht noch mal darüber reden? Könnte ich bitte mit Ella reden und nicht mit Frau Therapeutin?»

Ich schüttelte den Kopf und stand auf. Dass meine Knie weich waren, fast ebenso weich wie Herrn Oebings Gesicht, merkte ich kaum.

«Ist das wirklich dein letztes Wort?»

«Ja. Es ist besser so. Für uns beide.»

«Wie schön, dass du so genau weißt, was gut für mich ist», sagte Herr Oebing, lehnte sich nach links, und das Gänseblümchen rutschte dabei von seinem Schoß. Er hob es auf, steckte es in seine große Umhängetasche und kramte nach einem Taschentuch. Ich konnte nicht mehr sagen, was richtig oder gut war. Ich drehte mich zu meinem Sekretär um und notierte ein paar Adressen für Herrn Oebing, an die er sich wenden konnte. Falls er nicht die Nase gründlich voll von Therapeuten hatte, was ihm niemand hätte verübeln können.

Als ich ihm den Zettel überreichte, stand er vor dem Fenster und stützte sich rücklings auf dem Fensterbrett ab. Der Riemen seiner Umhängetasche würgte das Krümelmonster.

«Ach, Ella. Das darf doch nicht wahr sein», seufzte er.

«Ich wünsche Ihnen alles Gute, Herr Oebing. Vielleicht sehen Sie ja eines Tages Glühwürmchen. Die sind nämlich sehr schön», sagte ich in den Parkettboden der Praxis, der meine Worte verschluckte. Meine ausladende Handbewegung deutete auf den Flur. Im Grunde deutete sie auf das Ende der Welt.

Widerstandslos gingen wir beide aus dem Raum, der Herr Oebings Wohlfühlzone gewesen war. Ich spürte den Holzboden nicht unter meinen Füßen, ich betrachtete nur die Rückseite des Krümelmonster-T-Shirts, auf dem *Kekse für alle* stand. Kurz danach hatten wir das Ende der Welt erreicht.

«Pass bitte gut auf dich auf», verabschiedete sich Herr Oebing hilflos von mir, als ich ihn auf die Fußmatte schmiss. Wir ließen beide die Arme hängen. Sein Gesicht sah nun aus wie ein vollständig geschmolzener Ofenkäse. Dann nickte ich nur noch, schaute ihm nach, während er die Treppen hinabstieg. Ein eiskalter Wind wehte aus dem Keller zu mir hinauf und berührte meine Stirn.

«Du auch», flüsterte ich, als ich die Haustür unten zuschlagen hörte. Und dann waren nicht nur alle Farben weg, sondern auch noch Herr Oebing.

30

Herr Oebing.

Herr Oebing bezweifelte nicht, als er auf die Fußmatte der Praxis gesetzt wurde, dass sein Gesicht wieder aus den Fugen geriet. Er unterdrückte den Drang, sein geschmolzenes Gesicht zu betasten, und dann sprang ihm Frau Traurigkeit zur Seite. Aus dem Nichts sprang sie hervor und nahm ihn an die Hand, als sei er ein kleiner Junge, der allein noch keine Treppen steigen konnte. Gemeinsam liefen sie fort, und Frau Traurigkeit versicherte ihm den ganzen Weg über, dass es so das Beste für alle war. Insbesondere natürlich für sie, die noch ein bisschen größer war, als Herr Oebing sie in Erinnerung hatte. Sie war längere Zeit im Urlaub gewesen, hatte sich ohne Abschied einfach verkrümelt, was Herrn Oebing sehr gut gefallen und was er nicht zuletzt seiner Therapeutin zu verdanken hatte. Dachte er jedenfalls.

«Eine gute Therapeutin ist das gewesen», sagte er zu Frau Traurigkeit, als sie zu Hause ankamen, und sie prustete vor Lachen. Lächerlich fand sie das.

«Lach du nur», sagte er und dachte an Ella und an Samstagnacht. Niemals würde er diese Nacht vergessen. Als sie nämlich gemeinsam im Gartengras gelegen und die Sterne beschaut und auf die Glühwürmchen gewartet hatten, da hatte sich Ella angefühlt, als würde sie ihn ganzmachen. Ella, so kam es ihm nach dieser Nacht vor, war wie ein wertvolles, sehr seltenes Fundstück. Als wäre er am Strand über einen großen Bernstein gestolpert, in dem er sein Herz eingeschlossen fand. Und ein paar Luftbläschen. Sie passte haargenau in seine langen Arme, als wären sie dafür gemacht worden, Ella festzuhalten. Sie passte genau in diese Kuhle zwischen Arm und Brust, da zwickte nichts, da kniff nichts, da musste man nichts zurechtrücken. Herr Oebing konnte sich das Gefühl, das er hatte, wenn er an Ella dachte, selbst nicht genau beschreiben. Aber etwas wusste er trotzdem, auch wenn er dafür ein bisschen Zeit gebraucht hatte. Er wusste, dass Ella ihn verstand. Und er sie. Er wusste außerdem sehr genau, wie sehr er in sie verliebt war. Und er wusste, dass dieses Gefühl gar nichts mit der Therapie zu tun hatte, zu der er jeden Mittwoch um 18 Uhr ging. Gegangen war. Jetzt ja nicht mehr. Jetzt durfte er Ella nicht mehr sehen. Herr Oebing war sich sicher, dass es im Leben nur eine Chance gab, jemandem zu begegnen, der haargenau in seinen Arm passte. Nur eine einzige, klitzekleine Chance.

Frau Traurigkeit schlang sich, mitten in seine Erkenntnisse hinein, um ihn wie eine Tigerpython, die schon sehr lange sehr hungrig war. Frau Traurigkeit hatte sich in ihrem Urlaub gut erholt, sie war stärker als je zuvor und nahm ihm die Luft. Sie versicherte ihm, dass er diese Chance nie wieder im Leben bekommen würde, dass Ella für ihn endgültig verloren und doch alles überhaupt sehr hoffnungslos war. Von jetzt an werde ihm nichts, aber auch rein gar nichts mehr Spaß machen, versicherte sie ihm, und dass so ein Leben als hoffnungsloser Fall doch völlig wertlos sei. Frau Traurigkeit war gut im Versichern. Sie wusste immer eine Antwort auf die Frage, wohin der Weg gehen sollte. Weil Herr Oebing es gewohnt war, auf Frau Traurigkeit zu hören, setzte er sich bereitwillig an seinen kleinen Küchentisch, nahm einen der unzähligen Stifte, die in einem alten Becher steckten, und schrieb eine lange Liste.

- *Wohnung putzen (auch Fenster!)*
- *Fotos von Hochzeit per Post an Ella schicken*
- *Fotos bei Herrn Herzog abholen*
- *Kamera an Herrn Herzog verkaufen*
- *Papiere sortieren*
- *Rauchen wieder anfangen (ist ja jetzt auch egal)*
- *Facebook-Account löschen*
- *Noch 1 Mal ins Bergbaumuseum gehen*
- *Versicherungen kündigen*
- *Wohnung kündigen*
- *Auto verkaufen*
- *Hausrat verschenken*
- *Baumarkt: Strick / Tau?*
- *Höchste Autobahnbrücke NRW googlen*

- *Ella einen Brief schreiben*
- *Mama einen Brief schreiben*

- *Bestattungshaus kontaktieren*
- *Blumen bestellen*

Herr Oebing schaute auf seine letzte lange Liste, und Frau Traurigkeit tätschelte ihm den Kopf. Gut hatte er das gemacht. Sehr gut. So mochte sie das. Freitod hörte sich doch sehr schön an. So frei. Sogar ein bisschen unbeschwert. Die Lösung für hoffnungslose Fälle. Dass Herr Oebing so leicht zu überzeugen gewesen war, wunderte sie schon ein wenig, aber sie war eben im genau richtigen Moment zurückgekehrt. Manchmal brauchte es einfach nur den genau richtigen Moment. Mehr nicht.

Weil sie blind für Herzen war, wusste sie nicht, dass Herr Oebing einen letzten, kleinen Hoffnungsschimmer vor ihr versteckte. Er hielt ihn gut fest und hoffte, sie würde ihn nicht sehen.

Frau Traurigkeit lehnte sich zurück und ließ Herrn Oebing weinen. Bald würde es ja geschafft sein.

31

Zweimal schloss ich die Praxistür, zwanzig Minuten nachdem Herr Oebing gegangen war, hinter mir ab. Am liebsten hätte ich auch noch einen dicken Felsbrocken davorgeschoben, den man nur mit einem geheimen Zauberspruch wieder wegrollen konnte, damit Herr Oebing ja nie wieder hereinkam.

Es ist nämlich so: Wenn man meint, alles im Leben verloren zu haben, will man nichts mehr hineinlassen. Um es nicht auch wieder zu verlieren. Aus Unachtsamkeit. Oder durch Zufall. Aber das wusste ich nicht, denn eigentlich war ich gar nicht da. Jemand, der nichts mehr entschied, der nichts mehr fühlte, weil die Farblosigkeit ihn betäubte, war weg. Wo auch immer derjenige dann war, ob unter der Eckbank oder sonst wo – mit ziemlicher Sicherheit war er weg.

Vor der Tür tapste ich vorsichtig auf die Straße und schaute mich um, ob Herr Oebing nicht vielleicht irgendwo auf mich wartete, aber das tat er nicht. Dann ging ich nach Hause.

Nach Hause gehen, dachte ich, wie absurd das klang, wenn man kein Zuhause hatte und nicht mehr da war. In meiner Wohnung legte ich mich ins Bett und zog Minas Decke über den Kopf.

Am späten Mittwochabend kam Yvonne wieder, ich hörte sie die Wohnungstür aufschließen, aber ich bewegte mich nicht unter meiner Decke. Yvonne lud Einkaufstaschen in der Küche ab und rief, sie hätte etwas zu essen mitgebracht, dann lief sie durch die Wohnung und suchte mich. Yvonne hatte bis zu diesem Tag nicht angenommen, ich wäre je erwachsen geworden, sie wusste, dass ich das Ausatmen nie gelernt hatte. Aber dass sie mich bewegungslos unter der Decke fand, als würden wir Verstecken spielen, das überraschte selbst sie.

«Mensch, was machst du denn da?», fragte sie und riss mir die Decke vom Kopf, auch, damit ich wieder Luft bekam. Ich bewegte mich nicht, sondern starrte sie nur verschreckt an. Sie setzte sich zu mir und streichelte meinen erhitzten Kopf.

«Ach, Ella. Es geht vorbei. Ganz sicher. Versprochen. Und wenn es vorbeigegangen ist, dann fahren wir in die Türkei. Da wolltest du doch immer hin. Was meinst du?»

Ich antwortete nicht. Weil alles in mir weg war. Alle Antworten, alle Fragen. Als wären sie unter die Eckbank geraten. Und es gab keine Mina mehr, die mich am Knöchel festhalten könnte, wenn ich es wagte, dort nach ihnen zu suchen.

Bis Donnerstagnacht lag ich im Bett, sprach nicht und bewegte mich nicht. Vielleicht hoffte ich, dass mich jemand mit seiner Handwärme zum Leben erweckte. Wie Boy George. Manchmal nickte ich ein, dann träumte ich von Mina und von ihrem stillen Lächeln und wie eine aschgraue Gestalt beides in rabenschwarze Säcke stopfte. Ich träumte von Herrn Oebing, wie er mich in der Sommernacht festgehalten hatte und wie er vor mir flüchtete, um die Glühwürmchen zu finden, und nie wieder zurückkehrte. Ich träumte von Farben, von einem Lapislazuliblau. Von einem Granatapfelrot. Von einem Kamillengelb. Alle Farben wurden von einem gespenstergrauen Loch verschluckt und ließen mich in tiefster Nacht alleine stehen. Ich träumte von meinem schrägen Haus, das in sich zusammenfiel.

Yvonne schaute oft nach mir, sie sprach mit mir, aber ihre Stimme klang für mich wie eine Aufnahme auf dem Anrufbeantworter. Sie sagte meine Termine für die nächsten Wochen ab.

«Ich hab dir doch gesagt, du sollst nicht arbeiten gehen!», schimpfte sie und legte mir zwischendurch einen kühlen Lappen auf die Stirn. Dann zeigte sie mir Kataloge mit türkischen Hotels an blau gesäumten Stränden, danach zeigte sie mir Grabkränze auf Bildern und fragte, welchen wir nehmen sollten und wann endlich mein Vater eintreffen würde. Die Post brauchte allerdings manchmal sehr lang bis nach Andalusien, und ich konnte nicht reden und konnte nicht antworten. Yvonne schlief nachts neben mir in meinem Bett und hielt meine Hand, weil sie nicht wollte, dass ich nicht mehr da war. Das Festhalten, meinte sie, würde schon irgendwann helfen. Das hatten wir beide von Mina gelernt.

Als der Freitag anbrach, es war genau 3:56 Uhr, träumte ich von der Dunkelheit. Sie war eine sehr hübsche Frau, die mich an die Nachtfee aus *Peterchens Mondfahrt* erinnerte. Ich hatte den alten Schwarzweißfilm mit Mina im Fernsehen geschaut, und die Nachtfee hatte mich sehr beeindruckt, mit ihrer edlen Art und wie sie sagte, dass die Welt um Mitternacht in Frieden einschläft. Die Dunkelheit, von der ich träumte, erinnerte mich wirklich sehr an die Nachtfee, sie war blass und trug schwarzes, langes Haar. Lange schauten wir uns still an. Sie kam mir näher, sie berührte mich nicht, und doch schien sie mich zu kennen.

«Hab keine Angst», sagte sie in meinem Traum.

Und dann fing ich an zu weinen.

Als der Kopfkissenbezug feucht wurde, wachte ich auf. Yvonne schlief mit offenem Mund, ihre roten Haare ließen das Schlafzimmer leuchten, sie hielt immer noch meine Hand. Und ich ihre.

Bäche weinte ich in mein Bett, bis es dämmerte. Danach weinte ich Sturzbäche. Als Yvonne am frühen Morgen entdeckte, dass ich weinte, sagte sie, dass es jetzt aufwärtsgehen würde und dass sie froh sei, denn sie hatte geglaubt, es würde nie mehr aufwärtsgehen. Mit mir. Sie ließ mich weinen und bezog mein Kopfkissen neu. Yvonne kochte uns morgens Kaffee, mittags Nudeln, und wir aßen gemeinsam im Bett. Sie las mir aus der Zeitung vor und sagte, dass sich die Welt doch immer weiterdrehen würde, ich müsste nur aufstehen und aus dem Fenster sehen. Aber ich blieb liegen und weinte. Nachmittags suchte sie noch einmal in meiner Wohnung nach dem roten Spielpüppchen und fand es nicht, abends schmierte sie uns Bütterchen, bestellte schöne Grüße von Lukas, der sagte, dass Herrn Herzogs Hochzeitsfotos angekommen wären und dass wir alle ganz schön bescheuert aussehen würden. Und bei alldem ließ sie mich weinen.

Ich weinte bis Samstagabend viele tausend Tränen, wie sie noch nicht mal bei Hochzeiten zusammenkommen. Am späten Abend, während Yvonne mir aus einem Buch vorlas, das ich nicht kannte, tröpfelten nur noch Rinnsale aus mir heraus, weil niemand für sehr lange Zeit so viel weinen kann. Und ich bewegte mich wieder. Manchmal, wenn man einschläft, fährt man wieder hoch, da zuckt man plötzlich zusammen und erschrickt über den nahenden Schlaf. Oder über sich selbst. Ich erschrak, weil ich aus meiner Bewusstlosigkeit aufwachte.

«Wie spät ist es?», fragte ich Yvonne sehr leise, und ich musste mich räuspern, denn wenn man lange nicht gesprochen und danach lange geweint hat, muss sich die Stimme erst wieder an das Reden gewöhnen.

«Kurz nach halb elf», sagte Yvonne und legte das Buch beiseite, sie schaute mich an, als wäre ich gerade von einer langen Reise zurückgekehrt. Als hätte sie Stunden an einem Bahnhof auf mich gewartet. Und ein bisschen war es ja auch so gewesen.

«Ich glaube, ich bin wieder da», flüsterte ich und wackelte mit den Zehen, weil man das für gewöhnlich so macht, um zu prüfen, ob man sie noch bewegen kann.

«Ach Ella. Meine Ella. Das ist so schön!», sagte Yvonne und wischte mir mit beiden Händen die Feuchtigkeit aus dem Gesicht.

Die nächsten Tage weinte ich manchmal noch ein paar Sturzbäche. Ab und zu hörte ich durch das Plätschern Mina «Mein Stöpsken!» sagen. Hin und wieder hörte ich auch mein «Nein!», das ich Herrn Oebing unmissverständlich überreicht hatte. Das Aufwachen aus meiner Bewusstlosigkeit dauerte ein bisschen, ich hörte, während die Betäubung nachließ, viele Stimmen, die die Tränen aus mir hinauswuschen.

Mein Vater kam, als ich mit den Sturzbächen endgültig fertig war. Sie waren zu ruhigen Wässerchen geworden, die mir über das Gesicht perlten. Keine Hand war je größer und wärmer gewesen als die meines Vaters, was ein großes Glück war. Denn das Festhalten half immer. Das hatte mein Vater wohl auch von Mina gelernt und es nie so recht zugeben können. Aber als er mich mit seiner großen, warmen Hand festhielt, wurde ich völlig wach und rieb mir den Betäubungsschlaf aus den Augen. Andalusien musste wirklich ein schönes Fleckchen Erde sein, dachte ich, als wir an Minas Grab standen und mich mein Vater festhielt, und ich dachte es, weil er so gut aussah. Sein Leben war zu seinem wohlig ausgeatmeten HAMZ geworden, das ihn wärmte. Wie es meiner Mutter ginge, fragte er, als wir vor dem Friedhofstor standen, und ich antwortete: «So wie immer.»

«Ach, Ellchen, das tut mir sehr leid», seufzte er und legte seine große Hand auf meinen Kopf.

«Ist schon in Ordnung, Papa», sagte ich. «Es ist ein bisschen seltsam. Aber es ist wirklich in Ordnung.» Und das war es. Mein Vater antwortete mit einem Kuss auf meine Stirn, als hätte ich endlich die richtige Antwort auf Minas Quizfrage über die Dörrpflaume gegeben.

Dann sagte er: «Aber wir haben ja noch uns», und da wusste ich, dass er ein bisschen näher an meinen Stuhl herangerückt war. Dass er sich für eine Seite entschieden hatte. Für meine. Und das war das größte Geschenk, das mein Vater mir je gemacht hatte.

Oft dachte ich in diesen Tagen an die anmutige Dunkelheit und nahm mir vor, nicht mehr ganz so viel Angst zu haben.

32

Nach vier Wochen schloss ich die Praxistür wieder auf. Die Holzdielen knarzten ein bisschen, als ich den Flur betrat, die Luft war schlecht. Seit gestern hatte sich die Hitze des Sommers plötzlich verabschiedet, und ein Aufatmen huschte durch die Stadt. Über Nacht war die Hitze fortgeflogen, wie Minas Farben, und ich wusste ja trotzdem, dass sie irgendwann wiederkommen würde. Vielleicht erst im nächsten Jahr. Oder im übernächsten. Irgendwann würde die Sommerhitze wieder zurückkommen. Die Farben würden das vielleicht auch tun. Hoffte ich.

Ich riss das Küchenfenster auf und schaltete die Kaffeemaschine an. Kühle Luft schoss an mir vorbei und wehte in den Flur. Fast konnte ich ihr dabei zusehen. Dann hörte ich den Anrufbeantworter ab. Keine der Nachrichten war von Herrn Oebing. Ein bisschen hatte ich darauf gehofft, ein kleines bisschen, oder vielleicht auch ein großes. Oft hatte ich mich in den letzten Tagen gefragt, ob ich ohne richtige Entscheidung das Richtige getan hatte. Yvonne war nämlich der gleichen Meinung wie Mina und sagte, wenn ich mich erst wieder bekrabbelt hätte, könnte ich ihn doch noch mal anrufen, dann könnte ich ja sehen, ob es anders war, weil ich doch wieder wach war. Ich glaubte nicht daran, dass ich so mutig sein könnte, weil ich mich sehr schämte, ihn vor die Tür gesetzt zu haben, aber das sagte ich ihr nicht. Ich hoffte nur, dass er auf sich aufpasste und dass er einen «Gut geht es mir heute!»-Tag hatte.

Ich sortierte Papiere und heftete sie ab, andere stopfte ich in den Reißwolf und sah dabei zu, wie sie zu Papierschnipseln wurden. Das Leben besteht aus sagenhaft vielen, langweiligen Papieren, wenn man erwachsen ist, dachte ich. Früher hatte ich manchmal mit Yvonne Papierschiffchen gebaut und sie in der Regentonne hinter der Gartenlaube schwimmen lassen. Wir bastelten auch oft Papierflieger, die wir dann in der Luft segeln ließen. Einmal flog sogar eine klitzekleine Gartenspinne mit, die versehentlich eingestiegen war und der nichts passierte, denn wir waren gute Papierfliegeringenieurinnen. Am liebsten aber falteten wir das *Himmel oder Hölle*-Spiel aus einem Blatt Papier, das wir kunstvoll anmalten, und wir steckten uns die vier Hütchen auf die Finger und sagten uns damit die Zukunft voraus. *Himmel*, dachte ich, und Mina fehlte mir so sehr, dass ich Seitenstiche bekam.

Merkwürdig ist, dass vieles im Leben mit der Zeit langweilig wird. Wie das Papier, zum Beispiel, das im Erwachsensein nur noch dafür da war, als Papierschnipsel zu enden. Ich setzte mich auf den Holzboden im Flur und faltete aus einem Infobrief der Deutschen Psychotherapeutenvereinigung einen Papierflieger, was mir auch auf Anhieb gelang. Manche Dinge verlernt man nicht, wenn man sie erst einmal richtig kann. Ich peilte die Deckenleuchte an, kniff ein Auge zu und ließ den Papierflieger durch die Luft sausen. Er flog sogar eine leichte Welle und landete sanft am anderen Ende des Korridors.

«Nicht schlecht!», sagte ich laut.

Mit einem Kaffee und mit dem Papierflieger ging ich in den Therapieraum. Der leere Stuhl unter der weißen Wand sah sehr verlassen aus. Viele Menschen hatten dort schon Platz genommen und würden es weiterhin tun. Aber nun, da ich ja wusste, dass Herr Oebing nie wieder dort sitzen würde, in leichter Schräglage, mit dem Krümelmonster auf der Brust und mit seinem Tropfen an der Nase, kam mir der leere Stuhl sehr verlassen vor. Ich stand in der Mitte und überlegte, die Dünengrasfotografie wieder aufzuhängen, vielleicht half sie gegen die Leere. Aber ich ließ sie in der Ecke stehen. Noch für ein Weilchen, dachte ich. Jetzt noch nicht.

Auch hier sortierte ich Papiere und überlegte, eine Fliegerflotte daraus zu basteln, verschob es aber auf später. Über die Möbel hatte sich eine feine Staubschicht gelegt, und in sie hinein zeichnete ich mit dem Finger eine Zickzacklinie auf den Sekretär, die meine Kaffeetasse und den Papierflieger miteinander verband. Dann ging ich zum Fenster, um auch hier die kühle Luft hereinzulassen. Vielleicht konnte sie das Vermissen ein bisschen lindern, und überhaupt konnte frische Luft nie schlecht sein.

Erst dachte ich, jemand hätte ein Bonbonpapier auf das Fensterbrett gelegt. Aber je näher ich kam, desto ungläubiger wurde ich, desto größer wurden meine Augen, was schon mal passieren kann, wenn man ihnen nicht trauen will. Mitten auf dem weißen Fensterbrett, das ebenfalls leicht eingestaubt war, stand etwas. Etwas leuchtend Rotes. Es war sogar feuerrot. Das feuerrote Püppchen des Mensch-ärgere-dich-nicht-Spiels stand da, als hätte es schon immer auf mich gewartet. Es stand dort, als würde es gleich «Hallo!» sagen und dass ich mich völlig umsonst aufgeregt hatte, was natürlich nicht passierte. Ich beugte mich zu ihm herunter, berührte es fast mit meiner Nasenspitze und starrte es an. Mit dem Zeigefinger stupste ich es an, dreimal, und beim vierten Mal kippte es um und rollte ein bisschen auf dem Fensterbrett hin und her. Auf seiner Unterseite fehlte die Farbe.

Ich nahm es vorsichtig hoch und schaute es an, wie es sich beinahe gewichtslos in meine Kinderhand schmiegte. Dann legte ich die andere Hand darüber, weil das rote Püppchen doch mein eigener, kleiner Schatz und sehr kostbar war. Und auch, weil es wieder da war. Wie ich. So stand ich da, mit dem Spielpüppchen in den geschlossenen Händen, und mein Herz klopfte schnell, da es sehr aufregend war, dass auch ein zweites Mal nicht alles verlorengegangen war, und ich schaute aus dem Fenster, schaute auf die kleine Welt da draußen, die sich weiterdrehte, und auf die Platane. Und mitten in mein aufgeregtes Herzklopfen, mitten in meine wiedergefundene Hoffnung segelte genau in diesem Moment das letzte Blatt der Platane langsam und ruhig von seinem Ast. Als wäre es ein Papierflieger. Lange hatte das Blatt durchgehalten. Ich sah ihm nach, bis es sich behutsam auf den Bürgersteig legte.

«Angekommen», dachte ich, und mir wurde etwas schwindelig, weshalb ich mich auf den Sessel unter die kahle Wand setzte. Meine Zehen kribbelten, was sie nie taten. Dann kribbelten auch meine Waden und zuletzt meine Hände, die das Spielpüppchen geborgen hielten. Es kann vorkommen, dass ein Kribbeln gar kein Kribbeln ist, sondern eine neue Entdeckung. Eine Entdeckung, die lange auf sich hat warten lassen. So wie man verloren geglaubte Küsse wiederentdeckt. So wie die Platane lange darauf gewartet hatte, ihr letztes Blatt segeln zu lassen und danach festzustellen, wie es war, völlig nackt zu sein. Meine Welt drehte sich ein bisschen schneller, was ich der Aufregung zuschrieb. Denn zweimal etwas äußerst Wichtiges wiederzufinden in seinem Leben, das grenzt schon an ein großes Wunder. Große Wunder sind wahrscheinlich immer sehr aufregend.

Meine Welt drehte sich schneller, aber sie wurde nicht schräg, was ein bisschen seltsam, aber nicht unangenehm war. Es kribbelte nur in den Zehen, und ich würde erst etwas später herausfinden, warum. Ich öffnete meine Hände ein wenig, als wären sie eine Muschel, und ich sagte zu dem Spielpüppchen: «Schön, dass du wieder da bist. Weg zu sein, das fühlt sich nicht gut an. Das weiß ich jetzt.» So blieb ich eine Weile dort, unter der nackten Wand auf dem verlassenen Sessel sitzen, weil ich mich über das große Wunder wunderte.

Draußen machte die Welt weiter wie bisher. Durch das geöffnete Fenster hörte ich Autos und Fahrradklingeln. Lachende Menschen und ein weinendes Baby. Ich hörte einen Hund, der bellte, und einen anfahrenden Bus. Wie gut, dachte ich, dass es diese Geräusche gab, die einem zeigten, die Welt würde immer weitermachen. Egal, was bei jedem Einzelnen dort draußen gerade los war. Egal, was die Menschen dachten, warum die Hunde bellten und wieso der Wind um Häuserecken pfiff – alles machte irgendwie weiter. Ich trat ans Fenster und hielt das feuerrote Spielpüppchen fest in der einen Hand, aus der anderen ließ ich meinen Papierflieger in die kühl gewordene Luft starten. Ich gab ihm reichlich Schwung. Er segelte über die Straße, drehte zwei Loopings, flog eine große Kurve nach rechts, umrundete die Fußgängerampel und landete schließlich vorsichtig auf dem klitzekleinen Grünstreifen neben dem Bürgersteig.

«Klasse!», jauchzte ich und hüpfte ein bisschen und kicherte und fühlte mich wie acht, und doch auch wie vierunddreißig. Manche Tage sind schon sehr wunderlich. Und wundersam.

Zu Hause, am Abend, schaute ich an diesem wunderlich-wundersamen Tag in meiner Küche aus dem Fenster auf die Wolken, die langsam über mich hinwegzogen. Schön musste das sein, dachte ich und erinnerte mich an Minas alte Liege, die hinter der Laube gestanden und von der aus ich oft die Wolken beobachtet hatte. Auf der Liege hatte ich mir die Welt von oben vorgestellt und durfte in diesen Momenten so sein, wie ich eben war. Ella, das achtjährige Mädchen, das steinalte Schildkröten mochte. Das Eidechsen zum Leben erwecken konnte. Ella, das Mädchen mit dem schrägen Haus. Doch immer, wenn ich nicht mehr dort gelegen, wenn Mina mich nicht mit ihrem Herzschlag beruhigt hatte, dann hatte ich mir gewünscht, anders zu sein. Ich hatte mir immer gewünscht, ein normales Mädchen zu sein, das das Grau nicht kannte. Das nicht manchmal ein Rosenbusch wurde und das Hamster genau so süß fand wie alle anderen auch.

So war es bis heute geblieben. Ich wünschte mir, auf diese Welt zu passen, mir nicht mehr so beschädigt vorzukommen, so seltsam und manchmal absurd. Seitdem ich in meinem schrägen Haus wohnte, hatte ich mir verboten, so zu sein, wie ich eben war. Ich hatte mich nie daran gewöhnt, dass ich unter einem schrägen Dachgiebel lebte. Ich hatte mir die Augen zugehalten, weil ich von meiner Dachterrasse den Leuchtturm von Wangerooge und den Hafen von Sydney sehen konnte. Ich wollte keine Krokodile und steinalten Schildkröten mögen, wollte nicht mit Spielpüppchen sprechen, oder manchmal gern eine Fledermaus sein, an Waschkügelchen zuppeln, um mich entscheiden zu können, und es störte mich auch, mich hin und wieder in eine beleidigte Leberwurst oder einen Rosenbusch zu verwandeln. Seit jeher hatte ich mir verboten, so zu sein, wie ich war. Weil mein Haus und meine Welt schräg waren. Ein bisschen zumindest.

Meine Mutter war eine Dörrpflaume geworden, die ich immer noch liebte, auch wenn sie mich nicht mochte. Manfred hatte ich aufwecken wollen, und weil ich es nicht schaffte, fühlte ich mich mein ganzes Leben lang schuldig. Für das

Grau. Das war so, da konnte man nichts machen. Aber all das hatte mich nicht schräg gemacht.

Der 22. Juni 1986, der Tag, an dem ich ein rotes Kleid getragen hatte, hatte mich nicht schräg gemacht. Ich war es einfach. Immer schon gewesen. Diese Entdeckung, die mich urplötzlich wie ein gleißend weißer Blitz traf, obwohl sie doch für alle Außenstehenden wahrscheinlich sehr banal klingen musste, so offensichtlich, war unglaublich groß für mich. Sie war so groß, dass mir leuchtende Lichtkringel vor den Augen tanzten, als seien es Glühwürmchen. Als hätte jemand den Elektriker bestellt und mir die Sicherungen eingedreht, damit mir endlich ein helles Licht aufging.

Mit meiner neuen Entdeckung, die durch meine Zehen in die Waden krabbelte, schloss ich die Augen und hatte plötzlich keine Angst mehr. Jedenfalls nicht mehr so große Angst. Ich fürchtete mich nicht mehr so sehr, verlorenzugehen, weil mich niemand mehr am Knöchel festhielt. Nichts hatte mich schräg gemacht. Ich war einfach ich. Und niemals mehr würde ich mir das verbieten.

Manche Tage sind nicht nur sehr wunderlich, sondern auch sehr, sehr heilsam.

33

Altes endet mit neuen Entdeckungen. Sie verändern, wenn sie denn wirklich wichtig sind, den Blick auf die Welt. Sie verändern sogar Träume, verwandeln Albträume in ruhige Nächte, die windstill sind und in denen man sich ausruhen kann. Meine neue, wundersame Entdeckung ließ nach und nach die Farben wieder in mein Leben, sie sickerten wie durch eine Sanduhr, Körnchen für Körnchen, zurück in diese Stadt. Ganz langsam erschienen wieder das Moosgrau und das Taubengrau und sogar das hübsche Perlgrau.

Am liebsten hätte ich Mina angerufen und ihr davon erzählt. Ich hätte ihr lange und ausgiebig davon berichten wollen, wie die Farben zurückkamen.

Als ich mit dem Telefon in der Hand in meiner Wohnung stand und Minas Nummer eintippte und doch wusste, dass nie wieder jemand bei ihr abnehmen würde, drückte ich mir einfach den Hörer ans Ohr, der stumm war und mir mit seiner Stummheit weh tat. Und dann, obwohl es mich innerlich schmerzte, erzählte ich Mina trotzdem alles, was ich entdeckt hatte. Dass nicht ich, sondern vermutlich Herr Oebing das rote Spielpüppchen gefunden und auf die Fensterbank gestellt hatte, und dass ich ihn schon ziemlich vermisste und sehr oft an ihn dachte. Nicht so oft wie an Mina, das verstand sich von selbst, ich sagte es dennoch, weil manchmal selbst das, was man nicht aussprechen muss, gesagt werden will. Oder vielleicht, erzählte ich Mina, war das Spielpüppchen auch ganz von allein in meiner Praxis aufgetaucht. Und mit einem tiefen Atemzug, nach einer schweigenden Pause, berichtete ich, dass ich ganz einfach ich war. Und das Schräge, sagte ich, war zwar manchmal fürchterlich schäbbig, aber doch wunderschön. Wie der Eierwärmer, der wie ein überfahrener Maulwurf aussah und den ich jeden Donnerstag benutzte, um mir selbst ein Sonntagsei zu servieren. Ich hatte es begriffen, die Erkenntnis grenzte an Zauberei, wahrscheinlich. Ich war sicher, Mina hörte mir zu und nickte und strich mir den Pony aus dem Gesicht. Stolz war sie vielleicht auch. Ein bisschen.

Die wundersame Erkenntnis, dass nichts und niemand mich schräg gemacht hatte, war nicht nur aufregend, sie machte mich auch ein wenig schwindelig. Ein paar Tage lang wurde es mir immer schwindeliger, bis mir, vom ganzen Schwindeligsein, auch etwas schlecht wurde. Das war nicht weiter schlimm, denn wenn man erst Sturzbäche weint und dann feststellt, wer man ist, kann es einem schon ein bisschen merkwürdig in der Magengrube werden. Dachte ich. Aber die Übelkeit verschwand nicht.

Mitten im Gespräch mit Primaballerina Papillon, die eigentlich Frau Flädle hieß und die wohlbehalten von ihrer Sibirienreise zurückgekehrt war, wurde es mir sehr blümerant. Das lag einerseits daran, dass Frau Papillon-Flädle – denn sie war nun in Russland mit einer Art Zertifikat ausgezeichnet worden, mit dem sie noch besser sphärische Wesen ausmachen konnte – wieder sehr erregt meinen «Dämon» auf meiner Schulter erspähte. Andererseits lag es wohl auch an meiner neuen Entdeckung. Und weil es mir von diesen beiden Dingen nun sehr blümerant geworden war, sagte ich, ohne nachzudenken: «Seien Sie mir bitte nicht böse, Frau Papillon, aber Sie haben einen Knall! Einen mittelgroßen, aber sehr sympathischen.» Ich massierte meine Schläfen und dachte dabei an den dünnbeinigen Herrn Fritz und wie er sich immer so sehr vor den Russen gefürchtet hatte.

Frau Papillon-Flädle schaute mich erst sehr entgeistert an. Danach kniff sie die Augen kurz und fest zusammen, streckte ihren geraden Rücken noch ein bisschen gerader, schüttelte den Kopf und lachte. Sie lachte aus vollster Kehle und legte dabei ihre kleine, zierliche Ballerinen-Hand auf ihre Brust.

«Wissen Sie was, meine Liebe?», fragte sie und wischte sich ein paar Lachtränen von den Wangen, was sehr anmutig aussah. «Sie haben recht! Sie sind eine wirklich gute Therapeutin.» Dann wurde Frau Flädle, die Primaballerina, still. Ruhig wurde sie auch. Und weil sie still und ruhig wurde, ging es ihr noch ein bisschen besser, was mich sehr freute. Denn ich wusste ja, dass sie nach Stille und Ruhe gesucht hatte. Vor Russland, dachte ich, muss man sich also gar nicht fürchten. Und vor dem Ausatmen auch nicht.

Das Blümerante verschwand trotzdem nicht, was vielleicht damit zu tun hatte, dass es schon ein äußerst merkwürdiges Gefühl war, plötzlich atmen zu können.

Mina hatte mir immer frischen Kamillentee gekocht, wenn mir übel war. Also schüttete ich abends Kannen voll Kamille in mich hinein, aß Zwieback und Salzstangen. Ich rieb Äpfel klein, was sehr unappetitlich aussah. Und auch nicht half.

Am nächsten Morgen, als ich gerade an Herrn Oebings schwarze, spitze Schuhe dachte, rührte ich in einer riesigen Tasse getrocknete Kamillenblüten von links nach rechts und im Kreis herum. Es sah sehr nett aus, wie sie im heißen Wasser tanzten, und kurz dachte ich, dass die Übelkeit verschwunden wäre. War sie aber nicht. Sie boxte mir eine Sekunde später in den Magen, und ich riet mir – denn wenn keiner mehr da ist, der einem die Hand auf die Schulter legt und sagt «Kind, du solltest das abklären lassen!», rät man sich solche Dinge eben selbst – *Lass das Blümerante mal von einem Arzt abklären, Ella. Wär besser.*

Und ich nickte zustimmend, wie man es bei hilfreichen Ratschlägen gemeinhin tut.

Ärzte waren mir immer schon ein bisschen suspekt gewesen. Ärzte hantierten nicht nur offensichtlich gern mit einer Menge furchteinflößender Gerätschaften, Ärzte stellten außerdem immer Fragen, die ich eigentlich nicht gefragt werden wollte, weil sie sich häufig ein gutes Stück in die intimste Privatsphäre bohrten, die ich gern für mich behalten wollte. Manchmal aber waren diese Fragen wohl nötig, um herauszufinden, was nicht stimmte. Im Grunde, dachte ich, als ich in der Frühsprechstunde vor meiner Hausärztin saß, die meinen Bauch abgetastet hatte und eine sehr wirre Frisur in Kupferblond trug, tat ich in meiner Praxis ja nichts anderes. Man musste Fragen stellen, um Dinge herauszufinden.

«Hatten Sie in letzter Zeit viel Stress?», fragte sie und bohrte in meiner Privatsphäre.

«Bisschen, ja.»

«Hm. Hm. Ihre Symptome lassen nicht eindeutig auf einen Infekt schließen», stellte meine Hausärztin fest und zwirbelte an einer kupferblonden Haarsträhne. Sie trug ein äußerst penetrantes Parfüm, das nach Maiglöckchen roch. «Ich würde Sie sicherheitshalber lieber an den Fachkollegen überweisen.» Der altertümliche Drucker neben ihrem Schreibtisch ratterte und spuckte einen Zettel aus. «Am besten gehen Sie da jetzt gleich hin», sagte sie und schaute auf die Wanduhr, die wahnsinnig laut tickte. «Sie werden sicher heute noch drankommen.»

Einen Moment später stand ich auf der Straße und hielt

eine Überweisung in der Hand. Plötzlich fühlte ich mich sehr krank. Hoffentlich ist das nichts Schlimmes, dachte ich, und meine Zehen kribbelten wieder. Dann setzte ich mich ins Auto und pustete mir unter den Pony, den ich mir hatte nachschneiden lassen, denn er gefiel mir. «Lass das mal ja nichts Schlimmes sein», sagte ich laut zu meinem Bild im Rückspiegel und fuhr zum nächsten Arzt.

Der Tod hatte mir seit dem Sommer 1986 eine Höllenangst eingejagt, weil er so groß war. So grau. So unbezwingbar. Nachdem Manfred in seinem Liegestuhl grau geworden war, hatte ich mir oft vorgestellt, wie es ist. Wie es sich anfühlt. Das Sterben. Ob es wie eine Achterbahnfahrt ist, wenn man die Arme in die Luft streckt und, sobald man erst den Höhepunkt überschritten hat, plötzlich ganz frei wird. Ob man in einen Fahrstuhl steigt, der rasend schnell nach oben fährt – oder nach unten – und ob es einem dabei schlecht wird. Oder ob es weh tut, das Sterben, weil der Tod einen aus dem Leben reißt, und ob es so schlimm ist, wie sich das Reißen anhört. Seitdem ich Mina hatte sterben sehen und wie sie ihr stilles Lächeln bei mir gelassen hatte, dachte ich, dass es wohl hoffentlich nicht so schlimm war. Aber wissen konnte ich es schließlich nicht.

So saß ich nun im überfüllten Wartezimmer des Fachkollegen meiner nach Maiglöckchen riechenden Hausärztin, hielt meine Handtasche auf dem Schoß fest, schaute aus dem Fenster und fragte mich, ob es schlimm war, was ich hatte. Gegenüber goss eine ältere Dame auf ihrer Dachterrasse ein paar Pflanzen, die sie ganz liebevoll befühlte, während sie den Finger in die Erde der Kübel drückte. Eine Weile sah ich ihr zu, überlegte, was aus Minas Schrebergarten werden sollte, und wusste einen Augenblick später, dass ich mich darum kümmern würde. So wie die alte Dame auf ihrer Dachterrasse würde ich Minas Garten liebevoll aufpäppeln. Falls ich nichts Schlimmes hatte. Das vorausgesetzt. Die Wartende neben mir blätterte durch eine Zeitschrift und riss dabei an den Seiten, dass sie fast zerfledderten. Die Patientin, die mir gegenübersaß, wippte unaufhörlich mit dem rechten Fuß ihrer übergeschlagenen Beine in der Luft herum, drehte mit ihm große Kreise und wechselte dann zum linken Fuß. Es machte mich ganz nervös, und das Zeitschriftengefledder nervte. Also las ich das Weltgeschehen in Schlagzeilen auf meinem Handy, studierte die Wettervorhersage, schaute mir noch mal die Fotos an, die mir Yvonne gestern vom Puderzuckerstrand geschickt hatte, weil sie und Lukas nun endlich ihre Flitterwochen nachholten, und stierte danach im Wartezimmer herum, in dem einige Acrylbilder hingen, die die Ehefrau des Fachkollegen gemalt hatte. Was die künstlerische Signatur am rechten unteren Rand verriet. Auf dem einen waren Sonnenblumen abgebildet, nahm ich jedenfalls an, und daneben hing ein abstraktes Gemälde, das zwei Dreiecke in Grün und Blau zeigte, die mich an Tanga-Slips erinnerten.

Irgendeiner der Wartenden stöhnte. Warten können die wenigsten gut. Und wenn man befürchtet, etwas wirklich sehr Schlimmes zu haben, weswegen es einem so blümerant ist, dann wird das Warten unerträglich. Nach und nach leerte sich das Wartezimmer, und es war bereits später Vormittag, als ich, allein auf meinem Wartestühlchen hockend und lethargisch die Tanga-Slips betrachtend, endlich aufgerufen wurde.

Der Fachkollege war ein sehr feiner Mann. Ich kannte ihn schon lange, und er war mir nicht ganz so suspekt wie alle anderen Ärzte, obwohl er noch viel merkwürdigere Gerätschaften in seiner Praxis bereithielt. Nachdem er die Fragen gestellt hatte, die Ärzte stellen müssen, um herausfinden zu können, ob etwas Schlimmes mit einem ist oder nicht, sagte er, was er wohl immer sagte: «Dann wollen wir uns das kurz mal ansehen.» Das Wort «kurz» gefiel mir in diesem Zusammenhang. Kurz und schmerzlos, das war gut. Also sahen wir uns das kurz mal an.

Als der feine Mann den Ultraschallmonitor einschaltete, nickte ihm seine Assistentin freundlich zu. Nach einem Blick auf den Monitor nickte auch der feine Mann freundlich. So schlimm kann meine Krankheit also hoffentlich nicht sein, dachte ich, denn niemand nickt freundlich über eine schlechte Diagnose.

Mein Gynäkologe zeigte mit dem Finger auf den Monitor und sagte: «Da! Sehen Sie?»

Ich legte den Kopf schief und blinzelte. Blau und grau war das Ultraschallbild. Es zeigte einen kleinen, schwarzen Ballon. Und mitten in dem schwarzen Ballon, wirklich ganz genau mittig, puckerte etwas. Man erkannte es nur, wenn man richtig hinsah, trotzdem war es eigentlich nicht zu übersehen.

«Da puckert was», sagte ich. «Ist das sehr schlimm?»

Der feine Mann lachte. Er lachte so sehr, dass ihm die Tränen in die Augen schossen, was mir äußerst unangenehm war. Offenbar hatte ich etwas sehr Dummes gefragt.

«Überhaupt nicht», lachte er. «Ganz und gar nicht.»

Ich atmete aus, denn das Atmen hatte ich ganz vergessen.

Als er mit dem Lachen aufgehört hatte, sagte er: «Sie sind schwanger. Vielleicht in der fünften oder sechsten Woche. Das Herzchen schlägt. Sehen Sie?»

Und «Herzlichen Glückwunsch!», das sagte er auch noch.

Vor meinen Augen tanzten tausend Glühwürmchen.

«Herzlichen Glückwunsch!», sagte ich leise, als ich mich zu Hause auf dem Sofa unter Minas Wolldecke verkrochen hatte. Meine rechte Hand lag auf meinem Bauch, die linke auf meiner Stirn.

Tausend Glühwürmchen hatten vor meinen Augen getanzt, als der feine Mann festgestellt hatte, dass mit mir nichts Schlimmes war. Sehr ungläubig hatte ich durch das Glühwürmchenfunkeln auf das Ultraschallbild geschaut, und die Zeit hatte ein Momentchen angehalten. Erst wusste ich nicht, ob es schlimm war oder ob ich es schlimm finden sollte, was ich da gerade sah. Denn wenn man etwas sieht, das man für alle Zeiten für völlig ausgeschlossen gehalten hat, weiß man im ersten Augenblick gar nichts. Und im zweiten auch nicht.

Aber der feine Mann, der genau diesen ungläubigen Blick wahrscheinlich schon oft gesehen haben musste, hatte mich väterlich angelächelt. «War das geplant?», hatte er gefragt, und ich hatte den Kopf geschüttelt, was das Funkeln ein bisschen durchrüttelte. Ich biss mir versehentlich auf die Lippe.

«Wollen Sie es denn behalten?», fragte er dann.

Behalten?, dachte ich. *Behalten.* Ich dachte nur noch in Einwortsätzen, weil für mehr Silben auf einmal kein Platz mehr da gewesen war.

«Behalten», sagte ich. Denn wenn man nur ein einziges Mal die Wahl hat, so wie ich, wenn man nur ein einziges Mal die Wahl für ein Leben treffen kann, dann wird man es unter allen Umständen behalten. Zumindest mir ging es so. Dann wird man es nicht fortgehen lassen, dieses Leben, weil es so wertvoll ist wie nichts anderes. Weil nichts größer und kostbarer für mich sein konnte als das Leben. Es war ein Wunder, dieses Leben, das in mir war, das ich behalten würde, ohne darüber nachdenken zu müssen.

«Ein Wunder», hatte ich deswegen zu dem feinen Mann gesagt.

Und er hatte geantwortet: «Das ist es wirklich. Jedes Mal. Ein großes Wunder.» Damit war alles gesagt, was man über das Herzchen wissen musste. Ich hatte nichts Schlimmes, bloß ein Wunder.

Das Herzchen im schwarzen Ballon hatte ich noch ein Weilchen ansehen dürfen. Es schlug schnell, sehr schnell sogar, es hüpfte und hüpfte und hüpfte. Je länger ich das Hüpfen anschaute, desto ruhiger wurde ich. Dieses kleine Herzchen puckerte fröhlich und beruhigte mich, und ich wusste, dass es ein bisschen wie Minas Herz schlug. Unglaublich war das. Unglaublich und überhaupt nicht schlimm.

Neue Entdeckungen verändern alles. Zu Hause auf dem Sofa unter Minas Wolldecke schloss ich die Augen und versuchte, das Herzchen zu spüren. Jetzt, da ich wusste, dass es dort eingezogen war. So winzig klein war es gewesen. So ein winzig kleines Leben, das puckerte und hüpfte. Ein schlagendes Herz war das Schönste, das ich mir vorstellen konnte.

«Weißte, Herzchen», sagte ich und streichelte über meinen Jeanshosenbauch. «Ist schon verrückt, dass du da bist. Das ist wirklich unglaublich. Aber gar nicht schlimm. Ich hoffe, es geht dir gut dadrin. Herzlich willkommen, noch mal!» Dann wollte ich Yvonne anrufen, aber ich wurde so müde und entschied, dass später, nach einem Schläfchen, auch noch genügend Zeit sein würde. Ich schloss meine Augen, dachte an nichts anderes als an das klitzekleine Herzchen und schlief ein. Von jetzt auf gleich. Als hätte mich jemand ausgeknipst. Dabei hätte ich doch noch etwas anderes, etwas sehr Wichtiges, zu erledigen gehabt.

34

Am späten Nachmittag weckte ich mich selbst mit einem aufgekratzten innerlichen *OhGottohGottohGottohGott.* Das kann schon mal passieren, wenn man feststellt, dass man nichts Schlimmes hat und ja bloß unerwartet und ungeplant und ungläubig schwanger geworden ist. So aus dem Nichts.

Das mit dem Nichts stimmte natürlich nicht. Und mich weckte mein aufgekratztes *OhGottohGottohGottohGott* eben deshalb, weil ich beim Aufwachen an Herrn Oebing dachte. Der war mir ja außerordentlich früh eingefallen. Herr Oebing. Werdender Vater. Ich musste ihm alles erzählen. Dringend. Am besten jetzt gleich.

Ich fuhr hoch, und der Schwindel streckte mich wieder nieder. Nach dem Putzeimer tastend, den ich neben dem Sofa für die Übelkeit bereitgestellt hatte, sagte ich laut: «Scheiße!» Und dann hielt ich mir schnell den Mund zu, weil ich doch nicht allein war. Ich wollte es wirklich nicht direkt am ersten Tag schon versauen. Das mit dem Muttersein. Ich umklammerte den blauen Putzeimer, als wäre er mein Kuscheltier, und fluchte in Gedanken, wie Ilse damals, einen langen Bandwurmsatz, in dem mindestens tausend Götter und sehr viel Scheiße vorkamen.

«Was mache ich denn jetzt, was mach ich denn jetzt bloß?», murmelte ich, und mir stieg ein bestialischer Gestank in die Nase, der meiner Übelkeit gut gefiel. Mir aber nicht. «Widerlich!», stöhnte ich und stand langsam auf, lief meiner Nase nach, die mich zielstrebig zum Mülleimer in die Küche führte. Auf der Arbeitsplatte stützte ich mich ab, weil alles schwankte, schaute in den Abfall, in dem ein abgeriebener Apfel, drei Kamillenteebeutel und ein halber Zwieback mit Butter lagen.

Es stank so sehr, dass ich in die Spüle kotzte, und davon wurde es mir noch schlechter.

Schwanger zu sein, das war eine wirklich sehr große, neue Entdeckung, was meine Nase mir bestätigte, die sich über ihre neue, wundersame Gabe freute. So etwas hatte sie auch noch nicht erlebt. Obwohl sich alles drehte, obwohl es mir so schlecht war, als hätte ich drei Tage auf einer Schiffsschaukel verbracht, waren meine Gedanken ruhig und überschlugen sich nicht. Das gelang mir plötzlich, und ich wusste nicht, ob es an dem Herzchen oder an meiner Entdeckung lag. Das rote Spielpüppchen stand auf der Küchenfensterbank, direkt neben dem Lavendel, der den Müllgestank übertünchte.

Ich musste Herrn Oebing Bescheid sagen. Ganz dringend musste ich das tun, es ging schließlich nicht, dass er nicht Bescheid wusste. Ich überlegte, ob ich aus seiner Patientenakte bereits Papierflieger gebastelt hatte, und ich hoffte, ich hatte es nicht. Ich versuchte, eine Verbindung zum Puderzuckerstrand herzustellen, aber Yvonnes Handy war ausgeschaltet. Dann wählte ich Lukas' Nummer, nicht nur, weil ich dringend mit Yvonne reden musste, denn Lukas würde doch auch sicher Herrn Oebings Telefonnummer haben. So als Verwandter. Und für den Fall, dass ich Herrn Oebings Unterlagen bereits verbastelt oder in den Reißwolf gesteckt hatte, müsste ich doch irgendwie an seine Nummer kommen, denn im Telefonbuch stand er nicht. Aber auch bei Lukas meldete sich nur die Mailbox.

«Alles halb so wild. Wird schon», sagte ich zum Herzchen, weil mein eigenes Herz ein bisschen zu schnell klopfte. Dann zog ich mich an und fuhr mit einem gedachten *Verdorrichnocheins* in die Praxis.

In dem silbergrauen Aktenschrank fand ich Herrn Oebings Unterlagen und war so froh, dass ich sie mir an die Brust drückte. Ich setzte mich in den Korbstuhl, der vor der kahlen Wand stand, blätterte auf die erste Seite, unterstrich mit meinem Zeigefinger die Telefonnummer und wählte.

Es tutete lang und ausdauernd, aber niemand meldete sich. Auch mit unterdrückter Rufnummer und von meinem Handy aus tutete es nur lang und ausdauernd, niemand hob ab. Und eine Mobilnummer hatte ich nicht.

Das Dünengrasbild stand noch immer einsam in seiner Ecke, als wäre es sehr ungezogen gewesen, und vermutlich war es ja auch ein bisschen unartig gewesen, als es Frau Dünnhaupt einfach auf den Kopf gefallen war. Ich hob es hoch, schaute es mit einem strengen Blick an, schüttelte dann sanftmütig den Kopf und steckte es zurück auf seinen Platz.

Dann wählte ich wieder Herrn Oebings Nummer.

Ich staubte ein bisschen die Blätter der Blattbegonie ab, die neben dem lehnenlosen Hocker stand, und versuchte es anschließend wieder erfolglos bei Herrn Oebing. Den Kühlschrank in der Küche musste ich dringend aussortieren, aber mich überkam dabei die Übelkeit, weswegen ich mich auf den Holzfußboden in den Flur legte und an die Decke starrte. Es klingelte an der Tür, ich blieb liegen, und ein paar Momente später hörte ich den Postboten an der Nachbartür etwas für mich abgeben. Bevor ich langsam wieder aufstand, weil ich die Kaffeemaschine unbedingt reinigen wollte, probierte ich es wieder bei Herrn Oebing. Mittlerweile kannte ich die Nummer auswendig, unter der sich auch diesmal niemand meldete.

Nachdem ich jeden Winkel der Praxis aufgeräumt und sortiert und geputzt hatte, begann ich mich zu fragen, ob Herr Oebing einen «Gut geht es mir heute!»-Tag hatte. Bevor ich die Praxistür hinter mir zuzog, um nach Hause zu fahren, klopfte leise ein ungutes Gefühl gegen meine Stirn. Ich hatte ihn immer noch nicht erreicht, aber vielleicht war er ja bloß länger arbeiten oder hängte die Wäsche zum Trocknen im Keller auf oder war Astronaut geworden, der die Sterne suchte. Oder die Glühwürmchen.

Beim Nachbarn holte ich die Post ab, die dort auf mich gewartet hatte. In Großbuchstaben stand mein Name darauf. In klitzekleiner Schrift, so klitzeklein wie die Fußspuren von Ameisen, erkannte ich den Absender. Noch im Hausflur öffnete ich das Päckchen. Darin lagen Fotos. Die schönsten Fotos, die ich je von Yvonne und von kahlen Bäumen und von mir gesehen hatte, denn Herr Oebing war ein guter Fotograf.

Für Ella stand dort auf einem weißen DIN-A4-Blatt.

Und: *Lebwohl.*

Und: *PS: Pass auf dich auf!*

Und: *PPS: Bitte.*

Und: *PPPS: Vielleicht sehen wir uns ja mal in einem anderen Leben wieder.*

Ich wusste nicht, ob mir so schlecht wurde, weil mir ja sowieso ständig schlecht war, dass ich noch eine halbe Stunde auf den Treppenstufen sitzen bleiben musste. Ich wusste nicht, ob es mir vielleicht deshalb so schlecht wurde, weil ich auf den großen Fehler starrte, den ich gemacht hatte. Oder ob es möglicherweise doch eher ein ungutes Gefühl war, das sich in meiner Magengrube festsetzte.

Am späten Abend meldete sich eine fremde Handynummer bei mir, die mir schrieb: «HUHU! SIND SPONTAN VIER

TAGE AUF SAFARI, HAB HIER KEINEN EMPFANG. KEINE SORGEN MACHEN, MELDE MICH. HOFFE, DIR GEHT'S GUT! BUSSI, Y.»

Ich schrieb sofort zurück, aber meine Nachricht wurde nicht zugestellt.

Bis weit nach Schlafenszeit ließ ich es unzählige Male lang und ausdauernd bei Herrn Oebing tuten, was auch nicht half. Zu meinem unguten Gefühl, das immer größer wurde, gesellte sich ein monströs schlechtes Gewissen. Und die Überzeugung, dass ich alles falsch gemacht hatte. Ich hatte ihn einfach abserviert, vor die Tür gesetzt wie eine Kellerspinne, die unerlaubt in meine Wohnung gekrabbelt war. Das war weder die feine englische Art gewesen noch das Richtige. Aber vielleicht konnte man mir ja ein klitzekleines bisschen meinen komatösen Zustand zugutehalten, verdammt noch mal. Ich hatte mich doch nicht entschieden, ich war doch einfach nur nicht da gewesen. Ich vermisste Herrn Oebing. Seit der Glühwürmchennacht. Ich wollte, dass er da war, bei mir. Nicht nur, weil Mina fort war. Nicht nur wegen des Herzchens. Im Grunde wollte ich seit dieser Samstagnacht im Richterbusch nicht viel anderes, als bei Herrn Oebing zu sein. Weil er ulkige Schuhe trug. Weil er auf meine inneren Kratzer gepustet hatte, damit sie verheilten. Weil er sich nach zu Hause anfühlte.

Obwohl ich verstand, dass Herr Oebing sicher keine große Lust hatte, mit mir zu sprechen, obwohl ich mir einredete, dass er nur wegen seiner Unlust, mit mir zu sprechen, nicht ans Telefon ging, keimte nachts Panik in mir auf, die sich auch mit den besten Argumenten nicht vertreiben ließ. Denn ich hatte seine beste Freundin kennengelernt. Frau Traurigkeit. Nachdem ich Herrn Oebing wie eine Kellerspinne behandelt hatte, musste Frau Traurigkeit aus ihrem Loch gekrochen sein. Schließlich kannte ich mich mit ihr aus. Und ein bisschen auch mit Herrn Oebing.

«Jetzt mach dich nicht meschugge, der taucht schon wieder auf», hörte ich Mina in meinem Kopf sagen. Aber ich war sicher, dass ich mir dieses Mal nicht die Decke über den Kopf ziehen konnte. Dieses Mal durfte ich die Dinge nicht einfach geschehen lassen. Ich durfte kein Rosenbusch mehr sein.

35

Es gab in dieser Stadt nette Gegenden. Einige Eindrücke der netten Gegenden fand man sogar auf Postkarten abgedruckt, wobei es wahrscheinlich nicht viele Menschen gab, die in unserer Stadt Erholungsurlaub gebucht hätten. Hier verbrachte man keine Ferien, hier konnte man sich höchstens manchmal über die netten Gegenden wundern, die sich zwischen Industriedenkmäler quetschten. Vom Osten dieser Stadt gab es keine Postkarten, jedenfalls war mir noch nie eine in die Hände gefallen. Im Osten dieser Stadt lag die große psychiatrische Klinik, die sich mit ihren vielen einzelnen Gebäuden unter riesige Bäume in eine parkähnliche Anlage zurückgezogen hatte. Kuschelig sah das von weitem aus, wenn man vorbeifuhr, und trotzdem wollte hier niemand hin. Tausend Geschichten rankten sich wie Efeu um diese nicht unbedingt nette Gegend dieser Stadt.

«Du bist doch völlig bekloppt. Wennze so weitermachst, kommse bald inne Ballerburg», hatte man früher gesagt. Und was da wohl mit einem passieren würde, spekulierte man in gewitterschwangeren Nächten. Was in der Irrenanstalt mit einem passieren würde, das wollte man sich lieber nicht vorstellen. Es gab Gegenden in dieser Stadt, die wurden nicht auf Postkarten gedruckt. Wie der Osten, in dem Herr Oebing wohnte. Direkt gegenüber der Psychiatrie.

Ich parkte mein Auto und schaute auf die zinnoberroten Dächer, die sich hinter dicken, kahlen Ästen verbargen. Vielleicht, hoffte ich, saßen in einem der Gebäude, hinter einem großen Fenster, Herr Zwiebelhofer und sein Koala Annegret.

Dann stieg ich aus, und mein schlechtes Gefühl schlug Purzelbäume. Tief atmete ich die frühherbstliche Luft aus und legte mir eine Hand auf den Bauch.

«Das schaffen wir schon, keine Sorge», sagte ich zu dem Bauch. Obwohl sich die Hitze für dieses Jahr verabschiedet hatte, schien die Sonne, und ein kleiner Wind wehte durch die würdevollen Bäume, hinter denen sich die Klinik eingekuschelt hatte.

Was wäre denn, wenn er mir die Tür vor der Nase zuschlüge, was sollte ich denn tun, wenn er nicht mit mir sprechen wollte?, fragte ich mich und lief an vier oder fünf Hauseingängen vorbei. Einen Plan hatte ich mir nicht überlegt, so wie immer. So wie immer war ich einfach drauflosgefahren, ein bisschen kopflos, mit großer Übelkeit und Panik. Mir begegnete niemand, nur die Schnellstraße, die die Stadt durchkreuzte, rauschte im Hintergrund, und man hätte meinen können, es wäre die Brandung.

Dann stand ich vor Herrn Oebings Klingelschild. Sein Name war der einzige, der ordentlich, in Großbuchstaben ausgedruckt, auf seinem Platz ganz oben in der Klingelschilderreihe steckte. Die anderen Namen standen, mal in Blau, mal in Schwarz, in den unterschiedlichsten Handschriften daruntergekritzelt. Einige konnte man nicht entziffern.

Meine Hände schwitzten. Dann atmete ich noch einmal tief aus und wunderte mich nicht einmal darüber, dass ich es konnte. Mein Zeigefinger, der ja nicht viel größer als ein Kinderzeigefinger war, berührte den schwarzen Klingelknopf. Ich wartete. Es rührte sich nichts. Wahrscheinlich musste ich fester drücken. Ich klingelte mindestens zehn Mal, zum Schluss ließ ich den Finger einfach auf dem Knopf liegen.

Niemand öffnete. Niemand schaute aus dem Fenster. Die Straße lag mir wie eine Geisterstadt zu Füßen, vielleicht eine Bombenentschärfung, dachte ich, vielleicht waren ja alle evakuiert worden. Fortgeschafft. Ausgezogen.

Die Panik hielt den Atem an. Ich schaute die Straße hinauf, stellte mich auf Zehenspitzen, sah noch einmal genauer hin und entdeckte, ein paar Meter weiter, Herrn Oebings rotes Auto. Er musste doch da sein, verdammt noch mal. Ich zog mein Handy aus der Tasche und ließ es lange und ausdauernd bei ihm tuten, aber ich hörte im Haus kein Telefon klingeln. Dann klopfte ich an die Haustür. Vielleicht hörte mich ja irgendjemand. Irgendjemand, der sich nicht hatte ausquartieren lassen.

Scheiße, Scheiße, Scheiße, dachte ich. *Verdammte Scheiße.*

Diese Straße im Osten, die niemals auf eine Postkarte gedruckt werden würde, war so still, so leblos, dass ich mein Blut in den Ohren rauschen hören konnte. Und als ich dem Rauschen zuhörte und mir nicht einfallen wollte, was jetzt zu tun war, riss jemand unvermittelt die Haustür auf. Ich erschrak so sehr, dass ich rückwärtshüpfte. Mein Herz hüpfte mit.

«Mohammed?», sagte ich außer Atem. Denn wenn man sich so sehr erschreckt, kann einem schon mal die Luft wegbleiben.

«Was wollen Sie?», fragte der Mann, der haargenau wie Manfreds Kontrahent Mohammed aussah und es ja doch nicht sein konnte. Er hielt kein Lammkotelett in der Grillzange.

«Herrn Oebing», stotterte ich. «Ich will Herrn Oebing.»

«Ah!», sagte der Mann, der wie Mohammed aussah. «Kommen Sie rein. Wohnt ganz oben. Ob er da ist, weiß ich nicht.» Der Mann, der wie Mohammed aussah, hatte warme, braune Augen. Am liebsten hätte ich ihn umarmt, hätte ihn angesprungen und hätte mich von ihm reintragen lassen, wie ein Klammeräffchen, weil Mohammed doch groß und stark gewesen war. Aber ich sagte nur: «Vielen Dank. Vielen, vielen Dank.» Und dann betrat ich Herrn Oebings Treppenhaus, das sich weit, sehr weit nach oben schlängelte. Im Hausflur nahm ich, da meine Nase ja nun eine schwangere mit außergewöhnlichen Kräften war, die unterschiedlichsten Gerüche wahr. Im Erdgeschoss roch es nach Essen, ich tippte auf Eintopf. Mit Mettwurst. In der ersten Etage konnte ich Putzmittel riechen, aus der anderen Wohnung drang Nikotin aus den Haustürfugen. In der zweiten Etage musste ich kurz durchschnaufen, denn die Panik hielt immer noch die Luft an. Vor der rechten Tür standen alte, ausgetretene Schuhe, die nach gedünstetem Knoblauch rochen. An der linken Tür hing ein Trockenblumenkranz. In der dritten Etage wurde mir übel, und ich setzte mich kurz auf den Treppenabsatz.

«Alles gut», flüsterte ich meinem Bauch zu. «Gleich hamwas geschafft.»

Über mir war der Weg zu Ende. Langsam stieg ich die letzten Stufen hoch. Sehr langsam. Faultierartig. Fast hätte mich der Mut verlassen, fast wäre ich die hundert oder mehr Treppenstufen wieder hinuntergerast, aber das war völlig ausgeschlossen.

Herr Oebing wohnte unter dem Dach. Es war die einzige Wohnung auf der Etage. Seine Fußmatte war reptiliengrün. Seine Haustür war beige. Rechts neben der Haustür stand ein erbsengrünes Einblatt in einem heidelbeerblauen Topf. Herr Oebing wohnte unter dem Dach. Ich sah mich um. Schaute nach unten, das ganze Treppenhaus hinunter. Ich lauschte, ob ich ihn in seiner Wohnung hören konnte. Dann drückte ich auf die Klingel neben seiner Haustür. Danach sah ich mich wieder um, blickte hin und her und zum Schluss hinauf.

Die Dachluke stand offen. Eine Leiter war an einer kleinen Haltevorrichtung befestigt, und ich zog sie zu mir herunter. Möglicherweise war Herr Oebing Wäsche aufhängen gegangen und saß nun dort oben seit Tagen fest. Es passierten ja die abstrusesten Sachen, die man sich nie im Leben hätte ausdenken können.

Vorsichtig kletterte ich die Leiter hoch und steckte den Kopf durch die Luke. Wollmäuse huschten über den Boden. In einer Ecke stand ein leerer Wäscheständer. Ansonsten sah ich nichts. Nur das herbstliche Sonnenlicht schob sich durch die kleinen Dachfenster, die mit Spinnweben behangen waren. Ich entdeckte nichts. Aber dann, als ich noch einmal den Dachboden absuchte, um auch ja nichts zu übersehen, fiel mein Blick zufällig auf den Dachbalken. Um den Balken war ein gewundenes Seil gewickelt, das ein bisschen mit den Staubkörnchen in der Herbstsonne schwankte. Das Seil war strohbraun. Es sah nicht sehr neu aus, und es war am unteren Ende ganz ausgefranst, als hätten die Dachbodenmäuse an ihm genagt. Dieses strohbraune Seil war um den Dachbalken gewickelt worden, der den Dachgiebel festhielt. Zum zweiten Mal an diesem Tag erschrak ich fürchterlich. Ja, das, was ich sah, jagte mir einen so unglaublichen Schreck ein, dass ich fast rückwärts von der Leiter gefallen wäre: Der Dachgiebel war schräg.

Jetzt blieb nicht nur der Panik die Luft weg, sondern auch mir. Ich klammerte mich an der Leiter fest und schnaufte. Ein schräger Dachgiebel. Herr Oebing, der nicht auf dem Dachboden war und vermutlich auch nicht in seiner Wohnung, lebte unter einem schrägen Dachgiebel, von dem es einem, wenn man ihn zu lange anschaute, regelrecht schwindelig wurde. In Zeitlupe stieg ich die Leiter hinunter und fasste nicht, was ich gerade gesehen hatte.

Und dann, als sich alles drehte und als ich fast nicht mehr weiterwusste, entdeckte ich zuletzt doch noch etwas. Es war ein großes Glück, dass ich es entdeckte. Denn ich starrte auf Herrn Oebings Haustür und klingelte noch einmal, ganz atemlos. Und als ich klingelte und klopfte, entdeckte ich an Herrn Oebings sandsteinbeiger Haustür einen kleinen Zettel. Es war eine Ecke, die von einem wolkenweißen Blatt Papier abgerissen worden war. In ameisenspurenkleinen Buchstaben stand darauf:

BIN IM GARTEN.

36

Herr Oebing.

Frau Traurigkeit hatte sich untergehakt. Gemeinsam standen sie im Baumarkt, eine große Auswahl an Stricken und Seilen hing, feinsäuberlich sortiert, vor ihnen an der Ausstellungswand. Herrn Oebing gefiel die Strickvariante nicht sonderlich, er wusste ja auch gar nicht, wie man einen ordentlichen Knoten für diesen Zweck knotete. Er hätte es googeln sollen, sagte Frau Traurigkeit, aber Herr Oebing hatte keine Lust. Und wohin er den Strick am Ende knoten sollte, das wusste er auch nicht, ein guter Ort war ihm noch nicht eingefallen. Die Vorstellung, einsam auf dem Dachboden oder an einem x-beliebigen Baum in einem Wald zu sterben, ließ ihn nur noch mehr verzweifeln, wodurch Frau Traurigkeit wieder ein kleines Stückchen wuchs. Vielleicht, dachte er im Baumarkt, wäre die Autobahnbrücke doch die bessere Wahl. Vielleicht ginge das am schnellsten, kurz und schmerzlos, aber dann dachte er wiederum an die Autofahrer unter der Autobahnbrücke und auf der Autobahnbrücke und was die denn von ihm halten würden.

Sich eine Art zu sterben auszusuchen ist nicht so leicht, wie man sich das möglicherweise vorstellt. Zumindest nicht dann, wenn man noch einen kleinen Hoffnungsschimmer in sich versteckt.

Frau Traurigkeit machte «Tze, tze», sie tze-tzete gern. Das konnte sie gut, es hörte sich für Herrn Oebing sehr streng und ein bisschen mitleidig an. Als würde sie sagen: «Du kleines

Dummerchen hast aber auch von nichts eine Ahnung. Kein Wunder. Du bist einfach ein hoffnungsloser Fall.» Wenn einer zu lange überlegte, das wusste Frau Traurigkeit, dann hatte sie schlechte Karten. Dann konnte sie nichts anderes tun, als abzuwarten und noch größer zu werden. Aber sie war geduldig. Und Herr Oebing ebenfalls.

So gingen sie unverrichteter Dinge wieder nach Hause, Herr Oebing wollte seine Pläne noch einmal gründlich überarbeiten, und in seinen Gedanken hatte doch nicht viel anderes Platz als Ella, weswegen sich die Sache ein bisschen unnötig in die Länge zog.

Ein paar Tage später fiel Herrn Oebing erst der volle Kaffeefilter auf den Küchenboden, und dann fiel ihm zufällig sein Krümelmonster-T-Shirt in die Hand, das er umgehend in den Altkleidersack stopfte, auch wenn es ihn große Mühe kostete. Nachdem er das Kaffeemehl aufgekehrt und festgestellt hatte, da er ja mit dem Kehrblech auf dem Boden hockte, dass jemand oder etwas den Stecker aus der Telefonbuchse entfernt hatte – worüber er die Augenbrauen runzelte, sonst aber nichts weiter dagegen unternahm –, nachdem er das also festgestellt hatte, zog er das Krümelmonster wieder aus dem Sack. Er betrachtete es von allen Seiten und setzte sich damit in seinen Kleiderschrank. Wie früher beim Versteckspielen, als er sich immer, wirklich immer, im Schrank seiner Mutter versteckt hatte.

Und weil er sich im Schrank ein klitzekleines bisschen geborgen und sicher vor Frau Traurigkeit fühlte, sprach er ein ernstes Wörtchen mit sich. Er war, seitdem Ella ihn vor die Tür gesetzt hatte, ja nie allein gewesen, nicht eine Minute hatte ihn Frau Traurigkeit in Ruhe gelassen. Ständig hatte sie ihn bedrängt. Aber im Schrank versteckt konnte er ganz ungestört ein ernstes Wörtchen mit sich reden, und als er fertig war, stieg er aus dem Schrank und faltete das Krümelmonster akkurat zusammen. Dann suchte er ein Blatt Papier und setzte sich an den kleinen Küchentisch. Drei Worte schrieb er auf die linke untere Ecke des Blattes, betrachtete sie kurz und riss die Ecke ab. Er schlich durch seine kleine Zweizimmerwohnung und entdeckte Frau Traurigkeit vor dem Badezimmerspiegel. Sie zählte gerade die Haare in seiner Bürste. Und weil die Gelegenheit nicht günstiger hätte sein können, schloss er Frau Traurigkeit im Klo ein.

Von außen klebte er die Papierecke mit den drei Worten an seine Wohnungstür und verschwand. Warum er das alles tat, das wusste er nicht so recht.

Aber er verschwand. Auf Nimmerwiedersehen.

Frau Traurigkeit hörte er bis auf die Straße fluchen.

37

Früher, wenn ich mit Mina an der Hand irgendwo hingegangen war, hatte ich häufig gefragt, wie lange es denn noch dauern würde, bis wir im Irgendwo ankamen. Mina hatte immer geantwortet: «Genau sieben Minuten!» Für mich hörten sich als Kind sieben Minuten an manchen Tagen sehr lang und an manchen Tagen sehr kurz an. So war es bis heute geblieben. Wartete ich auf den Bus und hatte nichts anderes zu tun, als blöd in der Gegend herumzuschauen, oder wartete ich im Zahnarztstuhl darauf, dass das Brummen des Bohrers endlich aufhörte, konnten sich sieben Minuten wie ein Gummiband in die Länge ziehen. Wenn ich aber im Theater saß und die Menschen bestaunte, die auf der Bühne herumhüpften, wenn ich unter der Frühlingssonne lehnte und in der Mittagspause einen großen Kaffee mit ordentlich Milchschaum schlürfte, dauerten sieben Minuten nicht länger als ein Wimpernschlag.

Die Autofahrt von Herrn Oebings Wohnung bis zum Richterbusch dauerte genau sieben Minuten, die mir wie ungefähr fünfundsechzig Millionen Jahre vorkamen. In fünfundsechzig Millionen Jahren hatte man sehr viel Zeit zum Nachdenken. Und zum Fragenstellen.

Ich fragte mich, zum Beispiel, wie lange der kleine Zettel schon an Herrn Oebings Haustür geklebt hatte. Danach fragte ich mich, ob der Zettel überhaupt mir galt und was mich so verdammt sicher machte, dass Herr Oebing im Richterbusch war. Und ich fragte mich, ob es Zufall war, dass der

Dachgiebel in seinem Haus schräg war. Ich fragte mich, was ich ihm sagen sollte, falls ich ihn wirklich in Minas Garten fände. Eine Entschuldigung wäre gut, und die Erklärung, dass ich ihn nicht wie eine Kellerspinne hatte behandeln wollen. Wie es ihm ging, das wollte ich außerdem fragen und ihm sagen, dass die Nacht, in der wir auf die Glühwürmchen gewartet hatten, für mich ebenso außergewöhnlich gewesen war wie für ihn. Außergewöhnlich schön. Wie ein Zuhause. Außerdem wollte ich sagen, dass mein Kopf haargenau in seine Armkuhle passte. Als wäre sie für meinen Kopf gemacht. Ich wollte ihm erklären, dass ich eigentlich gar nicht da gewesen und dass ich erst nach und nach wiedergekommen war. Ganz langsam. Und zum Schluss, wenn ich seine Reaktion abgewartet hatte, musste ich ihm von dem Herzchen erzählen, das wunderschön puckerte und hüpfte. Unser Herzchen. Unser kleines Leben.

Sieben Minuten und fünfundsechzig Millionen Jahre dauerte die Fahrt zum Richterbusch. Ich hatte Angst, aus dem Auto zu steigen. Angst davor, durch das alte Eingangstor zu treten. Angst davor, Minas Gartentörchen quietschen zu hören. Die Panik riet mir, nun aber schleunigst vorwärts zu machen. Vorwärts. Nicht rückwärts. Ich wusste nicht, wie groß die Chancen waren, Herrn Oebing im Richterbusch zu finden. Aber dann dachte ich, dass nicht alles verlorenging und dass ich es zumindest versuchen musste.

Langsam öffnete ich die Autotür und schlug sie leise wieder zu. So, als wäre es schon dunkel geworden, als müsste ich leise sein, um niemanden zu wecken. Am Eingangstor roch ich reife Äpfel und Astern und frisch gemähten Rasen. Ich blieb stehen.

«Hier wird es dir gefallen», sagte ich zu meinem Bauch. Ich lief an den ersten Gärten vorbei, die Pächter kannte ich nicht, und ich sah auch niemanden. Ilses verwilderter Garten war längst einer großen, gemähten Rasenfläche gewichen. Hier konnte sich keine steinalte Schildkröte mehr verstecken, keine Amsel konnte sich mehr in das Dickicht fallen lassen. Nur ein bunter Ball lag auf der Wiese und wartete wohl auf den nächsten Sommer. Ich fragte mich, während ich weiterging, was Ilse zu ihrem neuen Garten gesagt hätte.

Und dann hielt ich die Klinke von Minas Gartentörchen in der Hand und schaute in den Himmel, an den sich keine Wolke verirrt hatte. Gleich würde das Törchen quietschen, so wie es seit mindestens dreißig Jahren quietschte. Gleich würde ich wahrscheinlich nichts anderes entdecken als die weiß geklinkerte Laube und den Apfelbaum und den gut ziselierten Rasen. Heimlich wünschte ich mir, ich würde nichts anderes entdecken. Denn manchmal war das Nichts besser, das konnte einen wenigstens nicht erschüttern, aber dann tippte mir die Panik auf die Schulter und sagte: «Weiter!»

Das Gartentörchen quietschte, früher hatte Manfred dahintergestanden und uns, Mina und mich, lispelnd wie eine Ringelnatter begrüßt. Heute war alles still. Sechseinhalb Schritte lief ich über die Waschbetonplatten, und dann stand ich mitten auf dem mausgrauen Steinweg. Der mausgraue Weg vor mir war genauso weit wie der mausgraue Weg, der hinter mir lag.

Ich stand genau in der Mitte des Weges, als ich den Liegestuhl sah, der unter dem Apfelbaum in der Sonne stand. Ich weiß nicht mehr, ob die Zeit stillstand, vermutlich tat sie das, aber ich bemerkte es nicht. Es war nicht so wie früher, wenn der Zeitpudding aus seinen Ritzen gekrochen kam und mich in seine Bewegungslosigkeit mitnahm. Vielleicht also stand die Zeit still, vielleicht tickte sie so wie immer, vielleicht waren sieben Minuten vergangen. Oder bereits fünfundsechzig Millionen Jahre.

Der knorrige Stachelbeerbusch, der die gleichen Wurzeln wie Mina hatte, wippte leicht im Wind, als würde er mir zuwinken und mich begrüßen. Als würde er sagen: «Komm doch herein.»

Ich aber stand auf den Waschbetonplatten, starrte geradeaus und wollte rückwärtslaufen. Zurück. «Lauf einfach, Ella», sagte ich mir, «lauf weit weg. Schau nicht hin. Nicht dieses Mal.»

An meinen Füßen aber wuchsen Wurzeln. Sie gruben sich in den Beton, sie waren stärker als je zuvor. Sie brachen die Platten auf, und ich fragte mich, wie ein Mensch so viel ertragen sollte, bevor ich mich nichts mehr fragen, aber auch nicht rückwärts fortlaufen konnte.

Auf dem Liegestuhl, der unter dem herbstlichen Apfelbaum in der goldenen Sonne stand, lag Herr Oebing. Herr Oebing lag dort im Liegestuhl, und seine Augen waren geschlossen. Der Apfelbaum warf seinen langen Schatten in den Nachbargarten, in dem es früher steinalte Schildkröten gegeben haben musste. Herrn Oebings flacher Bauch bewegte sich nicht. Seine langen Arme waren von den Lehnen gerutscht. Seine Hände ruhten auf den grauen Gehwegplatten.

Die Zeit stürzte auf mich hinab. Die Geräusche dieser Stadt bündelten sich und fielen kreischend in meine Ohren. Es war, als würde jemand eine kohlpechrabenschwarze Geröllhalde über mich schütten, die mich niederwarf und mich begrub. Ich bekam keine Luft. Sosehr ich mich auch bemühte, meine Lungen füllten sich nicht mit der Herbstluft. Über mir schoss eine Amsel durch den Himmel. Der Geröllschutt wog tonnenschwer auf meiner Brust, an meinen Füßen zerrten die Wurzeln, die mich in den Boden zogen. Für immer würde ich mich nun in einen Rosenbusch verwandeln. Unfähig, zu atmen. Unfähig, mich zu bewegen. Unfähig, noch einmal aufzuwachen.

Ich glitt auf den Beton, denn die Wurzeln zogen mich tiefer und tiefer, und ich hielt meinen Bauch dabei fest. Festhalten, behalten, dachte ich dumpf, kniete auf dem Mausgrau, und über mir verwandelte sich der Himmel in ein pechschwarzes Loch. Vor meinen Augen erschienen Glühwürmchen. Ich erinnerte mich an Minas Herzpuckern. Ich dachte an ihre Wackelaugen und wie die Farben aus ihnen verschwunden waren. Ich dachte daran, wie wir Stachelbeeren aussortiert hatten, und erinnerte mich an Minas Apfelkuchen. An ihre Liebe. Ich dachte an meine Mutter und flehte sie in meinem Kopf an, mich in den Arm zu nehmen. Ich dachte an Manfred. Und an das Grau. Ich dachte daran, dass ich *Please, release me* gesummt hatte, am 22. Juni 1986. An dem Tag, an dem auch Manfred die Arme von den Stuhllehnen gerutscht waren, an dem seine Geierhände auf dem Boden gelegen hatten. Genauso wie die Hände, die nun sechseinhalb Meter von mir entfernt auf dem Boden lagen. Die Hände, die mir die Schmerzen weggestreichelt hatten. Hände, die mich daran erinnert hatten, wie sich mein Zuhause anfühlte. Dass jemand anderes als Mina mein Zuhause sein konnte. Jemand, der nun reglos im Liegestuhl lag. Und der mich jetzt genauso verlassen hatte wie alle anderen.

Ich legte mein Gesicht in meine Kinderhände und vergrub es tief darin. Alles wurde nachtschwarz. Und als ich meinte, ich würde nie wieder einatmen können, nie wieder ausatmen, weil der Tod zu groß und zu mächtig und so schrecklich grau war, und als ich zu ersticken drohte und mich die Wurzeln fast vollständig in den Boden gezerrt hatten, sagte jemand: «Ella?»

«Ella?», fragte eine Stimme. Sie fragte es so sanft, als würde sie mich aus einem grässlichen Traum wecken wollen.

«Ella ...», sagte diese Stimme, und sie kam mir bekannt vor.

«Ella!», rief die Stimme, und ich schaute durch meine Kinderhände in die Wirklichkeit.

Herr Oebing war aufgewacht. Von ganz allein. Er saß im Liegestuhl unter dem Apfelbaum in der Sonne und rieb sich verschlafen die Augen. «Ella», sagte er noch einmal, und die Geröllhalde auf meiner Brust löste sich in dem azurblauen Tag auf.

Ich atmete aus. Und dann wieder ein. Die Rosenbuschwurzeln verschwanden. Ich stand auf, machte benommen sechseinhalb Schritte, die mich zum Apfelbaum führten. Wortlos kletterte ich auf Herrn Oebings Schoß. Rollte mich zusammen. Legte meinen Kopf an seine Brust. Er streichelte mir über die Haare. Ich hörte sein Herz. Es puckerte gleichförmig und kräftig.

Wir hielten uns fest, und irgendwo im Richterbusch briet jemand Frikadellen. Der würzige, zwiebelige Geruch stieg in meine Nase.

Der Duft, der uns wie eine kleine Käseglocke einhüllte und versprach, dass schon alles in Ordnung käme. Und bleiben würde.

11 MONATE SPÄTER

EPILOG

Ich sitze am Wohnzimmerfenster und schaue in den dunklen Himmel. «Mina hättest du sehr gemocht. Und sie dich», flüstere ich, als ich ihr meine Geschichte erzählt habe. Sacht halte ich ihr Köpfchen in der Hand, streichle mit dem Daumen ganz leicht über die Stelle, an der gut sichtbar ihr kleines Herz puckert. Sie ist eingeschlafen, vorhin sind ihre meerwasserblauen Augen zugefallen, und sie träumt nun mit einem winzigen, stillen Lächeln. Ein Lächeln, das nur Engel lächeln können.

Auf dem Fensterbrett vor mir steht das rote Spielpüppchen, das nie verlorengegangen ist. Das Krümelmonster-T-Shirt hängt schläfrig auf der Sofalehne. Über Minas Wolldecke. Frau Traurigkeit war schon lange nicht mehr hier, ich glaube, er hat sie irgendwo vergessen. Weil man Dinge, die man nicht dringend benötigt, hin und wieder aus Versehen irgendwo vergessen kann. Karl-Heinz, der gerade seine Ferien bei uns verbringt, schnarcht unter dem Gummibaum in seinen Mopsträumen. FRURU macht er. Schlafen ist wohl das Beste, das er kann.

Draußen hat sich ein sanfter Sommer über unsere Stadt gelegt, die Sonne wird bald aufgehen, ich sehe das Dunkelblau des Himmels im Osten heller werden. Die Dunkelheit bleibt nie für immer, anders als Mina, an die ich oft denke. Ich besuche sie in meinen Gedanken und weiß, dass sie, obwohl sie nicht immer bei mir bleiben konnte, doch auch nicht ganz fortgegangen ist.

Ich höre meiner Tochter beim Atmen zu. Es ist das schönste Geräusch, das in meiner Schatztruhe liegt. «Wenn es ganz still in einem ist», erzähle ich ihr leise, «und wenn man den richtigen Zeitpunkt erwischt, dann kann man was Wundersames erleben. Was das wohl bei dir sein wird?» Ich kichere ein bisschen über meine Quizfrage, die ja Minas war, und eigentlich meine ich unsere Tochter damit, aber dann fallen mir die Häuser ein, die ich mir lange Zeit nicht mehr vorgestellt habe. Denn ich fürchtete mich ein wenig davor, das letzte Versprechen, das ich Mina gegeben hatte, nicht einlösen zu können.

Vor dem Fenster rauschen die Blätter der Platanen im frühen Morgenwind, kurz vor Sonnenaufgang. So muss sich Dünengras im Seewind anhören, denke ich, schließe die Augen und stelle mir den Dünengrasweg vor, von dem mir Mina so oft erzählt hat, auf dem sich rechts und links von mir große, blaugrüne Halme im Wind biegen. Über mir fliegen Möwen und flankieren einen Papierflieger, der in großen Kurven segelt und wohl niemals landen wird.

Und weil alles still in mir ist, entdecke ich auf einer Lichtung ein Haus. Im Grundanstrich ist es blau, sein Dachgiebel ist schräg. Im Garten streckt eine Schildkröte ihren Kopf in die Sonne. Auf dem Balkon des schrägen Hauses steht ein gebrauchtes, aber gut erhaltenes, poliertes Fernrohr, mit dem man bestimmt den Hafen von Sydney und den Leuchtturm von Wangerooge sehen kann. Vielleicht sogar noch ein bisschen mehr. Ich sehe mein Haus. Und ich weiß jetzt, dass manche Märchen erst zu Ende gehen müssen, damit ein neues anfängt.

– ENDE –

MIX
Papier aus verantwortungsvollen Quellen
FSC® C083411

Das für dieses Buch verwendete Papier ist FSC®-zertifiziert.